Zum Buch:

Henry wünscht sich nichts sehnlicher, als nach Hawke's Cove zurückzukehren, das Anwesen seines ihm entfremdeten verstorbenen Vaters zu verkaufen und zu verschwinden. Er will auf keinen Fall eine Hochzeit ausrichten oder Lily begegnen, die sich mit allen gut versteht – außer mit ihm.
Doch als Henry Lilys Hilfe braucht, ist sie nur bereit, ihn zu unterstützen, wenn die Hochzeit stattfinden kann. Zusammenzuarbeiten bedeutet, dass sich beide ihrer Vergangenheit stellen und dabei ihre Zukunft in Angriff nehmen müssen. Aber können zwei Menschen, die Angst vor der Liebe haben, sich eingestehen, was sie schon immer wollten?

Zur Autorin:

Georgia Toffolo ist bekannt aus dem britischen Reality-TV und gewann 2018 die britische Version der 17. Staffel von »Ich bin ein Star – holt mich hier raus!«. Mit ihrem Romandebüt *Winterwunderglitzern* landete sie direkt auf der Bestsellerliste der *Sunday Times*.

Georgia Toffolo

Sommersonnenfunkeln

Roman

Aus dem Englischen von
Martina Takacs

HarperCollins

Die Originalausgabe erschien 2022 unter dem Titel
Meet me at the Wedding bei Mills & Boon
ein Imprint von HarperCollins*Publishers*, Ltd.

1. Auflage 2023

Deutsche Erstausgabe

Umschlaggestaltung von zero Werbeagentur, München
Umschlagabbildung von S_Photo, Stone36, Mrs.Moon,
Chumash Maxim / shutterstock
Gesetzt aus der Stempel Garamond
von GGP Media GmbH, Pößneck
Druck und Bindung von CPI books GmbH, Leck
Printed in Germany
ISBN 978-3-365-00298-8
www.harpercollins.de

Klimaneutral
Druckprodukt
ClimatePartner.com/15109-2009-1001

FSC
MIX
Papier
FSC® C083411

Liebe Leserin, lieber Leser,

vor etwas mehr als zwei Jahren habe ich mich auf den Weg gemacht, und was du hier in Händen hältst, *Sommersonnenfunkeln*, ist der Abschluss einer wunderbaren Reise der Freundschaft und Romantik. Es ehrt mich zutiefst, dass du dich entschieden hast, dieses Buch zu lesen.

In die Welt der Belletristik einzutauchen, war für mich sowohl Inspiration als auch Therapie. Ich habe lange nach einer romantischen Geschichte gesucht, die sich für mich real anfühlt und die Liebe in der heutigen Zeit widerspiegelt. Irgendwann fing ich an, einen Plot mit Charakteren zu entwickeln, in die ich mich einfühlen und in denen ich meine Freundinnen wiedererkennen konnte, und ich hoffe, das Ergebnis ist gelungen.

Ich bin überwältigt von der Resonanz auf alle vier Heldinnen – Victoria, Malie, Zoe und Lily – und die Reaktion auf ihre persönlichen Geschichten, ihre Kämpfe und darauf, wie sie ihre Ängste auf eigene Art überwinden. Sie sind mutig, entschlossen, und vor allem bleiben sie sich selbst treu.

Vielen Dank für deine Unterstützung. *Sommersonnenfunkeln* ist ein ganz besonderes Buch. Es ist die Krönung von vier wunderbar unterschiedlichen Geschichten, und ich hoffe sehr, dass du beim Lesen in eine Welt voller Romantik eintauchen kannst.

In Liebe
Toff

Georgia Toffolo ist eine britische Medienpersönlichkeit.
Sommersonnenfunkeln ist das letzte Buch
ihres Vierteilers und ihr vierter Roman.
Sie lebt im Südwesten Londons
mit ihrem Hund Monty.

Gewidmet den großartigen Menschen von Devon –
für eure unendliche Inspiration und das Glück,
am besten Ort der Welt zu leben.

Prolog

Die Scheibenwischer schlugen hin und her, wischten den Regen aus dem Blickfeld und ließen die Scheinwerfer eines entgegenkommenden Autos aufblitzen. BBC Radio 1 zählte die Top Ten herunter, und die Mädchen im Auto lachten.

»Ich kann es kaum erwarten, sein Gesicht zu sehen, wenn er dich sieht, Zo. Er wird Stielaugen machen!«

»Ach was«, wiegelte Zoe ab, »aber was sagt ihr zu V?« Sie wandte sich an Victoria, die am Steuer saß und sie alle im Auto ihres Vaters zum Sommerball fuhr. »Echt, V, du siehst so was von toll aus in deinem Kleid. Ich kann es immer noch nicht fassen, dass du es selbst genäht hast.«

»Danke sehr«, summte Victoria, die sich offensichtlich sehr über das Lob freute.

Lily sah die Umrisse von Malies angespannten Schultern vor ihr auf dem Sitz und streckte eine Hand aus, um ihr über den Arm zu streichen.

»Hey, alles okay?«

»Ach, na ja …« Malie zuckte mit den Schultern. Die Spannung war immer noch da.

»Deine Eltern mal wieder?«

Malie nickte nur.

»Du kannst heute Nacht bei mir schlafen, wenn du willst.«

»Danke, das ist lieb von dir, aber ich sollte Ärger wohl besser vermeiden.« Malie seufzte.

Lily lehnte sich zurück und fing Zoes mitfühlenden Blick auf.

»Wow. Das war's dann wohl. Abi in der Tasche und niemals wieder Schule …«

Das Ende einer Ära, dachte Lily und betrachtete durch die Dunkelheit ihre besten Freundinnen. Hawke's Cove war zwar nicht das kleinste Küstendorf in Devon, aber es war auch nicht gerade eine Stadt, und da sie seit der Grundschule in dieselbe Klasse gegangen waren, waren sie immer füreinander da gewesen. Geburtstage, Trennungen, nervende Eltern, der Verlust eines Elternteils, erste Küsse … Jeder entscheidende Moment in ihrem Leben war mit ihren Freundinnen verbunden.

»Also, was wollen wir mit dem ersten Tag unseres restlichen Lebens anfangen?«, fragte Victoria munter.

»Surfen!«, rief Malie.

»Schlafen!«, antwortete Zoe.

»Arbeiten«, brummte Lily.

Alle lachten, was auch sonst, denn jede wusste, dass Lily ihren Job im Restaurant des *Hawkesbury Hotels* liebte. Nur der frühe Schichtbeginn am Samstagmorgen war mörderisch. So war es schon während ihres gesamten letzten Schuljahrs gewesen, und genauso grausam würde es morgen sein.

Aber gleichzeitig wäre es auch ihre letzte Schicht. Lily hatte viel gearbeitet und eine Menge Geld gespart – genug, um die Kochschule in London zu bezahlen. Sie hatte es geschafft. Sie war eine wahrhaft unabhängige Powerfrau. Als sie bei dem Gedanken lächelte, bemerkte sie Victorias Blick im Spiegel.

»Worüber lächelst du?«, fragte V.

»Nichts. Ich denke nur nach.« Sie seufzte. »Ich werde euch so vermissen.«

»Hey, wir sind ja nicht aus der Welt. Außerdem gehen wir doch beide nach London und können da ordentlich zusammen einen draufmachen.«

»Ich weiß zwar noch nicht, wo ich sein werde, aber jedenfalls nicht hier, das ist mal sicher«, meldete sich Zoe zu Wort. »Aber egal, wo, ich erwarte monatliche Besuche von euch allen.«

»Na, keine Pläne, nach Ibiza zurückzukehren?«, fragte Malie lachend vom Beifahrersitz aus.

»Hey«, rief Zo, »wir hatten doch ausgemacht, kein Wort mehr darüber zu verlieren. Nie wieder!«

»Es ist ja nicht so, dass wir es nicht wollen, sondern dass du es nicht kannst«, antwortete Malie wie aus der Pistole geschossen. »Ist schließlich nicht unsere Schuld, dass du dich nicht erinnerst, was passiert ist in den … hm … so circa drei Stunden, oder?«

Lily spürte, wie eine Blase aus zurückgehaltenem Lachen im Inneren des Wagens anwuchs, die sie alle gleichzeitig umschloss. Doch dann schien es, als würde ihnen allen klar, dass dies einer ihrer letzten gemeinsamen Abende sein könnte, und so platzte die Blase nicht, sondern schrumpfte wieder ein wenig. In der Stille empfand Lily jedoch keine Traurigkeit, sondern nur ein starkes Band der Freundschaft, das sie alle vier zusammenhalten würde, wohin sie auch gingen. Es würde sie immer verbinden, das fühlte sie. Das *wusste* sie.

Victoria beugte sich zum Radio und drehte es leiser.

»Nicht zu fassen, dass ihr Ibiza erwähnt habt«, brummte Zoe.

Stirnrunzelnd schaute Victoria auf die Straße vor ihnen.

»Alles in Ordnung?«, fragte Malie.

»Ich denke, schon, es ist nur …« Victoria warf einen Blick in den Rückspiegel, woraufhin sich Lily und Malie auf ihren Sitzen umdrehten, um nachzusehen, was sie meinte. »Nichts weiter, nur das Auto hinter uns fährt irgendwie komisch.«

»Sind das nicht Claudia und Henry?«, fragte Zoe Lily.

»Woher soll ich das wissen?«, entgegnete Lily und erschrak selbst über ihren abwehrenden Tonfall, der bei Zoe nur umso mehr Aufmerksamkeit erregen würde.

»Ach, weiß nicht«, sagte Zoe und zuckte heftig mit den Schultern, wobei sie breit grinste. »Du scheinst dich nur ziemlich für den kleinen Lord Fauntleroy zu interessieren.«

»Nenn ihn nicht so. Er ist einfach nur der Sohn meines Chefs, mehr nicht.«

»Ich wünschte, er hätte etwas von der Freundlichkeit deines Chefs geerbt«, grummelte Malie.

»Ich habe gehört, dass sie zusammen sind, aber dass er für den Sommerball extra von der Uni nach Hause kommt, hätte ich nicht gedacht«, bemerkte Zoe.

Victoria blickte wieder aufmerksam in den Rückspiegel, und im nächsten Moment heulte ein Motor auf und übertönte das leiser gedrehte Radio.

Etwas veränderte sich. Eine Spannung lag in der Luft, als würde ein Seil straff gezogen, eine ansteckende Panik breitete sich im Inneren des Wagens aus, und Lily spürte, wie sich ihre Wahrnehmung schärfte.

»Ich muss …!«

Victoria riss das Auto zur Seite.

»Was ist los?«, stieß Malie hervor.

»Sie will uns überholen. Verdammt, haltet euch fest«, sagte Victoria und blickte schnell zwischen der Straße vor ihnen und dem Auto hinter ihnen hin und her. Lily drehte sich um und sah, wie das Auto gerade ausscherte und zum Überholen ansetzte.

Lily spürte, wie Victoria vom Gas ging, um das andere Auto überholen zu lassen, und die plötzliche Verlangsamung schien ihr den Brustkorb hoch in die Kehle drücken zu wollen. Der andere Wagen hatte sie fast überholt, als Lily aus dem Augenwinkel sah, wie dessen Hinterrad seitlich ausbrach.

»Warte!«

»Bremsen!«

»Stopp!«

»Nein!«

Kapitel 1

Zehn Jahre später …

Jedes Mal, wenn Lily Atwell beim Kneten die Faust in den Zuckerguss-Fondant schmetterte, sah sie das Gesicht von Henry Hawkesbury vor sich.

Jedes. Mal.

Er hatte alles kaputt gemacht. Aber sie würde *nicht* zulassen, dass er diese Torte kaputt machte. Es war die neunte Inkarnation der Hochzeitstorte für ihre beste Freundin Victoria. Nachdem sie sich endlich für den Biskuit entschieden hatte – eine köstliche Brombeer-Limetten-Kombination –, konzentrierte sie sich auf das Topping. Sie war hin- und hergerissen zwischen Buttercreme und Royal Icing und probierte beides aus. Dabei blendete sie konsequent die Tatsache aus, dass die Hochzeit ihretwegen oder, besser gesagt, wegen dieses verdammten Henry Hawkesbury vielleicht gar nicht stattfinden würde. Aber nein, widersprach sie sich in Gedanken selbst – stattfinden würde sie natürlich, nur nicht so, wie Victoria es sich gewünscht hatte. Und allein das war inakzeptabel.

Lily spürte Panik in ihrer Brust aufsteigen und drückte erneut die Faust in die feste Glasur, die sie auf der glatten Metallarbeitsfläche ihrer Restaurantküche knetete. Was fiel ihm ein, hier nach zehn Jahren wieder aufzuschlagen und alles kaputt zu machen? Was fiel ihm ein, den Wunsch seines Vaters zu ignorieren und sich zu weigern, Victorias Hochzeit wie geplant auf dem Hawkesbury-Anwesen stattfinden zu lassen?

Sie zuckte zusammen, als plötzlich ihr Handy laut und wütend vibrierend die Stille durchbrach. Nachdem es sich durch die Vibration gefährlich nahe auf die Kante des Regals zubewegt hatte, auf der es lag, gelang es Lily gerade noch rechtzeitig, nach oben zu greifen, um es im Fall aufzufangen.

Sie meldete sich, ohne auf den Bildschirm zu schauen. Das war nicht nötig. Nur drei Menschen riefen sie morgens um halb sieben an, und dann nahm sie ab, egal, womit sie beschäftigt war; denn so war es zwischen ihr und Victoria, Malie und Zoe. Sie waren ihr Fels in der Brandung. Sie waren füreinander da gewesen, vor, während und nach dem Unfall vor zehn Jahren. Sie hatten geweint, gelacht und alles miteinander geteilt, aber vor allem hatten sie sich bedingungslos geliebt. Und sie hätte wirklich nicht gewusst, wie sie ohne ihre Freundinnen hätte überleben können. Sie klemmte das Telefon zwischen Schulter und Ohr.

»Hallo?«

»Gut, du bist wach«, ertönte Zoes klare Stimme aus dem Lautsprecher.

»Natürlich bin ich wach. Welcher normale Mensch wäre das nicht um sechs Uhr dreißig an einem Sonntagmorgen? Alles in Ordnung?«

»Ja«, antwortete Zoe mit einem Ton, der ahnen ließ, dass es alles andere als das war.

»Was ist los?«, stieß Lily hervor, während sie weiter in die Glasur drückte. »Ist es wegen Finn? Ihr habt es euch doch nicht etwa anders überlegt?« Sie war überrascht gewesen, dass Finn, dieser mürrische Teenager von damals, sich im Laufe der Jahre in den großen, gut aussehenden, dunkelhaarigen

Mann verwandelt hatte, als den sie ihn erst vor einem Monat an Zoes Seite wiedergetroffen hatte. Sie selbst hätte sich keinen besseren für Zoe vorstellen können.

»Nein! Nein, nein. Ganz im Gegenteil …« Und schon hörte sie wieder diese Spur versonnener Sehnsucht, die ihre Freundinnen in den letzten Monaten erfasst zu haben schien. Die Tatsache, dass sie alle das Glück an ihrer Seite gefunden hatten, ließ Lilys Herz hüpfen. Denn obwohl sie sich manchmal einsam fühlte, weil sie so weit weg von den anderen war, freute sie sich für sie. »Warte, ich schalte Malie mit dazu, dann kannst du loslegen.«

»Womit loslegen? Habe ich die letzten verlorenen Stunden verpasst? Ich bin mir ziemlich sicher, dass es für V zu früh ist …«

»Nein, warte mal …«

»Verlorene Stunden« war ihr Code für einen »Alles stehen und liegen lassen, egal wie spät es ist«-Anruf geworden. Eine »Unterbrechung für einen Notfall« – oder für Neuigkeiten. Es hatte sie gerettet, sie unterstützt und sie verbunden, über Jahre und Kontinente hinweg.

»Hola, Ladys.« Lily musste bei Malies Begrüßung unwillkürlich lächeln. »Hab ich's verpasst?«, fragte sie. Als Lily ein Rascheln übers Telefon hörte, stellte sie sich vor, wie Malie ihre lockige Haarpracht hinters Ohr strich.

»Was verpasst?«, fragte Lily verwirrt.

»Nein, du kommst noch rechtzeitig«, antwortete Zoe. »Ich beginne gerade eine Intervention.«

»Noch eine?«, fragte Lily und dachte an Zoes letzte unnötige Intervention, nachdem Malie endlich erkannt hatte, dass sie sich total, hundertprozentig und bis über beide Ohren in Todd Masters verliebt hatte.

»Ja. Es ist schon drei Wochen her, Lils.«

Lilys Herz begann zu flattern.

»Hast du es V inzwischen gesagt?«, fragte Malie sanft.

»V was gesagt?«, fragte Lily, faltete den Fondant und schlug erneut darauf ein.

»Lily Atwell«, rief Zoe in den Hörer, »du bist genial, grandios und schön, aber du hast einen Hang dazu, die Augen vor der Wahrheit zu verschließen!«

»Das tue ich überhaupt nicht, Zo!«, rief Lily ihrerseits und stieß geräuschvoll die Luft aus, während sie zum Nudelholz griff.

»Wie spät ist es, Lils, und was, um Himmels willen, machst du da?«

»Es ist halb sieben und ich mache Icing.«

»Im Ernst?«

»Darum geht's gerade nicht, Malie«, unterbrach Zoe. »Hör zu, Lils, das ist eine ernste Angelegenheit, und wenn du das nicht in Ordnung bringst, komme ich und …«

»Was, du setzt dich ins Flugzeug und fliegst den ganzen Weg von Sydney hierher?«

»Nein«, antwortete Zoe nach einer seltsamen Pause, »natürlich nicht. Aber so kann es nicht weitergehen. V muss wissen, dass ihre Hochzeit nicht auf dem Hawkesbury-Anwesen stattfinden kann.«

»Nein, muss sie nicht«, beharrte Lily, was Zoe mit einem unangenehm laut hörbaren Stöhnen quittierte, »weil ich dafür sorgen werde, dass sie dort stattfinden wird. Ich schaffe das.«

»Wie denn, Lils?«, fragte jetzt Malie mit einem derart zweifelnden Ton, dass es Lilys Entschlossenheit ein wenig ins Wanken brachte. »Er hat doch längst Nein gesagt.«

»Dann werde ich ihn eben dazu bringen, Ja zu sagen.«

»Hast du ihn getroffen?«

»Nicht seit …«

Nein. Ganz bestimmt nicht! Auf keinen Fall!

Henrys letzte Worte zu diesem Thema gingen ihr durch den Kopf, und wieder fühlte sie den Impuls, mit dem Nudelholz auf ihn loszugehen.

»Lils, hör zu. Es ist kein Weltuntergang.«

»Aber Blake wollte es doch so gern«, antwortete Lily traurig und stur zugleich, während sich der Schmerz über den Verlust ihres Freundes von Neuem in ihrer Brust ausbreitete. Er war so viel mehr als das gewesen. Freund, Chef, Mentor … Keine der Bezeichnungen schien dem gerecht zu werden, was er ihr bedeutet hatte.

Vaterfigur.

»Ich weiß, Schätzchen, aber Blake ist nicht mehr da.« Malies Worte waren lieb gemeint, aber sie berührten eine Wunde, die nicht einmal ansatzweise geheilt war, und Lily schluckte gegen eine Welle der Trauer an. »Möchtest du, dass ich früher zurückkomme? Ich könnte jemanden finden, der für mich einspringt, und …«

»Nein, Malie«, unterbrach Lily, »ehrlich, das musst du nicht tun. Ich weiß, dass du noch einiges zu erledigen hast, bevor du nach Hause kommst.«

»Nach Hause. Wie schön das klingt«, antwortete Malie, und Lily konnte sich das Lächeln auf ihrem Gesicht vorstellen. Sie konnte es kaum erwarten, dass Malie wieder nach Hawke's Cove kam. Ihre Freundin war um die ganze Welt gereist und hatte sich einen Namen in der Surferszene gemacht, bevor ihr Patenonkel ihr einen Job an einer Surfschule auf Hawaii angeboten hatte, wo sie seitdem unterrichtet und sich schließlich niedergelassen hatte.

Dann hatte Malie den perfekten Mann gefunden – Todd –, der nicht versuchte, ihre wunderbare Wildheit zu zähmen, sondern sie stattdessen ergänzte. Er gab ihr einen sicheren Hafen, wenn sie ihn brauchte, und besänftigte einige ihrer gischtgekrönten Wellen, die Malie zu einer Naturgewalt machten. Zusammen hatten sie beschlossen, nach Hawke's Cove zurückzukehren, und niemand war so glücklich über diese Nachricht wie ihre Eltern, nicht einmal Lily. Es hatte Wunder gewirkt, um die dunklen Wolken zu vertreiben, die seit dem Verlust ihres Sohnes Koa über ihnen hingen. Er war an Krebs gestorben, als Malie sechzehn war. Damals hatte eine harte Zeit begonnen, denn aus ihrer Trauer heraus hatten Malies Eltern das Bedürfnis, sie um jeden Preis zu beschützen. Dabei sahen sie nicht, wie sehr sie ihre Tochter einengten, und Malie hatte die erste Gelegenheit ergriffen, um um die halbe Welt zu fliegen, damit sie dem entging.

Aber jetzt würde sie bald zurückkommen und das Surfgeschäft ihrer Eltern wieder eröffnen. Sie kam nach Hause. Das war immer Lilys größter Wunsch gewesen – ihre Freundinnen, zurück in Hawke's Cove … Und während Zoe noch immer in Sydney weilte und sich aufs Schreiben konzentrierte, freute Lily sich riesig darauf, sie alle zur Hochzeit wiederzusehen. Falls es eine Hochzeit geben würde.

»Weißt du denn, warum Henry die Hochzeit abgelehnt hat?«, fragte Malie und holte Lily damit in die Gegenwart zurück.

»Keine Ahnung.« Falten, schlagen, rollen. Der arme Fondant.

»Vielleicht solltest du es herausfinden«, schlug Zoe vor. »Dann könntest du ihn möglicherweise umstimmen.«

Lily hielt kurz inne und ließ das Nudelholz in der Luft schweben. »Das ist gar keine schlechte Idee.«

»Na ja, also, es ist der Ansatz einer Idee, aber wir sollten nicht gleich euphorisch werden«, mahnte Zoe.

»Nein, ich denke … Ich glaube, es könnte funktionieren, o-der?«, sagte Lily, die nach wochenlanger Hilflosigkeit endlich so etwas wie einen Schlachtplan vor sich sah. »Ich muss nur den Grund herausfinden, und dann stimme ich ihn um. Ich biete ihm einfach eine Gegenleistung an.«

»Ach so? Hast du etwa vor …«

»Nun mach dich nicht lächerlich. Nur weil ihr alle Sex habt, heißt das nicht, dass …«

»Ehrlich gesagt, könnte es dir aber wirklich helfen, etwas von deiner Spannung abzubauen …«

»Ich leg sofort auf!«, rief Lily dazwischen, bevor Malie noch weiter ins Detail gehen konnte.

»Lils, mal im Ernst«, mischte sich Zoe ein. »Ich hab dich lieb, grenzenlos, aber ich gebe dir eine Woche Zeit, okay? Wenn du ihn bis dahin nicht überredet hast, die Hochzeit auf dem Anwesen zu veranstalten, müssen wir V wirklich Bescheid sagen. Die Einladungen sind schon verschickt.«

»Ja, ist ja gut, ich weiß. Aber mach dir keine Sorgen. Ich werde das regeln. Ich hab schon einen Plan«, sagte Lily mit finsterer Entschlossenheit, während sich in ihrem Kopf langsam eine Idee formte.

»Nämlich?«

»Mich mit ihm zusammensetzen, die Bedingungen aushandeln und ihn dazu bewegen, die perfekteste, wunderbarste und schönste Hochzeit aller Zeiten zu veranstalten.«

Nachdem sie das Gespräch beendet hatte, überlegte sie, was zu tun war. Sie würde zum Anwesen gehen und einen

Waffenstillstand ausrufen. Und wenn sie schon mal da war, konnte sie auch gleich die Kräuter für den Abend holen. Sie war nicht mehr dort gewesen, seit …

Lily konnte sich nicht dazu durchringen, die Worte in ihrem Kopf auszusprechen. Als sie sich vorbeugte, um den Fondant zu kneten, legte sie noch mehr Kraft und Entschlossenheit hinein. Blakes Tod hatte sie am Boden zerstört. Er hatte einen der wenigen Anker, die Lily noch blieben, gekappt. Um die Tränen, die ihr in die Augen stiegen, zurückzuhalten, strich sie sich über die Wange und hinterließ dabei, ohne es zu merken, eine Spur aus Puderzucker. Dann klopfte sie den weißen Klops vorsichtig ab, bevor sie ihn in eine luftdichte Box legte.

Sie würde Henry Hawkesbury zum Einlenken bewegen, denn Victorias Hochzeit sollte perfekt sein.

Sie musste perfekt sein.

* * *

Trotz ihrer Sorgen konnte Lily sich ein Lächeln nicht verkneifen, als sie ihr Fahrrad auf die gepflasterte Hauptstraße schob, die durch das kleine Küstenstädtchen Hawke's Cove führte. Sie liebte diese Jahreszeit. Die Frühsommersonne stieg über den Hügel in der Ferne und schien auf die Hafenstadt hinab. Die Fischer waren noch nicht von ihrem morgendlichen Fang zurück, und die Touristen waren auch noch nicht in Scharen hereingeströmt. Es war … friedlich.

Sie trat in die Pedale, fuhr vorbei an Mrs. Whittakers Haus, wo sich wie immer die Gardine am Fenster bewegte, und winkte der örtlichen Klatschtante fröhlich zu. Natürlich würde sie registrieren, dass Lily zum Anwesen unterwegs war. Zumal es das erste Mal seit Blakes … Beerdigung war, dass sie sich wieder dort hinwagte.

So. Sie hatte es ausgesprochen.

Zumindest in Gedanken.

Geübt wich sie dem Gully aus, wie immer, seit sie sich ein einziges Mal davon hatte überraschen und aus dem Sattel werfen lassen, und bog an der Gabelung auf der Kuppe des Hügels links ab, um den flachen Weg in Richtung Wald entlangzuradeln, der das Landgut umgab. Je näher sie kam, desto schwerer fühlte sich jeder Tritt an.

Blake war ein so wichtiger Mensch in ihrem Leben gewesen. Als sie gerade sechzehn war, hatte er ihr einen Job in der Küche des zu einem Hotel umgewandelten Herrenhauses gegeben. All der Glanz und der Luxus des großen Gebäudes, das makellose Restaurant und die Opulenz der Zimmer, in die sie damals höchstens einen scheuen Blick geworfen hatte, hatten sie enorm beeindruckt. Es war kein Vergleich zu der kleinen, kistenartigen Sozialwohnung am Stadtrand, in der sie und ihre Mutter zu der Zeit gewohnt hatten.

Damals hatte sie versucht, genug Geld für die Kochschule in London zu sparen, die sie nach dem Schulabschluss besuchen wollte, aber der Unfall … Nun ja, sie hatte ein zusätzliches Jahr gebraucht, und Blake hatte nicht nur den Job für sie frei gehalten, sondern sie auch im Krankenhaus besucht, wo sie, wenn auch nur für kurze Zeit, hatte bleiben müssen.

Sie hatte den Unfall fast unbeschadet überstanden, besonders im Vergleich zu Victoria und Zoe. Die winzigen silbernen Narben auf ihren Armen waren nichts im Vergleich zu den Verletzungen ihrer Freundinnen. Lily versuchte, nicht an diesen Abend zu denken, aber selbst jetzt, wo sie sich unter dem dichten Blätterdach hindurch vorwärtsbewegte, blitzten

Erinnerungen in ihrem Geist auf wie die Lichtsplitter, die durch das Laub fielen.

Das schreckliche Geräusch der schlitternden Reifen, das Blaulicht der Rettungswagen, das markerschütternde Kreischen von Metall, als die Feuerwehrleute das Dach des Wagens aufschlitzten. Sie zitterte bei der Erinnerung an die Schreckens- und Schmerzensschreie. Sie war gegen die Seitentür gequetscht worden, von wo aus sie einen freien Blick auf die Rückbank gehabt hatte, direkt bis in die Windschutzscheibe des anderen Autos. Claudia hatte bei dem Versuch, sie zu überholen, die Kontrolle über den Wagen verloren, der sie daraufhin mit der Motorhaube voran seitlich gerammt hatte.

Es war die Hölle gewesen. Männer brüllten herum, jemand stieß sie an und zwang sie, sich zu bewegen, obwohl es das Letzte war, was sie wollte. Sie wehrte sich dagegen, wollte Victoria, Malie und Zoe nicht alleinlassen, egal wie sehr die Sanitäter versuchten, sie herauszuholen. Sie ergriff Malies Hand, fasste nach vorn, nach der von Victoria, die auf dem Fahrersitz festsaß, und starrte Zoe an, weil sie sie nur mit dem Blick erreichen konnte. So harrte sie aus, als hinge ihrer aller Leben davon ab. Sie hielten sich an den Händen wie erstarrt, bis man sie praktisch aus dem Wrack herauszerrte.

Während Lily und Malie nach etwa einer Woche entlassen wurden, mussten Zoe und Victoria weiter behandelt werden. Sie und Malie hatten eigentlich bei ihnen einziehen wollen, aber die Krankenschwestern und das Personal des Krankenhauses weigerten sich, das zuzulassen. Das hatte die beiden aber nicht davon abgehalten, eines Nachts einzubrechen, wobei sie den Alarm des Notausgangs auslösten, obwohl sie bei einem früheren Besuch die Tür mit einem Keil offen gehalten hatten.

In den Monaten, die Zoe im Krankenhaus verbrachte, war es das einzige Mal, dass Lily und Malie in ihren Augen Tränen sahen, die vom Lachen anstatt von den Schmerzen herrührten, und allein das war ihnen jede Standpauke vonseiten des Krankenhauses wert gewesen.

Als Lily weiter in die Pedale trat, empfand sie dieses Gefühl und die Leichtigkeit als etwas Einzigartiges und Wunderbares. Zoe konnte seit diesem Unfall ihre Beine nicht mehr bewegen, und Victoria konnte auf natürlichem Wege keine Kinder bekommen.

Dieser Abend hatte jedem der Mädchen etwas genommen, und zehn Jahre später erkannte Lily nun, dass sie immer noch den Nachhall dieses Verlustes spürten. In den letzten Monaten jedoch hatten Victoria, Malie und Zoe mithilfe der Liebe und Akzeptanz ihrer Partner einen Weg nach vorn und in die Zukunft gefunden. Und selbst der kleine Schatten der Einsamkeit, den sie erneut wahrnahm, weil sie alle so weit weg waren, konnte ihr Glück darüber nicht trüben.

Lily radelte weiter in den Wald, der das Hawkesbury-Anwesen umgab. Hier warf das dunkle Blätterdach nicht allein Schatten. Es weckte auch Erinnerungen an Blake. Die ruhigen Hände, mit denen der ältere Mann sie angeleitet hatte, die ausgebreiteten Arme, wenn er sie nach ihrer Rückkehr aus London umarmt hatte. Die wohlige Ablenkung, die er ihrem schmerzenden Herzen geboten hatte, nachdem ihr Ex-Verlobter sie betrogen hatte. Seine stille, traurige Sehnsucht danach, dass sein Sohn zurückkehren würde … der Sohn, der Hawke's Cove vor zehn Jahren verlassen hatte, ohne sich auch nur einmal umzuwenden.

Bis es zu spät war.

Sie fröstelte. Als die Empfindung des kürzlichen Verlusts mit der Erinnerung an das damals Erlebte verschmolz, wurde ihr trotz der Anstrengung mit einem Mal kalt im Schatten. Es ergriff sie eine Traurigkeit, die abzuschütteln ihr nur mit Mühe gelang. Schließlich führte der Weg aus dem Wald hinaus auf die weitläufigen, offenen Hügel der Hawkesbury-Ländereien. Die Weinberge erstreckten sich terrassenförmig von der Kuppe hinunter, auf der stolz das georgianische Gebäude thronte. Der Anblick erfüllte Lily immer mit einem Glücksgefühl, selbst heute, unter dem spitzen Stachel der Trauer. Blake hatte so hart für jede Rebe gearbeitet. Der Stolz in seiner Stimme und in seinem Blick, wenn jede weitere Lese üppiger ausfiel als die vorige und der Wein immer beliebter wurde, war für alle unverkennbar gewesen. Der Löwenanteil der Produktion ging natürlich an sein Restaurant, aber in den letzten drei Jahren hatte das Weingut auch immer mehr Händler mit hochwertigem Wein beliefert, der sogar international Anerkennung fand.

Als Lily das Fahrrad zum Stehen brachte und ihr Gewicht auf einen Fuß verlagerte, drängte sich ihr die Frage auf, was jetzt geschehen würde. Was würde Blakes Sohn, der im Streit gegangen war, nun mit dem Anwesen machen – und mit allem, was sein Vater so mühevoll aufgebaut hatte?

* * *

Sorry, Kumpel. Ich hatte
nicht vor, so lange weg zu
sein.

Henry drückte auf Senden und fuhr sich mit der Hand übers Gesicht, um die Erschöpfung aus den müden Augen zu wischen. Sein Telefon gab ein Ping von sich.

Keine Bange. Ich komm
super ohne dich klar.

Obwohl Henry wusste, dass sein Geschäftspartner es ironisch meinte, hoffte er trotzdem, dass dies nicht der Fall war. Ihr Unternehmen war über die Jahre hinweg sein Rettungsanker gewesen, und wer weiß, wo er ohne Ben gelandet wäre. Wahrscheinlich auf dem Boden einer Flasche – und garantiert keiner Weinflasche.

Aber im Ernst, Kumpel, wie
läuft's bei dir?

Henry seufzte. Verdammt schrecklich?

Ganz okay.

Jetzt, wo er den Angestellten vier Wochen bezahlten Urlaub gegeben hatte, würde es sicherlich besser gehen. Er brauchte etwas Zeit für sich, um einfach nur zu sein. Ohne Mitarbeiter oder Hotelgäste, die die Zimmer einnahmen. Die Zimmer, die sich ziemlich verändert hatten in den zehn Jahren, seit er das letzte Mal einen Fuß auf dieses Anwesen gesetzt hatte, das seit Generationen im Besitz seiner Familie war. Der Hotelmanager hatte den gebuchten Gästen recht bereitwillig telefonisch abgesagt, da er offenbar verstand, in was für einer heiklen Lage sie alle sich befanden.

Heute früh war Henry zum ersten Mal seit seiner Ankunft allein im Haus. Als seine Mutter ihn angerufen hatte, war er gleich am nächsten Morgen nach London geflogen, um ein paar Tage bei ihr und ihrem Mann in Borehamwood zu verbringen. Seine Mutter hatte ihn mit traurigem Gesicht, aber ohne Tränen dabei beobachtet, wie er stundenlang am Telefon die Beerdigung eines Mannes organisierte, mit dem er seit zehn Jahren nicht mehr gesprochen hatte.

Er hat dich geliebt, Henry, aber ihr wart einer so stur wie der andere.

Henry war die Nacht vor der Beerdigung mit seinem Mietwagen nach Hawke's Cove durchgefahren und hatte in der vordersten Reihe der Trauernden gestanden, die fast die ganze verdammte Einwohnerschaft zu umfassen schienen. Er zitterte bei der Erinnerung daran, wie er die trockene Erde auf den Sarg seines Vaters geworfen hatte, und konnte immer noch nicht glauben, dass er nicht mehr da war.

Die letzten paar Wochen waren schwer gewesen. Schwerer, als er erwartet hatte. Er hatte sich mit Blakes Nachlassanwälten getroffen, die, wenn nicht überrascht, doch zumindest zufrieden damit schienen, dass seine Mutter auf sämtliche Ansprüche an dem Nachlass aus einem Testament verzichtete, das viele Jahre zuvor gemacht worden war.

Henry schüttelte gedankenverloren den Kopf, während er, ohne dabei wirklich etwas zu sehen, aus dem Fenster schaute. Er wohnte in einem Zimmer im obersten Stockwerk, weil er es nicht fertigbrachte, auch nur einen Fuß in sein Jugendzimmer zu setzen. Blake hatte ihm alles vermacht. Dabei hatte er sich darauf eingestellt, beim Anwalt ein Papier zu unterschreiben, auf dem er zustimmte, leer auszugehen. Stattdessen war er jetzt Besitzer eines Fünfsternehotels, eines Privatstrandes sowie von über dreihundert Hektar Wald und Weinbergen. Außerdem gab es fast dreißig Angestellte, von denen fast jeder auf fast jede Frage, die er bezüglich des Anwesens stellte, *»Frag Lily Atwell«*

geantwortet hatte. Das altbekannte Gefühl von Frustration stieg in ihm auf. Er hatte keine Ahnung davon gehabt, wie sehr sie sich in den letzten zehn Jahren in das Anwesen eingebracht hatte.

In den Jahren nach dem Unfall hatte er alles getan, um nicht an sie oder die anderen Mädchen von damals – Zoe, Malie und Victoria – zu denken. Jedes Mal, wenn er kurz davorstand, sich zu fragen, wie es ihnen wohl inzwischen ergangen war, machte sein Verstand eine Kehrtwende, und er stürzte sich stattdessen in ein neues Projekt, angetrieben von den Dämonen seiner Vergangenheit.

Aber jetzt waren sie – war sie – überall, wo er hinkam. Lily Atwell, diese feurige kleine Wutkugel. Einmal war er bereits schmerzhaft mit ihr zusammengestoßen, als er ihr mitgeteilt hatte, dass sie die Hochzeit ihrer Freundin woanders veranstalten müsse. Sie hatte sich verändert, seit er sie das letzte Mal gesehen hatte, damals, als sie sich auf dem Weg zur Anhörung buchstäblich in die Arme gelaufen waren. Sie hatte etwas von der rundwangigen Sanftheit verloren, an die er sich noch aus ihrer Teenagerzeit erinnerte, ihre Wangenknochen waren schärfer konturiert. Ein paar Strähnen ihrer langen dunklen Haare waren dem unordentlichen Dutt entkommen und peitschten um ihre ausgeprägte Kieferpartie, als wollten sie die Empörung widerspiegeln, die aus ihrem dünnen Körper hervorbrach, als er Nein zu der Hochzeit auf dem Landgut sagte. Ihr Haar hatte ein satteres Kastanienbraun als früher, es hatte ihre Augen zum Glühen gebracht. Und ihn reduzierte es offensichtlich auf einen albernen Narren, der gerade von Herbstfarben und natürlicher Schönheit schwärmte.

Hinter seinen Schläfen zog ein Kopfschmerz auf. Vor weniger als zwei Monaten hatte er in seiner Wohnung in

Manhattan mit Ben und dessen Frau Amina den Abschluss einer Investition gefeiert, mit der die neueste App ihres Unternehmens finanziert werden würde. Sie hatten gelacht und noch nicht so recht glauben können, wie weit sie gekommen waren seit ihrem ersten, auf eine Serviette gekritzelten Vertrag vor fast acht Jahren. Dabei war der sicherlich nicht einmal rechtsverbindlich gewesen, zumal nach dem Genuss einer halben Flasche SangSom an einem Strand in Thailand.

Ben war so aufgeregt gewesen, dass es selbst für ihn ein wenig übertrieben schien. Und in dem Moment war es Henry aufgefallen: Amina hatte den ganzen Abend über keinen Tropfen Alkohol getrunken. Henry hatte Ben in die Arme genommen, bevor er überhaupt »Wir sind schwanger« bis zu Ende aussprechen konnte. Er hatte Ben versichert, dass er es natürlich verstehen könne, dass sie für die Geburt nach Singapur ziehen würden, um näher bei Minas Familie zu sein. Und dass es ihm nichts ausmachte, sofern sie einen »Onkel-Anbau« für ihn einplanten.

Henrys Telefon hatte mittendrin geklingelt, doch er hatte es ignoriert und sich stattdessen auf Ben, seine Frau und das Baby konzentriert ... Aber es hatte wieder geklingelt. Und noch einmal. Seine Mutter war dran gewesen. *Liebling, es tut mir so leid. Dein Vater ...*

Henry entspannte die Hand, die das Handy krampfhaft umklammert hatte.

Kannst du mir den Papier-
kram für den Johnson-Deal
schicken?

Sekunden später antwortete Ben.

Traust du mir nicht?

Ich würde dir mein Leben anvertrauen, Kumpel. Aber ich könnte, ehrlich gesagt, etwas Ablenkung gebrauchen.

Schon klar.

Henry steckte das Handy in die Tasche seiner Jeans und zog sich einen Pullover übers Hemd. Es mochte Nachmittag in Singapur sein, aber über den Weinbergen in Hawke's Cove ging gerade erst die Sonne auf und färbte die Hügel golden. Wieder zog es ihn zum Fenster, von dem aus er das beeindruckende Anwesen überblicken konnte, und er versuchte vergeblich herauszufinden, was daran seinen Vater dazu bewogen hatte, das hier mehr zu lieben als seine Frau und sein Kind.

Die Frühsommersonne hob die Senken und Mulden der sanften Hügel hervor. Blakes kostbare Weinstöcke hatten sich verdreifacht. Sie schlängelten sich am Ufer entlang und spiegelten sich auf den Glasscheiben der Orangerie hinter dem Haupthaus.

Nur ein Haus, kein Zuhause. Nicht all die Dinge, die einem bei diesem Wort vorschwebten. Henry sehnte sich nach den glatten, eleganten Konturen in seiner New Yorker Wohnung. Die miteinander konkurrierenden Geräusche des chaotischen Treibens auf den Straßen mit Touristen und Bauarbeitern erzeugten einen ständig auf- und abschwellenden Lärm, ein Summen und Brummen wie verschiedene Gezeiten.

Die Stille hier war beunruhigend. Er hätte seine schlaflosen Nächte darauf schieben können, aber er wollte sich nicht selbst belügen. Damit hatte er schon vor Jahren aufgehört. Er hatte eingesehen, dass er sich die ganze Zeit wie ein trotziges Kind benommen hatte, vor Wut über einen Elternteil, der sich nicht im Geringsten um ihn kümmerte, und über den anderen, der sich übermäßig kümmerte. Bis sein Verhalten und sein Egoismus schließlich so verheerende Ausmaße angenommen hatten, dass die Menschen um ihn herum durch ihn dauerhaften Schaden erlitten. Er fluchte laut in den Raum hinein, wo ihn niemand hören konnte. Es war noch zu früh am Tag für die Art von Selbstvorwürfen, die normalerweise mit einer langen Nacht und einer Flasche Whisky einhergingen. Das war es, was der Aufenthalt hier mit ihm machte. Er verwandelte ihn wieder in den wütenden Jungen, der nichts mit dem ruhigen, professionellen und erfolgreichen Mann gemein hatte, der er inzwischen geworden war.

Gerade wollte er sich abwenden, als etwas Helles, Orangefarbenes aufblitzte und seine Aufmerksamkeit erregte. Widerstrebend, aber neugierig schaute er abermals zum Fenster hinaus und entdeckte eine Gestalt auf einem Fahrrad. Die Sonne glitzerte auf kastanienbraunen Haaren, die mit etwas hochgesteckt waren, was aus dieser Entfernung seltsamerweise wie Essstäbchen aussah. Es war klar, dass es sich nur um eine einzige Person handeln konnte, nämlich diejenige, die er gerade am wenigsten sehen wollte.

* * *

Sie würde ihn nicht schlagen.

Sie würde ihn töten.

Buchstäblich.

Während Lily die Schere mit sicherer Hand immer wieder zuschnappen ließ, sah sie sich im Kräutergarten um. Sie hatte der ganzen Sache recht positiv gegenübergestanden und gehofft, nach der letzten schmerzhaften Konfrontation nun einen Waffenstillstand anbieten zu können, um noch einmal ganz von vorn anzufangen. Aber dann war sie in den ummauerten Kräutergarten getreten und hatte es gesehen …

Sie hätte heulen können.

Unkraut war gesprossen und drohte die empfindlichen Kräuter zu überwuchern, die sie und Blake über die Jahre herangezogen hatten. Das Netz, das einige der jetzt verrottenden Erdbeerpflanzen geschützt hatte, war weggerissen, und Raupen hatten die Salaternte fast vollständig zerstört.

Heiße Wut erfüllte sie, die sich aber nicht in Gänze gegen Henry richtete. Zum großen Teil zwar, ja, aber nicht vollständig. Sie war zu lange nicht hier gewesen, weil sie nicht willens und nicht fähig gewesen war, dem neuen Gutsherrn zu begegnen. Aber jetzt … o ja, jetzt würde sie es ihm zeigen.

»Was zum Teufel machst du hier?«

Sie zuckte zusammen, als sie die verärgerte Stimme des Mannes hörte, den eigenhändig zu ermorden sie sich bereits auf alle möglichen Arten sehr farbenfroh ausgemalt hatte. Sie wirbelte herum und stürmte auf ihn zu, wobei sie weiterhin die Schere schnippen ließ.

»Du!«, schrie sie ihn an. »Du! Wie kannst du nur!«

»Wie bitte?« Seine entrüstete Antwort wurde von vollen Lippen geformt, die Lily fast sinnlich vorkamen. Henry sah umwerfend aus in der Jeans, die sich an seine starken Schenkel schmiegte, und einem dunkelblauen Pullover mit Zopfmuster, der dicht an seinem wohlgeformten Körper anlag.

Sie stöhnte innerlich auf. Warum war er nicht wenigstens dick geworden? Warum konnte er nicht einfach … hässlich sein? Es ließ sie noch wütender werden, weil es ihr peinlich bewusst machte, dass sie in ihrer alten Jeans, dem schlabbrigen weißen T-Shirt mit V-Ausschnitt und der riesigen orangefarbenen Strickjacke direkt von der Küche aus hergefahren war.

»Wie konntest du nur?«, stieß sie aus. »Es ist fast alles ruiniert.«

»Ruiniert?« Wieder klang er verblüfft.

»Ja. Da, sieh mal!«, befahl sie und winkte mit der Schere nach links. »Lauter Brennnesseln! Wir hatten hier seit fast drei Jahren keine Brennnesseln mehr. Und die Raupen!« Lily ging es ziemlich gegen den Strich, dass sie den Kopf in den Nacken legen musste, um zu ihm aufzuschauen. Ihr entging völlig, wie dicht sie beieinanderstanden.

»Das ist wohl kaum meine Schuld.«

Lily hätte am liebsten mit dem Fuß aufgestampft wie ein Kind. Natürlich war es nicht seine Schuld. Es war ihre. Sie hatte es nicht über sich gebracht herzukommen, seit Blake … Ganz zu schweigen davon, dass sie sich von Henry hatte fernhalten wollen.

»Was machst du hier?«, fragte er langsam, als müsste er um Geduld ringen.

»Ich wollte dir einen Waffenstillstand anbieten«, brummte Lily, wobei ihr völlig klar war, dass ihr Tonfall alles andere als das vermuten ließ. Und dem Funkeln in Henrys Augen nach zu urteilen, schien er es genauso ironisch aufzufassen.

»Und das tust du, indem du hier eindringst …«

»Was?«

»... Privateigentum beschädigst ...«

»Beschädigen?«, rief sie.

»... und Diebstahl begehst?«, sagte er mit einem Blick in ihren Fahrradkorb, in dem sich die Kräuter befanden, die sie zuvor gesammelt hatte.

So eine Frechheit!

Oh, jetzt hatte er es wirklich getan. Alle guten Vorsätze zerrannen ihr auf der Zunge. Lily dachte nicht mehr an Victorias Hochzeit und ihre Absicht, einen Waffenstillstand zu schließen, und realisierte stattdessen, dass sie kurz davor war, aus dem einzigen Zufluchtsort ausgeschlossen zu werden, den sie außer ihrer Küche noch hatte.

Wut. Sie klammerte sich daran wie an eine Rettungsleine. Sie wusste nicht, was es mit Henry auf sich hatte, aber er brachte das Schlimmste in ihr zum Vorschein. So war sie sonst nicht. Niemals. Sie war eine Friedensstifterin. In London hatte ihr ein Chefkoch gesagt, dass sie bei der UNO besser aufgehoben wäre als in der Küche. Aber die Andeutung, dass sie dort nicht erwünscht sei, hatte sie nur zu noch härterer Arbeit angestachelt.

»Henry Hawkesbury, ich habe mich fast sieben Jahre lang um diesen Garten gekümmert, während du mit einem Treuhandfonds in der Tasche durch die Welt gezogen bist und Gott weiß was mit Gott weiß wem gemacht hast ...«

»Was ich in den letzten Jahren gemacht habe und mit wem, geht dich absolut gar nichts an.«

»Aber dieses Anwesen geht mich etwas an. Blake und ich haben diesen Kräutergarten zusammen angelegt. Er ge...« Heiße Tränen drängten ihr in die Augen, die ganze Wut und Trauer schwollen in ihrer Brust an, denn sie hatte sagen wollen: »Er gehört uns.« Aber das konnte sie wohl jetzt nicht mehr sagen, oder? Blake war weg. Und plötzlich wurde ihr klar, dass sie sich die ganze Zeit darauf konzentriert hatte, was Henrys Rückkehr für Victoria und die Hochzeit bedeutete. Sie hatte verdrängt, welche Auswirkungen es auf sie selbst haben würde.

»Sprich weiter«, unterbrach Henry ihre Gedanken. »Bitte.« Er bedeutete ihr mit einer Geste, dass sie fortfahren sollte. »Nur zu, erzähl mir davon, wie nachlässig ich in den letzten zehn Jahren gewesen bin. Erzähl mir von dem glorreichen Mann, der sich von seinem Sohn abgewandt hat, als dieser ihn am meisten brauchte.«

* * *

Henry biss die Zähne zusammen. Er hatte zu viel preisgegeben. In diesem einen Moment hatte Lily Atwell es geschafft, genau das aufzudecken, wovor er jahrelang weggelaufen war. Nein, nicht sie, es war dieser verdammte Ort. Er konnte es nicht erwarten, ihn endlich loszuwerden.

»Henry …«

Er blickte in große braune Augen, die vor Mitgefühl glänzten. Einen Moment lang befürchtete er, sie könne versuchen, eine Entschuldigung für Blakes Handeln zu finden.

»Nicht«, unterbrach er sie, bevor sie fortfahren konnte. »Ich hätte das nicht sagen sollen.«

Er beobachtete, wie sie die Worte, die ihr auf der Zunge lagen, zurückhielt und sich hinter dem Vorhang ihrer dichten Haare verbarg. Als sie aufblickte, bemerkte er einen Fleck auf ihrer Wange, der wie Mehl aussah. Das ließ sie unglaublich unschuldig aussehen, und sein Herz zog sich zusammen.

Für einen kurzen Moment hatte er den verbalen Schlagabtausch mit ihr sogar genossen. Alle anderen hatten ihn in den letzten Monaten wie mit Samthandschuhen angefasst und waren förmlich auf Zehenspitzen um ihn herumgeschlichen. Aber nicht Lily. Je mehr er sie provozierte, desto empörter war sie und desto mehr schlug sie zurück. Und er genoss es. Jedenfalls war ihm das lieber als diese Trauer, die plötzlich zwischen ihnen schwelte.

Als er sich im Garten umblickte, konnte er beim besten Willen den »Schaden«, den sie sah, nicht erkennen. Auf jeden Fall sah es besser aus als das letzte Mal, als er hier gewesen war. Damals hatten hier kaputte Maschinenteile herumgelegen, die älter gewesen waren als sein Vater.

Zum Glück warf Lily die Schere in den Korb. Die scharfen Schneiden waren ihm recht nahe gekommen, sodass er schon einen Moment lang befürchtet hatte, auf unmännliche Weise einen Schritt zurücktreten zu müssen. Sie landete neben etwas, das wie ein halber Wald aus Kräutern aussah, durchsetzt von Rosenblüten, ein paar Handvoll seltsamer orangefarbener Beeren und anderen farbenfrohen kleinen Blumen.

»Was hast du mit all dem Zeug vor?«, fragte er. Der Anblick machte diese Begegnung irgendwie noch seltsamer.

»Petersilienöl herstellen. Für Lammfleisch in der Kräuterkruste. Und ich spiele mit dem Gedanken, eine Sanddornreduktion zu machen, weil wir dieses Jahr eine so gute Ernte hatten.«

»In Hawke's Cove gibt es tatsächlich eine Nachfrage nach Petersilienöl und Sanddornreduktionen?«

»Hawke's Cove ist vielleicht nicht London, New York oder Singapur, Henry, aber auch hier wird gegessen, falls du das vergessen haben solltest.«

»Hast dich wohl über mich informiert, wie?«, fragte er mit beiläufiger Arroganz, um seine Neugier zu kaschieren. Es war wohl kaum Zufall, dass sie ausgerechnet die Orte auf der Welt aufzählte, in denen er Apartments besaß.

»Was?«, fragte sie, während ihr die Röte in die Wangen stieg.

»Du hast diese Städte einfach so zufällig herausgepickt?«

»Nein, dein Vater hat mir erzählt, dass du dort gelebt hast.«

Diesmal sah sie bei der Erwähnung von Blake trotziger aus, aber als er ihren Blick festhielt, neigte sie den Kopf nach vorn und versteckte sich hinter einigen Strähnen dunkler Haare, die aus ihrem unordentlichen Dutt gerutscht waren, der mit – ja, ganz eindeutig – Essstäbchen festgesteckt war.

»Und zufällig mache ich ein sehr gutes Petersilienöl, vielen Dank auch.« Wie sie es schaffte, gleichzeitig formell und trotzig zu klingen, war Henry ein Rätsel.

Er wandte sich ab, indem er so tat, als wolle er sich im Garten umsehen, nur damit er nichts Dummes tun konnte – zum Beispiel, sich die Tatsache einzugestehen, dass er sich durch die Wortgefechte mit ihr lebendiger fühlte als durch irgendetwas anderes im letzten Monat. Aber als er den Blick wieder auf sie richtete, wünschte er sich, er hätte ihr längst den Rücken gekehrt und wäre gegangen. Aufrichtigkeit und Mitgefühl trafen ihn bis ins Mark.

»Das mit deinem Vater tut mir leid.«

Ein plötzlicher, schockierender Kummer überrollte ihn. Ihrer Beileidsbekundung fehlte jegliches Getue, wie er es bei den Trauergästen auf der Beerdigung erlebt hatte, die fast theatralische Darstellung von Leid durch Fremde. Es war an ihm abgeprallt. Lily Atwell hingegen zwang ihn mit ihrer einfachen, ehrlichen Bemerkung in die Knie.

Und die ganze Zeit über konnte er nicht wegschauen. Es war, als ließe sie ihn auf ihre Worte reagieren und hielte den Sturm, den sie heraufbeschworen, geduldig aus, indem sie ihn innerlich wüten ließ. Sie absorbierte einfach alles.

»Du solltest gehen«, presste er heraus.

»Ja, natürlich«, sagte sie und ließ den Kopf wieder leicht sinken, als wollte sie sich erneut hinter ihren Haaren verstecken. »Ich müsste nur kurz mit Annabelle besprechen …«

»Sie ist nicht hier.«

»Was?«

»Keiner mehr. Ich hab sie weggeschickt.«

»Du hast *was*?«, fragte sie. »Aber, Henry, das ist …«

»Was mit diesem Haus ist oder war, braucht dich nicht zu interessieren«, sagte er entschieden. Warum nur wurde er das seltsame Gefühl nicht los, dass er damit falschlag? Sehr falsch.

»Und die Gäste? Im Hotel?«

»Die Buchungen wurden storniert, und die Gäste bekommen alles zurückerstattet.«

»Aber was ist mit dem ganzen Anwesen?«

»Was soll damit sein?«

»Das ist ein Weingut, Henry, die Reben müssen …«

»Ich bin mir ziemlich sicher, dass ich mit ein paar Reben zurechtkomme, Lily.«

Er beobachtete, wie sie sich erneut auf die Lippe biss, um eine Erwiderung zurückzuhalten. Die Zornesröte wanderte ihre alabasterfarbenen Wangen hoch und zog seinen Blick mit hinauf von ihrem Mund zu ihren Augen. Sie waren groß und rund und … spien Feuer. Er spürte die Zorneswellen, die von ihr ausgingen, spürte sie wie Flutwellen auf seiner Haut anbranden. Es sah aus, als löse eine gewaltige Kraftanstrengung ihre Lippen, als sie scharf einatmete, dann nahm sie ihr Fahrrad so fest am Lenker, dass die Fingerknöchel weiß hervortraten, und schob es mit hocherhobenem Kopf an ihm vorbei.

Er hätte schwören können, dass er sie »blöder Idiot« murmeln hörte, als sie das Tor passierte. Und er stimmte ihr absolut zu.

Er hätte niemals zurückkommen sollen.

Kapitel 2

Ich war so ein Idiot, sagte sich Lily, während sie das Rad über die Kiesauffahrt schob. Sie hätte ihn auf ihre Seite bringen sollen, anstatt ihn wie eine Verrückte anzuschreien. Er hatte sie weggeschickt, und ganz bestimmt würde er ihr nicht gestatten, in den Kräutergarten zurückzukehren, um die Folgen der Vernachlässigung seit Blakes Tod zu beheben. Was würde jetzt aus dem Anwesen, ohne die Angestellten?

Als sie das Fahrrad in Richtung Straße lenkte, vermied sie den Blick auf die Weinstöcke, die sich sanft den Hügel hinunterschlängelten. Würde er sie abschreiten? Die verdorbenen Trauben wegschneiden, damit die verbleibenden reifen konnten? Vor seinem Tod hatte Blake sich Gedanken darüber gemacht, dass der Bacchus wahrscheinlich dieses Jahr früher geerntet werden müsste. Würde Henry das ohne John, den Gutsverwalter, überhaupt bemerken?

Die Hochzeit. Sie konnte es nicht länger aufschieben. Henry würde seine Meinung sicher nicht ändern. Sie musste Victoria anrufen. Jetzt. Eine so schwerwiegende Sache konnte sie nicht länger vor ihrer besten Freundin geheim halten, und sie musste es erzählen, bevor sie es sich doch noch anders überlegte. Es zerriss sie innerlich, aber sie konnte es nicht aufschieben.

Geh nicht ran. Geh nicht ran.

In dem Moment, als Victoria den Anruf annahm, konnte Lily sich nicht mehr zurückhalten.

»Er ist so ein Scheusal, V. Einfach schrecklich!«

»Wer, Lils?«, fragte Victoria mit einem leichten Anflug von Besorgnis in der Stimme.

»Nicht Oliver, natürlich«, antwortete Lily, die wusste, dass ihre Freundin total verliebt war und sich alles um ihren Verlobten drehte. »Nein, Henry«, stellte sie klar.

»Oh. Der kleine Lord Fauntleroy?«

»Ja. Nein. Wir können ihn nicht weiter so nennen, V«, sagte sie stöhnend.

»Warum?«

»Weil es klingt, als wäre er ein harmloser kleiner Junge. Und Henry Hawkesbury ist …« *Groß? Heiß? Unwiderstehlich?* Lily bremste ihren Schritt so abrupt ab, dass ihre Hand an der Lenkermitte das Rad ein wenig ins Schlingern brachte. Woher kam dieser Gedanke bloß?

»… schrecklich?«, ergänzte Victoria.

»Genau«, sagte sie sowohl zu ihrer Freundin als auch zu sich selbst und setzte ihren Weg zum Restaurant fort. »Aber so was von.«

»Willst du ›verlorene Stunden‹ einberufen? Sollen wir die anderen zusammentrommeln?«

Gott bewahre, dachte Lily. Obwohl sie deren Unterstützung hätte gebrauchen können, musste sie das hier allein erledigen. Victoria würde am Boden zerstört sein. Sie hörte ein Rascheln im Hintergrund und stellte sich vor, wie ihre beste Freundin Stoffballen und Entwürfe herumschob. Um diese Zeit, heute, am Sonntag, würde sie wahrscheinlich in ihrem neuen Atelier sein und an ihren wunderschönen Kleidern arbeiten. Sie stellte sich vor, wie Victorias dunkle, glänzende Haare lang über ihre Schulter fielen, während sie an ihrem Schreibtisch saß, den Kopf auf eine

Handfläche gestützt, um sich auf das Telefonat zu konzentrieren.

»Lils? Bist du noch da?«

»Ja, klar. Aber es ist schon gut, mach dir keinen Kopf wegen der anderen. Ich könnte jetzt eh nicht sagen, wie die Zeitverschiebung genau aussieht.«

»Du weißt aber schon, dass das keine Rolle spielt«, antwortete Victoria.

»Nein, wirklich, es geht schon«, antwortete sie und schob die letzten Zweifel beiseite. Sie holte tief Luft, öffnete den Mund und …

»Wie geht es ihm denn jetzt, nach der Beerdigung?«, fragte Victoria, ohne zu ahnen, dass sie damit Lilys Eröffnung im Ansatz erstickte.

Lilys Gedanken wanderten zurück zu Henry, wobei sie die Gnadenfrist halb verfluchte und halb dankbar annahm. »Was weiß ich? Er war vollauf damit beschäftigt, mich vom Grundstück zu vertreiben. Es wundert mich, dass er nicht meine Schlüssel zurückverlangt hat.«

»Deine Schlüssel? Warum sollte er …« Sie hörte Victoria seufzen. »Er weiß nichts davon.«

»Nein. Wie könnte er? Er hatte seit fast zehn Jahren nichts mehr mit seinem Vater zu tun.«

»Oh, Schätzchen, das Anwesen hat einen so großen Teil deines Lebens eingenommen. Ich bin immer noch … enttäuscht, dass Blake im Testament keine Anweisung in der Richtung hinterlassen hat.«

»Darum geht es nicht, V«, antwortete Lily, und das stimmte auch.

»Ich weiß«, sagte Victoria mit viel zu viel Mitgefühl und Verständnis. Lily konnte einen Moment lang nicht atmen, konnte kaum glauben, dass sie dieses Gespräch gerade wirklich führte. Weil Blake weg war. Und ihr Leben sich unwiderruflich verändert hatte.

»Meinst du nicht, du könntest mit Henry reden? Ihm erklären, wie sehr du dich für das Weingut eingesetzt hast?«

»Ich weiß nicht. Es ist gut möglich, dass eine erneute Begegnung mit ihm mit einem Mord endet«, knurrte sie und dachte an seine Arroganz, seine Anmaßung. Sie war sich sicher, dass es noch irgendein anderes A-Wort gab, das auf ihn passte.

»Mord? Lils, ist alles in Ordnung? Normalerweise bist du doch nicht so«, antwortete Victoria, die jetzt besorgt klang.

»Ich weiß«, stöhnte sie. Sonst war sie wirklich nicht so. Sie machte gerade alles kaputt. Dabei musste sie Victoria sagen, dass die Hochzeit nicht auf dem Anwesen stattfinden konnte.

»V...«

»Oh, was ich sagen wollte ... Stell dir vor, Olivers Mutter hat der Fotografin die Website des Hawkesbury-Landguts gezeigt, und ich glaube, sie hat mir endlich verziehen, dass die Hochzeit nicht in ihrer Dorfkapelle stattfindet. So gerade eben«, schloss Victoria mit einem kleinen Lachen.

O Gott! O Gott!

Lily wusste, wie viel es Victoria bedeutet hatte, Olivers Eltern für sich zu gewinnen. Übelkeit stieg in ihr auf. Sie hörte, wie Oliver im Hintergrund Victorias Namen rief, und klammerte sich daran wie an einen Rettungsring.

»Lils ...«

»Ist schon okay. Geh nur, geh, geh. Grüß ihn von mir!«

Lily beendete das Gespräch, bevor Victoria noch etwas sagen oder fragen konnte, und ließ das Telefon in den Korb neben die Kräuter fallen, als wäre es eine Giftschlange. Fast hätte sie sogar aufgeschrien. Zum Glück war niemand da, der ihr abgrundtiefes Stöhnen hätte hören können, als sie ihre Stirn auf den Lenker sinken ließ.

Dummkopf. Dummkopf. Dummkopf.

Sie hätte noch gegen die Reifen getreten, wenn sie nicht zum Restaurant hätte zurückkehren müssen. Also holte sie tief Luft – vorbei an einem riesigen Klumpen aus Schuldgefühl, der gegen ihre Lungen drückte. Verdammter Henry Hawkesbury!

Groß, heiß, unwiderstehlich …

Wie war das bloß passiert? Das letzte Mal, dass sie Henry gesehen hatte, war auf den Stufen vor dem Gericht gewesen. Man hatte ihn und Victoria nach den Unfallermittlungen von jeglichem Fehlverhalten freigesprochen. In den vergangenen zehn Jahren hatte er sich offensichtlich von einem wütenden, gequälten, schuldbewussten und viel zu dünnen Teenager zu einem äußerst beeindruckenden Mann entwickelt.

Ja, er war wütend gewesen, und ja, vielleicht hatte sie den Männern abgeschworen, aber sie war ja trotzdem nicht blind. Sie hatte die Veränderungen an ihm mit gierigen Blicken verschlungen – seine breiten Schultern, perfekt vom Pullover definiert, der sich über seine Muskeln spannte, als wollte er sie verhöhnen. Der alte, dunkle Ledergürtel am Bund seiner Jeans hatte ihren Blick unwillkürlich auf seine schmalen Hüften und den schlanken Bauch gelenkt, und es war ihr nicht entgangen, dass die Jeans sich an seine Oberschenkel schmiegte wie … Lily Atwell knurrte tatsächlich vor sich hin.

Groß, heiß, unwiderstehlich …

Und schrecklich.

Sie richtete sich im Geiste und wortwörtlich auf und schwang ihr Bein über den Sattel. Später. Sie würde sich später um alles kümmern. Sie war an der Weggabelung angelangt, von wo der eine Weg in die Stadt führte und der andere mitten durch den Wald neben den Weinbergen bis hinunter zum Privatstrand des Anwesens.

Sie sehnte sich danach, diesen Weg zu nehmen. Sie wollte die Stelle besuchen, die so viele wunderbare Erinnerungen an viel, viel leichtere Zeiten barg. Victoria, Malie, Zoe und sie hatten fast jeden Tag ihrer Sommerferien an diesem Strand verbracht, und auch einige Wochenenden dazwischen. Wie von selbst stieg der Nachhall des Lachens und der Freude in ihr auf, die sie immer überkam, wenn sie sich damals das kleine Fischerboot von Mr. Michaels aus dem Hafen »ausliehen«. Er hatte ihnen immer – etwas zu spät, um sie noch zu erwischen – vom Kai aus nachgerufen, mit erhobener Faust, und beinahe ernst gewirkt, nur dass er dabei gegrinst hatte. Sie waren dann hinaus in die Flussmündung und um die Bucht gerudert, und Malie – es war immer Malie – war ins Wasser gesprungen und hatte das Boot ans Ufer gezogen. Sie fingen Makrelen von den hohen Felsen aus, die den Strand säumten, verbrannten leere Krabbenschalen auf kleinen Feuern aus Treibholz und sahen zu, wie sie sich zu einem unglaublich leuchtenden Rosa verfärbten. Und sie träumten von ihrer Zukunft, davon, wie sie aus Hawke's Cove weggehen würden, von einem glanzvollen Leben mit lauter reichen, gut aussehenden Männern und davon, dass sie eines Tages alle zusammenwohnten. Manches davon hatte sich erfüllt, anderes nicht. Und der vertraute Schmerz darüber, dass Victoria, Malie und Zoe nicht in Hawke's Cove waren, fühlte sich an wie ein entfernter Trommelschlag in ihrem Herzen.

Aber Malie würde zurückkehren, und Victoria war in London, also nicht wirklich weit weg. Allein der Gedanke daran vertrieb die Ranken der Traurigkeit und steigerte ihren optimistischen Impuls ein bisschen. Lily wusste, dass es nie mehr so sein würde wie in ihrer Kindheit, als sie nur zu viert gewesen waren. Denn seit Kurzem waren alle ihre Freundinnen verlobt. Lily war wirklich nicht eifersüchtig, aber dennoch ... Sie zuckte unbewusst mit den Schultern, während das Fahrrad einen Augenblick lang von allein vorwärtsrollte. Es würde nicht dasselbe sein.

Der Weg unter den Rädern ging in Kopfsteinpflaster über, und ehe sie sichs versah, kam Lily vor dem Gebäude an, in dem sich ihr Restaurant und darüber ihre kleine Wohnung befanden. Als sie anhielt, sah sie ihre Mutter vom Hafen aus herankommen, lächelnd und winkend. Lily merkte, wie kraftlos sie sich fühlte, und als ihre Mutter die Arme ausbreitete, ließ sie sich erleichtert hineinfallen.

»Alles in Ordnung, mein Schatz?«

»Mmm«, war alles, was Lily erwidern konnte. Sie verweilte noch ein paar Sekunden länger in der so dringend benötigten Umarmung aus Angst, dass alles aus ihr heraussprudeln würde, wenn sie nur den Mund öffnete. Ihre Erinnerungen hatten mehr als nur die Trauer um Blake aufgewühlt.

»Hast du Zeit für eine Tasse Tee?«, fragte ihre Mutter.

Als Lily auf ihre Uhr schaute, merkte sie erst, wie viel Zeit vergangen war. »Eigentlich nicht.«

»Gerade dann braucht man am ehesten einen, mein Schatz.«

Lily sah ihre Mutter an. Ihre langen Haare, die mittlerweile weiß waren, sahen noch genauso dicht und prächtig aus wie damals, als sie noch kastanienbraun gewesen waren. Die zarten Falten in ihren Augenwinkeln waren die einzigen wirklichen Anzeichen des reiferen Alters in ihrem jugendlichen Gesicht. »Aber alles gut. Ich wollte sowieso gerade zu Selena und Noel Tayler.«

»Auf dem Weg zu dem großen Haus also?« Lily lächelte bei dem Gedanken an die Villa, in der Zoe aufgewachsen war. Das Haus auf der Klippe mit der Aussicht über den ganzen Ort. Es hatte keine Rolle gespielt, dass sie selbst in einer Sozialwohnung gewohnt hatte, während Zoe in eine reiche Familie hineingeboren worden war. Kein bisschen. Die Mädchen hatten als Kinder eine so starke Bindung aufgebaut, dass Geld, Kontinente und Jahre sie nicht trennen konnten.

Durch den Unfall konnte Zoe zwar ihre Beine nicht mehr bewegen, aber das hatte nichts an ihrer Absicht geändert, so schnell wie möglich aus der Bucht wegzukommen. Schon immer hatten sich ihre Eltern um ihr einziges Kind gesorgt, hatten Zoe verhätschelt und um ihre Gesundheit gebangt, bis sie daran zu ersticken drohte. Und dann war das Schlimmste geschehen, was sie sich vorstellen konnten. Doch statt dass es Zoe gebremst hätte, hatte es sie nur umso entschlossener gemacht. Sie verließ Hawke's Cove, um die Welt zu sehen, und der Blog, den sie während ihrer Reisen schrieb, brachte ihr einen Job als Journalistin ein. Nicht ein einziges Mal ließ sie sich durch das Leben im Rollstuhl davon abhalten, genau das zu tun, was sie wollte. Und obwohl Lily ihre Freundin so sehr vermisste, verstand sie doch, dass Zoe die Freiheit, die sie sich erkämpft hatte, auskosten musste.

Lily konnte den Seufzer nicht zurückhalten, als ihr klar wurde, dass sie ihr Versprechen, Zoe in Sydney zu besuchen, nie eingelöst hatte. Sie schien nie die Zeit dafür zu haben. Erst die Kochschule, dann Alistair und schließlich die Rückkehr nach Hawke's Cove, um ihre Wunden zu lecken, als das mit ihm vorbei war. Und dann das Restaurant. Als sie zurückdachte, stellte sie fest, dass sie in den letzten sieben Jahren nicht ein einziges Mal Zeit für einen Urlaub gehabt hatte, und ein Schleier von Traurigkeit überzog ihr Herz. Wann hatte sie die Liebe und Begeisterung für das Leben aus den Augen verloren, die in Zoe so unbändig zu brennen schienen?

Als sie den Schlüssel ins Schloss der Restauranttür steckte, fuhr wieder ein großer Lastwagen vorbei und aus der Stadt hinaus, und ein gewaltiger Windstoß ließ die Fenster leicht in den Rahmen klappern.

»In *Merrow's Rest* führen sie wohl ziemlich umfangreiche Renovierungsarbeiten durch. Weißt du, wer es gekauft hat?«, fragte sie, öffnete die Tür und hielt sie ihrer Mutter auf.

»Keine Ahnung«, antwortete Marion mit großen Augen und zuckte heftig mit den Schultern. Lily wollte gerade nachfragen, als ihre Mutter schon weiterredete. »Lily ...« Sie zögerte kurz und fragte schließlich: »Hast du mit Victoria über die Hochzeit gesprochen?«

»Was meinst du?«, fragte Lily zurück, wobei sie es vermied, ihr in die Augen zu schauen.

»Ich meine, weil sie nicht auf dem Gut stattfinden kann.«

Lily hielt auf halbem Weg zur Küche, die sich im hinteren Teil des Restaurants befand, inne. »Woher weißt du das?!«

»Schatz, er hat alle für vier Wochen nach Hause geschickt und die Buchungen storniert. Man braucht also kein Genie zu sein, um ...«

Lily drehte sich um und stützte sich mit beiden Händen auf einen der Tische.

O Gott, o Gott.

»Atmen, Lily.«

Das konnte doch wohl nicht wahr sein. O nein. Sie schnappte nach Luft, und ihr Puls raste laut in ihren Ohren. Sie stand kurz vor einer Panikattacke.

»Was soll ich bloß tun, Mum?«, stieß sie hervor und schloss die Augen, als könnte sie damit alles aus der Welt schaffen.

»Sag es ihr einfach, Schatz. Sie wird es verstehen.«

»Das hab ich gerade versucht. Gerade eben. Aber sie ist so aufgeregt und freut sich so sehr darauf«, sagte sie kläglich. »Klar würde sie es verstehen. Das ist ja das Schlimme! Sie war so glücklich. Und, verflucht noch mal, es war doch Blakes Wunsch!«

Sie spürte, wie ihre Mutter ihr sanft mit der Handfläche über den Rücken strich, immer im Kreis, so wie früher, als Lily noch klein gewesen war.

»Vielleicht ist es besser so.«

»Wie kannst du so was sagen?«, rief Lily empört.

»Ich meine nur, dass du dich vielleicht ein bisschen zu sehr auf die Hochzeit eingeschossen hast und darauf, sie perfekt hinzubekommen. Das ist ja auch verständlich, aber …«

»Was? Wieso das denn?«

»Na ja, nachdem deine Verlobung …«

»Mum! Tu das nicht!«, befahl Lily und stieß sich vom Tisch ab, weg von dem sanften Trost, den ihre Mutter zu spenden versuchte. »Im Ernst. Lass es. Das hat überhaupt nichts damit zu tun.«

Die kleine Glocke an der Eingangstür bimmelte und Kate, Lilys Managerin und Universallebensretterin, kam mit einem breiten Lächeln im Gesicht ins Restaurant.

»Wenn du meinst, Schatz«, antwortete ihre Mutter schließlich.

»Ich rufe sie morgen früh an. Ich will nur … Morgen, versprochen, Mum.«

»Wen weswegen anrufen?«, fragte Kate, als sie den Tresen erreichte.

»Ach, nichts«, antwortete Lily und schüttelte den Kopf im Versuch, sich dem schwierigen Gespräch zu entziehen.

»Oh«, sagte Kate mitfühlend und neigte den Kopf ein wenig. »Hast du V noch nicht wegen der Hochzeit Bescheid gesagt?«

»Wissen das alle?«, fragte Lily gereizt.

»Nein, Schatz«, antwortete ihre Mutter, während Kate gleichzeitig sagte: »Ja. So ziemlich.«

* * *

Henry hatte nicht vorgehabt, im Kräutergarten zu bleiben. Er hatte zum Haus zurückkehren wollen, um sich die Ausschreibung für seine und Bens neueste App-Investition durchzulesen, aber stattdessen hatte er begonnen, das Unkraut zu rupfen, das Lily Atwell so verstimmt hatte.

Unkraut zu jäten, lag Henry eigentlich fern. Er hatte es nicht mehr gemacht, seit sein Vater es ihm vor Jahren als Strafe für schlechtes Benehmen aufgebrummt hatte. Aber was aus Wut und Frustration begonnen hatte, bekam bald einen eigenen Rhythmus, und so nahm er sich Handschuhe und Hacke, die er in einer kleinen Holzkiste neben der Tür entdeckt hatte, verlor sich in der Arbeit und ignorierte die feuchte Erde, die bald an den Knien durch seine teure Jeans drang.

Eine Stunde, nachdem Lily gegangen war, war Henry noch immer im Garten beschäftigt. Als sein Telefon klingelte, streifte er sich die winzigen Handschuhe in vermutlich Lily-Atwell-Größe ab, um mit dem Makler zu sprechen, der hoffentlich bald den Verkauf dieses gottverdammten Anwesens regeln würde.

»Mr. Hawkesbury?«

Fast hätte er nicht geantwortet. Mr. Hawkesbury war sein Vater, nicht er.

»Ja?«

»Ich habe tolle Neuigkeiten«, rief der Immobilienmakler eifrig.

Henry hörte nur mit halbem Ohr hin, während der Mann von einem Käufer erzählte, dem offenbar sehr an der Immobilie und vor allem an einem schnellen Erwerb gelegen war. Er hatte erwartet, dass ihn diese Aussicht enthusiastischer stimmen würde. Das hieß, zunächst tat sie das auch, bis der Makler ihm erklärte, dass man das Anwesen in ein paar Tagen besichtigen wolle.

»Eine Führung, inklusive des gesamten Betriebs. Und wenn Sie eine Verkostung arrangieren könnten, würde das die Entscheidung sicher zu Ihren Gunsten beeinflussen.«

Henry unterdrückte das Stöhnen, das in seiner Kehle aufstieg. »Sicher. Ich kümmere mich darum.«

Als er den Anruf beendet hatte und das Handy zurück in die Hosentasche steckte, sah er nur noch Lily Atwell vor sich – und wie er vor ihr zu Kreuze kriechen musste. Aber was es noch schlimmer machte: Ihm war vollkommen klar, welchen Preis sie dafür verlangen würde.

Da er alle anderen weggeschickt hatte, war sie die Einzige, die eine solche Führung durchführen konnte. Gleichzeitig war ihm bewusst, dass er ihr auf keinen Fall den Zweck der Führung verraten durfte. Aktiv sabotieren würde sie die Sache vermutlich nicht, aber er konnte kein Risiko eingehen.

Es war sein gutes Recht, das verdammte Gut zu verkaufen, und er brauchte sich weder vor ihr noch vor sonst wem zu rechtfertigen, selbst wenn sich irgendwo tief in seinem Innern sein Gewissen zu Wort meldete und ihn warnte. Nämlich weil er ein bisschen zu sehr nach dem alten Henry klang, dem Henry, der von hier geflüchtet war, ohne einen Blick zurück.

Obwohl er wusste, dass er Lily irgendwann ansprechen musste, schob er es vor sich her. Als er aber durch die Räume des Herrenhauses schritt, die eindrucksvoll gestalteten Suiten, den großen Essbereich, wo früher ein geräumiges Wohnzimmer gewesen war, die Eingangshalle, die zur Rezeption umgestaltet worden war, und die große, glänzende Profiküche im hinteren Teil des Gebäudes, fragte er sich unweigerlich, inwieweit Lily an den Entscheidungen für all diese Maßnahmen beteiligt gewesen sein mochte.

War sie mit Blake durch ebendiese Räume gegangen und hatte die Einrichtung ausgesucht? Hatte sie den Beschluss mit gefällt, den Ostflügel komplett nach den Bedürfnissen der zahlenden Kundschaft umzubauen? Oder hatte sein Vater das alles allein entschieden? Als er aus dem Fenster schaute, wo hinter den sich weithin erstreckenden Weinstöcken die Sonne unterging, fragte er sich: Hatte *sie* vorgeschlagen, die Vielfalt der Rebsorten zu erweitern? Hatte *sie* dazu beigetragen, Blakes Kelterei ins 21. Jahrhundert zu bringen, oder war das einfach eine kommerzielle Notwendigkeit gewesen?

Nie hatte er seine Abwesenheit in den letzten zehn Jahren so stark gespürt. Es wurmte ihn, dass sie die Antworten auf Fragen geben konnte, die sich ihm nun ganz unerwartet, aber umso entschiedener aufdrängten. Und er war sich nicht sicher, ob er bereit war, sie sich anzuhören. Aber als ihm klar wurde, dass der Inhalt des Kühlschranks nicht einmal die Zutaten für Toast mit Baked Beans hergab, erinnerte er sich an seinen gedankenlosen Scherz über ihr Restaurant und griff danach wie nach dem letzten Strohhalm. Vielleicht konnte er austesten, ob ihre Sanddornreduktion wirklich so gut war, und mit ihr verhandeln, um sie zu der Führung für die potenziellen Käufer zu bewegen.

* * *

Das *Sea Rose* überraschte ihn. Er erinnerte sich vage an die Metzgerei, die dort früher gewesen war, aber genau wie viele andere Geschäfte an der Hafenpromenade sah der Laden nun völlig anders aus.

Zunächst war er an Lilys Restaurant vorbeigegangen, weil er sehen wollte, wie sich der Hafen in den letzten zehn Jahren verändert hatte. Jetzt wünschte er sich, er hätte es nicht getan. Er wurde von einer Art Seekrankheit heimgesucht, fast wie das Gegenteil eines Déjà-vus, in der Erwartung von Vertrautheit, die sich aber nicht einstellte.

Er hatte am Ende des Stegs gestanden, der zum Meer hinausführte, die Geräusche der Möwen über sich gehört und das Wasser, das unten gegen den Stein prallte, und nichts von der Gentrifizierung gesehen, die um sich gegriffen hatte, auch wenn die großen Fischtrawler immer noch an den Hafenenden Wache hielten.

Wo neue schmiedeeiserne Bänke die Strandpromenade säumten, hatte er mit seinen Freunden damals gegen die alten, vom Salzwasser gezeichneten Holzbänke getreten und an ihnen gezerrt, ohne sich seines sinnlosen Vandalismus bewusst zu sein. Er erinnerte sich daran, wie er mit Claudia in eines der Boote der Sommerurlauber eingebrochen und damit aufs Meer hinausgefahren war, wo sie sich hatten volllaufen lassen. Seinen Vater hatte diese Episode fast drei Riesen Schadenersatz und einiges an Entschuldigungen gegenüber dem Besitzer gekostet.

Er war so eingenommen von seinem eigenen Schmerz und Egoismus, dass er gegen alle und jeden ausholte. Und es war die Aussicht auf Alkohol, nicht Essen, die ihn zurück ins *Sea Rose* führte. Zumindest redete er sich das ein, als er die breite Glastür zum Restaurant am Ende der Rampe aufstieß. Nicht etwa die Entschlossenheit, Lily Atwell zu beweisen, dass er nicht mehr der unbesonnene Teenager von damals war. Als jedoch sämtliche Gäste im Restaurant verstummten und man ihn in einhelliger Neugier und Missbilligung musterte, hätte er am liebsten kehrtgemacht, um sich zum Herrenhaus zurückzuschleichen. Doch er tat es nicht. Diese Genugtuung würde er ihnen nicht geben.

Eine rundwangige kleine Frau, die er nicht kannte, führte ihn zu einem Tisch in der Nähe der Theke. Von hier aus konnte er einen Blick in die Küche werfen, die im Kontrast zu den sanften, schummrigen Tönen des Restaurants hell erleuchtet war. Aber eine Speisekarte, hinter der man sich hätte verstecken können, bekam man hier anscheinend nicht.

Als Kate sich vorgestellt hatte, erklärte sie, dass sie sich bei der Küchenchefin erkundigen müsse, was von der Tageskarte noch verfügbar sei. Da er den quälenden Austausch so schnell wie möglich hinter sich bringen wollte, um die anderen Gäste nicht weiter von ihrem Essen abzulenken, erklärte er, dass er nehmen würde, was auch immer noch zu haben sei. Ein junges Mädchen in weißer Bluse und dunklem Rock fiel ihm auf, das vergeblich zu verbergen versuchte, dass es ihn anstarrte. Sie war nicht die Einzige.

Wieder allein an seinem Tisch, schaute er zu den anderen Gästen hinüber und begegnete ihren Blicken, und einer nach dem anderen wandte sich wieder seinen Begleitern zu. Mrs. Whittaker in der Ecke – ebenfalls allein – starrte ihn an.

Unerklärlicherweise überflutete eine Vision von kleinen Weihnachtsmännern sein Gedächtnis, und er musste sich ein Lachen verkneifen, als er sich daran erinnerte, wie er einmal alle Gartenzwerge, die Mrs. Whittaker mit viel Stolz in ihrem Vorgarten aufgestellt hatte, entwendet und durch kleine beleuchtete Weihnachtsfiguren ersetzt hatte. Man muss dazusagen, dass es mitten im Sommer gewesen war. Und so, wie sie ihn ansah, mit roten Wangen und vor Empörung geweiteten Augen, war er sich ziemlich sicher, dass sie ebenfalls gerade daran dachte.

Mit dem Vorwurf des Diebstahls war er klargekommen, aber die Körperverletzung hatte er von sich gewiesen, und selbst Police Constable Ellis hatte Mühe gehabt, ernst zu bleiben, als Mrs. Whittaker argumentierte, ihre Zwerge hätten dasselbe Recht darauf, ohne »Belästigung« zu leben, wie jeder Mensch.

Er wurde in die Gegenwart zurückgeholt, als Mrs. Whittaker sich mit einem Schnauben von ihrem Tisch erhob und zur Theke marschierte, um zu bezahlen, wobei sie ihm einen herrischen Blick von oben herab zuwarf.

Vielleicht hätte er es lustig gefunden, wäre ihm nicht bewusst gewesen, dass er schon wieder im Fokus der allgemeinen Aufmerksamkeit stand. Die gedämpften Gespräche unter den meisten Gästen und wie man sich zu seinem Gesprächspartner hin beugte … Es war allzu offensichtlich, dass über ihn gesprochen wurde.

Blake, der Unfall, seine Jahre als missratener Teenager – vermutlich kam gerade alles zur Sprache.

Er hätte definitiv nicht herkommen sollen.

Die anderen Gäste so gut wie möglich ausblendend, sah er sich im Raum um. Zu seiner großen Überraschung gefiel er ihm. Der alte Eichenfußboden in einem schönen, ruhigen Grauton traf auf weiße Wände, und auch die Decke war weiß. Sie wurde von schweren Eichenbalken unterteilt, an denen Körbe mit Efeu befestigt waren, von denen Perlen- und Herzketten herabhingen. Diese griffen die frischen Grüntöne auf, von denen auch die Wand hinter der abgenutzten hölzernen Theke beherrscht wurde, die aussah, als hätte man sie aus Gerüstbrettern zusammengezimmert. Umgeben von einem Rahmen aus verwittertem Holz hingen dort große Büschel frischer Kräuter. Oregano und Thymian quollen über den Rahmen und nach unten, und er sah die saftigen Blätter von Basilikum und Salbei. Er glaubte, an den Rändern auch Rote Bete und Mangold zu erkennen, die das üppige Blattgemisch um burgunderrote Farbtöne ergänzten.

Er hob den Kopf und bemerkte erst jetzt das Oberlicht, das den gesamten Thekenbereich überspannte und sowohl Licht für die Kräuter lieferte als tagsüber auch das Restaurant erhellte. Als er sich wieder dem Raum zuwandte, sah er, dass auf den umlaufenden Eichenregalen überall Schwarz-Weiß-Fotos standen, deren Motive er aber nicht genau erkennen konnte.

Auf jedem Tisch gab es eine alte Hawkesbury-Weinflasche, in deren Hals eine Kerze steckte. Die Spuren weißer Wachstropfen hoben sich deutlich von dem dunklen Glas ab und zeugten von langem Gebrauch. Er runzelte die Stirn über die Namen der neuen Weine und die Jahrgänge, die aus einer Zeit stammten, lange nachdem er das Gut verlassen hatte. Vor zehn Jahren hatte sein Vater nur den Bacchus und Pinot noir angebaut. Aber als er die Etiketten überflog, sah er, dass es auch Rondo und Schönburger gab. Sein Vater mochte gedacht haben, dass er sich nicht für die Arbeit im Weinberg interessierte oder sie nicht wahrnahm, aber er hatte nichts vergessen. Nicht ein einziges verdammtes bisschen.

* * *

»Du warst heute richtig super, Kevin«, sagte Lily zu dem Küchenjungen. »Wirklich. Gute Arbeit«, fügte sie hinzu, während sie anfing, die Oberflächen abzuwischen. Der Ansturm am frühen Abend war heftig gewesen, aber Kev hatte sich nicht unterkriegen lassen. Normalerweise war Vihaan da, um den Andrang aufzufangen, aber ihr Küchenchef hatte dringend Urlaub gebraucht, bevor er in der nächsten Woche wieder übernahm. Dann würde sie sich fast ausschließlich auf … die Hochzeit konzentrieren können, die vielleicht gar nicht stattfand.

In Vihaans Abwesenheit war der siebzehnjährige Kev wirklich über sich hinausgewachsen und in seiner neu gewonnenen Verantwortung aufgeblüht. Und da die Vorbereitungen für den morgigen Tag abgeschlossen waren, machte es Lily auch nichts aus, dass sich in der Spüle ein Haufen Abwasch stapelte. Die Freude, die ihr Küchenjunge ausstrahlte, war es absolut wert.

»Danke, Chefin.«

In einem kleinen Restaurant mit nur zwei Küchenmitarbeitern mochte das albern klingen, aber Lily hatte auf die gleiche formale Hierarchie bestanden, die es in jedem Restaurant gab, in dem sie je gearbeitet hatte. Das war nicht für sie, sondern für Kev wichtig. Wenn er jemals woanders arbeiten sollte, waren dieser Titel, der Respekt und vor allem die klare Kommunikation das A und O für die Leitung einer erfolgreichen Küche. Ein Chef de Cuisine hatte nicht die Zeit, sich zu fragen, ob er gehört worden war. Er hatte anderes zu tun, als zu kontrollieren, ob seinen Anweisungen Folge geleistet wurde, und es gab keinen Platz für ein weiteres Ego neben seinem eigenen. Sie beobachtete, wie Kev den Blick über ihre Schulter schweifen ließ, und wusste, ohne sich umdrehen zu müssen, dass er wieder einmal Emma beobachtete, die sechzehnjährige Kellnerin aus der Klasse unter ihm an der Hawke's High. Lily versuchte, sich ein Lächeln zu verkneifen, denn sie wusste, dass es ihm peinlich wäre, wenn er mitbekam, dass sie und Kate von seiner nicht ganz so heimlichen Schwärmerei wussten.

»Aber er ist! So! Heiß!«, rief Emma Kate zu, als sie aneinander vorbeikamen, und fächelte sich zur Unterstreichung bei jeder eingefügten Pause durch das Satzzeichen ein wenig Luft zu.

»Er ist zu alt für dich«, antwortete Kate streng.

»Ich bin jung, nicht blind«, erwiderte Emma und rollte mit den Augen, während Kate erfolglos versuchte, ihre Missbilligung über den lasziven Blick zu verbergen, mit dem Emma den Gastraum bedachte.

»Nämlich wer?«, fragte Lily und amüsierte sich köstlich über den Austausch.

»Der kleine Lord Fauntleroy.«

Lily fühlte plötzlich ihren Puls bis in den Hals. »Kate, er heißt Henry«, schimpfte sie, obwohl sie sich gerade darauf konzentrierte, ein Dessert mit Puderzucker zu bestäuben. Sie fügte eine Prise Salz hinzu, um die Süße der Karamellsoße damit zu betonen. Was hatte er hier zu suchen?

»*Das* ist Henry Hawkesbury?«, fragte Emma derweil mit Ehrfurcht in der Stimme.

»Ja. Aber weiß der Himmel, was er um diese Zeit hier will.« In Kates Stimme war die Verachtung deutlich zu hören.

Lily mochte ihre eigenen Gefühle für den Mann haben, aber das bedeutete nicht, dass sie zuließ, dass schlecht über ihre Gäste geredet wurde. Sie wusste aus eigener Erfahrung, wie es war, wenn das ganze Dorf hinter vorgehaltener Hand über einen redete … und man nicht einmal wartete, bis der- oder diejenige außer Hörweite war. Das wollte sie in ihrem Restaurant nicht haben.

»Er ist wahrscheinlich wegen der Bezahlung hier«, brummte sie.

»Ach so?«, fragte Kate. »Und wofür?«

»Gestohlene Ware.« Lily wies mit einem Ellbogen in Richtung der Kräuter, und Kate zog als Antwort eine Augenbraue hoch, da sie Lily die Schilderung der ganzen traurigen Begegnung während der Mittagsschicht entlockt hatte. Die Frau sollte für den MI5 arbeiten.

»Das würde er nicht tun.«

»Ich würd's ihm zutrauen.«

Die zeitgleich ausgesprochenen Bemerkungen von Kate und Emma verschmolzen zu einer, ähnlich wie Lilys Gedanken, die in ihrem Kopf und ihrem Herzen herumschwirrten. »Hat er schon bestellt?«

»Ich hab ihm gesagt, dass ich zuerst mit dir sprechen muss, weil es schon so spät ist.«

Lily schaute auf die Uhr und seufzte. Wie alle anderen in der Stadt wussten, war Küchenschluss schon vor über einer Stunde gewesen. Aber sie hatte Henry ja praktisch verhöhnt, indem sie ihm versicherte, ihr Restaurant sei genauso stilvoll wie jedes schicke Restaurant in der Stadt. Vermutlich würde sie sich keinen Gefallen damit tun, ihn nun abzuweisen.

Und … vielleicht war es ja ein Zeichen. Ihre zweite Chance? Wenn sie mit ihm reden könnte, ließ er sich möglicherweise überzeugen …

»Hat er gesagt, was er gern hätte?«, fragte sie Kate und ging im Geiste durch, was in der Vorratskammer zur Hand war. Vielleicht war noch genug vom Lamm übrig, und sie könnte daraus …

Kate war still geworden, und ihr fast schon schmerzhafter Gesichtsausdruck durchkreuzte ihre Gedanken.

»Bestimmt hat er es nicht so gemeint, vor allem, weil ich gesagt habe, dass ich erst mit dir reden muss«, antwortete sie nervös.

»Was meinst du? Was hat er bestellt?«

»Er hat ›egal‹ gesagt«, brach es aus ihr hervor.

Glühende Wut durchzuckte sie.

»Was, bitte, hat er gesagt?«, spie Lily aus.

»›Egal‹ sagte er.«

»O Gott«, sagte Emma, duckte sich buchstäblich und verschwand aus der Küche und der Schusslinie.

»Ich kenne diesen Blick. Bitte, sieh mich nicht so an«, flehte Kate.

»Niemand – und ich meine niemand – kommt in mein Restaurant und bestellt ›egal‹«, knurrte Lily.

»Ich kann sehen, wie der Dampf aus deinen Ohren kommt. Wirklich, ich glaube, wenn du einfach …«

»Wir sind kein Imbiss. Wir sind kein Gastropub«, spuckte sie förmlich aus. »Und wir …«

»Servieren. Nicht. Irgendwas«, ergänzten Kate und Kev pflichtbewusst.

»Öffne den Hawkesbury-Reserve«, befahl Lily.

»Ich … glaube nicht, dass das eine gute Idee ist.«

»Wirklich?«

»Es ist nur so, dass ... das bedeutet, dass du den Lachs als Vorspeise planst, aber du wolltest ihn für einen besonderen Anlass aufheben. Und du weißt, es ist schon spät, und ...«

»Ich schaff das schon. Ihr könnt Feierabend machen und nach Hause gehen. Ich werde dem kleinen Lord Fauntleroy ein Essen servieren, das so viel mehr ist als ›egal‹, dass ihm Hören und Sehen vergeht.«

Kate verließ die Küche, im Rücken gemurmelte Bemerkungen wie »eingebildeter Fatzke«, »Was glaubt er, wer er ist« und »Arsch« – nicht unbedingt in dieser Reihenfolge.

Kapitel 3

Kate kam mit rosigen Wangen aus der Küche zurück und überreichte ihm ein Glas Sekt, das Henry stirnrunzelnd anschaute, weil er bisher weder Getränk oder Essen bestellt hatte.

»Die Chefin bietet Ihnen eine Vorspeise mit Fisch, ein Hauptgericht mit Fisch und ein Dessert auf Schokoladenbasis sowie passende Weine an. Haben Sie Allergien, die sie berücksichtigen sollte?«

Abgesehen von Hawke's Cove an sich?

»Nein«, antwortete er stattdessen. »Ist es … üblich, dass man nicht erfährt, welche Gerichte es gibt?«, fragte er verwirrt, während er nach dem dünnen Stiel des Glases griff.

Kate zuckte mit den Schultern. »Speisekarten sind ökologisch unverträglich, und da jedes Menü, das wir servieren, saisonal und von lokalen Produkten abhängig ist, variieren sie täglich. Aber ich denke, wir sind in der Lage, uns die Gerichte, die wir servieren, zu merken.« Das klang so abwehrend, dass es ihn an Lilys frühere Antwort erinnerte. *London, New York, Singapur.* Sie mochten in einem kleinen Küstenstädtchen in Devon sein, aber das tat dem Stolz der beiden keinen Abbruch. Sie war jedoch noch nicht fertig. »Sie brauchen also nicht mehr zu fahren?«

Auf ihre Frage hin erstarb jede Bewegung im Restaurant.

Henry schloss die Augen angesichts der plötzlichen Leere in seinem Geist und seinem Mund. »Ich …«

»Wir sind hier sehr streng mit so etwas, und wenn Sie Wein zu jedem Gang trinken, dann …«

»Nein. Ich fahre nicht«, stieß er hervor und würdigte die anderen Gäste keines Blickes, die sich nach einem kurzen Moment wieder ihren Mahlzeiten widmeten. Er erkannte, dass Kate sich der Tragweite ihrer Frage nicht bewusst gewesen war. Das hier war keine gemeine Anspielung auf den Unfall oder die Vergangenheit, sondern etwas, was nur er und Lily und vermutlich auch Malie, Zoe und Victoria bis heute mit sich herumtrugen.

Nachdem sie an einem weiteren Tisch abkassiert hatte, kam Kate aus der Küche zurück und platzierte ein kleines Schneidebrett aus Granit vor ihm auf dem Tisch. Der unglaubliche Duft traf ihn wie ein Tsunami. Gin und Wacholder, süß und sauer, so schlug ihm der feurig pfeffrige Senf des Dressings in die Nase und ließ ihm das Wasser im Mund zusammenlaufen. Die hauchdünnen, knusprigen Scheiben getoasteten Roggenbrots, die zu einem ordentlichen Haufen gestapelt waren, und die großzügige Portion Räucherlachs sahen so köstlich aus, dass er gar nicht wusste, wo er anfangen sollte.

Er blickte auf, um sich zu bedanken, aber Kate war schon weg. Erst jetzt wurde ihm bewusst, dass er nun der letzte Gast im Restaurant war. Er schaute auf die Uhr und stellte erschrocken fest, dass es fast halb zehn war.

Sie waren vielleicht nicht provinziell, aber er bezweifelte, dass es hier üblich war, um diese Zeit noch Essen zu servieren. Sein Gewissen rührte sich, und sein Magen knurrte, weil ihm der Genuss dessen, was da vor ihm stand, bisher verwehrt geblieben war.

Während er eine große Scheibe rosa Lachsfleisch auf dem Roggenbrot anrichtete, nahm er leise Geräusche aus der

Küche wahr, eine männliche und eine weibliche Stimme, die nur gerade eben über die leise Musik hinweg zu hören waren.

Dann hörte jedes Denken auf. In dem Moment, als der Lachs seine Zunge berührte, war er im Himmel. In den Jahren, seit Henry Hawke's Cove verlassen hatte, war er viel gereist. Sehr viel. Thailand, Vietnam, Sydney, Amerika, und ja – Lily hatte recht, er hatte Apartments in London, New York und Singapur. Und nirgendwo in all der Zeit hatte es ihn derart überwältigt. Es war nicht nur der köstliche Geschmack. Es war so, dass ein einziger Bissen ihn begeistert, nostalgisch und erwartungsvoll machte. Er glitt auf dem salzig-süßen Geschmack vom frisch gefangenen und geräucherten Lachs dahin, der durch einen Hauch von pfeffrigem Senf und knusprigem Roggen aus dem köstlichen Unterton des Wacholders hervorgehoben wurde. Ehe er sichs versah, hatte er alles aufgegessen.

Er bemerkte, wie er die Augen vor Ehrfurcht weit aufgerissen hatte. Vielleicht wurde ihm auch gerade erst klar, warum Lily so abwehrend reagiert hatte. Nie hätte er damit gerechnet, dass dieses Restaurant so viel zu bieten hatte. Henry schaute sich nach Lebenszeichen in dem spärlich beleuchteten Raum um und kam zu dem Schluss, dass nur noch sie beide hier waren.

Er reckte den Hals und blickte hinter dem Tresen hindurch in die Küche. Dort konnte er lediglich Lilys Rücken und einen Unterarm ausmachen. Sie knetete etwas mit einer Präzision und Geschwindigkeit, die von ihrem Können zeugte, an dem er ohnehin nicht zweifelte. Zumindest jetzt nicht mehr.

Ohne die konkurrierenden Gerüche der Speisen der anderen Tische oder von der Zubereitung anderer Mahlzeiten wehte ihm das süße Aroma von Krabben, Knoblauch und

Olivenöl entgegen. Etwas ratlos nahm er seinen Teller und wollte ihn in die Küche bringen, hielt aber inne, als er sich den Bildern an den Wänden näherte, auf denen, wie er jetzt sah, die Ortsbevölkerung während der letzten zwanzig Jahre verewigt war. Fischer mit ihren Kuttern, Kinder und Jugendliche auf Fahrgeschäften beim Stadtfest, auch einige Fotos von Lily, ihren Freundinnen und deren Eltern waren dabei. Sein Blick blieb an ein paar Aufnahmen von seinem Vater hängen, der stolz einen Arm um Lily gelegt hatte, in einer Umgebung, die die Anfänge des Kräutergartens gewesen sein mussten.

Als er zurücktrat, bemerkte er schließlich, wie viele Bilder es von dem Anwesen gab, nicht nur von seinem Vater und Lily, sondern auch von der Weinlese. Erinnerungen, die er bis dahin verdrängt hatte, kamen wieder hoch. Die ganze Stadt, so schien es, drängte sich mit Scheren bewaffnet in den Passagen zwischen den Weinstöcken, man schnippelte an den blassen Trauben – und zwar echten Trauben, nicht den seltsam perfekten Trauben aus dem Supermarkt – und füllte sie in Plastikeimer. Plötzlich erinnerte er sich daran, wie er seinem Vater gefolgt war, der den Geländewagen fuhr, und Eimer für Eimer Trauben in den Anhänger geschüttet hatte. Damals hatte er sich bei der erstbesten Gelegenheit davongestohlen, aber diese Bilder von den Feiern nach der Lese schienen ihn zu verhöhnen. Die erhobenen Gläser und die glücklichen Gesichter der Menschen, die hart gearbeitet und es genossen hatten. Ausgestreckt unter den Bäumen des Anwesens, Körbe mit Essen, Gelächter …

An den Veränderungen in Lilys Gesichtszügen konnte er fast den Verlauf der Jahre ablesen, aber vor allem sein Vater zog seine Aufmerksamkeit auf sich. Die Art und Weise, wie sein Körper Zeichen des Alterns zeigte: die Falten, die zunehmend gebeugten Schultern, die weißen Strähnen im Haar, die sich von den Grautönen der Bilder abhoben. Henrys Finger umklammerten den Griff des Schneidebretts aus Granit, und die Geräusche in der Küche holten ihn in die Gegenwart zurück.

Er schob die Erinnerungen beiseite, trat hinter den Tresen und lehnte sich gegen den Türrahmen. Lily in ihrem Element zu betrachten, erfüllte ihn mit einer seltsamen Zufriedenheit. Sie drehte die Kurbel einer alten metallenen Nudelmaschine und zog vorsichtig einen breiten Streifen aus goldenem Teig auf einen großen bemehlten Holzblock. Während sie das Nudelblatt von ihrem Unterarm auf die Arbeitsfläche gleiten ließ, griff sie, ohne hinzusehen, mit der anderen Hand in einen kleinen Keramiktopf, um eine Prise von etwas zu nehmen, das sie in einen großen Metalltopf mit kochendem Wasser warf, der mit Sicherheit schon bessere Tage gesehen hatte.

Sie wischte sich die Hand an der Schürze ab und schob eine verirrte Haarsträhne zurück, die sich wohl gelöst hatte, während sie den Nudelteig knetete. Sie hatte rosige Wangen, war hoch konzentriert und sah blendend aus. Bis ein kurzes Stocken in ihren bis dahin fließenden Bewegungen verriet, dass sie ihn bemerkt hatte.

»Das war köstlich«, sagte er.

»Du klingst überrascht.«

»Ach so? Ich hatte auf beeindruckt abgezielt.«

»Setz dir höhere Ziele.«

Henry biss sich auf die Lippe, um seine Retourkutsche zurückzuhalten. Irgendwie mochte er ihre abweisende Art. Im Laufe der Jahre hatten sein Erfolg und sein Aussehen eine Vielzahl verschiedener Reaktionen bei Vertreterinnen des anderen Geschlechts hervorgerufen, von denen die meisten auf den Zugang zu seinem Portemonnaie genauso begierig gewesen waren wie auf den zu seinem Bett. Lily aber schien nichts dergleichen zu wollen.

»Jawohl, Chefin«, antwortete er mit einem Lächeln.

Ihr intensiver dunkler Blick traf kurz auf seinen, bevor er zur Nudelmaschine zurückkehrte, wo sie die Einstellung veränderte. Hatte er da die Andeutung eines Lächelns bemerkt, oder war es nur Wunschdenken? Er ließ den Blick durch die hell erleuchtete, fast klinisch saubere Küche schweifen, bis er die Spüle fand, in der sich das Geschirr stapelte, und runzelte die Stirn.

»Hast du kein Personal, das sich um so was kümmert?«, fragte er und merkte erst im Nachhinein, dass die Frage aufgeblasen und arrogant klang. »Oh, ich wollte nicht …«

»Doch, hab ich«, sagte sie und unterbrach damit seine halb ausgesprochene Erklärung, »aber der Küchenjunge muss morgen früh in die Schule, und ich breche mir sicher keinen Zacken aus der Krone, wenn ich mal ein paar Töpfe und Pfannen abwasche. Außerdem ist Kates Mann gerade erst von einer zweiwöchigen Geschäftsreise zurück, also …«

Als er sie ansah, erwiderte sie seinen Blick, dann wandte sie sich ab, als hätte sie zu viel verraten. Als hätte sie zugegeben, dass sie nichts Besseres zu tun hatte und sowieso nicht wusste, wo sie sonst hingehen sollte. Aber er würde einen Teufel tun, allein in ihrem Restaurant zu sitzen, während sie ihn von vorn bis hinten bediente. Vor zehn Jahren hätte er das vielleicht, aber er war nicht mehr derselbe ungehaltene Teenager.

»Was essen wir denn?«

»Wir?«

»Ja, es sei denn, du hast schon gegessen?«

»Nein, ich …«

»Würdest du mir dann – auf die Gefahr hin, dass ich mir einen Korb von dir einhandle – Gesellschaft leisten?«

* * *

Die Absage lag schon auf Lilys Lippen, als ihr Magen voller Entsetzen zu knurren begann.

»Ich denke, damit ist die Sache entschieden, oder? Wo sind die Teller?«, fragte er und stieß sich von seinem Platz am Türrahmen ab, als wäre er bereit, in Aktion zu treten.

»*Schüsseln.* Es gibt *Nudeln.*« Sie konnte die Empörung in ihrer Stimme nicht unterdrücken. Es war ihr Restaurant, ihre Domäne, in der alles genau stimmen musste.

»Dann also Schüsseln. Ich kann heute Abend dein Sous-Chef sein.«

»Steck dir mal nicht zu hohe Ziele«, murmelte sie vor sich hin. Vom Türrahmen her platzte Gelächter in den Raum. Sie drehte sich rasch um und erwischte Henry mitten im Lachen. Ein Anblick, der sie kurzzeitig außer Gefecht setzte.

»Jawohl, Chefin. Welches ist das niedrigste Ziel von allen?«

»Tellerwäscher«, sagte sie, wie aus der Pistole geschossen.

Er neigte den Kopf zur Seite, wobei seine Augen noch immer zu lachen schienen. »Dann fange ich damit an, während du die Nudeln zubereitest.«

»Henry, du kannst doch nicht …«

»Ich bin durchaus in der Lage, ein paar Töpfe und Pfannen zu spülen, und du kannst gern am Ende meine Arbeit kontrollieren.«

Der Schalk in seinem Ton war zu viel. Es steckte mehr dahinter.

Sie drehte sich um und ließ die Nudeln nur einen kleinen Moment liegen, damit sie nicht ruiniert wurden.

»Warum?«

»Warum was?«

»Warum bist du hier?«

Sie beobachtete, wie er Antworten auf ihre Frage zu prüfen und immer wieder zu verwerfen schien, bis er sich schließlich für eine entschied, die sich richtig anfühlte. Er wählte seine Worte sorgfältig und sagte: »Können wir noch mal von vorn anfangen?«

Lily holte tief Luft. Es wurmte sie, dass sie sich am Morgen im Kräutergarten auf so unschöne Weise getrennt hatten, und obwohl er sie bei jeder Gelegenheit rasend zu machen schien, wusste sie, dass Blake es gewollt hätte. Wenn es nur die geringste Hoffnung gab, über Victorias Hochzeit zu sprechen, musste sie versuchen, ihn irgendwie umzustimmen.

Schließlich nickte sie. Daraufhin kam er um die Kücheninsel herum und in ihren Bereich.

»Hi, Lily. Schön, dich wiederzusehen«, sagte er und reichte ihr die Hand. Als sie sie zögerlich ergriff, fühlte sie seine Finger warm um ihre, und ein Blitz durchzuckte ihren Arm von der Handfläche bis zum Ellbogen. Sie wich ein wenig zurück, aber er war offenbar genauso erschrocken wie sie, und sie lösten sich aus der kurzen Berührung, als wären sie gestochen worden.

Lily widmete sich wieder den Nudeln auf dem Holzblock, und ihr Gespräch erstarb, während er sich an die Spüle begab. Sie hörte, wie er ein paar Handschuhe anzog, und bald erfüllte das Rauschen des Wasserhahns die Küche. Eine Zeit lang war sie ganz damit beschäftigt, die Nudeln durch die Schneidevorrichtung der Nudelmaschine zu drücken. Sie sammelte den Haufen zarter Linguine ein und trennte die Stränge vorsichtig mit den Fingern, bevor sie sich wieder der Schüssel zuwandte, aus der es nach Chili, Knoblauch, Zitrone und den köstlichen Krabben duftete, die früh am Morgen erst gefangen worden waren. Sie steckte den kleinen Finger in die Mischung und überprüfte die Würze. Nach einer letzten Prise Salz und einem weiteren Spritzer Zitrone stellte sie die Mischung beiseite und warf die frischen Nudelstränge in das heftig kochende Wasser im Topf, griff zur Zange und sorgte dafür, dass die feinen Teigstreifen nicht zusammenklumpten.

Zwei Schüsseln standen auf der Arbeitsplatte bereit, dazu Gabeln und Löffel, ohne dass sie danach hätte fragen müssen. Sie warf einen Blick auf Henry, der eine große Metallpfanne abtrocknete, und vertrieb die abwegigen Gedanken, die ihr beim Anblick seiner kräftigen, gebräunten Unterarme in den Sinn kamen. Die Ärmel von Pullover und Hemd hatte er hochgekrempelt.

Hör auf damit, sagte sie sich streng.

Sie testete die Nudeln, wohl wissend, dass sie fertig waren, und trat zur Spüle, wo Henry, wiederum ohne dass sie etwas hätte sagen müssen, einen Platz für sie frei gemacht hatte, damit sie das kochende Wasser abschütten konnte.

Sie runzelte die Stirn und fragte: »Hast du schon mal in einer Küche gearbeitet?«

Einen Moment lang sah er sie an. »Ich hab einige Zeit in der Restaurantküche verbracht. Annabelle war nicht gerade zimperlich, wenn es um die Abläufe ging.«

»Ich wusste nicht …«

»Als du dort gearbeitet hast, war ich schon in Borehamwood.«

Es fühlte sich für Lily komisch und falsch an, wie sehr sie die Küche des Hawkesbury-Anwesens als »ihre« betrachtet hatte. Ihr war plötzlich bewusst geworden, dass diese Küche ihm früher genauso vertraut gewesen war wie ihr heute. Es war irgendwie unangenehm, dass er eigentlich mehr Recht darauf hatte, als sie es jemals haben würde. Nein, vielleicht nicht mehr Recht, aber …

Er hielt ein Nudelsieb unter den Rand des großen Topfes, als hätte er Angst, dass sie das schwere Gefäß fallen lassen könnte. Viele Leute waren erstaunt, wie viel Kraft zum Leiten einer Küche nötig war, und Lily hatte schon genug männliche Köche erlebt, die behaupteten, das »schwache Geschlecht« sei der Aufgabe kaum gewachsen. Ganz sicher brauchte sie das nicht von dem kleinen Lord … Henry.

»Ich könnte das den ganzen Tag so halten«, sagte sie trotzig und weigerte sich, das Wasser abzuschütten – selbst auf die Gefahr hin, die Nudeln zu verderben.

»Das bezweifle ich keinen Moment.« Seine Antwort kam direkt, sie war aufrichtig und seltsamerweise nicht beleidigend. Für die meisten Männer, auch ihren Ex-Verlobten, kam die Gleichberechtigung der Frau einem Angriff auf ihre Männlichkeit gleich.

»Ich will aber die Nudeln nicht verhunzen«, sagte sie und goss sie mit dem Wasser in den Durchschlag.

Er drückte ihr die Griffe des Durchschlags in die Hand, und Lily war dankbar, dass der Wasserdampf die Röte in ihrem Gesicht tarnte, während ein Schauer ihre Arme hinaufkribbelte. Sie ignorierte es, zufrieden, dass die Nudeln nicht dadurch verkocht worden waren, dass sie etwas hatte beweisen wollen, ohne dass es nötig gewesen wäre. Sie schüttete die Linguine wieder in den Topf und goss die Krabbensoße darüber, vermischte alles und verteilte das Ganze auf die Schalen. Mit Blick auf die Nudeln griff sie nach dem Behälter mit der Petersilie und der Brunnenkresse und gab eine großzügige Portion davon in die Schüsseln, bevor sie sie Henry präsentierte. Als sie schließlich aufblickte, bemerkte sie sein breites Lächeln.

»Was denn?«

»Wie du dich in der Küche bewegst ... das ist wie ... Ballett?«, sagte er, als wäre ihm seine Beschreibung fast peinlich. Aber Freude durchströmte sie, denn genau so fühlte es sich an. Zu wissen, dass alles parat stand, vorbereitet und auf Position. Sie bewegte sich in einem Rhythmus in der Küche, der vorher noch niemandem aufgefallen war.

Er nahm die Schüsseln und ging vor in den Gastraum, wo er sie einander gegenüber auf den Tisch stellte und ihr einen Stuhl herauszog. Sie hatte sich eine Flasche Bacchus geschnappt, bevor sie ihm folgte, und schenkte ihnen beiden ein Glas davon ein, zögerte aber, sich hinzusetzen. Sie empfand eine seltsame Intimität darin, dass sie die einzigen Menschen im Restaurant waren.

Ob er es bemerkt hatte? Zumindest sagte er nichts, sondern atmete den köstlichen Duft ein, der aus seiner dampfenden Schüssel aufstieg, und seufzte anerkennend, nachdem er sich eine große Gabel des Gerichts in den Mund geschoben hatte. Sie ließ sich auf den Stuhl fallen und versuchte, die Bilder in ihrem Kopf zu verdrängen. Bilder von Bettlaken und Körpern.

Hör! Damit! Auf!

»Warum also ausgerechnet Kochen?«, fragte er, ohne vorher zu schlucken.

»Hat dir schon mal jemand gesagt, dass es unhöflich ist, mit vollem Mund zu reden?«

»Multitasking. Zu köstlich«, murmelte er und ließ seinen Löffel in der Luft kreisen.

Sie lächelte und drehte ihre Gabel in den Linguine. »Ich liebe es nun mal. Ich habe es von dem Moment an geliebt, als ich in der Gutsküche angefangen habe. Als ich das erste Mal für meine Mutter kochte, hatte sie nicht nur Erleichterung, sondern echten Genuss in den Augen.«

»Erleichterung?«

Lily seufzte. »Damals war es nicht einfach. Sie hatte zwei Jobs und keine Zeit, um dann noch Essen zu kochen, das über Putenburger und Mais hinausging.«

»Puten... – also das hab ich noch nie ...«

»Sag es bloß nicht!«, rief sie, und sie lachten beide. Sie wussten, Lily hätte auf die Bibel geschworen, dass sie keine Packung Putenburger im Gefrierschrank ihrer kleinen Küche im Obergeschoss hatte, auch wenn eine drin lag. »Aber, na ja«, sagte sie achselzuckend, »so hat es halt angefangen.«

»Anderen Menschen Genuss zu bereiten?«, fragte Henry, und etwas in seinem Blick ließ ihren Puls in die Höhe schnellen.

»Mm hm«, machte sie mit einem Bissen im Mund und traute sich nicht, mehr zu sagen.

Einen Moment lang herrschte Schweigen zwischen ihnen, während sie sich ihr Essen schmecken ließen.

»Es ist wirklich richtig gut, Lily.«

»Geht kaum anders, bei so guten Zutaten.«

»Alles aus lokaler Produktion? Kate sagte schon so was wegen der Speisekarte.«

Lily lächelte und dachte daran, wie ihre Freunde sie immer wegen der Art und Weise aufzogen, wie sie die Küche führte. »Ich habe so meine Philosophie, was das Restaurant angeht.

Ich versuche, so viel wie möglich ›von Kopf bis Schwanz‹ zu machen …«

»Was hat das nun wieder zu bedeuten?«, fragte Henry halb lachend.

»Es geht darum, ein Produkt vollständig zu verarbeiten. Ob Fleisch, Fisch oder Gemüse – ich verwende nach Möglichkeit alles daran, damit nichts verschwendet wird. Das ist nicht nur umweltfreundlich, sondern auch eine Herausforderung. Ich versuche, für alle Bestandteile des Produkts eine Verwendung zu finden. So viele Lebensmittel auf der Welt werden verschwendet, was ein Verbrechen ist. Wir haben uns daran gewöhnt, Dinge wegzuwerfen, dabei haben manche Menschen nicht einmal das Nötigste. Vieles von dem, was wir essen oder produzieren, kann man mit ein bisschen Kreativität upcyceln.«

»Du upcycelst Lebensmittel?«

Lily lachte. »Irgendwie schon. Meine Freunde machen schon seit Jahren Witze über meine recycelte Pilzbrühe.« Dann konnte sie ihre eigene Neugierde nicht mehr unterdrücken. »Und was ist mit dir?«

»Was ich arbeite?«

Sie nickte.

»Apps. Investment, Finanzierungshilfen, Entwicklung, Veröffentlichung, Marketing und Wartung.«

»Klingt …«

»Langweilig?«, fragte er.

»Komplex.«

Er lachte. »Das ist es. Aber momentan habe ich alles den zuverlässigen Händen meines Geschäftspartners überlassen.«

Als sie ihn verständnislos ansah, stellte er klar: »Ben war von Anfang an dabei. Ehrlich gesagt, ist er fürs Denken zuständig und ich für das Geld. Und ja, es steckt mehr dahinter, und ich bin mehr eingebunden, als es klingt, aber ohne Ben würde ich …« Er gab sich kurz seinen Gedanken hin, bevor er ein reumütiges Lachen ausstieß. »Ich würde immer noch Salz in alte Wunden streuen und hätte wahrscheinlich schon das gesamte Vermögen meines Großvaters aufgebraucht.«

Seine Ehrlichkeit überraschte sie. Da war nicht der Hauch von Groll oder Wut, nur Akzeptanz. So ganz anders als bei dem Teenager, den sie einst kannte.

»Wo hast du ihn kennengelernt?«

»An einem Strand in Thailand. In einer Bar. Ich war dort, nachdem …«

Nachdem er sich mit Blake zerstritten hatte. Nachdem sich sein Vater emotional und finanziell von ihm getrennt hatte. Er brauchte es nicht zu sagen. Sie wusste es – verdammt, die ganze Stadt wusste es.

»Du warst in London?«, fragte er und schob seine leere Schüssel beiseite. Er hatte das Essen förmlich verschlungen.

Sie runzelte die Stirn, nicht ganz sicher, woher er das wusste.

»Kleinstadt. Die Leute reden. Sogar mit mir, wenn auch meistens nur widerwillig«, sagte er betreten.

»Ah. Ja. London«, erwiderte sie und versuchte, die Bitterkeit aus ihrer Stimme zu halten. Obwohl die Kochschule genau das gewesen war, was sie sich gewünscht hatte, konnte sie nicht umhin, sie mit Alistair in Verbindung zu bringen und sich dafür zu schämen, dass er sich mit ihrer Hochzeitskasse und fast fünfzehntausend Pfund ihres Erbes von ihrem Vater davongemacht hatte.

»Hat es dir nicht gefallen?«

Seine Frage brachte sie zurück in die Gegenwart. »Ich … Nein«, gab sie entschlossen zurück. »Ich habe viel gelernt, und es war toll, ein Jahr lang mit V zu leben, bevor ... Aber es war nicht Devon. Es gab Dinge, die ich mochte. Die unglaubliche Vielfalt an Kulturen, die verschiedenen Küchen.«

»Die Tatsache, dass mehr als Fish and Chips auf der Speisekarte stand?«

»Hey – das Restaurant auf dem Weingut bot schon mehr als das, wie du sehr wohl weißt. Aber ja, italienisch, vietnamesisch, indisch, spanisch, thailändisch, griechisch, französisch, jamaikanisch ...« Sie schüttelte schwärmerisch den Kopf. »Es war unglaublich. Aber London? Dreckig, stinkend, geschäftig ... Müllberge auf Straßen, die schwarz von Kaugummi sind? Schlägereien jeden Freitagabend, wenn die Pubs schließen? Ja, darauf hätte ich verzichten können.« Sie lachte ein wenig.

»Stimmt. Da ist was dran. Aber es hat etwas Befreiendes, wenn man anonym bleiben kann, wenn man unter Menschen ist, die nicht ...«

»Sag es nicht!«

»Was? Provinziell und kleinkariert sind? Du weißt, was ich meine.«

»Nicht alle hier sind so«, sagte sie, obwohl sie genau wusste, wovon er sprach, und selbst auch schon Thema des Dorfklatschs gewesen war.

»Aha? Und Mrs. Whittaker?«

»Ist immer noch sauer auf dich wegen der Weihnachtsmannsache.« Er spuckte fast seinen Wein aus. »Du weißt davon?«

»Henry, das weiß jeder.«

Er lachte wieder, und der Klang überflutete sie, auf beruhigende Art, aber er befeuerte auch etwas in ihr. Sie fühlte sich seltsam nostalgisch. Ja, sie konnte während der verlorenen Stunden mit den Mädels lachen, aber es war etwas anderes, mit jemandem zu lachen, der persönlich anwesend war. Jemandem, mit dem sie etwas Lustiges erleben konnte. Vor allem, weil Alistair ihr immer vorgeworfen hatte, langweilig zu sein und immer nur zu arbeiten.

»Du machst also etwas mit Apps«, sagte sie und grinste, als er sich in seinem Stuhl zurücklehnte und die Hände ans Herz presste, als wäre er tödlich verwundet.

»Etwas mit Apps«, wiederholte er.

»Damit verdienst du offensichtlich eine Menge Geld.«

Er hob daraufhin die Augenbrauen.

»Apartments in New York, Singapur und London? Die TAG-Heuer-Uhr, die du vor dem Abwasch vorsorglich in deine Tasche gesteckt hast? Die handgefertigten italienischen Schuhe, die du zu sehr teuren Jeans trägst, und …« Sie brach ab, als sie seinen Gesichtsausdruck sah.

»Lily Atwell, hast du mich ausgecheckt?«, erkundigte er sich schelmisch.

»Nein.« Sie errötete und ärgerte sich. »Ich bin nur aufmerksam, nichts weiter.« Sie bezweifelte, dass er ihr auch nur ein Wort glaubte. Sie selbst tat es jedenfalls nicht.

Er schenkt ihr Wein nach, bevor er sein eigenes Glas nochmals füllte. Sie hatte kaum wahrgenommen, dass sie ihres geleert hatte.

»Ich glaube, ich habe gar nicht gemerkt, wie hungrig ich war«, sagte er.

»Jetzt verhungerst du, weil kein Personal da ist, das dich füttert?«

Lily zuckte bei der Spitze in ihren Worten zusammen. Sie bereute es, so schnell den Schmerz an die Oberfläche geholt zu haben, und es tat ihr leid, zu sehen, wie er den Kopf einzog, als hätte ihn eine Ohrfeige getroffen.

»Sieh mal, ich habe sie weggeschickt, weil … weil ich einfach etwas Zeit für mich brauche. Etwas Freiraum. All diese Leute …«

»Verstehe«, sagte sie in die Stille hinein, die seine Worte hinterließen.

Blanke Wut färbte seine Augen dunkel. »Nur weil du Blake nahestandest …«

»Ich verstehe dich *wirklich*«, wiederholte sie, wobei sie dem letzten Wort mehr Gewicht verlieh, denn sie hatte nicht an Blake gedacht.

Im Nu verschwand seine Wut. Er strich sich mit der Hand übers Gesicht. »Natürlich. Es tut mir leid. Ich …«

»Es ist schon lange her. Ich war sieben und …« Sie rang nach den Worten, die sie in ihrer Trauer vereinen würden. »… es waren ganz andere Umstände«, sagte sie achselzuckend.

* * *

Henry fühlte sich wie ein Vollidiot. Er hatte die letzten Tage damit verbracht, seinen Kummer in einem leeren Herrenhaus zu wälzen, als ob er mit dieser Erfahrung allein wäre. Als ob niemand ihn verstehen könnte oder wollte. Lily hatte recht, es war unter ganz anderen Umständen geschehen, aber das machte den Verlust ihres eigenen Vaters nicht weniger schlimm.

Er erinnerte sich an den Fischerei-Unfall, bei dem Anthony Atwell ums Leben gekommen war und der die kleine Gemeinde Hawke's Cove erschüttert hatte. Er erinnerte sich an die Mahnwache, die an jenem Morgen abgehalten worden war, als die Sonne noch nicht einmal über dem Horizont stand. Der ganze Ort war dick eingemummt gegen die eisige

Kälte des Wintermorgens zum Hafen hinuntergegangen. Sie hatten geschwiegen und Kerzen in den Händen gehalten. Er erinnerte sich daran, wie die Menschentraube sich geteilt hatte, um Marion Atwell und ihre kleine Tochter zum Hafen durchzulassen, wo sie dann standen und schauten, wer zurückgekehrt war. Die heftigen Schluchzer, die Lilys Mutter überkamen, als sie einen Blick in das Gesicht des Kapitäns geworfen hatte, und wie sie zusammengebrochen war, während die Menschen in ihrer Nähe versuchten, sie zu stützen.

Schmerz und heiße Trauer stiegen in seiner Brust auf, und er spürte, wie ihm Tränen in die Augen schossen. Um sich selbst. Um sie.

Sie legte eine Hand auf seinen Arm, stand dann auf, nahm die Schüsseln und ging in die Küche, während er um Fassung rang. Es war zu viel. Zu nah. Er zwang sich, daran zu denken, warum er hier war.

Als sie zurückkam, hatte er einen großen Schluck Wein getrunken, der – was nicht überraschend war – sehr gut schmeckte, und seinen Kummer hinuntergespült.

»Also, hast du Lust auf ein Dessert …?«

»Eigentlich wollte ich dir einen Vorschlag machen«, unterbrach er sie in dem Bemühen, seine Pläne wieder auf Kurs zu bringen. Er wollte diese seltsame, verfängliche Verbindung, die sich zwischen ihnen aufzubauen schien, unterbinden. Ihre Unterstützung gewinnen, damit er endlich gehen konnte, nach New York zurückkehren und das alles hinter sich lassen.

»Ach?«, sagte sie, den Kopf zur Seite geneigt.

»Ja. Ähm, es scheint«, sagte er und versuchte, sich durchzuwursteln, »dass es eine Verkostungstour geben soll, die ich nicht absagen konnte.«

»VIPs, hm?«

»Ja. Genau. Sehr wichtig.«

»Und du kannst John nicht fragen, weil …«

»… ich ihn weggeschickt habe.«

»Eigentlich wollte ich sagen, weil er in Südafrika ist, um seine Familie zu besuchen. Aber, ja, ›weggeschickt‹ trifft wohl zu.«

»Und Annabelle ist …«

»… wieder in Yorkshire bei ihrer Freundin Betty«, schlussfolgerte Lily fast schadenfroh, als wüsste sie genau, was das bedeutete.

»Du bist also meine einzige Hoffnung.« Sein Ton war so nah an einem Betteln, dass es fast peinlich war.

»Mmm«, brummte sie und zuckte mit den Schultern.

»Ach, komm schon.«

»Wirklich, Henry, ich würde gern helfen, aber ich bin gerade total beschäftigt.«

Er biss sich auf die Unterlippe. Es gab buchstäblich niemanden sonst, der es machen konnte. Er wusste es, und – was noch wichtiger war – sie wusste es auch.

»Okay. Raus damit.«

»Raus womit?«, fragte sie mit gespielter Unschuld. Überzeugt hätte sie ihn damit aber nur, wenn sie dabei nicht so offensichtlich auf ihrem Stuhl herumgehüpft wäre. Ihre Gesichtszüge sprachen Bände, ihre Augen funkelten vor Aufregung, und ihre Glückseligkeit überrollte ihn förmlich.

»Was würde es kosten …«, presste er hervor, und bevor sie noch weiter unnötige Unwissenheit vorspielen konnte, fuhr er fort: »… wenn du die Weingutführung übernimmst?«

Wieder einmal durchbohrte sie ihn mit ihrem Blick. Ein Blick, der alles andere aus seinen Gedanken zu verdrängen schien. Die Freude, die von ihr ausging, brachte ihn fast zum Lächeln, denn sie war seltsam ansteckend.

»Nur eine klitzekleine, winzige Sache.«

»Die Hochzeit.«

»Mm hm.«

»Lily, das ist weder winzig noch klitzeklein!«

»Wie schade. Ich hätte wirklich gern bei deiner VIP-Führung geholfen, die – wann war das noch mal? ...«

»... in zwei Tagen stattfindet«, ergänzte er mit zusammengebissenen Zähnen.

»Zwei Tage? Autsch.« Sie zog eine Grimasse, bevor sie ein falsches Lächeln aufsetzte. »Ach, du findest ganz bestimmt ...«

»Okay, okay. Gut«, sagte er und hob kapitulierend die Hände. »Die Hochzeit gegen die Führung.«

»Wirklich?« Diesmal schien sie tatsächlich schockiert zu sein. »Im Ernst, du tust es? Du machst keinen Rückzieher oder änderst deine Meinung?«

»Nein. Deal ist Deal.« Er streckte eine Hand aus, und sie ergriff sie und schüttelte sie so heftig, dass sie ihm fast die Schulter auskugelte.

»Du willst vor Freude herumhopsen, stimmt's?« Er grinste.

»Nein, nein. Alles gut«, antwortete sie, wobei die Lüge ihn geradezu ansprang.

»Bist du sicher?«

»Jupp.« Diesmal biss sie sich auf die Lippe, die sich nur deshalb nicht zum Grinsen verziehen konnte, weil ihre Zähne sie festhielten.

»Ich gehe jetzt besser, bevor ich noch etwas zustimmen muss«, sagte er fast widerwillig. Er lächelte immer noch, als sie ihn mit dem Versprechen, dass es die beste Weintour aller

Zeiten werden würde, aus der Tür geleitete. Die Glocke bimmelte, als die Tür hinter ihm zufiel, und er blickte hinaus zum Nachthimmel über dem Hafen und dem Meer und atmete tief die kühle Luft ein.

Und dann verschluckte er sich fast an dem Lachen, das aus seiner Brust ausbrach, weil er sie hinter sich im Restaurant laut jauchzen hörte.

»Du weißt, dass ich dich hören kann, oder?«, rief er durch das Glas.

»Mir egal!«, rief sie zurück. »Ja! Ja, ja, jaaa!!«

Er konnte den schemenhaften Umriss sehen, der hinter den Vorhängen mit den Fäusten in die Luft boxte, und zum ersten Mal, soweit er sich erinnern konnte, kehrte er mit einem Lachen im Herzen zum Hawkesbury-Anwesen zurück und fühlte sich so leicht wie seit Monaten nicht mehr.

Kapitel 4

Es klappt doch, Ladys!! Lx

Gott sei Dank! Mx

WOW!! Wie das? Zx

Musstest du ihm dein Erstgeborenes versprechen? Ein Blutopfer? Mx

Nein, nur eine Weinführung. Lx

Echt? Mehr nicht? Zx

Scheint so. Lx

Frag nicht groß, mach einfach! So genial, Lils! Mx

Dachte, alle Buchungen sind storniert. Zx

Ich auch, aber, wie Malie sagt, ich frage nicht nach. Lx

Lily sah sich noch einmal den Nachrichtenverlauf zwischen ihr, Malie und Zoe an und konnte nun seit Wochen zum ersten Mal entspannt aufatmen. Bald wäre Vihaan zurück, und sie könnte sich fast ausschließlich auf Victorias Hochzeit konzentrieren.

Sie tanzte in ihrem Wohnraum herum. Kleidung lag auf dem Bett verstreut, das in der einen Ecke des Zimmers unter das Fenster gequetscht stand – das Fenster mit Blick auf den Hafen. Die kleine Küchenzeile, die nach dem Umbau hinzugekommen war, duckte sich unter den Dachvorsprung und reichte gerade für das Nötigste aus. Alles andere konnte im Erdgeschoss erledigt werden.

Sie ging zu der Kleiderstange aus alten, an der Decke befestigten Rohrleitungen hinüber, wo normalerweise alles ordentlich und hübsch nach Farben sortiert hing. Der Wetterbericht hatte Hitze und blauen Himmel versprochen, und als ihre Finger über die Bügel fuhren, fand sie ein Kleid, das Victoria vor fast zwei Jahren für sie genäht hatte und das noch nie getragen worden war. Es war schön, im Boho-Stil. Der Ausschnitt reichte ihr bis zum Brustbein, sah dabei aber nicht zu freizügig oder frivol aus, und der lange hauchdünne Stoff würde ihre Arme vor dem starken Sonnenlicht schützen. Etwas entfaltete sich in ihr: der Wunsch, aus den langärmeligen Oberteilen und Hosen herauszukommen, die zu ihrer Kochuniform geworden waren. Der Wunsch … hübsch auszusehen. Und eine Welle der Erregung überrollte sie, als sie nach dem Kleid griff und sich sagte, dass sie es nicht für Henry anzog. Über. Haupt. Nicht.

Sie öffnete die Tür zum Badezimmer, wo der bodentiefe Spiegel hing, und betrachtete sich.

War das wirklich sie?

Das Kleid floss wunderschön von ihren Schultern herab, schmiegte sich an ihren Oberkörper und breitete sich von ihren Hüften aus. Ihre Wangen waren leicht gerötet, ihre Augen glänzten vor Aufregung. Nein, es war Genugtuung, korrigierte sie sich, Genugtuung darüber, dass sie es geschafft hatte, die Hochzeit wieder in die Spur zu bringen. Es hatte nichts damit zu tun, Henry wiederzusehen. Nichts in der Art! Erst als sie das heruntergefallene Handtuch vom Boden aufhob, bemerkte sie den oberschenkelhohen Riss im Stoff. Sie schaute auf die Uhr an der Wand. Zum Umziehen war es jetzt zu spät.

Sie schnappte sich ihre Schlüssel von dem kleinen Beistelltisch, auf dem das Bild von ihr, Victoria, Malie und Zoe stand. Es war kaum eine Stunde vor dem Unfall aufgenommen worden. Sie wusste, dass die meisten Leute es seltsam finden und als Erinnerung an den Schrecken ansehen würden, der darauf folgte, aber sie nicht. Keine von ihnen tat das. Es war ein Lichtblick in ihrem Leben, der sie durch die Dunkelheit geführt und ihnen gezeigt hatte, dass sie gemeinsam stärker waren. Immer.

Unten holte sie den Korb, den sie gestern Abend vorbereitet hatte, aus dem begehbaren Kühlschrank im hinteren Teil der Küche und schnallte ihn auf den Gepäckträger ihres Fahrrads. Mit einer stummen Entschuldigung an Victoria schob sie die schönen seidigen Röcke des Kleides aus dem Weg in der Hoffnung, den Stoff nicht zu zerknittern, und fuhr los in Richtung des Hawkesbury-Anwesens.

Lily konnte sich ein Lächeln nicht verkneifen, als sie auf die gepflasterte Hauptstraße fuhr, die durch das kleine Küstenstädtchen führte. Sie liebte diese Zeit des Jahres. Die Sommersonne kletterte über den Hügel des Weinguts und schien auf die Hafenstadt hinunter. Die Fischer waren noch nicht von ihrem morgendlichen Fang zurück, und auch Touristen waren noch keine zu sehen. Es war … friedvoll. Es war ihr Zuhause.

Als sie beim Herrenhaus ankam und klopfte, fühlte es sich so an, alles würde sich alles fügen. Sie war so aufgeregt und fröhlich, dass sie fast befürchtete, gleich zu platzen. Als Henry die Tür öffnete, verschlafen und nur einen Arm im Hemdsärmel, hielt sich ihr Blick nicht an seinem verärgerten Stirnrunzeln auf, sondern wurde von seinen Bauchmuskeln angezogen. Trainiert, perfekt und – sie seufzte – *unwiderstehlich.*

»Wie bitte?«

Hatte sie das eben laut ausgesprochen?!

»Käse! Ich habe unwiderstehlichen Käse mitgebracht«, erklärte sie lahm und hielt den Korb vor sich, um die plötzliche Spannung zwischen ihnen zu überspielen.

»Käse? Lily, du bist eine Stunde zu früh dran.«

Widerwillig wandte sie ihren Blick ab von … hmmm … und nahm seinen Gesichtsausdruck wahr. Er sah furchtbar aus.

»Geht es dir gut?«, fragte sie, besorgt wegen der Schatten in seinen Augen und der dunklen Ringe darunter.

»Schlafmangel. Was machst du hier?«

»Die Führung?«

»Ist erst in einer Stunde. Wie ich schon sagte.«

»Ja, aber wir müssen die Rotweine öffnen, sicherstellen, dass die Weißweine gekühlt sind, und ich muss den …«

»Käse?«

»Ja. Der Käse muss atmen.«

Das musste sie selbst auch. Sie atmete tief durch und versuchte, den Duft nach frisch geduschtem Mann nicht zu inhalieren, als sie an ihm vorbei ins Foyer des großen Hauses trat.

»Wir müssen auch ein paar Dinge besprechen. Die Führung wird etwa zwei Stunden dauern, eine für das Anwesen, eine für die Verarbeitung und Verkostung und alle Fragen. Aber«, sagte sie und drehte sich zu ihm um, da er immer noch in der Tür stand, während das Sonnenlicht ihn von hinten beschien und in Schatten tauchte, »ich hatte gehofft, dass ich mit dir auch über die Hochzeit sprechen könnte.«

»Warum müsste ich darüber Bescheid wissen?«

Sie runzelte die Stirn. »Henry, sie findet auf dem Gut statt, und das Personal …« Unbehagen machte sich in ihr breit. »Du weißt schon, dass die Angestellten dafür zurückkommen müssen? Sie alle?«

Er wischte sich mit einer Hand übers Gesicht, als wolle er die Müdigkeit vertreiben, die ihm offensichtlich zu schaffen machte. »Kaffee«, stöhnte er.

Lily lächelte sanft. »Komm mit.«

Sie führte ihn durch das Foyer und den Speisesaal, den sie voll hergerichtet und mit vielen Gästen zu sehen gewohnt war, zum Tresenbereich, wo die Kaffeemaschine stand. Sie schaltete sie ein. Sie wusste, dass sie volle fünf Minuten zum Aufwärmen brauchte, und so wandte sie sich der kleinen Nische auf der linken Seite zu, in der eine Auswahl der Weine des Hauses für Abendessen und Führungen aufbewahrt wurde.

Sie neigte den Kopf zur Seite, ging die Jahrgänge und Rebsorten durch und zog einige der Rotweine aus ihren Fächern. Als sie fertig war, hatte sie drei Rotweine ausgewählt, zwei der Estate Ruby, die sechs Jahre auseinanderlagen, und den Merlot. Dann suchte sie im Kühlschrank hinter der Theke nach dem Vintage Reserve, dem Bacchus, dem Rosé und dem Estate Nectar – einem Dessertwein, der wunderbar zu der Obsttarte passen würde, die …

»Hey!«, rief sie und schlug Henrys Hand von dem Obstkuchen weg, den er aus dem Korb geholt hatte. »Der ist nicht für dich. Noch nicht.«

Er schmollte wie ein mürrisches Kind. Nur dass er dabei nicht wie ein Kind aussah. Er sah … gut aus.

»Kaffee«, entschieden sie beide gemeinsam.

Sie kehrte zur Maschine zurück, stellte sie auf zwei Espressi ein und reichte Henry einen davon, bevor sie das Gebäck herausholte, das sie für alle Fälle in den Korb gelegt hatte.

»Mandelcroissant?«

»Selbst gemacht?«

»Selbstverständlich«, antwortete sie entrüstet über die Andeutung, sie könnten etwas anderes als selbst gemacht sein.

»Du bist eine Göttin.«

Lilys Wangen erwärmten sich bei dem Kompliment – und dem Blick, in dem sich purer Genuss spiegelte, sobald er in das Blätterteiggebäck gebissen hatte. Selbst die Schatten von vorhin waren verschwunden, und das Stöhnen, das er von sich gab, ließ ihr das Wasser im Mund zusammenlaufen. Wegen des Croissants.

Sie verbarg ein kleines Lächeln hinter ihrem eigenen Gebäck, als sie abbiss.

Nachdem der letzte Bissen verzehrt und die Espressotasse leer war, wandte Henry sich an Lily und seufzte.

»Die Hochzeit. Also, schieß los.«

»Bist du sicher?«

»Ja, obwohl ich das schreckliche Gefühl habe, einen Pakt mit dem Teufel geschlossen zu haben.«

»Ich dachte, ich bin eine Göttin.«

»Das eine schließt das andere nicht aus«, brummte er, während Lily ihn zum Seiteneingang des herrschaftlichen Hauses und hinausführte.

»Okay. Also, es werden achtzig Gäste kommen. Die Hochzeit beginnt um vierzehn Uhr und findet auf dem südlichen Rasen mit Blick aufs Meer statt. Stühle, Deko, ein Hochzeitsbogen.« Sie deutete auf die Stelle, die es sein sollte, und gab ihm dann nur die nötigsten Informationen; nicht weil sie sich nicht detailliert hätte vorstellen können, wie schön es werden würde – nein, sie hatte alles genau im Kopf –, aber sie wollte ihn nicht überfordern. Es wäre ein gewaltiges Unterfangen, und er hatte offensichtlich keine Ahnung, worauf er sich eingelassen hatte. »Fotoshooting und Kanapees von drei Uhr bis vier Uhr dreißig, dann beginnt das Hochzeitsessen in der Orangerie.« Sie führte ihn zu dem langen verglasten Gebäude. Die dunklen Metallrahmen gaben dem Bau einen gealterten und industriellen Look, aber die Esstische aus Holzbalken bildeten ein schönes Gegengewicht dazu. »Nach den Reden folgt der erste Gang, dann werden Hauptgericht und Nachspeise serviert, bevor sich die Gäste in den Speisesaal begeben, der zum Tanzen vorbereitet sein wird, und die Bar soll …«

»Auf wessen Kosten?« Henry schaute plötzlich etwas besorgt.

Lily biss sich auf die Lippe. »Blake hatte angeboten … Er wollte …«

Henry zuckte zusammen.

»Er hat seit Weihnachten Flaschen beiseitegestellt und …«

»Gut«, sagte er und schaute auf die Orangerie hinaus.

»Wirklich?«, fragte Lily überrascht.

»Ja, Lily«, antwortete er trocken. »Ich bin kein komplettes Monster, weißt du.«

Lily zuckte mit den Schultern.

»Was?«

»Ich hatte dich eher für ein Biest gehalten«, neckte sie. »Das von seinem Anwesen hoch oben auf dem Hügel auf die Dorfbewohner herabschaut.«

»Ich schätze, das macht dich dann zu der Schönen.«

* * *

Er hatte nicht vorgehabt, das zu sagen, nicht wirklich. Aber in dem Moment, wo die Worte aus seinem Mund kamen, wurde Lily rot, und er merkte, dass er diesen Anblick mochte. Sie sah dann so anders aus als mit der ruhigen Kontrolle, die er bei ihr in der Küche gesehen hatte, oder wenn sie heiße Wut wie goldfarbene Dolche in seine Richtung abfeuerte. So wirkte sie ... jünger. Glücklicher.

Es machte ihm nichts aus, dass der Wein für die Hochzeit vom Gut zur Verfügung gestellt wurde. Oder die Kosten für das Personal übernommen wurden. Er hatte genug von dem E-Mail-Austausch zwischen Lily und seinem Vater gelesen, um zu wissen, wie viel das Weingut zu Victorias Hochzeit beisteuern würde. Es ging nicht ums Geld – obwohl er sich vorstellen konnte, dass Lily dachte, er hätte die Hochzeit deshalb abgesagt. Es war ja nicht so, dass er es nötig hatte. Für ihn war es bereits beschlossene Sache, dass das Geld aus dem Verkauf des Anwesens in den Betrieb der Avery-App fließen würde. Jetzt sah er ein, dass es kleinlich und gemein aussah. Aber nicht deshalb hatte er die Feier abgesagt, sondern weil er das hier nicht gewollt hatte. Er wollte nicht in all das verwickelt werden, wollte nicht, dass es Teil seiner Erinnerungen an diesen Ort wurde. Erinnerungen, die – gelinde gesagt – größtenteils nicht besonders toll waren. In Wahrheit wollte er nicht noch einmal außen vor sein und von dort nach drinnen schauen.

Er räusperte sich und wandte sich dem Tresen zu, um sich einen weiteren Kaffee zu holen, und es war ihm egal, dass er damit womöglich seine Chancen auf besseren Schlaf später am Abend verspielte.

»Ich nehme an, du hast mir nur das grobe Gerüst vermittelt?«, kommentierte er, während er einen Schluck von der dunklen, heißen Flüssigkeit trank.

»Wovon?«

»Der Hochzeit. Bestimmt gibt es noch allerhand schmückendes Beiwerk.«

Sie lächelte ertappt. »Aber darüber musst du dir keine Gedanken machen. Die Blumen, die Dekoration, der Fotograf, die Band …«

»Es gibt eine Band?«

»Ist schon alles geregelt, auch das Essen, für das Annabelle und ich sorgen werden«, fuhr sie fort.

»Also, wo ist das Moodboard?«

»Ich habe keins.«

»Das nehme ich dir nicht ab«, stichelte er.

»Okay. Vielleicht habe ich eins … Aber diese Hochzeit ist wichtig, Henry.«

»Das verstehe ich ja. Aber haben sie keine Hochzeitsplanerin?« Er war etwas erstaunt, wie viel sie auf sich genommen hatte, vor allem angesichts der vielen Zeit, die sie in ihr eigenes Restaurant investieren musste.

»Haben sie, aber sie wohnt in London und kennt die Örtlichkeiten nicht.«

»Ich bin nicht sicher, dass ich all dem zugestimmt habe.«

»Hast du aber!«

»Das klingt …« Er hatte sagen wollen: »… wie ein verdammter Albtraum«, aber der Blick in Lilys Augen war so hoffnungsvoll. »Das klingt perfekt für Victoria und Oliver Russell«, sagte er stattdessen.

»Also nicht dein Geschmack?«

»Was, eine Hochzeit?« Fast hätte er sich an seinem Kaffee verschluckt. »Nichts könnte mich jemals dazu bewegen.« Etwas in ihren Augen veranlasste ihn zu fragen: »Und du?«

Sie zog den Kopf ein und versteckte sich wieder hinter ihren kastanienbraunen Haaren. »Ich hatte … einmal darüber nachgedacht. Ich war verlobt.«

»Tatsächlich?«

»Nun tu mal nicht so verdammt schockiert, Hawkesbury.«

»Was ist passiert?« Er hatte registriert, dass sie keinen Ring am Finger trug, hätte aber nicht genau sagen können, wann.

»Er ist mit meinem Geld abgehauen, fünfzehntausend Pfund.«

»Was?« Es kam fast als Schrei heraus, und als er sah, wie sie zusammenzuckte, wünschte er sofort, er hätte den Ausruf zurücknehmen können. Für einen Moment sah es so aus, als wollte sie es erklären, aber die Türklingel durchbrach die unangenehme Stille, und im Nu war sie aufgesprungen, ein breites gefaktes Lächeln auf den Lippen. »Showtime!«, rief sie und flüchtete zur Tür, während Henry noch um Fassung rang.

Nichts an Lilys Verhalten gegenüber dem potenziellen Käufer, Mr. Jameson, dessen Frau Natalie oder dem Assistenten Ian deutete auf den Schmerz hin, den er noch kurz vor deren Ankunft in ihren Augen gesehen hatte. Sie lächelte, begrüßte die Leute und erklärte ihnen, wie die Führung ablaufen würde, und er hatte nichts weiter zu tun, als ihr hinterherzulaufen und mit seinem Gewissen zu kämpfen. Er hätte ihr wirklich von dem Zweck der Führung erzählen sollen, von seinen Plänen, das Anwesen zu verkaufen. Er sah den Moment bereits kommen, da Jameson etwas sagen oder tun würde, was den geplanten Verkauf aufdeckte, aber er konnte absolut nichts tun, um es zu verhindern. Es war eine Tortur.

»Also, ich dachte, wir fangen mit den Weinbergen an, vor allem, bevor es draußen zu heiß wird, und gehen dann zu der Verarbeitung in den Scheunen, machen eine Verkostung und dann eine kurze Führung durch die Weinkeller, wenn es so passt?«, fragte Lily.

»Auf jeden Fall«, antwortete Mr. Jameson, und obwohl seine Frau mehr an der Verkostung interessiert zu sein schien, machte sie beim Gehen ein tapferes Gesicht, auch wenn ihre zwölf Zentimeter hohen Absätze in die weiche Erde einsanken und gelegentlich stecken blieben.

Lily führte die kleine Gruppe hinaus in die Sonne und über das Gelände auf der Rückseite des Anwesens in Richtung der Weinberge.

»Das Gut ist seit fast zwölf Generationen im Besitz der Familie Hawkesbury, aber es war Blake Hawkesbury, der Anfang der Achtzigerjahre die ersten Rebstöcke auf dem Gelände anpflanzte. Das Land profitiert von der Lage, mit dem warmen Wetter – der Spätsommer ermöglicht eine zusätzliche Reifung – und den kälteren Temperaturen im Winter, wodurch die Weine sanft und ohne elektrische Kühlung gelagert werden können. Das bedeutet, dass wir unsere Weinherstellung ohne Zeitdruck angehen können. Aber ebenso wichtig für den Anbau der von uns gewählten Rebsorten, die den typischen Geschmack unseres Weins ausmachen, ist die Qualität des Bodens. Als Blake den Pinot noir und den Bacchus anpflanzte, wählte er Land, das zu diesem Zeitpunkt seit mindestens dreißig Jahren hauptsächlich als Weidefläche genutzt worden war.«

Sie führte sie hinunter zu den Weinstöcken. Die Sonne schien auf die großen grünen Blätter und ließ die reifenden Trauben aufleuchten. Henry konnte sich nicht erinnern, wann er das letzte Mal dort spazieren gegangen war. Es war geradezu verblüffend, wie sich die Reben in den letzten zehn Jahren ausgebreitet hatten. Er blickte den nach Süden ausgerichteten Hügel hinunter, wo Reihen über Reihen von Rebstöcken fast bis hinunter zum Bristol Channel und zur Keltischen See reichten.

Nur mit halbem Ohr hörte er zu, als Lily beschrieb, welche Rebsorten angebaut wurden und wie sie von den Kalksteinschichten im Boden profitierten. Halb folgte er in der Gegenwart und halb verweilte er in der Vergangenheit, während er daran dachte, wie Blake seine Bemühungen in Worte gefasst hatte. Er erinnerte sich an die Bitterkeit und den Groll, die durch seine jungen Adern geflossen waren, und fragte sich, wie es sein konnte, dass seinem Vater vollkommen entgangen war, wie wenig er für diese Trauben übriggehabt hatte, die ihm damals wichtiger schienen als seine Frau und sein Sohn.

»Verwenden Sie Pestizide?«, fragte Jameson.

»Obwohl wir keine Biowinzerei sind, haben wir praktisch aufgehört, Unkrautbekämpfungsmittel einzusetzen, was nicht nur den Reben, sondern auch dem Wein zugutekommt. Wir achten darauf, dass die von uns eingesetzten Maschinen den Boden nicht zu sehr verdichten, und setzen nur im Notfall Insektizide ein – aber um ehrlich zu sein, brauchten wir das in den letzten zehn Jahren kein einziges Mal. Unsere Weine werden ausschließlich aus unseren eigenen Trauben hergestellt, was bedeutet, dass wir die volle Kontrolle über das Produkt haben, von der Pflanzung über die Ernte bis hin zur Freigabe. Und die erfolgt nur, wenn der Wein absolut perfekt zum Trinken ist.« Lily lächelte herausfordernd.

»Apropos …«, warf Natalie ein.

»Natürlich, sollen wir dann?« Lily bedeutete der kleinen Gruppe, zum Gutshaus zurückzugehen, und Henry folgte ihr widerwillig. Er hatte vergessen, wie … lebendig es sich inmitten der Reben anfühlte. Reben, die, auch wenn sie ihm nicht – zumindest nicht richtig – gehörten, ihn mit einem Gefühl von Geschäftigkeit erfüllten. Sie waren etwas, was man anfassen, anbauen und ernten konnte. Es kam ihm in den Sinn, dass es Ähnlichkeiten mit der Entwicklung eines Endprodukts aus einer Idee hatte, die man zu ihrem vollen Potenzial heranwachsen ließ, indem man das Unkraut – die Macken – in den Codes ausmerzte und eine Nachfrage befriedigte, die entweder vorhanden war oder beim Kunden hervorgerufen werden konnte. Aber in Wahrheit war das kein Vergleich. Es war steril. Kalt. Einsen und Nullen auf einem Programmierbildschirm, in der Entwicklung oder in der Bank. Aber hier draußen zu sein, das Salz in der Luft zu riechen, die Hitze der Sonne auf der Haut zu spüren, das fühlte sich an wie …

Er wischte den Gedanken fort, bevor er das Wort zu Ende denken konnte. Dieses Wort, das ihn spät in der Nacht verhöhnte. Das, was bis jetzt nur durch die Abwesenheit dessen von Bedeutung war. In seiner Verbannung daraus. Je eher er mit diesem Ort fertig war, desto besser.

Aber als er Lily folgte, die immer noch Informationen über das Anwesen abspulte, merkte er, dass sie in ihrem Element war. Sie hatte den gleichen Blick voller Stolz und Freude, den sein Vater früher immer gehabt hatte. Genauso bewegte sie sich in der Küche. Zuversichtlich und selbstbewusst. Ihre Augen leuchteten, und sie glühte in der Mittagssonne. Erst jetzt fiel ihm auf, dass das Kleid, das sie trug, zwar nicht auffällig oder freizügig war, aber ihre langen Beine umspielte und sich an ihren Körper schmiegte. Und er konnte nicht länger leugnen, dass er sich zu ihr hingezogen fühlte. Dass sie ihn wie eine Sirene anlockte. Und wenn er nicht aufpasste, würde er für sie sein ganzes verdammtes Leben hinwerfen.

Sie betraten das Haus durch die Tür neben der Orangerie, und plötzlich wusste Henry, wohin sie gehen würden. Anstatt zur Scheune, in der sich der Keltereibetrieb befand, führte Lily sie in den Weinkeller.

Ockerfarbenes, trübes Licht erhellte dunkle Steintreppen. Der Temperaturwechsel war deutlich auf seiner erhitzten Haut zu spüren; er bekam Gänsehaut von der plötzlichen Kühle.

»Hier haben wir also das wahre Herz des Weinguts«, sagte Lily und führte die Gruppe in den großen höhlenartigen Raum, der sich unter dem gesamten Gebäude erstreckte.

Stirnrunzelnd schaute Henry sich um und registrierte die Veränderungen, seit er das letzte Mal hier unten gewesen war. Er hätte schwören können, dass es jetzt mehr Räume gab, die vom zentralen Bereich abzweigten. Es war sauber und trocken, keine Spur mehr von der Feuchtigkeit, die er noch aus seiner Kindheit kannte.

»Jahrelang wurden hier Maschinen und Geräte gelagert, die man brauchte, als der Hof noch in Betrieb war, aber irgendwann in den Sechzigerjahren wurde die Landwirtschaft eingestellt.«

»Achtundsechzig«, gab Henry zum Besten.

Lily schaute überrascht zu ihm auf. Es war das erste Mal, dass er sich auf der Führung zu Wort meldete.

Er lächelte entschuldigend. »Mein Großvater war eine Persönlichkeit, aber sicher kein Landwirt«, sagte er über den Mann, an den er sich aus seiner Kindheit vage erinnerte. »Er war vielmehr daran interessiert, Geld auszugeben, als es zu verdienen, und ließ die Farm verkommen. Mein … Blake war mit der Mentalität meines Urgroßvaters aufgewachsen und sah das Anwesen nicht als Goldesel, sondern als Leuchtturm, richtungsweisend für die ganze Umgebung. Er erkannte, dass er seine Liebe zum Wein mit der Liebe zu Hawke's Cove verbinden konnte, und nach einem nicht unerheblichen Streit mit seinem Vater investierte er kräftig in die Arbeiten, die nötig waren, um Weinberge anzulegen. Und zwar, *bevor* sie in Großbritannien in Mode kamen.«

»Das ist ja interessant«, verkündete Jameson freudig, als wäre diese persönliche Note mehr wert als alle bisherigen Erklärungen von Lily.

»Natürlich«, fuhr Henry fort, »war seine erste Flasche Wein furchtbar. Er hatte zwölf Flaschen gemacht. Aber anstatt sich von dem Umstand abschrecken zu lassen, die teuerste Flasche Essig hergestellt zu haben, die es je gab, war er entschlossen, es richtig hinzubekommen.«

»Das klingt nach Blake«, kommentierte Lily mit einem Lächeln im Gesicht, als hätte er ihr etwas gegeben, ihr ein Geschenk gemacht, in Form einer Information über den Mann, den sie so offensichtlich sehr gernhatte und schätzte. »Genau genommen …«, sagte sie und ging einen der dunklen Korridore hinunter, während die kleine Gruppe ihr folgte. »Moment.« Sie blieb am Ende des Ganges stehen, als sie eine Wand erreichte, die von einem vollen Weinregal in Anspruch genommen wurde. »Könnte es dieser hier sein?«, fragte sie und holte vorsichtig eine verstaubte Flasche heraus. Der Korken, der längst in Rotwein getränkt war, war fleckig und das Etikett vom Alter vergilbt.

Henry stieß halbherzig lachend die Luft aus. »Nun, das war vor meiner Geburt, aber, ja, sieht ganz so aus.«

»Meinen Sie, wir können sie öffnen?«

»Nicht, wenn Ihnen Ihr Leben und Ihre Geschmacksnerven lieb sind«, versicherte Henry an Jameson gerichtet. Er sah sich im Raum um und bemerkte eine leicht deplatziert wirkende Mahagonianrichte. Natalie bemerkte, dass seine Aufmerksamkeit abgelenkt war, und stellte sich neben ihn.

»Was ist da drin?«, fragte sie.

Aber Henry zuckte mit den Schultern. »Ich weiß es nicht. Die habe ich noch nie gesehen.«

»Das ist … die Privatsammlung der Familie.«

Stirnrunzelnd drehte er sich zu Lily um, die seinem suchenden Blick auswich.

»Da müssen ganz besondere Flaschen drin sein.«

»Ja«, bestätigte sie mit einem traurigen Lächeln.

»Können wir mal schauen?«, fragte Jameson.

»Ich fürchte, nein. Es ist eine persönliche Sammlung.«

Jameson wandte sich an Henry. »Aber wir können doch si-cher …«

»Nein. Wir haben keinen Schlüssel dafür«, unterbrach Lily ihn, was Henry noch mehr die Stirn runzeln ließ. Warum machte sie so ein Geheimnis daraus?

»Oh.« Sowohl Jamesons als auch Natalies Gesichtsausdruck verriet Enttäuschung.

»Aber wir haben ein paar sehr schöne Weine für eine Verkostung vor der Kelterei und einen kleinen Imbiss, wenn Sie bereit sind?« Ihre Fröhlichkeit war zurückgekehrt, und das verlockende Angebot vertrieb die Enttäuschung bei allen außer Henry.

Lily führte sie zurück ins Helle und zu den alten Holzbänken vor die Scheune, in der sich die Kelterei befand. Die Türen standen weit offen, sodass die Gruppe einen Blick hineinwerfen konnte, bevor Lily im Hauptgebäude verschwand, um den Wein und den Korb mit den mitgebrachten Speisen zu holen.

Henry überließ die Gruppe ihrem Geplauder und bemerkte andeutungsweise Aufregung in dem gedämpften Flüstern. Lily hatte bisher großartige Arbeit geleistet, und er wusste, dass Jameson schon regelrecht verliebt in den Ort war. Wenn er ein Angebot machte, konnte Henry beim besten Willen nicht sehen, warum er es ablehnen sollte, aber er konnte genauso klar den Kummer sehen, der sich in Lilys Gesicht abzeichnen würde. Sein Gewissen schmerzte ihn mehr als das Hungergefühl in seinem Magen.

Lily kam mit einem kleinen Rollwagen mit Weingläsern, Wasser, den Flaschen und dem Essen darin zurück. Es sah aus wie das beste Picknick, das man sich vorstellen konnte.

Noch einen Moment zuvor hätte Henry geschworen, dass er nichts anderes als sein schlechtes Gewissen auf der Zunge schmecken würde, aber als Lily sie durch die Schaumweine, die Weißweine, die Rosés und die Rotweine führte, war er überwältigt, wie sich der Wein in den letzten zehn Jahren weiterentwickelt hatte. In der Komplexität, im Geschmack.

Jameson hatte erklärt, dass er sich mit der Weinherstellung auskannte, also konzentrierte er sich stattdessen auf gezielte Fragen über ihre Ausrüstung, die Lily vollkommen unbeeindruckt ließen. Besonders da Natalie Lob und Seufzer der Wertschätzung nicht nur für den Wein, sondern auch für das Essen einstreute.

* * *

Lily hatte der Nachmittag Spaß gemacht. Es hatte sich seltsam angefühlt, aber doch gut. Für einen Moment war es unten im Keller so gewesen, als würden sie und Henry zusammenarbeiten. Als Teil eines Teams. Und sie konnte sich nicht erinnern, wann sie das letzte Mal so etwas empfunden hatte. Ja, sie arbeitete mit Kate und Vihaan zusammen, aber sie waren ihre Angestellten. Egal wie freundlich sie waren, gab es doch eine Hierarchie. Mit Henry war es anders gewesen.

Sie hatte schon früher Gutsbesichtigungen gemacht, wenn Blake dazu nicht in der Lage war. Vor allem in den letzten Monaten hatte er mit einem Schmerz gekämpft, wegen dem sie ihn gedrängt hatte, zum Arzt zu gehen. Er hatte sich jedoch strikt geweigert. Das waren große Führungen gewesen, an manchen Wochenenden Gruppen von fast zwanzig Personen. Heute hatte es sich viel persönlicher angefühlt, vor allem, da Henry etwas über die Geschichte des Anwesens und Blakes Entscheidungen hatte beitragen können. Sie lächelte, als Natalie den letzten Bissen der Obsttorte aufaß, die sie am Morgen gebacken hatte.

»Das war so köstlich«, rief sie, während ihr Mann einen Anruf annahm und sich vom Tisch entfernte. »Und Sie haben das alles selbst gemacht?«

»Ja«, sagte Lily und erwiderte ihr Lächeln.

»Selbst den Käse?«

»Wir haben in Devon tolle regionale Hersteller, aber ich habe mit vegetarischem Lab experimentiert und …«

»Oh, jetzt geht's los«, stichelte Henry. »Wenn sie einmal mit dem Thema Essen anfängt … Lily hat nämlich ein ganz hervorragendes Restaurant unten am Hafen.«

Lily errötete, geschmeichelt, dass er so etwas sagte. Gleichzeitig fühlte sie sich etwas unbehaglich wegen des Lobes. Sie hatte schon immer ungern im Rampenlicht gestanden.

»Und – ich weiß, das klingt jetzt dumm, aber Ihr Kleid gefällt mir ausgesprochen gut.«

»Das ist doch nicht dumm. Das Kleid ist wirklich wunderschön. Meine Freundin Victoria hat es genäht.«

»Ist sie auch hier? Ihren Laden würde ich gern besuchen.«

Lily stieß einen kleinen Seufzer aus. »Leider nicht. Sie ist in London, aber sie arbeitet an ihrer ersten Kollektion für das Kaufhaus *Russell & Co.*«

»Wow, das ist ziemlich beeindruckend.«

»Ja, das ist es, und sie ist es auch«, antwortete Lily stolz. »Die Kollektion wird unter dem Namen Victoria Scott laufen, nur falls es Sie interessiert.«

»Und ob! Sehr«, sagte sie und betrachtete wieder Lilys Kleid. Dann kehrte ihr Mann an den Tisch zurück.

»Ich fürchte, für uns wird es Zeit, Darling«, sagte Jameson zu seiner Frau. »Wir müssen los. Aber es war wirklich überaus erhellend.« Er wandte sich an Henry. »Sie sind sehr gut aufgestellt, und ich muss sagen, ich bin äußerst interessiert.«

Lily runzelte die Stirn. Ihr war nicht ganz klar, wofür Jameson sich interessierte. »Außerdem«, sagte er und wandte sich an sie, »war es mir ein Vergnügen, Sie kennenzulernen. Ich nehme an, dass Sie nicht in dem Paket enthalten sind?« Er lachte dezent.

Lily konnte sich nicht erklären, warum er lachte. Sie warf Henry einen Blick zu, der wie erstarrt dasaß und dem alle Farbe aus den Gesichtszügen gewichen war.

»Was für ein Paket?«, fragte sie und lächelte trotz der Flauheit, die in ihr aufstieg. Egal, worum es hier ging, sie wusste instinktiv, dass es ihr nicht gefallen würde.

»Das Angebotspaket natürlich. Für den Kauf des Anwesens. Es hat mir sehr gut gefallen«, betonte er, nahm ihre Hand und schüttelte sie kräftig, scheinbar, ohne zu merken, dass sich gerade der Boden unter Lilys Füßen auftat.

Ihr Lächeln blieb an den sich entfernenden Rücken von Jameson, seiner Frau und seinem Assistenten hängen. Sie war sich sogar dessen bewusst, dass sie ihre Hand hob, um der Gruppe zu winken, als sich die Türen der eleganten schwarzen Limousine schlossen. Sie stand da, die Hand immer noch zum Winken erhoben, als das Auto die Einfahrt hinunter und dann aus ihrem Blickfeld verschwand. Schock und Wut tobten in ihr und konkurrierten mit der Sprachlosigkeit, die verhinderte, dass ein einziges Wort oder auch nur ein Laut aus ihrer Kehle drang.

»Sag etwas, Lily. Bitte«, flehte Henry hinter ihr sie an.

Sie fuhr zu ihm herum.

»Du Arschloch!«

Kapitel 5

»Du blöder, verfluchter …«

»Nein, Lily. Bitte, hör auf.«

»Wie konntest du nur?«, schrie sie, während die Wut über den Verrat sich Bahn brach. Aber darunter war sie am Boden zerstört. Sie hätte es besser wissen müssen. Männer waren alle gleich. Zumindest die Männer, mit denen sie zu tun hatte. Sie logen und nahmen sich, was sie wollten, ohne Rücksicht darauf, wen sie dabei verletzten. Lily stürmte an Henry vorbei, der immer noch kein weiteres Wort gesagt hatte.

Sie packte ihr Fahrrad, das an der Seite des Haupthauses lehnte, erwog kurz, den Korb zu holen, und entschied sich dann, ihn zu lassen, wo er war. Sie musste weg von hier, bevor sie ihn umbrachte. Denn dieses Mal wollte sie ihn wirklich, *wirklich* umbringen.

Das Kleid wirbelte um ihre Beine, und sie raffte den seidigen Stoff in ihrer Faust, als sie das Bein über den Sattel schwang, ohne Rücksicht auf das zarte Gewebe.

Sie war eine solche Närrin. Wie hatte sie ihm nur trauen können?

Als hätte sie ihn mit ihrer Aktion erst richtig zur Besinnung gebracht, rannte er los, um sich ihr in den Weg zu stellen. Beim Abbremsen rutschte er auf dem Kies aus, aber das war ihr egal.

»Lily, warte. Bitte, lass es mich dir erklären.«

»Hör zu«, sagte sie, trat aufs Pedal und rollte nach vorn. Er machte hastig ein paar Schritte rückwärts. »Du willst das Anwesen verkaufen? Klar, du kannst damit machen, was du willst, Henry, es gehört dir. Aber du hast mich benutzt. Du hast mich belogen!«, schrie sie, indem sie erneut in das Pedal, das nun nach oben schwang, trat, aber da packte er den Lenker in der Mitte und versperrte ihr den Weg.

Er stand vor ihr, das Vorderrad zwischen den Beinen, und ihre Gesichter waren nur wenige Zentimeter voneinander entfernt.

»Ich hatte Angst, dass du mir sonst nicht hilfst«, sagte er atemlos.

»Natürlich hätte ich dir nicht geholfen, Henry. Du weißt, was mir das Ganze hier bedeutet«, sagte sie wütend.

»Nein, das tue ich nicht«, stieß er aus und lockerte seinen Griff am Fahrrad, woraufhin sie auf dem Sattel ein wenig zusammenzuckte und einen Fuß absetzte, um das Gleichgewicht zu halten. »Ich habe absolut keine Ahnung, warum dir dieses Gut so wichtig ist. Ich kann überhaupt nicht nachvollziehen, warum mir jedes Mal, wenn ich eine Frage zu diesem Ort habe, gesagt wird, ich solle Lily Atwell fragen. Oder warum man mich jedes Mal, wenn ich versuche, eine Entscheidung zu treffen, mit verständnislosem Blick anschaut und sagt, ich solle ... Lily Atwell fragen. Also, sag es mir! Was zum Teufel siehst du, was ich nicht sehe?«

Sie erkannte die Wut in seinen Augen, aber auch Verwirrung und Schmerz. Und sie verstand es. Nicht nur, weil es genau das war, was sie fühlte, sondern weil sie gesehen hatte – und immer noch sehen konnte –, dass Henry mit seinen Gefühlen haderte.

Sie schüttelte den Kopf, zuckte mit den Schultern und versuchte, die Worte auszusprechen, die ihr momentan noch die Kehle zuschnürten. »Ich sehe …« *so verdammt viel.* Sie versuchte es erneut. »Ich sehe den Ort, an den Blake mich nach dem Unfall geholt hat. Einen Ort, an dem ich sein konnte, als meine Mutter wieder arbeiten musste, weil sie sich nicht mehr länger freinehmen konnte. Einen Ort, an den ich fliehen konnte, als es allzu schmerzhaft wurde, als Victoria erfuhr, dass sie keine Kinder mehr bekommen kann, und als Zoe mitgeteilt bekam, dass sie nie wieder in der Lage sein wird zu laufen. Ich sehe den mit der Mauer eingefassten Garten, bei dessen Umwandlung in einen Kräutergarten ich Blake helfen sollte. Die Früchte, die wir gepflanzt haben, die Kräuter, die Lorbeerbäume und Schlehen. Ich sehe den Ort, an dem ich das Geld für meinen Besuch der Kochschule in London verdient habe«, sagte sie und holte tief Luft, während ihr Erinnerungen und Bilder durch den Kopf schossen.

»Ich sehe ein Zuhause, Henry. Einen sicheren Hafen. Einen, der über unsere Stadt wacht und sich um sie kümmert. Ich sehe einen Ort, zu dem die Menschen kommen und sich in alles verlieben, was Hawke's Cove ausmacht, und dann kommen sie im nächsten Jahr wieder und im übernächsten. Ich sehe das Land, das von einem Mann gepflegt wurde, der mir vor zehn Jahren half, mein Gefühl für mich selbst wiederzufinden. Ich sehe ihn inmitten der Reben, die er so liebte, spazieren gehen. Ich sehe den Stolz, den Blake empfand, wenn er einen preisgekrönten Wein produziert hatte. Ich sehe die harte Arbeit, die er in dieses Weingut gesteckt hat, und die Freude, die er den Bewohnern des Dorfes bereitet hat, wenn auch sie die Früchte seiner harten Arbeit ernteten.«

* * *

Henry hasste die Aufrichtigkeit in ihrem Ton, und jedes einzelne Wort traf ihn wie ein Messerstich.

»Ja, sicher. Und weißt du, was ich sehe, Lily? Das Einzige, was ich sehe? Erinnerungen an denselben Mann, der sich so sehr in diesem verdammten Weingut verloren hat, dass er dabei seine Frau und seinen Sohn vergaß. Einen Sohn, den er später ins Exil schickte. Einen Mann, der, anstatt seinen Sohn zu fragen, was mit ihm los ist, seine Zeit und seine Fürsorge in dich investierte! Weil er sich für dich nicht schämte, oder? Nein, du warst völlig unschuldig, aber ich war verantwortlich für den Unfall, der Claudia das Leben gekostet hat.«

Diesmal sah Lily so aus, als hätte sie ein Schlag getroffen, ihre großen Augen voller ungeweinter Tränen. Fast hätte er sich in diesem Moment selbst verflucht.

»Henry, es war nicht …«

»Natürlich war es so«, knurrte er. »Warum sonst hat er sich nicht bei mir gemeldet? Zehn Jahre, Lily. Zehn verdammt lange Jahre, und ich habe nie ein Wort von ihm gehört. Ja, du siehst vielleicht all die Dinge, die er dich sehen lassen wollte. Ein Zuhause, ein florierendes Geschäft, seine wertvollen Reben. Aber anstelle jeder einzelnen Sache, die du siehst, sehe ich, was ich nicht hatte. Sogar vor dem Unfall.«

Er konnte sie kaum noch sehen. Das Haus verschwand, die Weinberge, die Sommersonne, und stattdessen wurde er in den dunklen, wütenden Schmerz seiner Kindheit zurückversetzt.

»Wusstest du, dass dein so sehr geschätzter Blake meinen fünfzehnten, sechzehnten und siebzehnten Geburtstag verpasst hat? Dass sich meine Eltern an meinem vierzehnten Geburtstag vier Stunden lang gestritten haben? Weißt du, was das Letzte war, was ich hörte? Dass meine Mutter die Scheidung verlangte.«

Er konnte sich noch jetzt an den Streit erinnern. An die Qual und den Schmerz in der Stimme seiner Mutter, als sie ihren Mann anflehte, sich zu ändern, nur einen Abend mit ihr und ihrem Sohn zu verbringen, anstatt auf den Feldern bei der Ernte zu sein. Anstatt zu irgendeiner Angelegenheit seitens der Stadt zu fahren, die sonst keiner regeln konnte.

»Deshalb hat sie ihn verlassen. Deshalb hat sie mich mitgenommen. Weil er nicht ein einziges Mal aufblicken konnte von diesem Ort mit seiner kleinstädtischen, klatschsüchtigen Mentalität, in dem die Menschen ihre Fehler nicht hinter sich lassen dürfen, in dem nichts und niemand wichtiger ist als das verdammte Hawkesbury-Anwesen.«

Er atmete jetzt schwer, die Anstrengung und Energie, die er aufbrachte, um sich seinen Verletzungen und seiner Vergangenheit zuzuwenden, war fast körperlich spürbar.

»Weißt du, was die letzten Worte waren, die er zu mir gesagt hat? Dass ich, bis ich gelernt hätte, weniger selbstsüchtig zu sein und mehr an andere zu denken, hier nicht mehr willkommen sei. Dass er mich nicht mehr sehen wolle.«

Lilys Augen wurden noch größer und runder, und er hasste sich selbst dafür, die Ursache für den Schmerz und die Verletzung zu sein, die er dort sah.

»Ich freue mich, dass er für dich da war. Wirklich. Du hast es so viel mehr verdient als ich. Es hat dich glücklich gemacht, und das ist wunderbar. Aber dieser Mensch war er für mich nicht. Für mich bedeutet dieser Ort nicht dasselbe. Und darum kann ich hier nicht bleiben.«

Damit ließ er sie stehen, bevor sie etwas erwidern und den Schmerz lindern konnte, den er wie einen Schutzschild um sich zog. Weil es so viel besser, ja, sogar einfacher auszuhalten war als die Lawine des Kummers, die er zurückzuhalten versuchte.

* * *

Lily radelte den Weg zur Straße hinunter und weiter in die Stadt, mit Tränen in den Augen und Kummer im Herzen. Wegen Henry, wegen sich selbst. Wegen Blake. Als sie am Stadtrand von Hawke's Cove in die Straße zu ihrer Mutter einbog, sah sie sie durch den trüben Schimmer ihrer Tränen im Garten vor ihrem kleinen Häuschen stehen. Lily ließ das Fahrrad einfach zu Boden fallen, sprang darüber hinweg und stürzte in die ausgebreiteten Arme ihrer Mutter.

»Schatz, was ist denn los?«

»Ich wusste es nicht, Mum. Ich hatte ja keine Ahnung.« Sie ließ sich in die Umarmung fallen und schluchzte heftig.

»Was wusstest du nicht, mein Schatz?«

»Ich wusste nicht, wie sehr Henry von Blake verletzt worden ist.« So sehr, dass der Schmerz sie fast erdrückte. Sie mochte sich gar nicht vorstellen, was das mit Henry machte.

Marion löste sich sanft aus der Umarmung und betrachtete sie, als könnte sie aus Lilys Blick alles ablesen, was geschehen war.

»Komm, lass uns reingehen und eine Tasse Tee trinken.«

Als Marion den Wasserkocher einschaltete und sich daranmachte, den Tee vorzubereiten – Lilys Mutter nannte Leute ohne Teekanne gern Heiden –, brachte sie Lily dazu, ihr alles zu erzählen. Sie hörte schweigend zu, schien aber weder so schockiert noch so überrascht zu sein, wie Lily es gewesen war.

»Mum, kann ich dich etwas fragen?«

»Natürlich«, sagte Marion mit einem leisen Lachen.

»Was war das Letzte, was Daddy zu mir gesagt hat?«

Marion biss sich auf die Lippe und lächelte traurig, wie sie es immer tat, wenn sie über Lilys Vater sprachen. Dann nickte sie, wie zu sich selbst, und rührte in ihrem Tee, bevor sie wieder aufblickte.

»Jeden Morgen, bevor er zum Fischen aufbrach, schaute dein Vater in dein Zimmer. Wenn du schliefst – was meistens der Fall war, denn als Kind hast du geschlafen wie ein Murmeltier –, setzte er sich auf deine Bettkante, beugte sich hinunter und küsste dich auf die Stirn. Dann hat er dir zugeflüstert, dass er dich liebt und dass er wiederkommen wird, weil du ihm einen schuldig seist.«

»Einen schuldig?«

Marion lächelte über ihre Verwirrung. »Ja. Das hat er bei mir auch gemacht, jeden Morgen. Er sagte, wenn er zur See fahre, würde ihn nichts davon abhalten, für die zwei Küsse, die er bei uns guthabe, nach Hause zu kommen.«

Lily nahm die Hand ihrer Mutter, spürte die feine, glatte Haut über den zerbrechlichen Knochen an ihren Fingern, und wieder drängten sich Tränen in ihre Augen, während sie beide Kraft aus ihrer Liebe zu Anthony Atwell schöpften.

»Lily, dein Vater hat dich sehr geliebt, genau wie Blake Henry geliebt hat. Aber Tony starb, als du noch so jung warst. Da war keine Zeit für die großen Streitereien, keine Zeit für die großen Enttäuschungen.«

»Was?«, fragte Lily erschrocken.

»Nein, ich meinte nicht dich, mein Schatz. Ich meinte, dass er dich nie enttäuschen konnte. Eltern sind, ob sie wollen oder nicht, keine Engel. Wir machen Fehler. Blake war ein liebenswerter Mann, und ich bin mir sicher, dass er es bei Henry wiedergutmachen wollte, aber er hat nicht die Chance dazu bekommen, und diese Art von Schmerz … ist hart. Es ist ein tiefer Schmerz.«

Lily ließ die Worte ihrer Mutter in sich einsinken, und sie spürte, wie sich ihre Schultern entspannten, als sie begann, alles durch Henrys Augen zu sehen.

»Es war wunderbar, dass Blake für dich da war«, sagte Marion, »aber für Henry könnte das ein bisschen schwierig zu verarbeiten sein. Deshalb ist es vielleicht verständlich, dass er das Gut nicht behalten will.«

Und plötzlich fühlte Lily sich schuldig, was die Gefühle in ihrer Brust noch verstärkte. »Ich … ich habe das Gefühl, dass ich Henry etwas gestohlen habe.« Ihre Mutter schaute ein wenig verwirrt. »Seine Beziehung zu Blake.«

»Nein, mein Schatz, das hast du nicht. Aber er hat dir Dinge gegeben, die du jetzt mit Henry teilen kannst.«

Lily bekam Schluckauf, halb lachend, halb keuchend, als sie die Trauer in ihrer Kehle zu unterdrücken versuchte. »Seit wann bist du so weise?«

»Ich hatte ein paar Jahre Zeit zum Üben«, scherzte Marion. »Ach, weißt du, das Hawkesbury-Anwesen war – und ist – natürlich wichtig für dich, aber vielleicht … vielleicht war die Zeit, die du dort mit Blake verbracht hast, einfach ein Geschenk. Sie hat dir geholfen und dir ein Ventil gegeben. Aber schau dich an.« Ihre Mutter nahm Lilys Hände in ihre. »Du hast dein Restaurant, und es läuft so gut. Jetzt kommt Malie zurück. Vielleicht ist es für dich an der Zeit zu überlegen, was du sonst noch machen kannst?«

»Na ja, ich habe die Hochzeit …«

»Nein, mein Schatz, ich meine *nach* der Hochzeit«, sagte sie sanft. »Es gibt eine große weite Welt da draußen. Vihaan kommt in einer Woche zurück, vielleicht kannst du dir eine Auszeit nehmen. Du könntest V für ein oder zwei Tage in London besuchen. Oder vielleicht sogar ein bisschen reisen, so wie Malie und Zoe. Ich habe immer gedacht … Aber, nein, ich … Ist schon okay. Ich habe meinen Teil gesagt«, schloss ihre Mutter kryptisch.

Danach gab es nicht mehr viel zu sagen. Marion musste weg, obwohl Lily sich nicht wirklich vorstellen konnte, wohin ihre Mutter mit einer Farbrolle und all dem anderen Heimwerkerkram, den sie in einer Kiste vor der Haustür zusammengepackt hatte, gehen wollte. Lily wurde von ihr praktisch durch den Flur bugsiert und zurück auf die Straße befördert.

»Eine alte Dame braucht auch ihre Geheimnisse«, sagte Marion.

Als Lily das Fahrrad von der Stelle holte, an der sie es hatte fallen lassen, bog ein schnittiger schwarzer SUV in die Straße ein, wurde langsamer und fuhr dann schnell davon. Das war seltsam. Nicht der SUV – in den Straßen rund um Hawke's Cove waren sie in den letzten Jahren immer zahlreicher geworden –, aber Lily hätte schwören können, dass sie Zoe auf dem Beifahrersitz gesehen hatte. Was gar nicht sein konnte, denn Zoe war mit Finn in Sydney und würde erst ein paar Tage vor der Hochzeit kommen. Sie schüttelte den Kopf und versuchte, die verwirrten Gedanken in ihrem Hirn zu ordnen.

Henry. Der Verkauf des Anwesens. Die Hochzeit. Henry.

Alles wirbelte durcheinander wie Kleidungsstücke in der Waschmaschine. Sie hatte es ernst gemeint, was sie Henry und ihrer Mutter gesagt hatte. Es ging ihr nicht um das Anwesen.

Sie wusste, dass es ihr nicht gehörte, auch wenn sie einen emotionalen Anspruch auf den Ort in sich spürte. Einen Anspruch, den es nie gegeben hatte. Das Gut gehörte Henry, der damit machen konnte, was er wollte. Und obwohl der Verkauf sich auf die Stadt und ihre Bewohner auswirken würde, waren die Jamesons anscheinend ganz in Ordnung. Ja, wirklich. Es war Henry, auf den sie immer wieder zurückkam.

Denn im Grunde ihres Herzens wusste sie, dass Blake seinen Sohn geliebt hatte. Ihre Mutter hatte vorgeschlagen, dass sie Henry etwas zurückgeben könnte, und Lily fiel ein, dass sie den Schlüssel dazu besaß. Im wahrsten Sinne des Wortes.

* * *

Henry hatte den Rest des Tages damit verbracht, sich das Gespräch mit Lily immer wieder durch den Kopf gehen zu lassen. Die Dokumente, die Ben ihm geschickt hatte, waren noch unangetastet. Die Anrufe auf seinem Telefon waren unbeantwortet geblieben, und irgendwann, ohne dass er es bemerkt hatte, war die Dämmerung über das Gut hereingebrochen.

Er bedauerte den Streit mit Lily, die Dinge, die er zu ihr gesagt hatte. Er hatte ihren Schmerz gesehen, seinen eigenen gefühlt, und es war alles zu viel. Als es an der Tür klingelte und er in der Erwartung öffnete, sie dort stehen zu sehen, brauchte er einen Moment, um zu verstehen, wen er da sah.

»Du hast nicht zufällig ein Zimmer für die Nacht, oder?«

»Ben?«

Über Bens Schulter hinweg konnte er Amina hinter ihm sehen, mit einem Lächeln im Gesicht, das sich leicht verzerrte, während sie von einem auf den anderen Fuß trat. Mit ihrem runden Bauch sah sie ziemlich hochschwanger aus.

»Aber du …«

»Ich muss dringend pinkeln«, unterbrach sie ihn. »Sehr dringend.«

Ehrlich besorgt, dass sie gleich platzen könnte, trat er zurück und bedeutete ihr einzutreten. »Die zweite Tür links.«

»Danke«, piepste Amina in erstaunlich hoher Tonlage, und eilte an ihm vorbei.

Ben hob die Augenbrauen. »Die Vorteile einer Schwangerschaft. Also, dann – ist in diesem Gasthaus ein Zimmer frei?«

Zwei kleine Taschen lagen auf dem Boden zu seinen Füßen, und er hielt eine Flasche SangSom hoch.

»Woher hast du *die* denn?«

»Ich habe so meine Quellen. Komm schon, wenn du mich hier draußen stehen lässt, muss ich gleich auch zur Toilette.«

Henry musste lächeln. Wie sehr ihm die beiden gefehlt hatten, merkte er jetzt erst.

»Komm rein, ihr kriegt eine große Führung.«

»Später. Die Fahrt von Newquay hier rauf war der Horror nach den Flügen.«

»Flügen?«

Ben durchbohrte ihn mit einem Blick. »Hast du schon was getrunken?«

»Nein«, verteidigte sich Henry. »Und du? Wie kommst du überhaupt hierher?«

»Singapur über Heathrow und nach Newquay. Amina hat morgen noch ein letztes Meeting in Lyon, bevor sie in Mutterschaftsurlaub geht.«

»Du bist den ganzen Weg hierhergekommen – für eine Nacht?« Henry fragte sich ernsthaft, ob sein Freund völlig den Verstand verloren hatte.

»Nein«, versicherte Ben, »nicht für eine Nacht, sondern für meinen besten Freund.«

Etwas in Henry rührte sich, und er umarmte seinen Freund. Kein Schulterklopfen, keine blöden Witze. Nur eine richtige Umarmung alter Schule.

»Störe ich?«, fragte Mina über Henrys Schultern hinweg.

»Ich hatte ihn vor dir, weißt du«, neckte Henry.

»Wer's findet, darf's behalten«, antwortete sie, wie aus der Pistole geschossen.

Henry ließ Ben los, und sein bester Freund betrachtete ihn eingehend. »Geht's dir gut?«

»Nicht wirklich«, gab Henry zum ersten Mal zu.

»Hab ich mir gedacht.«

»Ja, okay, Klugscheißer. Du musst es mir nicht noch unter die Nase reiben.«

Henry drehte sich zu Mina um und schüttelte den Kopf über all die Veränderungen an ihrem Körper in den letzten Monaten.

»Hallo, schöne Frau«, sagte er und genoss ihr warmes Lächeln und ihre Umarmung genauso wie die von Ben.

»Hey, du sprichst mit meiner schwangeren Frau.«

»Du weißt aber schon, dass ich auch sie zuerst kannte?«

»Besitz ist neun Zehntel und so weiter.«

»Besitz?!«, wiederholte Mina empört und entzog sich Henrys Umarmung, um ihren Mann anzustarren.

»So habe ich das doch nicht gemeint, Liebling.«

»Das hoffe ich, sonst schläfst du besser auf dem …« Mina verstummte und sah sich um. »Wie viele Zimmer hat dieses Haus eigentlich?«, fragte sie mit Ehrfurcht in der Stimme.

* * *

Nachdem sie das Anwesen besichtigt hatten, zogen sie sich in das private Wohnzimmer im Westflügel zurück, wo Henry ein Feuer im Kamin anzündete, da es trotz der Sommerhitze am Abend kühl wurde.

»Es ist wirklich wunderschön«, sagte Mina noch einmal mit einem anerkennenden Seufzer, ließ sich ins Sofa zurückfallen und strich sich sanft über ihren großen Bauch.

Henry lächelte. »Das steht dir.«

»Diese Kugel? Lass das Ben nicht hören, sonst schwängert er mich im Handumdrehen wieder.«

»Das ist der Plan«, sagte Ben süffisant.

Er hatte sie vermisst. Das Geplänkel, die Freundschaft und die Vertrautheit zwischen ihnen. In den Wochen, die er auf dem Anwesen verbracht hatte, war es ihm gar nicht bewusst geworden, wie sehr er sich abgekapselt hatte. Er ging nur selten in die Stadt, wo die Leute ihn anstarrten und sich nur knapp zurückhielten, nicht auf ihn zu zeigen. Er hatte das Personal weggeschickt, um Zeit zum Nachdenken zu haben und um zu entscheiden, was er tun wollte, aber …

»Es ist wirklich schön, euch zu sehen«, sagte Henry in die gesellige Stille hinein.

»Jetzt werd mir bloß nicht rührselig.«

»Ich habe nicht mit dir geredet, Ben.«

Er schnaubte. »Ja, klar.«

Henry löcherte Mina mit Fragen über ihr letztes Meeting in Frankreich, über die Wohnung, die die beiden in Singapur gefunden hatten, und darüber, wie schön es für ihre Familie war, sie wieder zu Hause zu haben, und wie sehr sie sich auf das Baby freuten. Ben schien zufrieden zu sein, seine Frau reden zu lassen.

Die Uhr schlug elf. »Und das, meine Herren«, sagte Mina, »ist mein Stichwort. Das Bett ruft.«

Sie drückte Ben einen festen Kuss auf die Lippen und lachte, als er versuchte, ihr liebevoll an den Hintern zu fassen.

»Nehmt euch ein Zimmer«, mahnte Henry.

»Das ist meine Absicht, Hawkesbury.«

Hawkesbury. Lily hatte ihn so genannt. Sie war die einzige Person außer Ben und Mina, die das tat.

»Ich will dich nicht sehen, bevor die Flasche leer ist«, befahl Mina.

Henry runzelte die Stirn. »Was? Du erwartest tatsächlich, dass wir …«

»Ihr trinkt das gefälligst bis zum letzten Tropfen aus. Ich brauche meinen Mann morgen verkatert. Nur so hat man ihn während eines Fluges überhaupt unter Kontrolle. Ansonsten klettert er ins Cockpit und versucht, den Piloten zu überreden, ihn die Maschine fliegen zu lassen.«

»Hey, ich habe über …«

»Du hast zwanzig Flugstunden hinter dir. Ja, das wissen wir. Und der Typ, der die Straße runter wohnt, weiß es auch«, schloss sie.

»Meine Damen und Herren – meine Frau«, rief Ben in den Raum. »Ein wahrer Sonnenschein.«

»Ich gebe ihm normalerweise einfach etwas Valium«, scherzte Henry an Mina gewandt.

»Das hebe ich mir für die Geburt auf«, erwiderte Mina und wartete, dass Henry für eine Umarmung aufstand.

»Schlau«, antwortete er, erhob sich und nahm sie in die Arme, was sich etwas komisch anfühlte wegen ihrer Bauchkugel. »Danke«, sagte er halb flüsternd.

»Jederzeit, Henry, im Ernst. Jederzeit.« Sie lächelte zu ihm hoch. »Trinkt schön, Jungs.« Damit verließ sie den Raum.

Ben ging zum Sideboard, holte zwei geschliffene Kristallgläser heraus und stellte sie auf den Couchtisch. Er schraubte die Flasche auf und goss zwei drastisch ungesunde Mengen SangSom ein.

»Du meinst es aber ernst«, stieß Henry aus.

»Und meine Frau auch. Das mit dem Kater war kein Scherz.«

Henry nahm das Glas, das Ben ihm hinhielt, und atmete den süßen Duft des Rums ein, der ihm so vertraut und so viel willkommener war als der ganze Wein des Guts.

Ben beobachtete ihn über den Rand seines Glases hinweg. »Wie läuft's im Büro?«

»Komm mir bloß nicht so«, antwortete Ben ohne Groll.

Henry seufzte.

»Also, was ist los?«

»Ich verkaufe das Anwesen.«

Ben zog die Augenbrauen hoch und nickte. »Okay.«

»Nur so? Okay?«

»Wenn es das ist, was du wirklich willst.«

»Sicher ist es das. Warum zum Teufel sollte ich bleiben wollen? Warum sollte ich den einzigen Platz behalten wollen, der …«

»… dein Zuhause war?«

Henry starrte seinen besten Freund an.

»Komm schon, ich verstehe dich ja. Wirklich. Hier wimmelt es von schlechten Erinnerungen und negativer Aura.«

»Das ist noch milde ausgedrückt.«

»Und es gibt nichts Gutes? Wirklich?«

Henry wollte gerade den Kopf schütteln, hielt aber inne. Unerklärlicherweise sah er Lily vor sich, wie sie im Sonnenschein zwischen den Reben entlangging und sich zu ihm umdrehte, ihn an Natalie Jamesons Schulter vorbei anlächelte, ein sanftes Leuchten in den Augen. Er dachte daran, wie sie seine Hand vom Korb weggeschlagen hatte und wie sie ihn im Restaurant geneckt und ihm gesagt hatte, er solle sich höhere Ziele stecken. Und dann, wie er sich, erst vor ein paar Stunden, gefühlt hatte, als er Ben und Mina an der Tür sah und launiges Geplänkel die Räume mit neuen Erinnerungen füllte. Neue Erinnerungen, die ihn dazu brachten, die Frage seines Freundes abzuschütteln. Eines Freundes, der eindeutig zu viel sah.

»Jemand, den ich kennen sollte?«, fragte Ben.

Er konnte ihm nie wirklich etwas verheimlichen. »Sie ist ... Ich kenne sie von früher.«

»Spuck's aus«, befahl Ben, und das tat er. Henry erzählte ihm alles. Davon, wie er zunächst Victorias Hochzeit abgesagt hatte, dann von der Begegnung im Kräutergarten, dem Essen im Restaurant, dem geplanten Verkauf des Anwesens, der Führung ... Es nahm ihm zwar nicht direkt den Schmerz in seiner Brust, aber zumindest linderte es ihn ein wenig.

»Mann, du hättest sie nicht anlügen sollen.«

»Ich habe nicht gelogen«, grummelte Henry. »Ich habe ihr nur nicht gesagt, was ich vorhabe.«

»Haarspalterei«, sagte Ben und verteilte die letzten paar Zentimeter SangSom auf ihre Gläser.

»Weiß sie von der App?«

Henry runzelte die Stirn. »Inwieweit sollte das relevant sein?« Er brauchte nicht zu fragen, von welcher App Ben sprach. Er meinte die *erste* App. Diejenige, über die sie am Strand in Thailand gesprochen hatten. Die, mit der ihr Unternehmen und ihre Freundschaft begonnen hatten.

»Ich nehme das als ein Nein.«

»Das braucht sie nicht zu wissen.«

Jetzt war es an Ben, die Stirn zu runzeln. »Was willst du eigentlich, dass sie von dir denkt?«

»Wie meinst du das?«

»Ich meine, es scheint, als wolltest du unbedingt einen schlechten Eindruck erwecken. Du lässt die ganze Stadt das Schlimmste von dir denken, obwohl das nicht die ganze Geschichte ist. Du bist doch nicht mehr der Teenager von damals.«

»Das weiß ich«, sagte Henry.

»Aber du scheinst nicht zu wollen, dass sie das wissen.«

»Sie?«

»Die Einheimischen.«

Henry zog eine Grimasse. »Lily hat mich ein Biest genannt.«

»Ich nehme an, sie ist hübsch?«

»Das ist noch milde ausgedrückt«, antwortete Henry kläglich und dachte daran, wie sie errötet war und wie ihre Augen geglänzt hatten, als sie ihn geneckt oder ihm eine Standpauke gehalten hatte. Sie war wirklich eine Schönheit.

»Also«, sagte Ben und musterte ihn mit zusammengekniffenen Augen, »Hörner sind dir in den letzten paar Monaten jedenfalls nicht gewachsen.«

»Hörner?«

»Jeder Märchenbösewicht braucht Hörner.«

»Willst du mir irgendetwas sagen, Kumpel?«, fragte Henry mit leicht belustigtem Unterton.

»Henry.« Bens Stimme war plötzlich ernst. »Wenn man heiratet, wird man von der Ehefrau gezwungen, solche Filme zu sehen. Zeichentrickfilme. Sachen, die Männer nicht sehen soll…«

Bens Satz wurde durch das Kissen erstickt, das Henry auf ihn warf.

»Was soll ich machen?«, rief Ben lachend und zuckte mit den Schultern. »Mina mag Märchenfilme. Ich habe also schon einige gesehen. Und ja, ich bin nicht überrascht, dass Lily dich ein Biest genannt hat. Ich kann Ähnlichkeiten erkennen.«

»Zum Beispiel?«

»Das Personal wegschicken, dich in deinem weitläufigen Anwesen verkriechen …«

»Von den Dorfbewohnern gelyncht werden.«

»Die Dorfschönheit verführen.«

»Jaja. Ich glaube nicht, dass sie es als ›verführen‹ ansehen würde.«

»Du magst sie?«

Henry trank einen Schluck Rum, während er überlegte, wie er diese Frage beantworten sollte. Ja, er mochte sie. Er kannte sich selbst gut genug, und es gab wirklich nur wenig, was man an Lily Atwell nicht mögen könnte. Sie war freundlich, großzügig, ihr Lachen hätte ganz Manhattan erhellen können, und es hatte sogar – für einen kurzen Moment – das Hawkesbury-Gut erhellt. Bevor er alles zerstört hatte.

»Ja, das tue ich. Nicht, dass das von Bedeutung wäre.«

Ben atmete durch zusammengepresste Lippen aus. »Natürlich ist es von Bedeutung.«

»Ben, in zwei Monaten werde ich das alles hier verkauft haben und nach New York zurückkehren, ich werde bis zum Hals in der neuesten Investition stecken, und Lily Atwell ist dann immer noch hier, arbeitet in ihrem Restaurant und wird mich aus tiefster Seele hassen.«

»Oder auch nicht. Das hängt wirklich von dir ab.«

»Die Entscheidung wurde vor Jahren getroffen. Ich wollte nie zurückkehren. Nicht einmal jetzt sollte ich hier sein.«

»Und doch bist du es.«

Henry nickte. *Und doch bin ich es.*

Die Uhr schlug zweimal.

»Also dann. Das ist mein Stichwort. Ich glaube, ich bin besoffen genug, um morgen einen furchtbaren Kater zu haben. Folglich werde ich den ganzen Weg nach Frankreich schlafen. Meine Frau dankt es dir«, sagte Ben und salutierte grinsend in Henrys Richtung.

»Um wie viel Uhr fahrt ihr?«

»Um acht. Keine Sorge, einen Wecker brauchen wir nicht. Mina ist wie ein Uhrwerk noch vor sechs Uhr dreißig wach. Hat was damit zu tun, dass Babys auf Blasen drücken.«

»Keine Details, bitte.«

»Wart's nur ab. Eines Tages bist du an der Reihe.«

»Das bezweifle ich«, rief Henry Ben nach, der schon auf dem Weg war.

»Jaja«, kam es nur von ihm zurück.

Wenn es hätte sein müssen, hätte Henry einen Meineid auf die Bibel geschworen und gesagt, dass er keineswegs plötzlich ein Bild von Lily Atwell vor seinem inneren Auge hätte aufblitzen sehen, schwanger und wunderschön.

Kapitel 6

In den nächsten Tagen kehrte Henry immer wieder in Lilys Kräutergarten zurück, denn das war er jetzt für ihn – Lilys –, um das Unkraut zu jäten. Es hatte etwas Friedliches an sich. Er mochte das Gut vor zehn Jahren verlassen haben, aber alles, was sein Vater ihm als Kind beigebracht hatte – sich um das Land zu kümmern und das, was es hervorbrachte, zu pflegen –, war noch da.

Der Immobilienmakler hatte sich zurückgemeldet, ihm das Interesse der Jamesons bestätigt und ihm gesagt, dass sie ein konkurrenzfähiges Angebot vorlegen würden. Henry hatte keine Ahnung, was »konkurrenzfähig« genau bedeuten sollte, denn soweit er wusste, gab es keine weiteren Interessenten.

Darum schien seine Arbeit im Garten auch sinnlos zu sein. Er würde ihm bald nicht mehr gehören, und er bezweifelte, dass die neuen Besitzer Lily den Zugang zum Grundstück weiterhin erlauben würden. Aber er machte trotzdem weiter. Er hatte die vier Beete von Unkraut befreit und das Netz über den Erdbeeren und den anderen Früchten erneuert, die er hatte retten können. Von der Hälfte davon konnte er nicht mal sagen, was es war, aber den Gewürzlorbeer schnitt er sorgfältig auf eine Art Kugelform zurück. Er war selbst überrascht, wie stolz er darauf war.

Er griff nach der Kaffeetasse, die in der angenehmen Sommerluft des späten Nachmittags dampfte, und nahm einen kräftigen Schluck. Noch immer konnte er nicht richtig schlafen und hatte kaum Zweifel daran, dass es so bleiben würde, bis er diesen Ort endlich hinter sich gelassen hatte.

Am Knirschen von Kies hörte er, dass sich Schritte dem Garten näherten, und wandte sich um, als hätte er auf sie gewartet. Vielleicht hatte er das auch. Eingerahmt von der Gartentür, stand Lily da und sah umwerfend aus. Ihre Haare fielen ihr wieder in Wellen um die Schultern. Sie trug flache Boots, und die Jeans schmiegten sich leicht an ihre Beine. Sie hatte ein lockeres blassrosa T-Shirt an, das in der Taille halb in den Hosenbund gesteckt war und teilweise von einer wadenlangen olivgrünen Strickjacke verdeckt wurde.

»Hi«, sagte sie sanft, aber sie sah ihn nicht an, sondern ließ den Blick über den Garten gleiten.

»Hi«, gab er lahm zurück und zuckte mit den Schultern, als sie die Augenbrauen hochzog.

»Ich glaube, dir fehlte vielleicht etwas«, sagte sie bewegt.

»Ich glaube, mir fehlte eine ganze Menge.«

Sie atmete hörbar aus, aber er konnte nicht sagen, ob aus Erleichterung oder Erschöpfung.

»Ich hab dir etwas mitgebracht«, sagte sie und schwang die Taschen, die sie in beiden Händen trug.

»Bitte sag mir, dass da was zu essen drin ist. Bitte«, flehte er, während sein Magen wütend knurrte. Die paar Sachen, die sich im Kühlschrank befanden, hatte er aufgebraucht und noch nicht die Kraft gefunden, den Gefrierschrank zu plündern.

Lily lachte und wurde wieder entzückend rot. »Ich hab nur schnell etwas Einfaches gemacht.«

»Ja, klar.«

»Ich dachte, eine halbe Stunde Vorbereitung bist du vielleicht wert.«

Er schaute sie mit einem direkten Blick an. »Ich bin mir nicht sicher, ob ich so viel verdient habe, Lily.«

»Gut, dass es nicht deine Entscheidung war, sonst würde deine Mahlzeit aus einem gekochten Ei bestehen.«

Henry konnte nicht umhin zu lächeln. »Ich hätte es auf jeden Fall angenommen.«

»Ich …« Sie zögerte. »Ich hab dir noch was anderes mitgebracht.«

Er konnte es nicht verhindern. Er verringerte den Abstand zwischen ihnen, wollte näher bei ihr sein, musste es. Was hatte sie an sich, das die Dunkelheit in ihm verjagte?

Sie griff in ihre Gesäßtasche und holte den kleinsten Schlüssel hervor, den er je gesehen hatte. Er war kaum mehr als zwei Zentimeter lang.

»Was kann man damit öffnen?«, fragte er und starrte neugierig auf den kleinen, leicht angerosteten Schlüssel in ihrer Handfläche.

Lily schien ein wenig zusammenzuzucken. »Vielleicht ein bisschen Schmerz. Aber hoffentlich auch ein wenig Heilung.«

* * *

Lily führte ihn noch einmal hinunter in den Keller, wo sie erst vor ein paar Tagen gewesen waren, und hoffte inständig, dass sie das Richtige tat. Sie hatte schon früher kommen wollen, aber das Restaurant hatte ihre ganze Zeit in Anspruch genommen. Vihaan war aus dem Urlaub zurückgekehrt und hatte ein paar Tage gebraucht, um wieder in die Gänge zu kommen – und um zu schauen, wie sehr sich Kev in seiner Abwesenheit entwickelt hatte. Genug, um sich so weit einzubringen, dass sie mehr Zeit für die Hochzeit haben würde.

Aber vorher musste sie das hier tun. Für Henry und für sich selbst.

Henry hatte sie nicht gefragt, wohin sie gingen, sondern schien ihr mit einem Vertrauen und einer Akzeptanz zu folgen, von der sie nicht wusste, ob sie sie verdiente. Entweder würde das hier funktionieren oder nicht. Aber dann hätte sie es zumindest versucht. Lily hatte sich mit der Tatsache abgefunden, dass er das Anwesen verkaufen würde, aber das Gespräch mit ihrer Mutter ging ihr nicht aus dem Kopf, und da sie ihren eigenen Vater verloren hatte, wusste sie, wie wichtig diese Beziehung war. Sie wollte Henry etwas davon zurückgeben. Nicht, weil sie sich irgendetwas davon erhofft hätte, sondern weil sie fand, dass er es verdiente.

Sie schaltete das Licht an und war froh, dass sie die Strickjacke trug, denn die kühle, trockene Luft des Kellers machte sich nach der Hitze der Sommersonne doch bemerkbar. Sie zog Henry in Richtung der Mahagonianrichte.

»Das ist deiner«, sagte sie und gab ihm den Schlüssel.

»Warum hast du ihn?«

Henry stand im Schatten der Kellernische, sodass sie seinen Gesichtsausdruck nicht erkennen konnte, aber sie hörte die Neugier in seinem Tonfall.

»Blake war in Sorge, er könnte ihn verlieren. Er hat ihn mir anvertraut, weil er ständig Sachen verlegt hat. Und … es war ihm wichtig.«

Henry nahm den Schlüssel an sich, hielt ihn aber einen Moment lang in der Hand, als wäre er sich nicht sicher, ob er ihn benutzen wollte oder nicht. Sie nickte kurz und wandte sich zum Gehen.

»Würdest du bleiben?«, fragte er.

»Bist du sicher? Ich …«

»Bitte.«

»Okay«, antwortete sie. Er hielt ihren Blick fest, und sie fragte sich, was er sah. Denn für einen Augenblick waren sie einfach dort, zusammen, und sie wollte in dem Moment, wenn er den Schrank öffnen würde ... Sie hatte das Bedürfnis, ihm klarzumachen, dass sie sich nicht aufdrängen wollte.

Er wandte sich dem Schrank zu, unterbrach die seltsame Spannung, die in diesem Augenblick gelegen hatte, steckte den kleinen Schlüssel ins Schloss und drehte ihn um. Eine große Mahagonitür schwang auf und enthüllte ein Weinregal mit insgesamt zwölf Flaschen und einer Reihe von Schubladen darunter.

»In den Schubladen sind Blakes Tagebücher. Entscheidungen über den Weinberg, Beschreibungen der verschiedenen Rebsorten, wann die Anpflanzungen funktionierten, welche Jahreszeiten gut waren – solche Dinge«, erklärte sie.

»Und die da?«, fragte er und zeigte auf die Weinflaschen.

»Sieh nach«, wies sie ihn an.

Er nahm die erste Flasche aus der Ablage, und ein Umschlag löste sich darunter und fiel heraus, aber Henry fing ihn auf, bevor er auf dem Boden landen konnte.

* * *

Henry schaute auf den alten weißen Umschlag mit dem handgeschriebenen Datum in der Ecke. Er runzelte die Stirn, als er sein Geburtsdatum erkannte, und blickte wieder zu Lily.

»Was ist das?«

»Sieh nach«, sagte sie wieder mit einem milden Lächeln.

Anstatt den Umschlag zu öffnen, stellte er die erste Flasche auf den Boden. Das Etikett ließ erkennen, dass sie aus demselben Jahrgang stammte wie er selbst. Vorsichtig hob er eine weitere Flasche auf und überprüfte das Datum auf dem Etikett, dann die nächste und die übernächste. Unter jeder der Flaschen war ein ähnlicher Umschlag eingeklemmt. Aber es ging ihm nur um die Daten. Ihm war nicht entgangen, dass sie aus bestimmten Jahren in seinem Leben stammten. Seine Geburt, sein achtzehnter Geburtstag, der einundzwanzigste.

Im unteren Regalbereich konnte er die markante größere Form von Sektflaschen erkennen, und ihm schwante bereits, was sie repräsentieren würden. Mit zusammengepresstem Kiefer öffnete er den Umschlag in seiner Hand und zog ein dünnes Blatt Papier mit der Handschrift seines Vaters darauf heraus.

Lieber Henry,

heute bist du geboren. Es war so dramatisch, wie man es sich nur vorstellen kann, aber auch völlig unvorstellbar. Eines Tages wirst du wissen, wie es sich anfühlt, dein Erstgeborenes in den Armen zu halten, so Gott will. Aber ich war völlig unvorbereitet. Als Elternteil denkst du, dass du der Lehrer bist. Aber heute hast du mich gelehrt, Henry, was es heißt zu lieben – vollkommen, ganz und gar, überwältigend und bedingungslos zu lieben. Und ich fühle mich geehrt, dass ich den Mann sehen darf, der du werden wirst. Ich hoffe nur, dass ich der Vater sein kann, den du verdienst.

In Liebe
Dein Vater

Henrys Hände zitterten, als er den Brief zu Ende gelesen hatte, seine Kehle war rau, und er merkte, dass er ihn laut vorgelesen haben musste, denn der Blick in Lilys Augen, der Schimmer von Tränen, sagte ihm, dass sie Bescheid wusste. Dass sie verstand.

Er wandte sich zurück zu den Regalen und widmete sich den letzten Flaschen, die jeweils ein Datum aus jedem Jahr seines Lebens trugen, und die letzten waren Jahren gewidmet, die erst noch kommen würden. Henry fröstelte. Die ganze Zeit über hatte er gedacht, sein Vater hätte ihn vergessen oder ihn wie ein schmutziges Geheimnis oder eine Quelle der Peinlichkeit und Scham verstoßen. Er hatte gedacht, sein Vater hätte ihn aus seinen Gedanken ebenso verbannt wie von seinem Haus und Grund. Aber hier war der Beweis für das Gegenteil. Jedes Jahr hatte sein Vater einen Wein für ihn abgefüllt und ihm einen Brief geschrieben. Er spähte unter die Sektflaschen, vorsichtig, um den kostbaren Alkohol nicht zu stören. Die Umschläge trugen die Überschriften: für deine Hochzeit, zur Geburt deines ersten Kindes, des zweiten und sogar eines dritten. Hatte sich sein Vater vorgestellt, dass er drei Kinder haben würde?

»Er war vielleicht nicht bei dir, Henry. Aber er hat nie aufgehört, an dich zu denken. Er war stolz auf das, was du erreicht hast, und er fühlte Scham und Schuld wegen der Art und Weise, wie ihr auseinandergegangen seid.«

Henry nickte in der Dunkelheit, gegen den Druck in seiner Brust, den Schmerz und die Schuldgefühle, die eine berauschende Kombination bildeten. »Mein achtzehnter Geburtstag … Blake wollte mir im Weinkeller etwas zeigen. Und alles, woran ich denken konnte, war, dass ich nichts mehr mit seinem verdammten Wein zu tun haben wollte. Den ganzen

Tag über hat mein Vater nichts gesagt – keine Glückwünsche, keine Karte, kein Geschenk –, und ich dachte wirklich, er hätte es vergessen, und bin aus dem Haus gestürmt.« Er spürte, wie ihm Tränen in die Augen stiegen, und presste die Kiefer zusammen, um sie zu unterdrücken. Versuchte, die Kontrolle zu behalten. »Ich glaube … ich glaube, er wollte mir das hier zeigen.«

Er spürte, wie sich Lilys warme Hand um seine legte, ihre Finger verschränkten sich, und er klammerte sich an sie wie an einen Rettungsring. Ihr Verständnis und ihr Mitgefühl nahmen ihm beinahe den letzten Rest an Selbstbeherrschung. Einen Moment lang stand er einfach nur da, schöpfte Kraft aus ihr und ließ zu, dass sie ihn festhielt. Als er sich endlich gefangen hatte, ließ er ihre Hand widerstrebend los, nahm sich zwei der Flaschen, schnappte sich die Umschläge und drehte sich zu Lily.

»Wie wär's mit einem Drink?«

* * *

Henry trat aus dem Keller hinaus in das untergehende Sonnenlicht und blieb stehen. Es war, als würde er die Weinberge und das ganze Grundstück mit neuen Augen sehen.

Ich hoffe nur, dass ich der Vater sein kann, den du verdienst.

Er wollte sich gern mit einer Hand übers Gesicht wischen, aber er hielt immer noch die beiden Flaschen in der Hand. Und die Briefumschläge. Lily war wieder hineingegangen, um die Taschen mit Essen zu holen, die sie mitgebracht hatte, und um einen Flaschenöffner zu suchen. Er brauchte diesen Moment für sich. Einfach um sich den Gefühlen hinzugeben, die ihn im Keller fast überwältigt hatten, sich aber jetzt frei entfalteten und die Enge in seiner Brust auflösten.

Vielleicht ein bisschen Schmerz. Aber hoffentlich auch ein wenig Heilung.

So hatte Lily es ausgedrückt. Sie hatte recht gehabt. In beiderlei Hinsicht, stellte er fest, als er sich darüber wunderte, wie etwas gleichzeitig wehtun und Heilung bringen konnte. Sie hatte ihm das gegeben. Und er hatte nur von ihr genommen.

Er ging zu den Bänken vor der Scheune hinüber, in der sich die Kelterei befand, und stellte die beiden Flaschen auf den Tisch. Dann starrte er auf den Umschlag für seinen achtzehnten Geburtstag und fürchtete sich ein wenig vor dem, was er lesen würde. An diesem Abend hatte er sich mit Blake gestritten und ihm Worte des Zorns und der Ablehnung entgegengeschleudert.

Er spürte es eher, dass Lily zurückkam, als dass er sie hörte. Sie näherte sich ihm vorsichtig, aber das wäre nicht nötig gewesen. Er freute sich über ihre Anwesenheit. Wünschte sie sich. Sie legte die Taschen mit dem Essen ab, dann holte sie zwei Weingläser hervor, stellte sie auf den Tisch und reichte ihm den Korkenzieher.

Nachdem sie sich auf die Bank gesetzt hatte, drehte sie ihr Gesicht zur untergehenden Sonne und wartete darauf, dass er die Flasche entkorkte und den vollmundigen Wein in ihre Gläser füllte. Mit Genuss atmete sie das Aroma ein.

»Du hast ihn nicht atmen lassen«, sagte sie vorwurfsvoll, als sie wieder ausatmete.

»Halt die Klappe und trink deinen Wein«, antwortete er scherzhaft.

»Welcher ist das?«, fragte sie.

»Mein Achtzehnter. Ich bin überrascht, dass er sich nicht in Essig verwandelt hat.«

»Ich nicht«, antwortete sie heiter. »Blake wusste zu der Zeit schon, was er tat.«

Sie rutschte leicht zur Seite, als er sich neben sie setzte, und hob ihr Glas. »Alles Gute zum Geburtstag.« Sie lächelte.

»Es ist nicht mein …«

»Halt die Klappe und trink deinen Wein«, neckte sie.

Die tiefrote Flüssigkeit war so intensiv, dass sie fast lila schien. Eine Explosion von schwarzen Johannisbeeren und Gewürzen erfüllte Henrys Sinne und ließ ihm das Wasser im Mund zusammenlaufen. Er schmeckte der Spur von Vanille nach, die auf seiner Zunge lag. Es war ein leichter Wein, aber dabei doch kräftig.

»Wow«, brach es wie von selbst aus ihm hervor.

Lily nickte wissend. »Richtig gut, oder? Er hat diesen Pinot noir geliebt.«

»Ja, ist er, und ja, hat er.«

Einen Moment lang staunte Henry über die Tatsache, dass er etwas trank, das von seinem Vater geschaffen worden war. Etwas, das nur für ihn abgefüllt und aufbewahrt worden war. Er versuchte, die Tatsache zu ignorieren, dass er dies vielleicht mit seinem Vater hätte teilen können, doch aus irgendeinem Grund fühlte es sich besonders richtig an, dass er es nun mit Lily Atwell verband.

Bevor er es sich anders überlegen konnte, öffnete er den Umschlag, der bei der Weinflasche gewesen war, und holte den Brief heraus.

Lieber Henry,

heute ist dein achtzehnter Geburtstag. Heute wirst du ein Mann. Trotz unserer Streitereien und ganz gleich, was du von mir denkst – ich bin stolz auf den Menschen, der du wirst.

In Liebe
Dein Vater

»Hat er das nach eurem Streit geschrieben, was meinst du?«, fragte sie.

»Nicht unbedingt. Wir haben uns in der Zeit viel gestritten«, erklärte Henry.

»Und, was hast du gemacht?«

»Was meinst du?«

»An deinem Geburtstag. Nachdem du von zu Hause weg bist.«

Lily trank noch einen Schluck Wein, ohne die Betroffenheit zu bemerken, die ihm plötzlich ins Herz schnitt. Und die Schuld. Denn er hatte in den vergangenen Jahren nicht viel darüber nachgedacht, aber …

»Das war der Abend, an dem ich Claudia kennengelernt habe.«

* * *

Lily zwang sich, den Wein in ihrem Mund herunterzuschlucken. Es fühlte sich plötzlich so an, als würden sie sich in ein Gebiet vorwagen, von dem sie sich bisher in stillschweigender Übereinkunft ferngehalten hatten. Nicht ein einziges

Mal hatten sie den Unfall, die Ereignisse am Abend vor dem Sommerball oder das, was danach passiert war, erwähnt.

»Wie habt ihr euch kennengelernt?«, konnte sie sich dennoch nicht verkneifen zu fragen.

Er zuckte mit den Schultern. »Wie das so läuft bei Teenagern in einer Kleinstadt. Sie war im Pub.«

»Das *Hope and Anchor*?«

»Nein. John hätte sie nicht bedient. Es war das *Half Moon*, auf dem Weg zum *Merrow's Rest*, dem alten Herrenhaus.«

»Ah. Ja, ich weiß.«

Er sah sie mit schiefem Blick an.

»Was? Ich war schon mal in einem Pub, Henry.«

»Wirklich? Wann warst du denn wohl das letzte Mal in einem Pub?«, zog er sie auf.

Sie musste wirklich nachdenken. Es war schon eine Ewigkeit her, dass sie das letzte Mal in einem gewesen war.

»Immer nur Arbeit und nie Vergnügen«, stichelte er.

»Du lenkst vom Thema ab.«

»Da hast du recht. Na ja, meine Mutter hatte mich nach dem Abi hierhergeschickt. Ich war so ziemlich der Jüngste im Jahrgang, also waren alle aus der Schule schon auf Reisen gegangen oder eben dageblieben. Aber Blake ...« Henry schüttelte den Kopf. »Er interessierte sich mehr für das Gut und die Weinberge als für alles andere. Zumindest hat es sich damals so angefühlt.«

Lily hätte gern die Hand nach ihm ausgestreckt, ihn berührt, ihm irgendwie ... aber sie tat es nicht. Sie konnte sehen, dass er in seinen Erinnerungen versunken war.

»Jedenfalls ging ich mit ein paar Jungs aus meinem Jahrgang an der Hawke's High in den Pub und sah Claudia. Ich wusste, dass sie aus der Stufe unter uns war, aber sie kannte einen Typen namens Finn, der dort arbeitete.« Er zuckte mit den Schultern. »Sie war … umwerfend. Und frech«, fügte er hinzu und lächelte bei der Erinnerung daran. »Sie hat mir einen Spruch nach dem anderen gedrückt, obwohl ich Geburtstag hatte. Und ich bin voll auf sie abgefahren. Alle anderen Mädchen haben zu Henry Hawkesbury aufgesehen, als wäre ich ein Schlossherr. Aber sie war kein bisschen beeindruckt. Sie sorgte dafür, dass ich mir jede kleine Aufmerksamkeit von ihr erarbeiten musste. Es war heiß und heftig in diesem Sommer, und dann musste ich weg zur Uni.«

Lily wusste, dass er vieles nicht aussprach, aber es wäre nicht richtig gewesen, ihn zu drängen. Sie lächelte dankbar, als er die Gläser wieder auffüllte. »Und du? Ich nehme an, deinen achtzehnten Geburtstag hast du mit dem Rest der ›Awesome Foursome‹ gefeiert?«, sagte er mit einem fetten amerikanischen Akzent.

»Was war das, bitte?«

»Na, du weißt schon, Victoria, Malie und Zoe. Und du.«

»Ich weiß, von wem du sprichst, aber wie war der Ausdruck?«

Henry zuckte mit den Schultern. »So haben wir euch damals genannt.«

»Wer ist ›wir‹, Henry?«

»Die Jungs von der Hawke's.«

Lily wusste, dass sie schockiert aussehen musste, aber Henry lachte nur, was es noch schlimmer machte. »Das ist ein schrecklicher Name. Einfach nur … schrecklich!«

»Aber es heißt ja nicht awful, sondern awesome«, wiederholte er mit demselben Akzent, »wie ›die tollen vier‹ oder ›die großartigen vier‹ …«

»Weißt du was? Mir reicht's. Schluss. Trink allein weiter.«

»Nein, warte.« Henry lachte. »Halt. Bitte geh nicht.«

»Unter einer Bedingung. Verwende niemals wieder diesen Namen.«

Henry straffte sich. »Versprochen.« Mit Daumen und Zeigefinger zog er einen imaginären Reißverschluss auf seinem Mund zu.

Er stupste ihre Schulter mit seiner an. »Trink aus, du hinkst sowohl beim Wein als auch beim Geschichtenerzählen hinterher. Also – mit wem hast du deinen achtzehnten Geburtstag verbracht?«

»Mit den Mädels.« Wahrscheinlich musste sie jetzt für immer und ewig aufpassen, sie nicht aus Versehen als »Awesome Foursome« zu bezeichnen. In Henrys Augen tanzte ein Licht, als ob er es wüsste. »V war noch nicht achtzehn, also hatten wir keine Chance, in den Pub zu kommen, darum haben wir Mr. Michaels' Boot gestohlen und sind zum Strand gefahren.«

»Was? Im Januar?« Henry spielte ein dramatisches Zittern vor.

»Genau«, antwortete sie und entschied, nicht zu fragen, warum er wusste oder sich erinnerte, wann sie Geburtstag hatte. »Es war arschkalt. Wir haben ein Feuer gemacht und … Ich hatte ein furchtbar schlechtes Gewissen, weil Blake mir eine Flasche Reserve geschenkt hatte, aber vorher hatte ich mir schon eine Flasche Weißwein aus der Küche sozusagen ›geborgt‹.«

»Du hast meinen Vater bestohlen?«, rief Henry scherzhaft empört aus. »Dann bist du also schon länger eine Diebin?«

»Ich … ich weiß nicht, was ich sagen soll. Ehrlich gesagt, hatte ich vor, ihm das Geld zurückzuzahlen.« Aber Henry winkte ab. »Oh Gott, wir waren so betrunken, dass Malie fast ins Wasser gefallen wäre, als wir das Boot vom Strand weggeschoben haben. Zu dem Zeitpunkt gab es dort noch keinen Steg.«

»Das wollte ich auch schon fragen. Das ist ein Hammerteil da unten mit dem Anleger und dem Bohlenweg aus Holz.«

Lily lächelte. »Blake hat das vor etwa sechs Monaten bauen lassen. Für Zoe ist es echt mühsam, zwischen dem strandtauglichen Rollstuhl und dem, den sie normalerweise benutzt, hin und her zu wechseln, also hat er eine Möglichkeit gefunden, den Ort Zoe-freundlich zu machen, wie er es ausdrückte.«

»Es ist schön, dass er das gemacht hat. Wie findet sie es?«

»Sie hat es noch nicht gesehen.«

»Aber warum …« Er seufzte bei dem Blick auf ihr Gesicht. Was sah er dort? Ihre verzweifelte Hoffnung? »Was ist los?«, fragte er.

»Blake wusste, dass ich … hoffte … also quasi als Kirsche auf dem Sahnehäubchen …«

»Raus mit der Sprache.«

»Ich wollte von Herzen gern … Vs Junggesellinnenabschied am Strand feiern«, stieß sie hastig hervor.

»Ach du heilige Scheiße«, stöhnte Henry auf.

»Bitte, bitte, bitte, Henry, bitte! Es wäre so perfekt. Und wir machen auch gar keinen Lärm. Du würdest nicht einmal merken, dass wir da sind. Das verspreche ich dir.«

»Du stürzt mich noch ins Verderben, Lily Atwell.«

Sie quietschte kurz auf, seine Antwort als ein Ja verstehend, drehte sich zu ihm, warf die Arme um seine breiten Schultern und drückte ihn fest an sich. Dabei hüpfte sie auf ihrem Platz auf und ab. Ihre Aufregung verschleierte einen Moment, dass sie gerade Henry Hawkesbury umarmte. Dann hörte sie auf zu hüpfen, spürte seine Brust an ihrer, die festen Muskeln und seine verhaltene Kraft, seinen Geruch, den sie mit ihrem

Atem einsog, während ihr Kopf in der Mulde an seiner Schulter lag, ihre Lippen nur Millimeter von seinem Kiefer entfernt, seine Haut ... Die Umarmung wurde zu etwas anderem, als sie spürte, wie der Schock aus Henrys Körper wich, spürte, wie er sich beinahe hineinfallen ließ. Als wollte er es genauso sehr wie sie. Als brauchte er es sogar.

Es war zu viel. Sie löste ihren Griff um seine Schultern und wich zurück, nicht recht in der Lage, ihm in die Augen zu sehen, nicht recht gewillt zu sehen, was sie dort finden würde. Sie nahm ihr Glas, aber es war leer, und sie hörte, wie Henry sich räusperte.

»Danke«, sagte sie, und es war kaum mehr als ein Hauch.

»Tja, wer A sagt, muss wohl B gar nicht erst aussprechen.«

Sie lächelte, oder wenigstens hoffte sie, dass es ein Lächeln war. Ihre Lippen kribbelten plötzlich, als hätte sie sie tatsächlich an seinen Kiefer gedrückt. »Welcher Geburtstag ist denn der hier?«, fragte sie und schwenkte ihr Glas in Richtung der nächsten Weinflasche.

»Der einundzwanzigste«, sagte Henry mit rauer Stimme, oder zumindest klang es in seinen Ohren so.

* * *

Was war das denn gerade?

Er war immer noch von der Umarmung überwältigt. Sie hatte ganz unschuldig angefangen, und Lilys Euphorie und Ausgelassenheit, die so natürlich waren, hatten ihm ein Lächeln entlockt. Aber dann war sie in etwas anderes umgeschlagen, hatte sich in mehr verwandelt. Er hatte ihre Brust gespürt, die sich an seine drückte, ihre weiche Haut. Und er hatte ihren süßen, natürlichen Duft eingeatmet. Nach

Kräutern und etwas Süßerem, Zitrusartigem, das ihm Appetit machte. Er hatte sie gar nicht mehr loslassen wollen.

Statt nach ihr griff er nun an den Flaschenhals und zog ihn zu sich hin, wobei er den Korkenzieher anstarrte, als wüsste er nicht, wofür man dieses Ding wohl benutzte. Weil er kein kaltes Glas in seinen Händen spüren wollte – er wollte Lily Atwell.

»Gib her«, sagte sie und streckte ihm die Hände hin. »Ich mach das schon.«

Er stupste den Umschlag, der zu der Flasche gehörte, zu sich, was ihn zwang, sich neu zu fokussieren. Fokussieren auf die erste Nachricht von seinem Vater, die er nach seinem Rauswurf erhalten hätte. Er wollte es fast gar nicht wissen.

Er öffnete den Umschlag und holte den Brief heraus, denn so sehr er sich davor verstecken wollte, so sehr wollte er auch wissen, was sein Vater geschrieben hatte.

Lieber Henry,

heute ist dein einundzwanzigster Geburtstag. Nur wenig mehr als ein Jahr ist es her, dass ich dich das letzte Mal gesehen habe. Seit wir uns gestritten haben. Ich wusste in dem Moment, als die Worte aus meinem Mund kamen, dass ich sie bereute. Ich verstehe gut, dass du verletzt bist, und das tut mir leid. Ich wünschte, ich hätte dich als dein Vater besser beschützen können. Es besser gemacht. Ich hoffe, dass ich das in Zukunft kann.

In Liebe
Dein Vater

Er hatte den Brief nicht laut vorgelesen, weil er Angst davor hatte, was Blake geschrieben haben mochte, und er rechnete es Lily hoch an, dass sie nicht gespickt oder nachgefragt hatte. Nun aber reichte er ihr den Brief, damit sie ihn trotzdem lesen konnte, während er auf die abfallenden Weinberge blickte, über die sich jetzt die Dunkelheit senkte.

Als er ausatmete, war es, als würde er von Krämpfen erschüttert, die sein Herz in Wellen packten und wieder losließen. Die Stimme seines Vaters hallte in seinem Kopf wider, als würde er die Worte aussprechen. Es schmerzte ihn. Dass sein Vater umsonst auf die Zukunft gehofft hatte, das Bedauern über seine eigenen Taten und Worte an diesem Abend, der Schmerz darüber, dass keiner von ihnen in der Lage gewesen war, auf den anderen zuzugehen, um sich zu versöhnen.

»Darf ich fragen, warum Blake dich weggeschickt hat? Worüber habt ihr gestritten?«, fragte Lily in die Nacht hinein.

»Er hat es dir nie gesagt?« Henry hatte angenommen, dass die ganze Stadt es wusste.

»Nein. Ich wusste, dass er es bereute, aber er schien keinen Weg zu finden, es zu überwinden. Er hat immer darauf bestanden, dass es seine Schuld war, dass er Dinge gesagt hat, die er nicht hätte sagen sollen.«

»Wirklich?« Er war überrascht, dass Blake so etwas zu Lily gesagt hatte. Er hatte sich immer noch nicht daran gewöhnt, dass sein Vater seinen Weggang aus Hawke's Cove genauso bedauert hatte wie er selbst. »Ich schätze, wir haben beide Dinge gesagt, die wir nicht hätten sagen sollen.«

Henry wusste, dass Lily es respektiert hätte, wenn er nicht darüber hätte reden wollen, aber seltsamerweise wollte er es. Wollte, dass sie es wusste.

»Nach Claudias … nach dem Unfall war ich total neben

der Spur.« Er zuckte mit den Schultern, denn er wusste, dass dies nur eine kümmerliche Beschreibung des Schmerzes und der Selbstzerstörung war, die er damals empfunden hatte. »Ich bin nicht stolz darauf. Es war sicher nicht meine beste Zeit«, sagte er und schaute auf seine Hände, als würden sie die Antworten enthalten, die er bis jetzt nicht gefunden hatte. »Ich konnte damals nicht gut schlafen und trank zu viel. Ich verpasste Kurse an der Uni, und schließlich entschied man, dass es besser sei, wenn ich nicht weitermache. Nur ... Ich habe Dad nichts davon erzählt.«

Lily sah ihn geduldig an, ohne zu urteilen, mit einer unglaublichen Akzeptanz in ihrem Gesicht, die den Weg für seine Worte ebnete. »Er hat mir jeden Monat Geld überwiesen, und ich war nicht in der Verfassung, mir einen Job zu suchen, also habe ich das Geld einfach ... behalten. Ich schätze, das macht mich auch zu einem Dieb«, sagte er, und ein kleines trauriges Lächeln umspielte seine Mundwinkel. Lily schüttelte verneinend den Kopf, sagte aber nichts. »Ich wurde ein paarmal festgenommen – na ja, verwarnt – wegen Trunkenheit und ungebührlichen Benehmens. Ich war so wütend, dass ich gegen alles und jeden kämpfen wollte. Meine Mutter fand es irgendwann heraus und rief wohl oder übel bei Dad an. Und dann hat er mich zurück nach Hawke's Cove beordert.« Er hielt kurz inne.

»Wir hatten einen furchtbaren Streit«, fuhr er fort. »Wirklich apokalyptisch. Wir haben uns gegenseitig Sachen an den Kopf geworfen, die wir nicht hätten sagen dürfen. Aber im Nachhinein denke ich, war es wahrscheinlich der Tritt in den Hintern, den ich gebraucht habe. Er warf mir vor, egoistisch zu sein. Ich war empört, weil ich ihn genau so gesehen habe. Egoistisch und nur auf das Weingut fixiert, ohne sich um uns zu kümmern. Das Gut und die Stadt waren wichtiger als seine Familie.«

»Das Gut und die Stadt sind einander verpflichtet. Ohne das eine gäbe es das andere nicht.«

»Wen kümmert das, Dad?!«

»Mich. Und dich sollte es auch kümmern. Und solange du nichts anderes auch nur für annähernd so wichtig erachtest wie dich selbst, bist du in diesem Haus nicht mehr willkommen.«

Die Worte schnitten ihren Weg durch seine Gedanken.

»Er hat mir den Hahn zugedreht und gesagt, ich sei nicht willkommen im Haus. Also ging ich für eine Weile zurück zu meiner Mum und verstand dann schließlich, dass ich ein bisschen aus London rausmusste. Raus aus England. Es war ja nur noch ein paar Monate hin, bis der Treuhandfonds meines Großvaters an mich fallen sollte. Ich hatte vor, das ganze Geld für Alkohol und was auch immer zu verprassen, aber dann ist mir in Thailand Ben über den Weg gelaufen. An meinem einundzwanzigsten Geburtstag«, schloss er mit einem Augenzwinkern.

»Wer ist Ben?«

»Mein Geschäftspartner und bester Freund. Ohne ihn … würde ich wohl jetzt nicht hier sitzen.«

Sie hob ihr Glas. »Auf beste Freunde.«

»Auf Awsome Foursomes«, stimmte er ein und bekam dafür einen kleinen Ellbogenstoß in die Seite. »Und bei dir? Dein Einundzwanzigster?«

Lily runzelte die Stirn, als müsse sie angestrengt nachdenken, lächelte, aber dann zog ein Schatten über ihre Züge.

»Ich war in London. Mit Alistair. Wir waren essen. Ich habe bezahlt.« Sie zuckte mit den Schultern. »Fertig.«

»Du hast bezahlt? Wo waren die Mädels?«

»V musste arbeiten«, sagte sie und hielt seinem Blick stand, aus dem sie leichte Missbilligung las. »Nein, wirklich. Sie konnte nicht weg. Malie und Zo waren am anderen Ende der Welt. Wir hatten drüber nachgedacht, uns irgendwo auf halbem Weg zu treffen, aber da wir uns erst an Weihnachten hier unten getroffen hatten ... Also, eigentlich hatten wir meinen Geburtstag schon gefeiert.«

»Warum hast du bezahlt?«

»Alistair hatte sein Portemonnaie zu Hause vergessen.« Sie zuckte wieder mit den Schultern. Es war eine Kleinigkeit. Er erkannte, wie sie selbst jetzt noch versuchte, es zu verdrängen, aber auch, dass es ihr immer noch wehtat.

»Wie habt ihr euch kennengelernt?« Henry konnte nicht umhin zu fragen, denn er war neugierig auf den Mann, den Lily zu heiraten bereit gewesen war.

»In London, in Vs Bar. Er war im Investmentbanking tätig. Oder er sagte, er sei es. Wahrscheinlich wusste er, dass ich nicht groß nachfragen würde. Wer würde das auch? Wer weiß schon, was Investmentbanking wirklich bedeutet?«

»Ich schon«, sagte er.

»Ja, okay. Gut. *Du* schon. Aber ich habe es nicht getan.« Sie warf ihm einen gespielt bösen Blick zu, der nicht einmal ein Kätzchen erschreckt hätte. »Er war groß, schlaksig, rothaarig. Aber süß. Er hatte etwas Verschrobenes an sich, das ich mochte. Er hat mich regelrecht überwältigt. Ist mir nachgejagt, jedenfalls mit Worten. Nach ein paar Monaten sind wir zusammengezogen – weil es nun mal unnötig schien, Geld für zwei Wohnungen auszugeben, wenn wir sowieso die ganze Zeit zusammen waren.

Ich zog also bei V aus, und wir nahmen uns gemeinsam

eine Wohnung in Südlondon. Damals schien das sinnvoll, nur … Mir ist gar nicht aufgefallen, dass er kaum etwas zu den Unkosten oder irgendwas im Haushalt beitrug. Er war nach einem langen Tag zu müde, sein Geld steckte in persönlichen Investitionen … Wenn wir überhaupt mal über Geld sprachen, war immer in ferner Zukunft ein Zahltag fällig. Aber … lustig war er doch. Charmant. Vielleicht ein bisschen *zu* charmant.

Immer vergaß er Dinge, nicht nur seine Brieftasche, auch, Rechnungen zu bezahlen. Er sagte immer: ›Was würde ich nur ohne dich tun?‹, und ich war froh darüber, gebraucht zu werden.« Sie hielt inne und dachte daran, wie es gewesen war. »Immer, wenn ich frustriert oder verärgert war, drehte er den Spieß um. Er sagte, ich sei durch die Kochschule abgelenkt, hätte nicht genug Zeit für ihn. Und jedes Mal, wenn etwas schiefging, war es nicht seine Schuld. Seine Firma wurde umstrukturiert, und er verlor seinen Job. Mittlerweile bezweifle ich, dass das der Fall war. Bestimmt wurde er gefeuert. Aber durch seine Hilflosigkeit hatte ich jemanden, um den ich mich kümmern musste. Für den ich sorgen konnte. Ich fühlte mich als Teil seines Lebens … Ich fühlte mich gewollt.

Den Antrag hat er mir fast eher aus Versehen gemacht. Er hatte nicht einmal einen Ring, aber damals dachte ich, es wäre romantisch. Wir machten Pläne, verschickten Einladungen und legten Geld auf die Seite. Ich erzählte es den Mädchen und meiner Mum. Es gibt ein schönes Standesamt in Peckham. Und dann, einen Monat vor der Hochzeit – puff – war er einfach weg.«

»Mit deinem Geld.«

Lily nickte, und die Röte, die ihr in die Wangen stieg, hatte nichts Schönes an sich, denn sie war Ausdruck purer Scham.

»Ich bin wohl kaum der Richtige, um Beziehungsratschläge zu geben …«

»Henry Hawkesbury, du schockierst mich.«

»Aber«, fuhr er fort, »der Typ klingt wie ein echtes Stück Scheiße.«

»Ja. Das war Alistair.«

Er wollte die Dunkelheit in ihren Augen vertreiben. Er wollte, dass sie wieder so lächelte, wie sie es zuvor getan hatte. Er wünschte ihr etwas so viel Besseres als diesen Alistair, der ihr Geld gestohlen und sie mit Selbstzweifeln zurückgelassen hatte.

»Genau, Lily, nämlich er, nicht du.«

Sie zuckte mit den Schultern, und er sah, dass seine Worte an ihr abperlten wie Wasser. Offenbar war sie keineswegs überzeugt.

Sie trank ihren Wein aus. »Der war gut. Der Wein«, stellte sie klar.

»Das war er wirklich. Sie sind alle ziemlich gut.«

Er seufzte. »Ich schätze, ich werde ein Jahr warten müssen, bis die Flasche zum dreißigsten Geburtstag drankommt.«

Lily lächelte daraufhin. »Was denkst du, wo du sein wirst?«

Hier. Bei dir.

Der Gedanke schockierte ihn. Der Wunsch danach schockierte ihn. »In New York wahrscheinlich«, sagte er stattdessen. »Oder in Singapur mit Ben, Mina und ihrem Baby. Und du?«

Sie zuckte mit den Schultern. »Im Restaurant?«, antwortete sie, als ob alles andere unvorstellbar wäre.

»Da bin ich anderer Meinung.«

»Wirklich?«

»Absolut«, beharrte er. »Ich denke, du wirst an einem weit entfernten exotischen Ort sein und ein fantastisches Essen probieren, während Alistair wahrscheinlich wegen Betrugs im Gefängnis sitzt.«

Da endlich lachte sie, und das Geräusch war wie Honig. Süß ergoss es sich über ihn und schien endlos zu sein. Als sie schließlich verstummte, sah sie sich um, als würde sie jetzt erst merken, dass es Nacht geworden war.

»Ich sollte jetzt nach Hause gehen.«

»Du könntest, ähm … Du könntest bleiben. Es ist ja nicht so, als gäbe es keine Zimmer hier.« Die Unsicherheit in seiner Stimme erschreckte ihn. Er konnte nicht sagen, ob er wünschte, dass sie blieb, oder ob er sie so weit wie möglich von sich fernhalten wollte.

Als sie zu ihm aufblickte, konnte er sehen, dass auch sie hin- und hergerissen war. In Versuchung. Und das brachte ihn fast um den Verstand.

»Sehr nett von dir, aber ich muss morgen früh aufstehen, um das Restaurant zu öffnen.«

»Ich möchte nicht, dass du mit dem Fahrrad nach Hause fährst.«

»*So* weit ist es nicht.«

»Du willst betrunken Fahrrad fahren?«

»Ich bin *nicht* betrunken, Hawkesbury.«

»Trotzdem, ich rufe dir ein Taxi.«

»Das ist wirklich nicht …«

»Ich rufe dir ein Taxi«, wiederholte er entschlossen. Auf keinen Fall würde er sie nach einer Flasche Wein im Dunkeln mit dem Fahrrad nach Hause fahren lassen. Niemals.

Sie warteten nebeneinander vor dem Haus auf das Taxi, und die Sterne glänzten wie Pailletten am samtenen Nachthimmel. Er hatte sie vermisst, das wurde ihm plötzlich bewusst. Die Klarheit der englischen Landschaft bei Nacht.

Nirgendwo sonst auf der Welt gab es auch nur annähernd etwas Vergleichbares.

Und plötzlich wurde er von Heimweh geplagt. Nicht nach New York, sondern nach dem Gut, das er verkaufen wollte. War es überhaupt möglich, etwas zu vermissen, bevor es weg war? Als er Lily ansah, wusste er die Antwort.

»Lily …«

Der Kies auf der Auffahrt knirschte unter den Reifen, als das Taxi sich ihnen näherte.

»Zeit zu gehen«, verkündete sie ein wenig zu fröhlich.

»Danke für den Abend«, sagte er noch schnell, als sie am Taxi standen. »Wirklich. Ich … Danke.«

Sie sah zu ihm auf, mit ihren großen dunklen Augen, ein verhaltenes Lächeln auf den Lippen, aber auch etwas, das er nicht benennen wollte, weil auch er es spürte. Hoffnung. Sehnsucht. Verlangen. Dann blinzelte sie, und es war verschwunden. Mit zwei Fingern griff sie hoch und drehte seinen Kopf sanft zur Seite, dann stellte sie sich auf die Zehenspitzen und drückte ihre Lippen auf seine Wange.

»Gute Nacht, Henry Hawkesbury«, flüsterte sie. Und dann fuhr sie davon.

Kapitel 7

Henry las noch einmal die SMS, die er vor zwei Minuten an Lily versendet hatte. Er war noch genauso verwirrt wie um sechs Uhr morgens, als er von einem entsetzlichen Gekreische auf seinem Anrufbeantworter geweckt worden war. Die Nachricht war so kryptisch, dass man ein Team von Ermittlern gebraucht hätte, um sie zu entschlüsseln.

Ich bin es nicht gewohnt,
dass hysterische Frauen mir
auf den Anrufbeantworter
heulen und »Meine Traum-
hochzeit« absagen. Wer
zum Teufel ist überhaupt
Jenny Langford?

Henry trank einen Schluck Kaffee, den er dringend benötigte, und beobachtete, wie die Punkte in der Nachrichten-App auftauchten und wieder verschwanden.

Echt nicht, Kumpel? Du
überraschst mich. Also
keine neue Eroberung?
Was ist mit Lily? Und …
deine Traumhochzeit?

Was? Verdammt, er hatte die Nachricht an Ben geschickt! Na toll, das würde der ihm ewig aufs Brot schmieren.

War nicht für dich. Nicht
meine Hochzeit. Nicht jetzt!
Rufe später an.

Um Zeit zu sparen, sendete er seine erste Nachricht noch einmal, nachdem er den Text kopiert und eingefügt hatte.

Ich dachte, ich hätte dich
besser erzogen! Hast du mir
etwas zu sagen? :0 Leider
keine Ahnung, wer fragliche
Dame ist, aber sag Be-
scheid, wenn du mehr weißt.
Platze vor Neugier! ;)

Diesmal stöhnte er laut auf. Er verschwendete keinen Gedanken daran, dass seine Mutter auf einmal Tastatur-Emojis verwendete und ihre grammatikalische Sorgfalt verloren hatte, sondern schrieb schnell:

Die Nachricht war nicht für
dich bestimmt, Mum. Keine
Hochzeit. Keine Dame und
ganz sicher nicht meine
Schuld. Werde es später
erklären.

Was auch immer da los war – Henry beschloss, dass es sicherer war, Lily persönlich zu treffen. Sie würde schon wissen, was »Meine Traumhochzeit« war, aber er konnte sich des Gefühls nicht erwehren, dass sie nicht begeistert sein würde. Ganz und gar nicht.

Als er mit dem alten Jeep auf den Parkplatz am Hafen fuhr, versuchte er, sich die Aufregung zu erklären, die wie eine Welle durch seine Adern schwappte. Sie stand im krassen Widerspruch zu den schlechten Nachrichten, die er mit Sicherheit überbringen würde. Lily hatte so viel in diese Hochzeit investiert. Ein bisschen zu viel, auch wenn es um ihre beste Freundin ging.

Er schlich sich an das belebte Restaurant heran, das gerade vom Ansturm der Frühstücksgäste überfüllt war. Leute kamen mit zufriedenen Gesichtern und vermutlich gut gesättigt an ihm vorbei, als er die Glastür aufstieß und ihm der Geruch von frischem Kaffee und köstlichem süßem Gebäck entgegenschlug. Die vereinzelten Blicke, die ihm die Einheimischen zuwarfen, versuchte er zu ignorieren, doch als er Lily sah, versank eh alles andere um ihn.

Sie saß auf einem Stuhl nahe der Theke, und sie sah grandios aus. Er beobachtete mit Genuss die Art und Weise, wie sie den Kopf zurückwarf und über etwas lachte, das ihre Managerin Kate anscheinend gesagt hatte. Das hellblaue V-Ausschnitt-Shirt, das sie trug, betonte die Rundungen ihrer Brüste und enthüllte etwas mehr als sonst von ihrer glatten, cremigen Haut. Und sie trug ... Shorts. Weiße Shorts, die sich wunderbar an ihre perfekten Oberschenkel schmiegten und die nackten langen Beine enthüllten, die er schon seit einer gefühlten Ewigkeit hatte sehen wollen. Ihre gewellten kastanienbraunen Haare fielen ihr offen über den Rücken, als sie sich nach vorn beugte, um Kate etwas zu sagen – bis sie innehielt, weil sie seinen Blick bemerkt hatte.

Einen kurzen Moment leuchteten ihre Augen überrascht und dann freudig auf. Ihm stockte der Atem, und in seinem Gehirn gab es einen Kurzschluss. Dann wurde ihr Blick weicher, und es war, als teilten sie ein Geheimnis miteinander. Er spürte es. Spürte die Verbindung, die er seit dem Abend, als sie ihm den Schlüssel zu den Geschenken seines Vaters gegeben hatte, zu leugnen versuchte.

»Wer oder was ist ›Meine Traumhochzeit‹, und wie schlimm ist es, wenn sie absagen?«, platzte er heraus, ohne nachzudenken oder auch nur Hallo zu sagen.

Von einem Augenblick auf den anderen drückten Lilys Gesichtszüge nur noch Schock aus. Das ganze verdammte Restaurant schien zum Stillstand gekommen zu sein. Die Kellnerin, die die Teller nach hinten trug, wankte und ließ sie fallen. Das Geräusch des auf dem Boden zerspringenden Geschirrs fuhr umso lauter in die Stille hinein, die plötzlich eingetreten war.

»Was?«, hörte er dann Lily sagen, und schieres Entsetzen stand in ihren Augen.

Guter Gott, er hatte nicht damit gerechnet, dass es *so* schlimm sein würde.

Mrs. Whittaker erschien neben ihm, eindeutig zu vergnügt, warf etwas Kleingeld auf den Tresen und murmelte, sie müsse los.

»Jemand namens Jenny Langford hat mich angerufen und gemeint, sie müsse absagen. Familiärer Notfall, viele Tränen, großes Drama und …«

Lily war schrecklich blass geworden.

»Lily, ist …« Er wollte gerade fragen, ob es ihr gut gehe, als Kate hinter der Theke in Aktion trat.

»Emma, einen Kaffee. Stark! Kev?«, rief sie in die Küche nach hinten, wo ein junger Mann sie über die Arbeitsfläche hinweg ansah. »Brandy! Oder Whisky. Was auch immer näher ist.«

Kate kam um die Theke herum, packte Lily an den Armen und drückte sie auf den Stuhl zurück, von dem sie halb aufgestanden war.

»Was ist denn los?«, fragte Henry.

»Oh Gott, oh Gott, oh Gott ...« Es schien, als wäre das alles, was Lily sagen konnte.

Der Junge aus der Küche schraubte eilig die Brandyflasche auf, gerade als die Kellnerin die Kaffeetasse an Kate weiterreichte, die sie Kev hinhielt, und Henry sah halb entsetzt, halb fasziniert zu, wie eine eher ungesunde Dosis Brandy in den schwarzen Kaffee kam.

»Das gibt ihr den Rest«, formte Kate lautlos mit den Lippen über Lilys Kopf hinweg.

»Was denn?«, versuchte er es erneut, obwohl Kate es gar nicht laut ausgesprochen hatte.

»Lily, es ist schon gut. Wir kriegen das hin. Alles wird sich fügen«, sagte Kate zu Lily, die den Kopf in die Hände gestützt hatte und nur noch ein leises Stöhnen von sich gab, als hätte sie Schmerzen.

»Kann mir um Himmels willen mal jemand sagen, was hier los ist?«, tönte Henry mit gebieterischer Stimme durch das ganze Restaurant.

»›Meine Traumhochzeit‹, das sind die Hochzeitsdekorateure«, zischte Kate, als wollte sie Lily nicht noch mehr aufregen.

»So etwas gibt es?«, fragte er.

Sie starrte ihn nur an.

»Stimmt, tut nichts zur Sache.« Er bedeutete ihr weiterzusprechen.

»Sie sollten die gesamte Deko für die Orangerie machen«, stieß Lily krächzend hervor, die ihren Kopf in klassischer Panikhaltung fast zwischen den Beinen hielt. Dann ruckte sie hoch. »Der ... Oh mein Gott, der Hochzeitsbogen!«

Als hätte sie es gerade erst begriffen, stieß sie ein beunruhigend hohes, panisches Jammern aus, und niemand schien zu wissen, was zu tun war. Kev sah die Kellnerin an, die wiederum Kate ansah, die Lily erschrocken anstarrte.

Die Vorstellung, einfach vorbeizuschauen, Lily die Nachricht vom Anrufbeantworter mitzuteilen und zum Anwesen zurückzukehren, war dahin. Es war offensichtlich für Henry, dass niemand im Restaurant daran gewöhnt war, Lily in einem solchen Zustand zu erleben, und das überraschte ihn nicht. Normalerweise hatte sie sich immer unter Kontrolle, wusste immer, was zu tun oder zu sagen war.

»Tja, es war nur eine Frage der Zeit, dass ...«

»Nicht jetzt, Mrs. Whittaker«, sagten Kate und Henry gleichzeitig zu der Frau, die offensichtlich nur geblieben war, um sich das Drama nicht entgehen zu lassen.

Er konnte es nicht ertragen. Den panischen, verzweifelten Ausdruck in Lilys Gesicht, jetzt, wo sie sich wieder aufgerichtet hatte.

»Kate, ich brauche noch einen Kaffee, einen für mich. Noch einen Brandy für Lily, Stift und Papier, und Lily muss den Rest des Tages freinehmen«, befahl er.

Alle traten auf das Kommando hin in Aktion. Kate ging zum Telefon, Emma zur Kaffeemaschine, und Kev reichte Henry einen Notizblock und einen Stift.

Er fing Kates Blick auf. *»Hat sie was gegessen?«*, formte er tonlos mit den Lippen über Lilys Kopf hinweg. Kate verzog das Gesicht und verschwand in der Küche. Während er auf ihre Rückkehr wartete, holte er sein Handy heraus, rief die Suchmaschine auf und tippte »Hochzeitsdeko« ein. Es gab unfassbar viele Treffer, und die Bilder in der Seitenleiste ließen ihn zurückschrecken.

Langsam verstand er den Grund für die allgemeine Besorgnis.

Er schielte auf sein Handy. Waren das da *Tauben*? Victoria würde doch wohl keine *Tauben* wollen?

»Henry?«, holte ihn Lilys bebende Stimme zurück in den Raum.

»Alles okay«, sagte er beruhigend, obwohl er langsam, aber sicher selbst immer beunruhigter wurde. »Das wird schon werden. Ich brauche nur eine Liste der einzelnen Punkte, die betroffen sind.«

»Ich weiß gar nicht, wo ich …«

»Fang am Anfang an. Was auch immer dir in den Sinn kommt. Du sagtest etwas von einem Hochzeitsbogen?«

Sie wimmerte wieder, und ihre Hände flatterten panisch. Wie Tauben.

Gott, bitte keine Tauben. Wie funktionierte das eigentlich? Wurden sie einfach freigelassen oder musste ein armer Kerl herumlaufen und versuchen, sie wieder einzufangen? Henry hatte plötzlich ein Bild vor Augen, wie er mit einem Netz auf einen Baum kletterte, um einen entkommenen Vogel zu jagen.

»Kein Ding – wir kriegen das hin. Versprochen. Du kannst mir vertrauen«, sagte er und war entschlossen, alles zu tun, um diese Hochzeit so zu gestalten, wie Lily sie haben wollte.

* * *

Weniger als eine halbe Stunde, nachdem Henry die Nachricht verkündet und Lily damit in Panik versetzt hatte, waren sie in seinem Jeep losgefahren. Zuerst war Lily wie betäubt gewesen, erschrocken über ihren eigenen Schockzustand durch die Absage der Hochzeitsdekorateure. Aber dann, als Henry verkündete, er habe womöglich etwas entdeckt, was sie retten könnte, hatte sie Hoffnung geschöpft.

In dem Moment jedoch, als sie einen Blick auf das leuchtend pinke, gelbe und babyblaue Billigplastik geworfen hatte, musste sie direkt wieder loswimmern und war von Henry aus dem Laden bugsiert worden, bevor sie in Tränen ausbrechen konnte.

Im Jeep mit heruntergelassenen Fenstern ließ sie sich von dem Luftzug kühlen, der ihr die Haarsträhnen ums Gesicht wehte.

»Atme«, befahl Henry, und sie tat es.

»Und noch mal«, forderte er sie auf, als sie nicht wieder einatmete. »Ich verstehe nicht, warum Victoria keine Hochzeitsplanerin gebucht hat, die sich auch hier um alles kümmert«, brummte er.

»Sie brauchte hier keine. Sie hat mich«, sagte sie und war dankbar, dass er nicht antwortete: *Sieht man ja, wohin das geführt hat.* Das brauchte er nicht, denn sie machte sich ohnehin schon genug Vorwürfe.

»Es ist nicht deine Schuld, Lily«, sagte er, als könne er ihre Gedanken lesen.

Sie stieß einen Atemzug zwischen zusammengepressten Lippen aus. »Ich weiß.«

»Wirklich?«

»Ja, Henry. Ich weiß, dass es nicht meine Schuld ist, dass Jenny Langford vorzeitige Wehen bekommen hat und ihren Vertrag nicht mehr erfüllen kann.«

Sie rutschte auf dem Sitz des verbeulten Jeeps hin und her, während sie versuchte, sich an alles zu erinnern, was sie für die Hochzeit brauchen würden.

»Du weißt, dass ich jetzt das Moodboard sehen muss, oder?«, stichelte Henry.

»Das wird nicht passieren«, antwortete sie, wie aus der Pistole geschossen.

»Ach, komm schon, bitte. Nur ein kurzer Blick?«

»Keine Chance.« Sie wollte nicht, dass er sah, wie viel Zeit sie in Victorias Hochzeit investiert hatte. Vielleicht zu viel, wie ihr langsam klar wurde. Aber es war schließlich Victoria, ihre beste Freundin. Der Mensch, an den sie sich immer gewandt hatte, wenn etwas nicht klappte oder schiefging ... Eigentlich in allen Situationen.

Henry lenkte den Jeep auf die Abzweigung zum nächsten Laden auf seiner Liste.

Seine Liste. Die, die *er* aufgeschrieben hatte, als sie im Restaurant in Panik geraten war. Dafür konnte sie ihm nicht böse sein. Sie war es nur nicht gewohnt, »die Gerettete« zu sein. Sie war normalerweise diejenige, die andere »rettete«.

Der Jeep war nicht gerade ein reinrassiger Schimmel, aber sie fühlte sich gerade sehr wie die Jungfrau in Not und war immer noch erstaunt, dass ihr ausgerechnet Henry zu Hilfe kam.

Er fuhr auf den Parkplatz einer weitläufigen Lagerhalle mit Wellblechdach. Lily warf ihm einen höchst argwöhnischen Blick zu.

»Wir schauen einfach mal, was sie haben. Wenn es nicht das Richtige ist, fahren wir zur nächsten.«

Sie langte nach ihrer Tasche im Fußraum des Autos, und noch bevor sie sie richtig in der Hand hatte, war Henry schon an ihrer Tür, öffnete sie und hielt ihr die Hand hin. Der kleine Anflug von Ritterlichkeit wärmte ihr das Herz, und zum ersten Mal seit seiner niederschmetternden Botschaft lächelte sie.

»Danke.«

»Jederzeit«, sagte er. »Na komm. Ich habe ein gutes Gefühl, was diesen Ort betrifft.«

»Mmm.«

»Setz dir hohe Ziele, Lily Atwell. Hohe Ziele.«

Er führte sie vor sich her, durch die Automatiktüren, die sich zischend vor ihnen öffneten, und wäre ihr fast in den Rücken gelaufen, als sie abrupt stehen blieb.

Sie ließ den weitläufigen Raum, der sich vor ihnen erstreckte, auf sich wirken. Die Regale waren mit unendlich vielen verschiedenen Dingen bestückt: Tellern, Besteck, Messern und Gabeln, Gläsern und allen möglichen Arten von Geschirr, von wo aus es zur Beleuchtung überging. An Lichterketten funkelten winzige Lämpchen, und solarbetriebene Wegleuchten glitzerten zwischen großen künstlichen Pflanzen und Windlichtern mit Kerzen darin. Wolken aus weißer Seide und Tüll ergossen sich von Holzgittern herab. Schließlich stieß sie einen begeisterten Jauchzer aus. »Das ist es! Es ist einfach perfekt!«, rief sie und ignorierte das leise »Gott sei Dank«, das Henry ausstieß. Sie suchte sich einen Gang aus, den sie abschritt. Sie versuchte, sich ein Bild zu machen, was sie brauchen würden, und fühlte sich allmählich etwas überfordert, auch wenn ihre frühere Panik nachgelassen hatte.

»Wo sollen wir anfangen?«, fragte sie.

Henry schnappte sich einen großen Einkaufswagen und kam zu ihr. »Wir nehmen von allem, was du gebrauchen kannst, ein Stück und multiplizieren es dann einfach mit …

na ja«, sagte er achselzuckend, »wie viel auch immer davon nötig ist.«

»So einfach ist das, hm?«

»So ziemlich.«

»Planst du in deinem Beruf auch viele Partys?«

»Nein, ich habe einfach von Natur aus ein Händchen für alles, was ich anfange.«

»Ach, ist das so?« Sie konnte nicht anders, als sein neckendes Geplänkel zu erwidern, denn sie wusste, dass es reine Freundlichkeit war, mit der er sie von ihren Ängsten ablenken wollte. Und dafür war gerade sie dankbarer, als sie es sich jemals hätte vorstellen können.

Sie ging direkt zu den Windlichtern, die perfekt für die Orangerie sein würden. Aber sie bräuchte mindestens zwanzig davon. Nach dem Griff zum Preisschild hatte sie das Gefühl, der Boden sacke ihr unter den Füßen weg. Sie biss sich auf die Lippe. Niemals hatte sie genügend Geld auf ihrem Konto, um das alles zu bezahlen. Zwar war ihr klar, dass Victoria und Oliver es ihr sowieso zurückzahlen würden, aber …

Sie spürte Henrys Hand auf ihrer, die immer noch das Preisschild der Lampe hielt.

»Ich mach das«, sagte er, als würde er verstehen.

»Ich kann das nicht, Henry. Es ist …«

»Es ist Teil einer Veranstaltung, die auf dem Anwesen stattfindet. Ich übernehme die Kosten, denn ich bin mir sicher, dass alles für zukünftige Veranstaltungen genutzt werden kann. Ich setze es mit in den Vertrag, und der Verkaufspreis wird es sowieso abdecken.«

Eine plötzliche Welle der Traurigkeit überkam sie, als sie sich daran erinnerte, dass Henry das Weingut verkaufen wollte. Dass er weggehen würde. Irgendwie hatte sie das vergessen. Oder entschieden, es zu ignorieren. Sie brauchte einen Moment und drehte sich auf dem Absatz um hundertachtzig Grad. »Oh, sieh mal«, rief sie und lief blindlings auf eine andere Auslage zu.

»Im Ernst?«, hörte sie Henry hinter sich fragen und folgte seinem leicht entsetzten Blick. Dann wurde sie so rot wie noch nie zuvor in ihrem Leben, als sie merkte, dass sie direkt vor einer grellen Auslage mit *Penisstrohhalmen* stand.

Ihr Aufschrei verwandelte sich in einen Hustenanfall, mit dem sie die Aufmerksamkeit der anderen Paare im Laden auf sich zog. Die Männer wirkten alle gleichermaßen verlegen, während die Frauen bestätigend grinsten.

Die leuchtend pinke Auslage mit Utensilien für Junggesellinnenabschiede erstreckte sich über drei Reihen und reichte von schwarzen Schärpen mit der aufgestickten Aufschrift »Best Hens Ever« in Weiß über große Heliumballons, glitzerndes Herzkonfetti und blinkende Plastikeiswürfel bis hin zu den bereits erwähnten Penisstrohhalmen.

»Mir war nicht klar, dass das Victorias Stil ist«, sagte Henry, der bei diesem Anblick eine Spur beunruhigt aussah.

»Nein, wohl eher nicht.«

Er neigte den Kopf zur Seite und konnte offenbar den Blick nicht von den Strohhalmen abwenden. »Anatomisch gesehen, sind sie erstaun…«

»Lass uns gehen«, unterbrach ihn Lily, packte ihn am Arm und zog ihn weg, bevor er den Satz beenden konnte.

* * *

Henry ließ sich von Lily einen weiteren Gang hinunterziehen, unfähig und auch nicht gewillt, das Lächeln aus seinem Gesicht zu verbannen. Sie hatte so verschämt ausgesehen, als sie die – es schüttelte ihn erneut bei dem Gedanken daran – Strohhalme sah, dass er sich nicht hatte helfen können. Bezaubernd hatte sie ausgesehen. Er bezweifelte, dass sie wusste, wie ausdrucksstark ihre Gesichtszüge waren. Wie ihre Wangen erröteten, ihre Augen groß und rund wurden, wie sie ihre Schultern zurücknahm, wenn sie sich auf eine Auseinandersetzung einstellte, und sich hinter ihren Haaren verbarg, wenn sie sich verstecken wollte.

Es kam selten vor, dass Henry so viel Zeit in der Nähe einer Frau verbrachte, zu der er sich hingezo… – einer Frau, stellte er in Gedanken klar. Einfach einer Frau. Abgesehen von Mina oder seiner Mutter, natürlich. Das letzte Mal, dass er mit einer Frau im romantischen Sinn zusammen gewesen war, das war … Er zog die Stirn kraus. Wann war das gewesen?

Natürlich hatte er Verabredungen gehabt – Dates, sicher. Aber er hatte es nie über ein oder zwei Monate hinausgehen lassen. Er hatte nie gelogen, betrogen oder Versprechungen gemacht, die er nicht halten wollte oder konnte. Doch so war es nun mal einfacher. Niemand hatte mehr von ihm erwartet, als er zu geben bereit war. Und das war, im Nachhinein betrachtet, wirklich äußerst wenig.

Was er auch wusste – und das seit Langem –, war, dass Lily mehr als das verdiente. Mehr, als er ihr geben konnte. In nur wenigen Wochen hatte er gesehen, dass sie all das verdiente: ein schönes Zuhause, eine Familie, einen perfekten Ehemann. Er selbst war so weit davon entfernt, dass er es nicht einmal von Weitem sehen konnte. Denn Hawke's Cove würde niemals sein Zuhause sein, nicht so wie für Lily.

Er betrachtete sie, wie sie den Gang entlanglief, und merkte, wenn sie etwas sah, das ihr gefiel, weil ihre Augen sich dann aufhellten. Ab und zu schnappte sie sogar hörbar nach Luft, wenn sie etwas besonders Schönes entdeckte. Sie strich mit den Fingern über gläserne Kerzenständer, künstlichen Efeu, hielt inne, als sie zu einer Auslage mit Schleierkraut in Marmeladengläsern kam und zu noch mehr künstlichem Efeu, drapiert auf Weinfässern und -kisten.

Er hielt sich zurück, denn sie schien gerade in ihrer eigenen Welt verloren zu sein, während sie alles in sich aufnahm. Ihm fiel ein Mann auf, der hinter einer Frau herlief, die vermutlich seine Verlobte war. Der Mann rollte mitleidig mit den Augen, als er in seine Richtung sah. In diesem Moment wurde Henry erst klar, dass er und Lily wie ein Paar aussehen mussten. Ein verlobtes Paar, das seine eigene Hochzeit plante. Er nickte, ohne sich die Mühe zu machen, es richtigzustellen, und gesellte sich zu Lily an die Auslage.

»Das ist schön«, kommentierte er.

»Das ist es. V hat Schleierkraut in ihrem Brautstrauß, und die hier würden auf den Tischen in der Orangerie wunderschön aussehen.«

»Sind die künstlich?«

»Ja, aber ich kann mich jederzeit mit der Frau in Verbindung setzen, die die Blumen für die Zeremonie organisiert, um echtes zu bekommen.«

Lily schien jedoch zögerlich, als scheute sie die zusätzlichen Kosten. Sein Herz klopfte ein wenig heftiger. »Das könntest du machen, aber wir haben so viel Efeu auf dem Gut. Eigentlich …« Er zuckte mit den Achseln. »Also, diese Weinfässer, die Weinkisten und das hier«, sagte er und deutete auf die Wedel aus kleinen weißen Blumen, »das haben wir doch alles. Du kannst sogar ein paar von den blauen Hortensien dazunehmen, wenn du willst.«

Sie drehte sich um und sah ihn an.

»Du hast recht. Ja, stimmt. Es gibt anderes, was wir brauchen würden. Lichterketten, Kerzen …«

»Die Windlichter«, fügte er hinzu.

»Die sind wunderschön.«

»Sind sie.« Er hätte fast allem zugestimmt, um sie zum Lächeln zu bringen.

»Wir müssen auf jeden Fall noch Stühle für die Außenbestuhlung mieten, aber bei vielen anderen Dingen könnten wir einfach auf Sachen vom Gut zurückgreifen.«

»Ich bin aber nicht geizig«, erklärte Henry schnell, weil er befürchtete, sie könnte denken, dass er Geld sparen wolle.

»Nein, ich weiß. Ich finde, es ist eine wunderbare Idee. Es würde nur eine Menge Zeit und Energie kosten, die …«

»… ich habe, Lily. Ich habe die Zeit und die Energie. Und es wäre im Einklang mit deinem umweltfreundlichen, lokal erzeugten …«

»Du machst dich über mich lustig?«

Er hielt die Hände vor sich in die Höhe, als wollte er sich ergeben. »Nein«, sagte er und schüttelte den Kopf. »Ich mache mir nur deine Philosophie zu eigen.«

Sie sah zu ihm auf, ein Lächeln auf dem Gesicht, und ihre Augen strahlten vor Eifer. »Das wäre so schön«, sagte sie mit einer Überzeugung, als sähe sie das alles – und nicht ihn – vor sich. Mit einem Mal fragte er sich, was er tun müsste, damit sie ihn selbst auf diese Weise ansah. Mit dieser Ehrfurcht, Erregung und Freude. In diesem Moment hätte sie ihn um den ganzen verdammten Laden bitten können, und er hätte ihn für sie gekauft. Denn tief in seinem Herzen wusste er, dass er ihr das Einzige, was sie in Wahrheit wollte, nicht geben konnte.

Über seine Schulter hinweg entdeckte sie etwas, und ihre Augen weiteten sich noch mehr.

»Hochzeitsbogen!«

Er konnte sich ein kleines Lächeln nicht verkneifen, drehte den Wagen in dem breiten Gang um und folgte ihr in den hinteren Teil der Ausstellungsfläche.

Er war selbst beeindruckt, als er sah, was Lily hergelockt hatte. An der Rückwand befand sich eine ganze Reihe von verschiedenen Bogen. Einige waren rechteckig geformt, manche mit weißer Seide drapiert, duftige cremefarbene Kreationen, andere quollen von Blumen über. Diese mochten zu Ausstellungszwecken zwar künstlich sein, aber alle waren erlesen und machten es einem leicht, sich vorzustellen, wie die Bogen am Hochzeitstag mit echten Blumen aussehen würden. Manche Bogen sahen kümmerlich und skurril aus, manche so unvorstellbar üppig, dass er sich wunderte, dass sie nicht umstürzten. Einer präsentierte eine derartige Explosion an farbenfrohen Seidenblumen, dass Henry dabei unwillkürlich an Spitzendeckchen und alte Damen denken musste.

Aber Lily stand vor einem ausladenden, massiven Holzreifen, von dem der untere Teil so gekappt war, dass er perfekt am Boden abgeschrägt endete, wodurch ein ebenerdiger Durchgang von etwa einem Meter Breite entstand. Es sah aus, als sei ein vollständiger Ring in den Boden gesteckt. Der Blumenschmuck war zu beiden Seiten auf unterschiedlicher Höhe angebracht – eine wunderschöne weiße und cremefarbene Blütenpracht, ergänzt von satten dunkelgrünen Blättern und verblüffenden blauen Farbexplosionen von Hortensien, wie sie für Devon typisch waren. Das Holz des Reifens lag zwischen den beiden Blumendekors frei, wodurch der Bogen sowohl raffiniert als auch rustikal wirkte. Lily sah ganz verliebt aus.

Sie hatte die Finger an die Lippen gepresst, und ihre Augen glänzten.

»Das ist es. Das ist … perfekt. Es ist so viel besser als das, was ›Meine Traumhochzeit‹ vorgesehen hatte.«

Er blieb unter dem Bogen stehen, und als er zu Lily hinabblickte, überkam ihn ein so seltsames Gefühl, als stünde er mit einem Fuß in der Gegenwart und mit dem anderen in einer möglichen Zukunft, die es für ihn vielleicht niemals geben würde.

In diesem Augenblick sah sie zu ihm auf, und es raubte ihm die Sinne. Der Boden unter seinen Füßen versank, alles versank um ihn herum, nur sie nicht. Sogar die Gründe, die er dagegen aufgetürmt hatte, das zu tun, was er in diesem Moment am meisten wollte. Sie zu küssen.

Klick.

Er zuckte zusammen, als das Kamerageräusch den Zauber des Augenblicks durchschnitt.

»Tut mir leid«, hörte er einen Mann sagen, »aber ich konnte nicht anders.«

Der dünne Mann mit der dicken, schwarz umrandeten Brille, der eine Kamera schwenkte, zuckte mit den Schultern und stellte sich als Hochzeitsfotograf vor. Henry wusste nicht recht, ob er ihn umbringen oder ihm danken sollte.

»Ich dachte, Sie möchten vielleicht ein Andenken haben. Und …«, wieder zuckte er mit den Schultern, »vielleicht einen Fotografen?«

Lily lächelte unbeholfen. »Danke, aber das ist bereits arrangiert.«

Henry fragte sich, wie sie überhaupt sprechen konnte, denn sein eigener Verstand war gerade völlig außer Betrieb.

»Ach so. Aber wenn Sie einen Abzug von dem Foto haben möchten, kann ich es Ihnen per E-Mail schicken. Und dann hätten Sie meine Kontaktdaten – für alle Fälle.«

»Okay, Moment.« Henry hatte den Manager des Lagerhauses entdeckt und bedeutete ihm mit einem Nicken herzukommen, damit Lily sich mit ihm wegen des Bogens absprechen konnte. Derweil gab er dem Fotografen seine E-Mail-Adresse.

Während Lily mit dem Manager wegen des Bogens und des Transports verhandelte, kämpfte Henry darum, seine Gefühle unter Kontrolle zu bringen.

Schließlich machte er sich mit einem Angestellten des Ladens daran, die Gänge zu durchstöbern und eine Vielzahl von Exemplaren der von Lily ausgesuchten Muster zusammenzutragen. Anschließend bezahlte er und veranlasste die Lieferung aller Artikel einschließlich des Bogens zum Anwesen. Keine vierzig Minuten später waren sie zurück auf dem Parkplatz und gingen zum Jeep, und Henry genoss es, die angenehme Luft auf der Haut zu fühlen.

Er umrundete den Jeep und öffnete Lily die Beifahrertür. Sie hielt inne, bevor sie einstieg, und legte eine Hand auf seinen Unterarm. Er hätte schwören können, dass er die Wärme ihrer Haut durch die Schichten seiner Jacke und des Pullovers hindurch spüren konnte.

»Ich kann dir gar nicht genug danken, Henry.«

* * *

Lily packte den Griff innen über dem Sitz und zog sich daran in den Jeep. Henry hatte sie gebeten, ihm zu vertrauen, und sie hatte es getan. Vorbehaltlos, das wurde ihr gerade klar, und ohne zu fragen. Und er hatte dafür gesorgt, dass die Hochzeit noch schöner werden würde, als sie es sich erhofft hatte. Etwas wand sich um ihr Herz und zog sich fest. Schon seit langer Zeit hatte sie niemandem mehr vertraut und sich auf niemanden mehr verlassen, außer auf die Mädchen.

Sie warf einen Blick auf die Uhr, die in dem Moment aufleuchtete, als Henry den Zündschlüssel drehte.

Es war schon viel später, als sie gedacht hatte. »Ich sollte wohl zusehen, dass ich zurück ins Restaurant komme.«

»Nö«, sagte Henry und schüttelte den Kopf.

»Was? Warum nicht?«

»Weil.«

»Das ist keine Antwort, Henry«, knurrte sie. »Wirklich, ich muss zurück. Es gibt eine Menge Arbeit vor der Abendschicht.«

»Die Vihaan mit Sicherheit vollständig unter Kontrolle hat«, sagte er mit einer Zuversicht, die sie plötzlich richtig auf die Palme brachte.

Sie sah zu, wie er den Jeep wieder auf die Autobahn lenkte, nur dass sie weiter von Hawke's Cove wegfuhren anstatt dorthin zurück.

»Henry …« Vertrauen war eine Sache, aber Kontrolle musste auch sein.

»Wenn es dir hilft, kannst du es meinetwegen als Entführung ansehen.«

»Das hilft kein bisschen. Und es war auch kein Scherz. Ich muss wirklich zurück.«

»Kate hat mir eine Nachricht geschickt und versichert, dass sie alles im Griff haben und dass du heute nicht mehr im Restaurant gebraucht wirst.«

»*Meine* Managerin hat *dir* eine SMS geschickt?« Sie wusste selbst, dass der Anflug von Eifersucht, der plötzlich durch ihre Adern rauschte, völlig ungerechtfertigt war. Kate war glücklich verheiratet, aber darum ging es nicht. Was ihr nicht passte, war der Umstand, dass Entscheidungen über ihr Restaurant ohne ihr Wissen oder ihr Einverständnis getroffen wurden. »Das ist ja lächerlich.«

»Lächerlich ist die Tatsache, dass du nicht in der Lage bist, dir einen Tag freizunehmen.«

»Ich kann einen Tag freinehmen, wann immer ich es will. Ich muss nur ...«

»Wann?«

»Was?«

»Wann war dein letzter freier Tag? Ohne Restaurant und ohne Hochzeitsplanung?«

Lily biss sich auf die Lippe und ließ die letzten Monate Revue passieren. Als ihr klar wurde, dass sie sich nicht erinnern konnte, versuchte sie, eine plausible Erklärung zu finden, die sie nicht so ... erbärmlich aussehen ließ.

»Das dachte ich mir. Ich führe dich zum Essen aus.«

»Du führst mich in ein Restaurant aus und glaubst, das wäre ein freier Tag für mich?«, antwortete sie sarkastisch.

»Na ja, es ist nicht gerade ein Restaurant, aber wir müssen essen. Und ich bin neugierig, ob es noch da ist.«

»Ob was noch da ist?«

* * *

Eine Stunde später fuhr Henry den Jeep auf einen Parkplatz mit Meerblick an einer Bucht, die weiter oben an der Küste lag als Hawke's Cove.

Wieder öffnete er Lily die Tür. Sie erwartete dieses Mal seinen ritterlichen Akt und war seltsam berührt davon.

»Mylady«, sagte er und wies zu einem alten Pub an der Hafenkante.

Die Dämmerung setzte ein, und die Lichter in dem kleinen Gebäude wirkten einladend. Jetzt, wo sie ja eigentlich entführt worden war, wäre es ihr unpassend vorgekommen abzulehnen. Besonders nach allem, was Henry heute für sie getan hatte.

Sie betraten einen gemütlichen kleinen Raum mit niedriger Decke und wurden trotz der anhaltenden Wärme des Sommertages von einem angenehmen Geruch nach Ale und Feuerholz empfangen. Die Hintergrundgeräusche von den Gesprächen im Pub drifteten sachte über sie hinweg. Henry ging zur Theke, während Lily sich an den Tisch setzte, auf den er gewiesen hatte.

Sie seufzte vor Erleichterung und Müdigkeit auf und schaute sich im Raum um. An den Wänden, die vermutlich einmal weiß gewesen waren, nun aber einen leicht vergilbten Gelbstich, wahrscheinlich aus Nikotin, aufwiesen, hingen Messingkrüge und anderer Seefahrerkrimskrams. In kleinen Ecken und Nischen standen Tische, und Gäste saßen bei ihren Getränken oder Mahlzeiten gemütlich zusammen. Es war so heimelig, dass sie unwillkürlich lächeln musste. Das Essen duftete überraschend gut, und Lily fiel ein, dass sie seit heute Morgen nichts mehr gegessen hatte. Plötzlich hatte sie einen Riesenhunger und zog eine der laminierten Speisekarten auf dem Tisch zu sich heran.

Henry kam mit einem Glas Mineralwasser für sich und einem Gin Tonic für sie von der Bar zurück. Sie runzelte die Stirn. »Ich glaube, ich sollte nicht auf leeren Magen trinken.«

»Er wird nicht lange leer bleiben. Außerdem wird dir ein G&T nicht schaden.«

»Woher wusstest du, was du mir holen sollst?«, fragte sie.

»Ich … Es erinnerte mich an dich.« Er zuckte verlegen mit den Schultern. »Außerdem, welche Engländerin, die etwas auf sich hält, würde jemals einen G&T ablehnen?«

»Warum erinnert dich das an mich?«

»Der mit Wacholder und Gin geräucherte Lachs in deinem Restaurant«, erklärte er, während sie genussvoll nippte und lächelte. Gott, war das gut. »Darf ich fragen, warum du den Namen gewählt hast?«

»The Sea Rose?« Er nickte, und sie holte tief Luft. »Als ich aus London zurückkam, war ich ziemlich aufgeschmissen. Nach Alistair hätte ich dort nicht bleiben können, ich wollte einfach nur zu Hause sein. Aber ich bin eben weg, bevor ich die Kochschule beendet hatte, und hatte keinen Plan. Da hatte Blake die Idee mit dem Kräutergarten. Das erste Kraut, das wir pflanzten, nachdem wir dort aufgeräumt hatten, war Meerrosmarin oder *Sea Rosemary*. Der erinnerte mich immer an Dad, denn der Trawler, auf dem er gearbeitet hatte, hieß *Sea Rose*.«

»Daher *The Sea Rose*.«

»Irgendwie fühle ich mich auf diese Weise beiden verbunden.« Sie zuckte mit den Schultern, denn der Name ihres Restaurants hatte inzwischen eine viel größere Bedeutung erlangt, als es zu Blakes Lebzeiten der Fall gewesen war. »Blake hat mich ermutigt, das Restaurant zu kaufen, obwohl es mir vollkommen gereicht hätte, in der Küche des Hotels zu arbeiten.« Sie lächelte bei der Erinnerung.

Henry runzelte die Stirn. »Wie konntest du es …«

»… mir leisten?«, ergänzte Lily und meinte fast zu sehen, wie es hinter seiner Stirn arbeitete, als er versuchte, die Finanzen zu überschlagen. »Ohne Mr. Hailsworth hätte ich das in einer Million Jahre nicht geschafft. Reiche DFLs kaufen seit Jahren Land in Hawke's Cove auf.«

»DFLs?«

»Down-from-Londons«, stellte sie klar. »Leute, die von London herkommen. Mr. Hailsworth hat früher die Metzgerei geführt und war nicht begeistert, wie die Dinge liefen. Um sein Haus in regionalem Besitz zu halten, hat er mir einen Preis genannt, den ich noch immer nicht ganz glauben kann«, sagte sie und schüttelte den Kopf. »Er wollte nur genug, um zu seiner Familie nach Australien ziehen zu können, also habe ich es für 'nen Appel und 'n Ei bekommen.«

Eine Kellnerin kam, um ihre Essensbestellung aufzunehmen, und zog sich dann zurück. »Blake hat ein bisschen mitgeholfen, aber das habe ich bereits zurückbezahlt«, sagte sie mit Nachdruck, obwohl er die Hände ergeben hob. »Und viele Leute in der Stadt haben ebenfalls geholfen. Mehr, als ich mir hätte vorstellen können. Ein Großteil der Bau- und Renovierungsarbeiten wurde kostenlos ausgeführt oder mit der Hilfe von Leuten, die in ihrer Freizeit angepackt haben. Mrs. Whittaker hat sogar den neuen Fußboden bezahlt.«

»Was?« Henry konnte es nicht fassen.

»Ja, wirklich. Das hat mich auch regelrecht schockiert. Als Gegenleistung bekommt sie deshalb einmal pro Woche ein kostenloses Essen. Allerdings zahlt sie ihren Wein.« Lily trank noch einen Schluck. »Und ich finde es toll, das Gefühl zu haben, dass das *The Sea Rose* richtig zum Ort dazugehört.« Und so war es wirklich. Sie mochte es, dass sie von jedem Stück in ihrem Restaurant sagen konnte, wer daran mitgearbeitet hatte. Jedes kleine Detail barg die Geschichte eines Akts der Freundlichkeit, der Großzügigkeit und der Heilung.

Das hatte viel dazu beigetragen, den Schmerz zu lindern, der durch Alistairs selbstsüchtige Taten entstanden war.

»Hast du ihn jemals zu finden versucht?«, fragte Henry, als könne er ihre Gedanken lesen.

»Nein. Ich bin mir ziemlich sicher, dass er nach Schottland gegangen ist. Aber … Es war keine Straftat, denn wir hatten ein gemeinsames Bankkonto. Und ein Zivilprozess hätte mehr gekostet, als ich jemals zurückbekommen hätte. Außerdem wollte ich die ganze Sache einfach hinter mir lassen. Es war so schon peinlich genug.«

»Aber wenn er sich genau darauf verlassen hat …«

»Dann hat er bekommen, was er wollte, und das ist gut so. Er mag mein Geld gestohlen haben, aber sieh mich an. Ich bin erfolgreich mit meinem Restaurant, ich habe ein wunderbares Zuhause, und ich bin glücklich.«

Er maß sie mit einem Blick, als versuche er, durch ihre Worte hindurch die Wahrheit zu erkennen. Aber es *war* die Wahrheit. Sie unterschätzte nicht, was sie erreicht hatte. Sie wusste, dass es harte Arbeit und anfangs ein paar schlaflose Nächte gekostet hatte. Aber mit der Hilfe von Blake, ihrer Mutter, Victoria, Zoe und Malie, die sie ständig angefeuert und unterstützt hatten, *war* sie glücklich. Nur … Manchmal ein bisschen einsam, mehr nicht.

»Was ist mit dir?«, fragte sie, um den Fokus auf ihn zu lenken. »Apps? Wie kam es dazu?«

»Nun, ohne Ben oder den Treuhandfonds meines Großvaters wäre das nicht möglich gewesen.«

»Dein Geschäftspartner? Aus Thailand?«

»Er ist ein waschechter Engländer, aber ja«, sagte Henry mit einem sanften Lächeln, das seine Gesichtszüge weicher machte und ihn im Halbdunkel des Pubs noch besser aussehen ließ. »Wir haben uns in Thailand kennengelernt. Wir gondelten beide durch die Welt und kamen eines Abends in einer Bar am Strand ins Gespräch. Er hatte sich mitten in seinem technischen Studium eine Auszeit genommen, weil sich seine Ideen nicht so recht an den Lehrplan anpassen ließen.« Er nickte kurz in Gedanken.

»Ben gefiel es nicht, dass die Apps, mit denen man richtig Geld verdienen kann, so viel Gewicht bekamen und für die Apps, die der Gesellschaft zugutekommen, die Unterstützung fehlte. Wir spielten mit ein paar Ideen herum und sind auf etwas gekommen, was … für uns beide passte.«

»Passte?«, fragte Lily und wunderte sich, warum Henry auf einmal so zurückhaltend war. Er seufzte, und das tiefe Einatmen weitete seine Brust unter dem Zopfmuster seines Strickpullovers. »Ich … hatte die Idee, Schüler und Jugendliche mit einer Wohltätigkeitsorganisation zu verbinden, die einen unterstützt, wenn man meint, niemanden zu haben, an den man sich wenden kann. Wenn man das Gefühl hat, nicht über die üblichen Kanäle – also Eltern und Lehrer – um Hilfe bitten zu können«, erklärte er.

»Menschen wie Claudia«, schloss Lily.

Henry nickte. »Hätte sie mit jemandem sprechen können, mit wem auch immer, wäre vielleicht alles anders gekommen.« Er umklammerte sein Glas, sodass seine Knöchel fast weiß waren. Lily legte eine Hand um seine, bis sich sein Griff lockerte und ein kleines Lächeln seine Lippen umspielte. »Es war ein Erfolg. Die App hat Preise gewonnen, aber was noch wichtiger ist – sie hat tatsächlich geholfen. Dadurch konnten wir mehr entwickeln, in andere Projekte investieren und die Avery-App ohne Investitionen finanzieren. Das war großartig, denn so brauchten wir keine Werbung oder Monetarisierung, was dem Hauptziel der App widersprochen hätte. Zu helfen.«

Claudia Avery. Er hatte die App sogar nach ihr benannt. In diesem Moment wurde ihr klar, dass Henry nicht einfach weggegangen war, ohne zurückzublicken. Er hatte nicht alle Brücken hinter sich abgebrochen. Stattdessen hatten sie ihn dazu getrieben, etwas zu schaffen, das anderen half. Er wollte dafür sorgen, dass Menschen wie Claudia, Menschen, die es schwer hatten, Unterstützung erhielten. Er wollte dafür sorgen, dass das, was ihnen passiert war, nicht auch anderen passierte.

»Wissen Claudias Eltern davon?«, fragte Lily.

Henry schüttelte den Kopf. »Ich glaube kaum, dass sie den Kontakt mit mir, in welcher Weise auch immer, begrüßen würden. Außerdem …« Er zuckte mit den Schultern. »… braucht man nicht groß nachzuforschen, um herauszufinden, dass ich dahinterstehe.«

»Aber das ist eine ganz großartige Sache, Henry. Blake wäre so stolz darauf gewesen. Und auf das, was du erreicht hast.«

Er tat ihre Worte mit einem Achselzucken ab, und Lily wurde klar, dass er durch den Unfall genauso mitgenommen und verwundet war wie Victoria oder Zoe. Nicht körperlich, das nicht. Aber er war definitiv verletzt worden.

Ihr Essen kam, und – sei es aus Hunger oder in gegenseitigem Einverständnis – sie aßen fast die gesamte Mahlzeit ohne ein weiteres Wort, bis Lily ihre Gabel ablegte. Ihr Bauch war angenehm gefüllt, und sie gab ein anerkennendes Seufzen von sich. »Das war gut.«

»Mm hm«, stimmte Henry zu und schob seinen Teller ein Stück weg.

»Woher kennst du das hier?«

»Nach ihrer Scheidung haben meine Mum und ich immer hier angehalten, bevor sie mich auf dem Gut abgesetzt hat. Es wurde eine Tradition für uns.« Er lächelte liebevoll.

»Wie geht es ihr?«, fragte Lily.

»Gut«, sagte er und nickte. »Sie hat wieder geheiratet, und ihr Mann ist zumindest kein komplettes Arschloch, was schon mal hilft. Keine Stiefgeschwister, aber … Sie ist glücklich. Er macht sie glücklich. Da wir gerade beim Thema sind – erzähl mir von dem Mann, der Victoria Scotts Herz gestohlen hat.«

* * *

Lily war nur zwanzig Minuten nach der Abfahrt im Auto eingeschlafen, so hatte Henry die Gelegenheit, sich ihre Gespräche vom Essen durch den Kopf gehen zu lassen. Er hatte nicht vorgehabt, ihr von der App zu erzählen, die er nach Claudia benannt hatte, aber er konnte auch den Gedanken nicht abschütteln, den Ben bei seinem Besuch in die Welt gesetzt hatte. Er hatte es ihr nicht mit der Absicht erzählt, sie zu beeindrucken oder um seine Beteiligung an dem Unfall zu entschuldigen, der so viele Menschen aus der Bahn geworfen hatte. Aber er wollte, dass sie etwas über ihn erfuhr. Es war unvernünftig, das wusste er. So sicher, wie er wusste, dass er Hawke's Cove irgendwann würde verlassen müssen.

Nachdem er Lily an ihrem Restaurant abgesetzt hatte – nach ihrem glücklich-schläfrigen »Gute Nacht« –, fuhr er gerade in die Einfahrt des Anwesens, als er ein Ping von seinem Telefon hörte. Er warf einen Blick auf die Benachrichtigung und hielt inne, bevor er die E-Mail von dem Hochzeitsfotografen aus dem Warenhaus öffnete. Er wollte das

Bild einerseits sehen und gleichzeitig auch nicht. Irgendwie wusste er instinktiv, dass es etwas verändern würde.

Er öffnete den Anhang und wartete, während das Bild heruntergeladen wurde

Als er es sah, keuchte er auf. Lily blickte auf dem Foto zu ihm auf, mit glänzenden Augen. Sie hatte die Finger an ihre Lippen gelegt, sodass sie ihr Lächeln teilweise verdeckten. Reine Freude überzog ihr Gesicht. Ihr dichtes kastanienbraunes Haar fiel ihr in Wellen über den Rücken. Und er … Er schaute auf sie hinab, als wäre sie der Mittelpunkt von allem. Es war das perfekte Hochzeitsfoto. Einer Hochzeit, die niemals stattfinden würde.

Und im selben Moment wusste er, dass er diese E-Mail niemals löschen würde. Dass er das Foto von ihnen vor dem Hochzeitsbogen für immer behalten würde.

Kapitel 8

Lily lachte. »Ich kann immer noch nicht glauben, dass du all diese leeren Fässer umgelagert hast.«

»Du zweifelst an meinen männlichen Fähigkeiten?«

»Ganz und gar nicht.« Und das tat sie wirklich nicht.

Sie saßen nach dem Frühstücksansturm im Restaurant, nachdem sie genug leere Weinfässer und Kisten herbeigeschleppt hatten, um die Orangerie zu dekorieren.

»Ich habe dir gesagt, dass wir sie nicht zu kaufen brauchen.«

»Ja, hast du. Und du hattest recht«, gab sie zu.

Der selbstgefällige Ausdruck der Zufriedenheit auf Henrys Gesicht war ein Bild für sich, bis sein Blick auf etwas in ihrem Haar gelenkt wurde. Stirnrunzelnd hob er die Hand und schob sanft eine Strähne zurück.

»Spinnweben«, erklärte er, als er die Hand zurückzog, und ihre Wangen wurden schon von seiner bloßen Nähe heiß.

Kate kam rüber zum Tisch und stellte zwei weitere Tassen Kaffee vor sie hin.

»Du bist eine Göttin«, rief Henry aus und hob die Tasse.

»Ich glaube, ich habe noch nie jemanden so viel Kaffee hinunterkippen sehen«, bemerkte Lily.

»Ich lebe von dem Zeug.«

»Dann ist es ja gut, dass ich einen unerschöpflichen Vorrat habe«, sagte sie, bevor sie darüber nachdenken konnte. Denn das bedeutete mehr. Es wies auf etwas Langfristiges hin. Und als sie einen Blick zu ihm riskierte, wusste sie, dass es ihm auch aufgefallen war. In seinem Blick lag etwas beinahe Trauriges, und sie bereute ihre unbedachten Worte. Denn nach der Hochzeit wäre er weg. Der Verkauf des Weinguts war bereits vereinbart, vorbehaltlich der Vertragsprüfungen. Sie hätte sich am liebsten die Zunge abgebissen. In der letzten Woche hatte sie Vihaan und Kev freie Hand im Restaurant gelassen, während sie sich fast ausschließlich um die Hochzeit gekümmert hatte. Und sie war überrascht, wie viel glücklicher sie sich fühlte. Und wie viel einfacher es ihr der Umstand machte, dass Henry ihr bei allen Hochzeitsangelegenheiten zur Seite stand. Die Dekoration war eingetroffen, und in ein paar Tagen würden sie die Orangerie für die Feier vorbereiten, bis zu der es nur noch eine Woche hin war.

Als sie über all die Dinge nachdachte, die sie und Henry seit dem Traumhochzeitsdesaster, wie sie es jetzt nannte, erreicht hatten, konnte sie sich gar nicht vorstellen, was sie ohne ihn getan hätte. Schon allein, dass sie jemanden hatte, mit dem sie Ideen austauschen konnte, war ein Geschenk des Himmels, aber mehr noch. Er hatte Vorschläge gemacht und sich sogar aktiv eingebracht. Echte männliche Fähigkeiten.

Die Klingel über der Tür läutete. Als Lily sich umdrehte, um zu schauen, wer es war, stieß sie vor Schreck einen spitzen Schrei aus, der mit einem ebenso beeindruckenden Kreischen beantwortet wurde.

»V!«, rief Lily, sprang vom Stuhl auf und lief durch das Restaurant. Sie schloss ihre beste Freundin in die Arme und drückte sie fest an sich. »Ich dachte, du kommst erst später!«

»Wir haben es früher als geplant geschafft, aus London wegzukommen. Es ist sooo schön, dich zu sehen, Lils!«

Lily drückte Victoria noch einmal extra fest und dankte allen Göttern dafür, dass sie es möglich gemacht hatten. Bis zu dem Moment, in dem sie Victoria durch die Tür kommen sah – sie sah umwerfend aus, und Lily konnte nur vermuten, dass dies wieder eines ihrer selbst entworfenen, atemberaubenden Kleider war –, war ihr nicht bewusst gewesen, wie sehr sie sich auf diesen Augenblick gefreut hatte. Sie atmete das weiche, blumige Parfum ein, das Victoria seit ihrer Teenagerzeit benutzte.

»Bekomme ich auch so eine, oder hast du die nur für V?«, fragte Oliver und lachte.

»Natürlich«, sagte Lily, ließ Victoria endlich los und wandte sich dem Mann zu, der das Herz und die Hand ihrer besten Freundin gewonnen hatte. »Hi, Oliver«, sagte sie, lächelte ihn an und umarmte ihn ebenso fest. »Ich kann kaum glauben, dass ihr hier seid.«

Sie konnte nicht aufhören zu lächeln. »Ich habe dich so sehr vermisst«, sagte sie, schaute Victoria in die warmen braunen Augen und bekam einen glücklichen und verstehenden Blick zurück.

»Es tut mir leid, dass ich nicht früher hier sein konnte, Lils.«

»Ist schon gut, V, wirklich«, sagte sie und schüttelte den Kopf. Sie wusste, dass ihre Freundin früher hatte kommen wollen, dass sie unbedingt bei Blakes Beerdigung hatte dabei sein wollen. Aber Lily hatte nicht gelogen. Es war wirklich in Ordnung für sie. Weil Henry da gewesen war, hatte er ihr etwas von der Einsamkeit genommen, die sie vor ihrer Abmachung empfunden hatte.

Sie trat einen Schritt zurück, um Victorias Kleid zu betrachten. Es war im Nacken vintagemäßig geschlitzt und an der Taille eng geschnitten, was Victorias zierliche Figur optimal zur Geltung brachte. »Niiice«, kommentierte sie, woraufhin Victoria sich halb verbeugte und halb knickste.

»Hab vielen Dank. Eine meiner neuesten Kreationen«, sagte sie mit einem Schulterzucken, aber ihre Augen leuchteten doch vor Stolz. Dann verriet ihr Blick Verwirrung, als sie den Mann am Tisch hinter Lily entdeckte.

Henry.

Als Lily sich umdrehte, hatte sich Henry bereits von seinem Stuhl erhoben. Nur am Kontrast dazu, wie er sich kurz zuvor verhalten hatte, konnte sie erkennen, dass er sich etwas unwohl fühlte. Die gespielte Arroganz, die er noch vor wenigen Minuten scherzhaft zur Schau gestellt hatte, war verschwunden, und etwas Zurückhaltendes hatte die Oberhand gewonnen, was an der Grenze zur Nervosität lag.

Lily wurde klar, dass dies das erste Mal war, dass Henry und Victoria sich seit dem Unfall sahen. Und das Letzte, was Victoria von ihr über ihn gehört hatte, war, dass er schrecklich war. Plötzlich wollte Lily nur noch, dass Victoria den Henry sah, den sie in den letzten Wochen kennengelernt hatte. Den Mann, der sie zum Lachen gebracht und ihr geholfen hatte, die Probleme anzupacken; der sie aus ihrem zielstrebig fokussierten Tunnelblick herausgerissen hatte. Und der Mann, der nicht nur die Hochzeit auf dem Weingut ermöglichte, sondern auch half, sie so viel besser zu machen.

Zu ihrer Überraschung ging Victoria direkt auf ihn zu und umarmte ihn. Die Umarmung war zwar nicht so lang und intensiv, wie ihre gewesen war, aber sie war viel intensiver, als sie oder Henry – nach dem leicht schockierten Blick in seinen Augen zu urteilen – es erwartet hätte.

»Henry. Es ist schön, dich zu sehen«, sagte Victoria herzlich.

»Dich auch, Victoria«, antwortete Henry, der von ihrer Begrüßung ein wenig verdattert schien.

»Und das«, sagte sie, drehte sich um und streckte den Arm in Richtung ihres Verlobten aus, »ist Oliver Russell.«

Oliver streckte einen Arm über den Tisch, und sie gaben sich die Hand.

Lily wies Ollie und Victoria auf die Stühle auf der einen Seite und setzte sich neben Henry auf die andere.

»Möchtet ihr etwas? Kaffee? Tee? Es ist ein bisschen spät für ein Frühstück, aber ich kann euch schnell etwas zusammenzaubern, kein Problem.«

»Oh mein Gott, habt ihr noch welche von diesen Mandelcroissants übrig? Für eines davon würde ich buchstäblich über den Ozean schwimmen«, rief Victoria aus.

Kate, die an der Theke gestanden hatte, lächelte, als Victoria sie ansah. »Mandelcroissants und Kaffee, kommt sofort.«

»Du bist der Star, Kate.«

»Ihr könnt ruhig öfter kommen. Ihr wirkt Wunder auf mein Ego!«

»Tja, sorry, Victoria, aber Henry ist dir zuvorgekommen und hat die Latte ziemlich hoch gehängt, indem er sagte, sie sei eine Göttin«, stichelte Lily.

»Oh, hat er das, ja?«, antwortete Victoria und schaute Henry an.

Lächelnd zuckte Henry mit den Schultern. »Das ist sie ja auch. Sie macht den besten Kaffee in ganz Devon.«

»Du weißt schon, dass es mein Kaffee ist, oder?«, warf Lily ein, die sich bei dem Lob ein winziges bisschen übergangen fühlte.

»Aber man braucht eine ruhige Hand, um die Herzchenkette in der Milch zu machen«, stichelte Victoria.

»Ach so? Und wer, glaubst du, hat ihr das beigebracht?«, fragte Lily.

»Und wer kommt überhaupt darauf, Milch in seinen Kaffee zu tun?«, fragte Henry empört.

»Sakrileg«, kommentierten er und Oliver gleichzeitig.

Kate war im Handumdrehen mit einem Berg von Mandelcroissants und vier Kaffees zurück. »Ruft mich, wenn ihr etwas braucht oder mich noch mehr loben wollt.«

Victoria nahm sich das oberste Croissant und schlug Ollies Hand weg, der es auf dasselbe abgesehen hatte. Plötzlich erinnerte sich Lily daran, wie sie Henrys Hand von dem Picknickkorb weggeschlagen hatte, den sie am Tag der Weingutführung gepackt hatte. Sie riskierte einen Seitenblick auf Henry und fragte sich, ob er dasselbe dachte, als ihre Blicke sich trafen.

»Ich bin so froh, dass wir dich getroffen haben«, sagte Oliver zu Henry. »Wir wollten uns bei dir bedanken, weil du uns erlaubst, die Hochzeit auf dem Anwesen zu feiern.«

»Ich bin froh, dass wir es möglich machen konnten«, antwortete Henry und schaute wieder zu Lily, um sie in den Dank einzuschließen.

»Und ich wollte dir sagen, wie leid es mir tut, das von Blake zu hören. Ich habe ihn nie getroffen, aber V hat mir viel von ihm erzählt. Er scheint ein guter Mensch gewesen zu sein.«

Henry nickte, den Blick auf seine Kaffeetasse gerichtet. Lily spürte einen Stich um seinetwillen.

Er seufzte tief und sagte: »Danke. Das … das war er.«

Lily stieß einen Atemzug aus, den sie, ohne es zu merken, zurückgehalten hatte. Die Art und Weise, wie Henry den Hinweis auf Blake quittiert hatte, war so anders als noch ein paar Wochen zuvor. Sie spürte, wie Wärme sich in ihr ausbreitete, weil sie wusste, dass Henry seit dem Abend, als sie ihm den Inhalt der Weinanrichte im Keller des Gutshauses gezeigt hatte, eine Art Frieden mit seinem Vater gefunden hatte.

»Wie geht es deinem Vater? Lily sagte, dass er eine neue Behandlung ausprobiert hat?«, fragte Henry Oliver.

»Ja, er kommt ganz gut damit zurecht«, antwortete Oliver sichtlich erleichtert. »Wir versuchen, ihn zu bewegen, die Arbeit komplett aufzugeben. Wir haben es fast geschafft, aber ab und zu kann er sich nicht bremsen.«

Lily versuchte, sich auf das Gespräch zwischen den Männern zu konzentrieren, aber sie bemerkte Victorias Starren aus übermäßig weit aufgerissenen Augen und wie sie den Kopf neigte, was mehr aussagte, als wenn sie es laut ausgesprochen hätte: *Was zum Teufel …?* Lily formte ein lautloses: *Später*. Sie hatte panische Angst, dass Henry den Austausch mitbekommen könnte, und konzentrierte sich wieder auf das, was Oliver sagte.

»Aber das Kaufhaus …«

»Das in Chelsea?«, fragte Henry.

»Ja, es läuft gut.« Ollie lächelte, nahm Victorias Hand in seine und rieb mit seinem Daumen über ihre Daumenwurzel.

»Ihr habt einen ziemlich guten Ruf«, bemerkte Henry.

Jeder kannte die weltweit verbreiteten Kaufhäuser von *Russell und Co*.

»Danke. Deiner ist auch nicht so schlecht, Hawkesbury.« Henry schien das Lob gelassen hinzunehmen. »Hast du jemals mit jemandem im Einzelhandel zusammengearbeitet? Ich dachte nämlich …«

»Keine Geschäftsgespräche beim Frühstück«, rief Victoria, bevor sie den letzten Bissen ihres Croissants verdrückte. Sie seufzte glücklich und schien im Essenshimmel zu schweben, dann lehnte sie sich zurück und sah sich im Restaurant um. »Oh, Lils!«, rief sie aus und musterte die lebende Wand hinter der Theke. »Das ist ja gar nicht nur ein grüner Klecks!«

Lily verschluckte sich vor Empörung fast an ihrem Kaffee. »Nein, V, das ist nicht nur ein grüner Klecks!«

»Du hast also die Bewässerung hinbekommen?«

»Mit ein bisschen Herumexperimentieren, ja«, räumte Lily ein.

»Toll sieht es hier aus, Lils. Wirklich toll«, betonte Victoria, und eine Welle von Stolz und Freude durchfuhr Lily.

Oliver legte einen Arm um Victorias Schulter, zog sie sanft zu sich und drückte ihr einen Kuss auf den Kopf. Plötzlich drehte Victoria den Kopf und schnappte sich einen Kuss von seinen Lippen.

Lilys Hände kribbelten. Sie wollte das. Es war nicht etwa Eifersucht oder Neid, nur … eine Sehnsucht. Diese einfache Kameradschaft und Zuneigung. Aber jedes Mal, wenn sie versuchte, es sich vorzustellen, war die einzige Person, die sie vor ihrem inneren Auge sah, Henry, und sie musste sich buchstäblich auf ihre Hände setzen, um ihn nicht anzufassen.

Sie spürte eine Anziehungskraft von ihm ausgehen, die sie nicht ignorieren konnte. Und die war nicht nur durch die lockere Zuneigungsbezeugung zwischen Victoria und Ollie heraufbeschworen worden, sondern sie hatte sie fast von Anfang an gespürt. Als sie vor dem Hochzeitsbogen in der Lagerhalle gestanden hatte, wollte sie … Sie wollte … Es hatte keinen Sinn, sich zu verstellen. Sie hatte sich sehnlichst gewünscht, dass er sie küsste.

»Erde an Lils?«

»Was?« Sie merkte, dass sie auf den Tisch gestarrt hatte, und blickte auf. »Wie bitte?«

»Ich wollte nur sagen«, fuhr Victoria mit gerunzelter Stirn fort, wobei sie ihr einen übermäßig wachsamen Blick zuwarf, »dass Ollie gleich morgen früh zurückfahren muss, und … na ja, ich muss mit.«

»V! Ich dachte, du bleibst jetzt bis zur Hochzeit hier«, rief Lily kläglich.

»Wollte ich auch … aber … na ja …«

»Jetzt spiel nicht die Drama-Queen. Spuck es aus«, forderte Lily gutmütig.

»Ich habe ein Meeting wegen der ersten Victoria-Scott-Brautkollektion … *in Paris*!«

»Was?«, Lily keuchte auf und sah Oliver an, der abwehrend die Hände hob. »Sieh nicht mich an, das ist alles Vs Werk.«

»Paris? *Paris?!* Oh mein Gott, V, das ist ja irre!«, rief Lily, sprang von ihrem Stuhl hoch, riss ihre Freundin an sich, hüpfte auf und ab und quietschte vor lauter Freude.

»Jetzt geht das schon wieder los«, stöhnte Ollie liebevoll.

Victoria antwortete, ohne auch nur einmal Luft zu holen zwischendurch. »Ja, ich weiß. Ich kann es selbst nicht glauben. Ich muss mich immer noch kneifen vor Angst, dass es nur ein Traum ist, und ich habe wirklich auch Angst, dass ich es nicht schaffe …«

»Natürlich schaffst du das«, antwortete Lily. »Du bist fantastisch. Deine Entwürfe sind fabelhaft, und die können sich glücklich schätzen, wenn sie deine Kreationen verkaufen dürfen. Sehr glücklich.« Sie hielt Victoria auf Armeslänge Abstand, um ihr in die Augen zu schauen, und sagte: »Du hast es geschafft, V. Es ist so weit. Ich freue mich so sehr für dich.«

»Gleich fängt sie an zu weinen«, bemerkte Ollie zu Henry in offensichtlichem Bühnenflüstern.

»Welche von beiden?«, flüsterte Henry ebenso zurück.

»Gute Frage. Wetten, beide?«

»Auf diese Wette würde ich mich im Traum nicht einlassen.«

»Und ich wollte dich fragen«, sagte Victoria über das Flüstern der Jungs hinweg, »ob du wohl heute Nachmittag Zeit hättest?«

Lily wusste, dass V es bekümmerte, dass sie sich nur selten von der Arbeit im Restaurant losreißen konnte. Und das machte sie traurig. Ihre beste Freundin fragte sich ernsthaft, ob sie Zeit für sie hatte! War sie so sehr in ihre Arbeit vertieft gewesen – ihr Restaurant, das Weingut –, dass ihre beste Freundin fürchtete, sie könne Nein sagen?

Aber in den letzten Wochen hatte sie Vihaan in der Küche freie Hand gelassen, damit sie die Hochzeit organisieren konnte.

»Natürlich!«, antwortete Lily und überspielte das Schuldgefühl, das dennoch in ihrer Brust aufstieg. »Ich habe jetzt frei, und das so lange, wie du mich brauchst«, versicherte sie.

»Das ist wunderbar. Ich hatte nämlich gehofft, dass du vielleicht dein Brautjungfernkleid anprobieren möchtest. Was meinst du?«

»Ja! Ja, ja, ja!«, rief Lily, und schon verfielen sie in eine weitere Runde aufgeregten Gequietsches.

»Und *das* ist das Zeichen für mich zu gehen«, sagte Oliver lächelnd.

»Für mich wohl auch«, sagte Henry und stand auf.

»Sag mal«, stoppte Oliver Henrys Aufbruch, »meinst du, du könntest mir vielleicht mal das Gut zeigen? Ich habe es ja noch nie gesehen.«

»Ja, sicher«, sagte Henry. »Und wenn wir schon dabei sind, könnten wir auch gleich die … Weine probieren«, schloss er genau zu dem Zeitpunkt, als Lily sagte: »Finger weg vom Wein.«

* * *

»Was, bitte schön«, fragte Victoria, während sie den Kleidersack vorsichtig über der Lehne eines Stuhls in Lilys Wohnung drapierte, »läuft da zwischen dir und Henry Hawkesbury?«

»Nichts«, antwortete Lily, ohne ihre Freundin anzusehen. Sie hätte es sonst sofort bemerkt. Sie würde genau das sehen, was Lily vor sich selbst zu leugnen versuchte.

»Komm mir nicht so, Lily Atwell.«

»Ich weiß nicht, was du meinst.«

»Das weißt du sehr wohl.«

»Nein, ich hab keinen Schimmer«, antwortete Lily mit Nachdruck und erntete einen zweifelnden Blick von Victoria. »Wirklich nicht!« Damit drehte sie sich um und ließ sich auf ihr Bett sacken.

»Mich dünkt, du protestierest allzu sehr, hm?«

»Kann sein«, stöhnte Lily und warf die Arme über die Augen. »Ach, V, ich weiß es nicht«, sagte sie hilflos. »Er ist nicht mehr der Junge, den wir in Erinnerung hatten.«

»Nein, das ist er nicht. Er ist jetzt unübersehbar ein *richtiger Mann*«, stichelte Victoria.

»Hey! Du hast schon einen, V.«

»Hallo? Ich bin zwar verlobt, aber nicht blind, Lils. Also, gehört Henry jetzt zu dir?«

»Nein. Ja. Vielleicht? Ich weiß es wirklich nicht. Er hat sich verändert, V. Ziemlich verändert.« Lily dachte daran, wie er gewesen war, als er zum Abendessen in ihr Restaurant kam. Er hatte sie geneckt, herausgefordert. Er hatte sie zum Lachen gebracht, dazu, dass sie sich komisch, freier, irgendwie lockerer gefühlt hatte. Und unverständlicherweise hatte sie den Eindruck, so sehr sie selbst zu sein wie seit Jahren nicht mehr. In den Tagen seit der Expedition durch die Lagerhalle hatten sie das Anwesen nach Dingen durchforstet, die für die Hochzeit geeignet wären, und dabei Ecken und Winkel entdeckt, von denen keiner von ihnen etwas gewusst hatte. Und nichts davon hatte sich wie Arbeit angefühlt. Nichts davon hatte ihr das Gefühl von Druck oder Panik vermittelt, das sie zuvor wegen der Hochzeit – oder vielmehr, sie seufzte, dem Leben im Allgemeinen gegenüber – gehabt hatte. Diese Zeit und diese Erlebnisse mit jemandem zu teilen, hatte ihr klargemacht, wie isoliert sie mittlerweile war. Nein, nicht isoliert im eigentlichen Sinne. Nur einsam.

»Es ist verrückt. Ich mag ihn. Ich mag ihn wirklich.«

Victoria sah sie mit einem breiten Grinsen an.

»Aber es ist nicht so, als ob … Wir haben uns nicht mal geküsst.«

»Man muss jemanden nicht küssen, um sich in ihn zu verlieben. Das weiß ich besser als irgendwer sonst«, erklärte Victoria mit einem leicht verhangenen Blick, weil sie sich offensichtlich in der Erinnerung an sie und Ollie verlor.

»Und außerdem, was soll ich … wie soll ich ihn überhaupt … mich mit ihm verabreden, zu einem Date?«, fragte Lily unbeholfen und verzog verlegen das Gesicht. Dann schnappte sie sich ein Kissen und drückte es auf ihr brennendes Gesicht.

»Huh, du hast dich ja richtig verknallt«, neckte Victoria.

»Ich habe das schreckliche Gefühl, dass es mehr als das ist«, stöhnte Lily gedämpft durch das Kissen hindurch.

»Lad ihn zur Hochzeit ein!«, rief Victoria.

»Was?«, stieß Lily hervor und warf das Kissen auf den Boden. »Das kann ich nicht machen.«

»Natürlich kannst du das. Ollies Cousin hat kürzlich abgesagt, und es ist ja nicht so, als hätten wir keinen Platz.«

»Aber … das ist …«

»Perfekt. Es wird großartig, glaub mir! Du siehst umwerfend in deinem Kleid aus, und er kommt im Smoking, schätze ich. Er sieht aus wie jemand, der einen Smoking herumliegen hat. Es wird sooooo romantisch«, sang Victoria.

»Okay. Gut. Darauf würde ich mich sogar einlassen«, räumte Lily ein. »Aber … V, ich habe gesehen, wie du, Malie und Zo in den letzten Monaten den Einen für euch gefunden habt. Und das will ich auch.« Victorias Augen verdunkelten sich ein wenig vor Mitgefühl. »Aber Henry wird nicht hierbleiben. Er wird das Anwesen verkaufen und Hawke's Cove so schnell wie möglich verlassen. Ich will aber jemanden, der bleiben kann«, sagte sie hilflos und hasste es, dass sie sich so verletzlich fühlte, das zuzugeben.

Sie brauchte Victoria nicht zu sagen, warum. Sie konnte sehen, dass ihre beste Freundin verstand, wie wichtig das war, nach ihrem Vater, nach Alistair, nach Blake. All die wichtigen Männer in ihrem Leben, die gegangen waren – zwei ohne eigenes Verschulden und einer einfach nur, weil … Aber wie es passiert war, war nicht das Entscheidende. *Dass* es passiert war, schon. Und Henry Hawkesbury, der unbedingt aus der Bucht rauswollte, war die schlechteste Wahl, wenn es darum ging, sich zu verlieben.

»Lils, hast du nie daran gedacht, Hawke's Cove zu verlassen?«

»Was? Nein. London war schlimm genug.«

»Aber London ist nicht der einzige andere Ort auf der Welt.«

Ein Unbehagen machte sich in Lily breit, aber sie konnte nicht genau sagen, warum. Seit ihrer Rückkehr aus London gefiel ihr der Gedanke, Hawke's Cove zu verlassen, überhaupt nicht mehr. Sie fühlte sich hier sicher. »V, Hawke's Cove ist mein Zuhause. Ich liebe es, hier zu sein. Das *Sea Rose*, das Weingut. Mama wohnt nur die Straße hoch. Und Malie kommt wieder … Das ist alles, was ich mir immer gewünscht habe.«

»Aber es gibt dann keinen Henry hier«, sagte Victoria sanft.

»Der – entgegen der landläufigen Meinung – nicht der Mittelpunkt des Universums ist«, erklärte Lily und richtete sich auf. »Aber, V, er war so fantastisch bei den Hochzeitsvorbereitungen. Er hat so viel geholfen. Ich weiß nicht, was ich ohne ihn gemacht hätte.«

»Oh, Lils. Ich hätte doch auch eine Hochzeitsplanerin für hier engagiert, das weißt du doch«, antwortete sie stirnrunzelnd, und Lily verfluchte sich innerlich dafür, dass sie ihrer besten Freundin gerade ein schlechtes Gewissen gemacht hatte. »Das hätte ich niemals zugelassen. Außerdem macht es Spaß.«

»Wirklich? Weil … Weißt du, ich habe mir ein bisschen Sorgen gemacht, schon wegen Alistair und eurer …«

»Nein. Brauchst du nicht, V.« Lily seufzte tief auf. »Ich will nicht lügen. Okay, am Anfang war es vielleicht ein bisschen viel, aber mit … Das war etwas völlig anderes. Außerdem hat Henry mir sehr geholfen. Und es ist schließlich deine Hochzeit, V. *Deine*. Und sie wird der Hammer. Also los, hol das Brautjungfernkleid da raus und zeig es mir.«

Anstatt die Tasche zu holen, kam Victoria zu Lily herüber,

zog sie lachend vom Bett und umarmte sie herzlich. Es war genau das, was Lily brauchte. »Danke«, flüsterte sie in die Umarmung hinein.

»Jederzeit, Lils. Immer, wenn du es brauchst.«

Über Lilys Schulter hatte Victoria anscheinend das Bild auf dem Beistelltisch gesehen, denn sie ging hin und nahm das Foto in die Hand, das nur wenige Stunden vor dem Unfall aufgenommen worden war. Lily wusste, was sie dort sah. Jede Einzelne von ihnen – Victoria, Malie, Zoe und sie selbst – strahlte in die Kamera, als hätten sie alles, was sie sich jemals gewünscht hatten.

»Wir sehen so jung aus«, bemerkte Victoria mit einem wehmütigen Lachen. »Wir *waren* so jung«, grummelte Lily.

»Wir waren so ahnungslos, nicht wahr?«, sagte Victoria traurig.

»Stimmt«, sagte Lily und dachte an den Horror, den jener Abend noch mit sich bringen sollte. Daran, wie es sie alle getroffen hatte. Und nicht nur sie, auch Henry. Henry, der eine App entwickelt hatte, damit Menschen wie Claudia – Menschen, die litten und voller Schmerz waren – Unterstützung finden konnten. Hilfe. Er hatte ihre Tragödie genommen und etwas Schönes daraus gemacht. Genau wie Victoria, genau wie Zoe und Malie.

»Aber wir haben uns nicht unterkriegen lassen«, setzte Victoria hinzu, »und wir lächeln immer noch.«

»Ja, das tun wir«, antwortete Lily, und Wärme breitete sich in ihr aus. »V, du wirst heiraten!«, rief sie und spürte, wie ihre Augen von Freudentränen feucht wurden.

»Das werde ich.« Victoria wirbelte herum, und ihr Lächeln spiegelte Aufregung und pures Glück.

»Also los, mach schon, zeig mir das Kleid!«, befahl Lily.

»Okay, okay.« Victoria kehrte zu dem Kleidersack zurück. »Also, ich kenne natürlich deine Maße, aber es müssen vielleicht ein paar Änderungen …«

»Hör auf, mich hinzuhalten. Gib schon her!« Sie streckte den Arm aus und klatschte ungeduldig mehrmals mit den Fingern auf die Handfläche.

Victoria zog den Reißverschluss herunter und holte vorsichtig etwas aus salbeigrüner Seide heraus.

Lily entfuhr ein Keuchen, als Victoria es an ihren Körper hielt, damit sie das Kleid betrachten konnte.

»Das ist wunderschön!«, rief sie, als sie die herrlichen Röcke in die Hand nahm. Die kühle Seide glitt über ihre Haut und floss Richtung Boden, als sie mit den Händen unter dem wunderbaren Stoff entlangfuhr.

»Ihr werdet alle einen etwas anderen Stil tragen. Deines hat einen V-Ausschnitt«, sagte Victoria und deutete auf die obere Hälfte des Kleides.

»V. Im Ernst, das ist umwerfend«, schwärmte Lily mit Ehrfurcht in der Stimme.

»Nun, zumindest wird es das sein, wenn es dir passt«, antwortete Victoria und biss sich auf die Lippe, während sie ihre Kreation musterte.

»Das wird es. Da bin ich mir ganz sicher.« Lily öffnete den Kühlschrank in der kleinen Küchenzeile. »Okay. Du machst das hier auf.« Sie holte eine Flasche Hawkesbury Reserve heraus und reichte sie Victoria im Austausch für das schöne Kleid. Sie konnte kaum erwarten, es anzuprobieren. »Bin gleich wieder da.«

»Hast du den Jungs nicht gerade gesagt, dass sie nicht trinken dürfen?«

Lily schnaubte. »Wenn du auch nur eine Sekunde lang

glaubst, dass sie es wirklich nicht tun werden, nehme ich den da gern zurück.«

»Nein! Er gehört mir«, sagte Victoria. »Er ist mein Schatz«, zischte sie mit verstellter Stimme.

Lily hörte den Korken knallen, als sie ihre Kleidung ablegte und in das atemberaubende Kleid schlüpfte. Sie genoss es, das herrliche Material auf der Haut zu fühlen. Sie zog den Reißverschluss an der Seite zu, der die schönen Röcke um ihre Taille schloss, und dann zog sich das Oberteil um ihre Brust herum zusammen, und die dünnen Spaghettiträger rutschten über der Seide, die zwischen ihren Brüsten hervorlugte, auf ihren Platz. Sie schaute an sich hinunter und sah einen Streifen weißer Seide an ihrem Oberschenkel aufblitzen. Beunruhigt wollte sie die Röcke auseinanderziehen.

»Nein! Warte!«, rief da Victoria, lief zur Badezimmertür und öffnete sie, um den bodentiefen Spiegel hervorzuholen. »So, jetzt. Geh mal darauf zu.«

»Aber, V …«

»Lils, geh einfach«, beharrte Victoria.

Sie tat, wie ihr befohlen, und stieß einen Freudenschrei aus, als sie sah, wie sich der salbeigrüne Seidenrock bis auf Oberschenkelhöhe teilte und im Schlitz weiße Seide zum Vorschein kam. Der Effekt war atemberaubend, aber nicht nur das. Lily drehte sich zu ihrer Freundin um, als ihr klar wurde, was diese gemacht hatte.

»Es ist die gleiche weiße Seide, aus der auch mein Kleid ist«, bestätigte Victoria und zuckte mit den Schultern, als wäre es nichts Besonderes. »Ich wollte, dass wir alle etwas haben, das vom …«

Victoria konnte nicht zu Ende sprechen, weil Lily sie in eine Umarmung zog und ihr damit das Wort abschnitt.

»Es ist überwältigend, V. So, so überwältigend«, rief Lily aus und spürte, wie ihre Augen feucht wurden.

»Wage es nicht zu weinen. Wage es nicht. Du steckst mich nur an, und dann sitzen wir beide hier und heulen in unsere Sektgläser«, sagte Victoria streng. »Und ich heule grundsätzlich nicht in Sektgläser.«

»Ich rufe ›verlorene Stunden‹ aus!«, bestimmte Lily, woraufhin Victoria lachte und nach ihrem Handy griff. »Warte, V, wo ist Zo denn jetzt gerade? Ich habe keine Ahnung, und ich weiß nicht, wie groß der Zeitunterschied ist.«

»Mach dir keine Sorgen um Zo.«

»Oh, aber es ist sechs Uhr morgens auf Hawaii! Malie findet es sicher …«

»… völlig in Ordnung, ans Telefon zu gehen«, sagte Victoria und tippte auf ihrem Handy herum, während Lily sich im Spiegel betrachtete. Wie sie erwartet hatte, passte das Kleid perfekt. Es musste nichts geändert werden. Ihre Wangen waren gerötet und ihre Augen funkelten, als Victoria ihr ein Glas Sekt in die Hand drückte. Plötzlich wünschte sie sich mehr als alles andere, dass Henry sie sehen würde. Sie wollte wissen, was er von ihr in diesem Kleid hielt. Sie sah es förmlich vor sich, wie er in einem Smoking hinter ihr stand und umwerfend gut aussah. Sie blinzelte, und das Bild war verschwunden.

»Morgen, Malie«, hörte sie Victoria zum Display ihres Telefons hin rufen.

»Hoffe. Es. Ist. Was. Gutes. V«, kam die gedämpfte Antwort.

»Machst du Sit-ups?«

»Mein Körper ist eine schlanke, wichtige Kampfmaschine. Ich muss ihn in Form halten.«

»Hast du das Telefon zwischen den Knien?« Lily lachte, als sie sah, wie sich Malies Gesicht näherte und dann wieder vom Bildschirm entfernte.

»Jep.«

»Meine Bauchmuskeln schmerzen vor Mitleid. Kannst du mal kurz aufhören, mir wird schwindelig. Und ich will noch eben Zo erwischen.«

Lily hörte, wie Malie knurrte, und holte ihr eigenes Handy, um ihren Freundinnen die Karte für das Hochzeitsmenü zu schicken, die sie am Vortag fertiggestellt hatte.

»Hör auf zu knurren und sieh dir das an, während ich Zo dazuhole.«

Lily drehte sich wieder zu Victoria und sah, wie sie die Handykamera auf sie richtete. Eigentlich hätten die armen Handylautsprecher von Malies aufgeregtem Kreischen explodieren müssen.

»Oh mein Gott, oh mein Gott, Lils! Du siehst fantastisch aus!«, schrie sie.

»Autsch, was zum Teufel …?«, kam nun Zoes Stimme aus dem Telefon.

»Sieh nur, sieh sie dir nur an!«, befahl Malie. »Oh, Lily, du siehst so wunderschön aus!«

Lily lächelte wieder und hockte sich neben Victoria, die in dem Sessel vor dem kleinen Kamin saß. Auf keinen Fall würde sie sich in diesem Kleid hinsetzen, sie wollte es keinesfalls ruinieren. Eigentlich hätte sie sich umziehen sollen, aber beim Blick auf den Bildschirm …

»Zo, bist du in einem *Badezimmer*?«, fragte sie und blickte kritisch auf das Telefon.

»Äh, ja?«, antwortete Zoe mit leicht besorgtem Blick auf Malie und Victoria.

»Warum? Und … wo *bist* du überhaupt?«, fragte Lily.

»Undercover-Auftrag«, warf Malie schnell ein.

»Was?«, fragte Lily lachend.

»Ja, sie hat recht«, antwortete Zo. »Ist das eins von den Brautjungfernkleidern? Die wir tragen werden, Victoria?«

Das Gespräch ging schnell in Kichern und Lachen über, sodass Lily keine Chance hatte, weitere Fragen zu stellen.

Sie gab ihre Nachforschungen auf, drückte auf »Senden«, um die E-Mail mit dem Hochzeitsmenü abzuschicken, und hörte, wie sie auf den Handys der anderen ankam.

»Was hast du da gerade geschickt, Lils?«, fragte Zoe.

»Das Menü fürs Hochzeitsmahl.«

»Oh ja. Okay, spuck's aus.«

»Du kannst es lesen.«

»Aber nicht, während ich Crunches mache und mit euch telefoniere. Ich kann Multitasking, aber ich bin nicht allmächtig.«

»Na gut«, sagte Lily mit einem verschmitzten Blick in den Augen. »Im ersten Gang fangen wir mit recycelter Pilzconsommé an.«

»Oh … warte. Was war das?«, unterbrach Victoria sie schockiert.

»Wusstest du das?«, fragten alle Mädchen gleichzeitig.

»Ich denke, wir sollten wohl am besten davon ausgehen, dass ich über alles im Bilde bin«, sagte Lily und lachte.

»Nicht alles«, murmelte Zoe kryptisch.

Lily runzelte die Stirn, aber Malie fuhr fort: »Was gibt es wirklich, Lils?«

Sie reichte Victoria ihr Telefon, damit sie es vom Bildschirm ablesen konnte. »Oh, wow!«, rief sie. »Gin-gepökelter Graved Lachs und Krabben, Ziegenkäse und Kürbis …

was ist eine Verdichtung von Wild?«, fragte sie Lily über ihr Telefon hinweg.

»Es ist köstlich, versprochen.«

»Lils, das ist unglaublich«, rief Victoria aus.

»Es gibt für alle Gänge eine Variante mit Fleisch, eine vegetarische und eine mit Fisch.«

»Und Weinbegleitung.«

»Natürlich«, antwortete Lily in gespielter Empörung. Alles andere wäre undenkbar.

»Oh, die Sellerie-Cannelloni hören sich toll an«, stöhnte Zoe aus ihrem Badezimmer.

»Ich will die ›Hawke's honiggerösteten Nektarinen‹. Jetzt sofort«, forderte Malie.

»Tja, man muss zusehen, dass man sie bekommt, solange man noch kann«, sagte Lily, der es kaum längere Zeit gelang, an etwas anderes als an Henry und den Verkauf des Weinguts zu denken.

Malie machte ein mitleidiges Gesicht. »Plant er immer noch, das Anwesen zu verkaufen?«

»Ja«, presste Lily zwischen zusammengekniffenen Lippen hervor.

»Ach, Süße, das tut mir so leid«, mischte sich Zoe ein.

»Aber jetzt«, sagte Lily wieder munterer, »haben wir Brautjungfernkleider und Sekt, und wir feiern. Victoria heiratet nämlich in sieben Tagen, und ihr seid dann auch wieder hier … Und es wird alles so wunderschön!«

* * *

Drei Stunden später, lange nachdem Victoria und Ollie nach London zurückgekehrt waren, lachte Lily immer noch über die hysterischen Schreie ihrer Freundinnen. Egal, was die Zukunft bringen würde – dieses Lächeln hatte sie jetzt im Gesicht, und das war es, was zählte.

Lily war im Restaurant und half Vihaan bei den Vorbereitungen für das Abendessen. Das war zwar nicht notwendig, aber ihre Wohnung hatte sich irgendwie so klein und still angefühlt, nachdem Victoria gegangen war, und sie wollte nicht allein sein. Sie war versucht gewesen, Henry anzurufen, aber was hätte sie für einen Grund nennen sollen? Für die Hochzeit gab es gerade nichts zu tun, was als Ausrede herhalten konnte, und sie hatte sich immer noch nicht damit abgefunden, dass er nicht bleiben würde. Nach der Sache mit Alistair hatte sie sich selbst ein Versprechen gegeben. Kein Einlassen, keine Investitionen, keine Zeitverschwendung mehr für irgendetwas anderes als »den Einen«. Das Klingeln des Restauranttelefons in der Küche erinnerte sie daran, dass sie ihr Handy zum Aufladen angeschlossen und in der Wohnung vergessen hatte. Sie schob mit dem Messer die kleinen Zwiebelwürfel übers Schneidebrett und gab sie in die Pfanne. Als sie nach dem Knoblauch griff, trat Kate zu ihr.

»Für dich, Lily. Es ist Henry«, sagte sie und reichte ihr das Telefon.

Lily legte das Messer weg, wischte sich die Hände an der Schürze ab und nahm es ihr aus der Hand, hielt aber inne, als sie sah, dass Kate eine Grimasse schnitt. »Was ist denn los?«, fragte sie leise.

»Keine Ahnung, aber er ist kurz vorm Durchdrehen«, flüsterte sie.

Lily hielt das Telefon ans Ohr und sagte behutsam: »Henry?«

»Oh, Gott sei Dank, Lily! Ich versuche seit einer Stunde, dich zu erreichen.«

»Ich war in der Küche. Was ist denn los?«

»Der Bacchus! Ich habe ihn heute gesehen, als ich Oliver auf dem Anwesen herumgeführt habe. Ich weiß nicht, was ich machen soll.«

»Das hört man.«

»Lily!«

»Entschuldige. Was ist denn mit dem Bacchus?«, fragte sie, obwohl sie sich sehr wohl denken konnte, was mit den Trauben war. Sie hatte versucht, ihn zu warnen.

»Er ist so weit. Für die Lese. Und ich … Lily, was zum Teufel soll ich jetzt tun?«

»Bist du sicher? Ich war ja schon eine Weile nicht …«

»Lily, glaub mir, ich weiß, wie die Trauben aussehen, wenn sie reif sind.«

Sie versuchte, ein Grinsen zu unterdrücken, weil sie fürchtete, er könne es am anderen Ende des Telefons spüren.

»Lach nicht.«

»Tue ich nicht«, protestierte sie schwach.

»Tust du wohl. Ich kann es hören. Und die Worte auch. ›Ich hab's dir ja gesagt‹, das geht dir durch den Kopf, oder nicht?«

»Na ja, ich habe versucht …«

»Lily Atwell, du kannst meinetwegen später so viel frohlocken, wie du willst. Aber hilf mir jetzt bitte, das hinzukriegen. Wenn die Lese nicht bald über die Bühne geht, ist die ganze Ernte hin. Und du setzt dich doch so für Zero Waste ein. Bitte, Lily!«

»Ist ja schon gut«, lenkte sie ein. »Was meinst du, wie viel Zeit wir haben?«

»Realistisch gesehen, müsste es morgen gemacht werden.«

»Henry!«

»Ich hatte es einfach nicht auf dem Schirm, Lily. Ich war ja nur noch mit der Hochzeit beschäftigt. Tut mir leid.«

Nein, sie konnte ihm keinen Vorwurf machen. Sie waren schließlich beide komplett eingespannt gewesen. »Okay, pass auf, wir machen Folgendes. Ich rufe John an, der hat den Telefonbaum …«

»Telefon… was?«

»Baum. Das ist eine sich verzweigende Telefonliste.«

»Aber John ist in Südafrika.«

»Nein, nein, er ist seit zwei Tagen wieder da.«

»Was? Wirklich?«

»Ja, also – er wird sich darum kümmern, die entscheidenden Leute anzurufen, und ich erledige alles Weitere. Alles wird gut, Henry, versprochen. Vertrau mir einfach.«

Sie legte auf und ließ den Blick durchs Restaurant schweifen, um eine bestimmte Person zu suchen, die sie tatsächlich ausfindig machte.

Sie holte tief Luft. »Ach, Kate, das war Henry«, sagte sie dann laut genug, dass man sie an allen Tischen hören konnte.

Kate sah sie an, als zweifelte sie ernsthaft an ihrem Verstand. »Aber …«

»Er ist ziemlich aufgeschmissen«, schnitt sie ihr das Wort ab. »Der Bacchus ist bereit für die Lese.« Kate schaute sich um, auf der Suche nach dem Grund für den Shakespearemäßigen schauspielerischen Auftritt ihrer Chefin. »Weil er niemanden hat, der ihm hilft. Es ist wirklich ein Armutszeugnis für die Stadt, dass nicht alle zusammengetrommelt werden, um ihm in der Stunde der Not beizustehen.«

»Stunde der Not?«, formte Kate mit den Lippen und einer

Grimasse, die Lily eindeutig mitteilte, dass sie gerade zu dick auftrug.

»Ich muss morgen dringend zum Gut, aber viel kann ich allein sowieso nicht ausrichten«, fügte Lily hinzu und zuckte dramatisch mit den Schultern. Okay, sie wusste selbst, dass sie niemals einen Schauspielpreis gewinnen würde, aber als Mrs. Whittaker prompt an der Theke erschien, um ihren Wein zu bezahlen, und sich mit einer unverkennbaren Spur Schadenfreude in den Augen verabschiedete und ging, atmete Lily hörbar auf.

»Was sollte das denn?«, fragte Kate.

»Es ist viel effektiver, wenn Mrs. Whittaker denkt, es sei ihre Idee gewesen, als dass ich sie bitte, herumzufragen, wer uns morgen helfen kann. Außerdem ist sie in der Lage, eine kleine Armee zusammenzutrommeln. Kannst du in der Zwischenzeit die Schulleiterin der Hawke's High anrufen? Sie hat sich inzwischen an die Erntezeit gewöhnt und schon mehrfach die Schüler der Abschlussklasse aus den Sommerferien herbeordert. Sie können es als Arbeitspraktikum verbuchen, und wir haben die Hilfe. Ist also eine Win-win-Situation. Sie wird auch kein Problem damit haben, dass es so kurzfristig ist.«

»Und du sorgst …«

»… für die Verpflegung. Keine Armee marschiert mit leerem Magen.«

Kapitel 9

Um sechs Uhr dreißig am nächsten Morgen hörte Henry ein Auto die Auffahrt herauffahren.

Gott sei Dank.

Er hörte auf, im Flur auf und ab zu laufen, und stürmte stattdessen zur Tür. Als er sie aufriss, sah er ein ziemlich heruntergekommenes Auto, einen alten beigefarbenen Volvo, der einen weiten Bogen fuhr und ruckartig auf dem Schotter zum Stehen kam.

»Lily?«

Das Fenster wurde stoßweise heruntergekurbelt, und er konnte erkennen, wie Lily wiederholt am Griff der Fahrertür zog.

»Wo hast du den denn aufgetrieben? Der gehört in ein Museum!«

»Nein, er gehört Kate, und du wirst ihr für die Leihgabe noch überaus dankbar sein«, erwiderte Lily. »Ich fahre ihn nach hinten zur Küche. Kannst du dort die Tür aufmachen?«

»Was hat denn die Küche mit der Weinlese zu tun?«

»Alles zu seiner Zeit«, antwortete sie kryptisch, doch er fand sich schnell damit ab, weil sich die Küche in der Nähe der Kaffeemaschine befand. Und er brauchte mehr Kaffee.

Lily ließ den Gang einrasten und schickte sich an, ums Grundstück herumzufahren und Henry einfach mit offenem Mund und verwirrt stehen zu lassen.

Er klappte den Mund geräuschvoll zu, und ihm fielen schlagartig ihre Worte vom letzten Abend ein: *Alles wird gut, Henry, versprochen. Du kannst mir vertrauen.*

Er schüttelte den Kopf, als ihm bewusst wurde, dass es seine eigenen Worte waren, die er nur wenige Wochen zuvor an sie gerichtet hatte. Wie hatte sie das hinbekommen? Sie hatte ihm vertraut, und jetzt war er an der Reihe. Und er … er drehte durch. Vielleicht war *er* dieses Mal reif für einen Brandy.

Es war dumm von ihm gewesen, das ganze Personal wegzuschicken. Ja, er war dankbar für die Zeit und den Freiraum, die es ihm verschafft hatte, aber Lily hatte recht. Es war ein laufender Betrieb, ein produzierendes Weingut, und der Natur konnte man nicht einfach so kündigen, wie man Menschen kündigte. Er hätte es wirklich besser wissen müssen.

Er konnte es nicht mal an zwei Händen abzählen, geschweige denn an einer, wie oft sein Vater und er schon unverhofft in die Weinberge mussten, um doch früher zu ernten als gedacht. Allerdings hatte es seinen Vater niemals kalt erwischt. Nein, denn er kannte die Trauben. Er war jeden Tag draußen gewesen, zwischen den Reben umhergegangen und hatte sie im Auge behalten. Aber er selbst? Nein, er hatte nicht darauf geachtet, denn er war viel zu sehr auf eine Frau fixiert gewesen, auf die er nicht hoffen sollte und die er nicht haben konnte.

Als er die Autotür in der Ferne zuschlagen hörte, kam er endlich in Bewegung. Er lief durchs Haus in Richtung Küche und öffnete die Brandschutztür am Notausgang, wo Lily stand, einen Stapel wiederverwendbarer Holzkisten voller Lebensmittel vor sich haltend.

»Was ist das alles?«

»Brunch und Abendessen.«

»Lily«, brummte er, als er erneut die Fassung zu verlieren drohte.

»Henry Hawkesbury! Kein Grund zur Panik. Ich habe dir gesagt, du kannst mir vertrauen, also tu es.«

Sie brauchte ihn nicht daran zu erinnern, dass sie ihm vertraut hatte. Die unausgesprochenen Worte schwebten zwischen ihnen in der Luft.

»Alles klar«, sagte er, hob die Hände und machte auf dem Absatz kehrt, wobei er Wörter wie »Kaffee« und »wütend werden« in seinem Kielwasser zurückließ.

Er schaltete die Kaffeemaschine ein und versuchte, seine Atmung zu kontrollieren, während die Maschine sich aufwärmte, aber die drei Minuten, die es dauerte, bis die ersten zwei Tassen des starken aromatischen Heißgetränks fertig waren, reichten ihm gerade mal für eine Kapitulation.

Er konnte das Gefühl nicht abschütteln, dass er seinen Vater im Stich ließ. Er mochte das verdammte Gut verkaufen, aber das bedeutete nicht, dass er es in der kurzen Zeit, die es ihm noch gehörte, in den Ruin treiben wollte. Wenn dies die letzte Lese sein sollte … Er schüttelte den Kopf. Warum verursachte dieser Gedanke ihm so viel Schmerz? Es sollte ihm doch egal sein. Warum sollte er nicht in der Lage sein, das hier hinter sich zu lassen – mit klarem Verstand und frohem Herzen?

Er kam zurück in die Küche und sah, wie Lily einen großen dünnen Mann mit ungewöhnlich dickem weißem Haarschopf umarmte, den er aus seiner Jugendzeit kannte.

»John«, rief er, nickte ihm grüßend zu und konnte sich kaum der kindlichen Angst erwehren, dass John ihm die kalte Schulter zeigen würde.

John nickte zurück. »Henry«, sagte er, drückte Lily noch einmal fest an sich, bevor er sich aus der Umarmung löste und Henry die Hand reichte. Der schüttelte sie dankbar.

»Ich kann dir nicht genug danken, John. Es tut mir leid, dass es so kurzfristig ist.«

»Trauben sind Trauben«, antwortete John, und ein Schauer der Erinnerung an seinen Vater überkam ihn, weil der am Morgen einer Lese immer genau dasselbe gesagt hatte.

»Trauben sind Trauben«, erwiderten Henry und Lily gleichzeitig, und Lilys Augen weiteten sich beim Zusammenklang ihrer Stimmen.

»Ich kann mich wohl glücklich schätzen, dass du wieder in der Stadt bist. Ich hoffe, deiner Familie geht es gut?«

John warf Lily einen kurzen Blick zu, die ihm hartnäckig auswich, und antwortete dann: »Ja, ist wohl so. Familie ist okay. Ich schau, dass die Jungs die Kelterei nicht kurz und klein schlagen.«

»Soll ich ihnen Kaffee bringen?«, fragte Lily.

»Nein, nein, die sind jung, laufen auf Adrenalin und Hormonen. Wenn die freiwilligen Helfer kommen, sind wir fertig. Dann ist Pause.« Henry beobachtete den Austausch und hatte plötzlich das Gefühl, dass das hier ohne ihn exakt genauso ablaufen würde. Ihre Konversation – Johns vertraute verkürzte Sätze – sprach von Übung, Gewohnheit vielleicht. Und der Funke des Verdachts, der sich zu entzünden begonnen hatte, flammte auf.

John ging mit einem Nicken aus der Küche und Lily machte sich übereifrig daran, die mitgebrachten Kisten auszupacken.

»Ihr habt es beide gewusst, oder?«, platzte er heraus.

»Was meinst du?«

»Dass der Bacchus früh reifen würde.«

Ihre Hände hielten in der Bewegung inne, als wäre sie sich nicht sicher, was sie mit dem großen Laib Brot tun sollte. Dann seufzte sie und lenkte schließlich ein. »Es war ein seltsames Jahr, was das Wetter betrifft. Wir haben es geahnt, aber wir konnten nicht genau wissen, wann.«

»Genau zwei Tage, nachdem John seine Rückkehr geplant hatte?«

Lily lachte leise auf. »John ist präziser als der Wetterdienst.«

»Warum hast du mir das nicht gesagt?«

Dann drehte sie sich zu ihm um, fixierte ihn mit ihren großen dunklen Augen und zog eine Grimasse. »Ich habe es versucht.«

»Nicht übermäßig.«

»Tja, du hast mich damals deines Hauses verwiesen und …«

»Und ich habe es verdient?«

»Nein.«

»Was dann? Wolltest du sehen, was ich tun würde? War das ein Test?«

»Nein, Henry. Das war es nicht. Zumindest nicht für dich.«

»Wie meinst du das?«, fragte er einigermaßen verwirrt.

»Ich meine, dass dir das Weingut in ein paar Monaten nicht mehr gehören wird und ich dann auch nichts mehr damit zu tun habe. Dass ich es genauso loslassen muss wie du«, antwortete sie traurig. »Aber …« Sie zuckte mit den Schultern. »… du hast mich um Hilfe gebeten, und wir werden die Ernte einfahren, Henry. Wir werden dafür sorgen, dass es die beste letzte Lese für alle wird.«

* * *

Eine Stunde später fragte sich Lily, ob sie zu viel gesagt hatte. Sie hatte ganz bestimmt nicht vorgehabt, ihn mit ihren Gefühlen zu belasten, und ihr war der Ausdruck in seinen Augen nicht entgangen, während sie redete. Sie hatte das selbst gebackene Brot mit Butter bestrichen, der Bacon und die Würstchen waren in dem einen Ofen, die vegetarischen, veganen und glutenfreien Varianten in den anderen, und so wischte sie sich schließlich die Hände an der Schürze ab. Henry hatte sich kurz nach ihrem Gespräch auf den Weg gemacht, um John zu suchen, der ihm sicher eine Arbeit zugeteilt hatte.

Sie schnappte sich eines der vielen Tabletts mit Tassen und Bechern und ging damit zu den Tischen vor der Kelterei, wo gerade die ersten Autos in der Einfahrt ankamen.

Dann mal los.

Henry kam zu ihr an einen der Tische, mehrere Eimer in der Hand und den Schlüssel für das Quad.

»Du machst also dieses Jahr den Fahrer?«, kommentierte sie.

»Scheint so. Obwohl John nicht sehr überzeugt aussah.«

»Es ist wie …«

»… Fahrrad fahren«, beendeten sie beide gemeinsam den Satz und lachten, aber das täuschte nicht über die Besorgnis in seinen Augen hinweg.

»Was ist denn?«, fragte sie.

»Ach, es ist nur – es sind so viele Reben. So viel mehr als früher.«

»Aber das ist doch nicht unser erstes Rodeo, Henry. Wir haben es schon mal geschafft, und wir schaffen es wieder«, sagte sie sanft.

»Aber warum sollten sie?«

»Was meinst du?«

»Warum sollten die Leute ausgerechnet mir helfen?«

In diesem Moment sah Lily den ganzen Schmerz und die Verletzung, die er seit seiner Kindheit und Jugend erlitten hatte. Den Schmerz, verursacht durch ein ganzes Dorf, das sich nach dem Unfall mit Claudia gegen ihn gewandt hatte. Damals war es ihr nicht so aufgefallen, weil sie sich so sehr auf die Genesung von Victoria und Zoe, die gerichtliche Untersuchung und ihren eigenen Heilungsprozess konzentriert hatte. Aber es war ihr nicht entgangen, wie die Einheimischen ihn angestarrt hatten, nachdem er zurückgekehrt war. In ihrem Restaurant waren sie zwar etwas höflicher, aber trotzdem. Aber je länger er hier war, umso mehr hatten sie sich an ihn gewöhnt, und sie hoffte, dass sie mit dem, was sie als Nächstes sagte, richtiglag.

»Sie helfen, weil du sie brauchst. Und ja, auch weil das Gut sie braucht.« Sie strich sich eine entkommene Haarsträhne aus dem Gesicht. »Außerdem macht es Spaß.«

»Spaß? Bist du *verrückt*?«

»Macht es wirklich!«

Alles, was sie noch hätte sagen können, wurde von den Geräuschen des Schulbusses unterbrochen, der die Auffahrt heraufgefahren kam.

»Was zum …«

Als der Bus am Ende der Auffahrt hielt, stieg Mrs. Mayberry von der Hawke's High aus und zählte die dreißig Schüler der Abschlussklasse durch, die ausstiegen. Kate und Vihaan folgten ihnen in Vihaans kleinem roten Käfer.

Henry sah Lily mit glänzenden Augen und einem so intensiven Blick an, dass sie ihn am liebsten umarmt hätte. Er schien vollkommen überwältigt zu sein, dass so viele Menschen gekommen waren, um zu helfen, um *ihm* zu helfen. Und plötzlich war sie traurig. Traurig seinetwegen und wegen der Fesseln der Vergangenheit, die, wie sie so deutlich sehen konnte, ihn immer noch fest umschlossen.

»Henry …«

»Da sind wir«, verkündete eine sehr eifrige Mrs. Whittaker, hinter der sich eine Reihe von etwa fünfzehn Dorfbewohnern aufstellte.

»Mrs. Whittaker!«, rief Henry aus.

»Guck nicht so schockiert aus der Wäsche, Henry Hawkesbury. Wenn wir gebraucht werden, kommen wir zusammen«, sagte sie, fast empört bei der Vorstellung, dass es anders sein könnte. Mit einem Schnauben stapfte sie los und führte ihr kleines Team in Richtung der Reben. »Keine Sorge, wir wissen, wo's langgeht«, rief sie gebieterisch, und Lily biss sich auf die Zunge, als sie die allzu vertraute Anspielung hörte.

Henry holte tief Luft – offensichtlich mit einem unterdrückten Knurren in der Kehle – und folgte Mrs. Whittaker und ihrer Gruppe in die Weinberge.

Lily begrüßte Kate und Vihaan mit einer herzlichen Umarmung.

»Wo hättest du uns gern, Chefin?«, fragte Vihaan.

»Könnt ihr beide Kaffee und Brunch allein übernehmen? Das Essen ist in den Öfen, bereit für die Pause um halb zwölf. Und wenn das erledigt ist, müssen wir wahrscheinlich das große Zelt für nach der Ernte aufstellen. John wird wissen, wo es ist. Schnappt euch alles, was man als Sitzgelegenheit gebrauchen kann. Die Stühle für die Hochzeit sind schon da, also können wir die auch mit benutzen. Wenn ihr sie um die Tische vor der Kelterscheune stellen könntet, wäre das gut. Und wir brauchen wahrscheinlich auch ein paar Flaschen Wein für später. Es gibt Brot, Käse, Pastete, Kartoffelsalat, einen ganzen Räucherlachs und …«

»Ein Bankett, das einem König angemessen ist?«

Lily lächelte verschämt. »So ziemlich.«

»Schon so gut wie erledigt. Und wo bist du?«

»Ich will sicherstellen, dass Henry Mrs. Whittaker nicht umbringt«, antwortete sie mit grimmiger Entschlossenheit und machte sich auf den Weg zu den Reben.

* * *

Die frühe Morgensonne schien warm auf die langen Ärmel von Lilys Oberteil. Sie wusste, dass viele Menschen romantische Vorstellungen von der Weinlese hatten, aber sie hatte nicht gelogen. Es war harte Arbeit. Klebrig, schmutzig, heiß – und machte so viel Spaß, dass sie gar nicht aufhören konnte zu grinsen. Entlang der Rebzeilen konnte sie mindestens zwanzig Leute sehen, die mit ihren Scheren den Trauben zu Leibe rückten. Genau wie sie selbst. Sie ließen die Trauben in die Eimer zu ihren Füßen fallen und gingen weiter, wenn sie einen Abschnitt abgeerntet hatten. Die andere Hälfte der Gruppe hatte am anderen Ende des Weinbergs begonnen und arbeitete sich von dort zur Mitte hin vor.

Henry war mit einem der Quads unterwegs, und einer von Johns Jungs sammelte die vollen Eimer ein und warf die Trauben in den Anhänger, wobei sie sich langsam die Reben entlang auf und ab bewegten und alle paar Meter anhielten und wieder losfuhren. Wenn der Anhänger voll war, fuhr Henry die Ladung zur Kelterei, wo die Leute bereits mit dem Vorsortieren beschäftigt waren. Sie kippten die Ladung in den vibrierenden Trichter, der die Trauben in die Abbeermaschine beförderte, von wo sie auf ein Förderband geschüttet und der Sortiermaschine zugeführt wurden.

Schnipp, schnapp, fallen lassen.

Das war alles, was Lily für eine Weile denken konnte. Sie bewunderte die staubigen, perlmuttfarbenen Trauben, die so natürlich und rein und in ihrem Element waren. Sie lächelte. Henry hatte recht gehabt. Ein paar Tage später, und sie hätten womöglich die ganze Ernte verloren. Das leise Summen von den Gesprächen der Pflückerinnen und Pflücker drang zu ihr, und sie nahm sich einen Moment Zeit, um die Sonne auf ihrem Gesicht zu spüren, den Duft der Erde und der Trauben in sich aufzunehmen und auf das Vogelgezwitscher um sie herum zu hören. War es wirklich schon fast ein Jahr her, dass sie dies das letzte Mal gemacht hatte? Als Blake noch das Quad gefahren war? Ja, es war harte Arbeit, aber es fühlte sich nie so an. Nicht wirklich. Es fühlte sich an, als würden sie der Welt etwas zurückgeben. Sie ließen die Früchte reifen, nahmen die Trauben, bevor sie verdarben, und ermöglichten es den Reben, ihre Energie in das Wachstum neuer Früchte fließen zu lassen.

Deshalb ignorierte sie die Rufe zu Kaffee und Brötchen mit gebratenem Speck. Wenn dies ihre letzte Ernte sein sollte, wollte sie einen Moment hier allein sein. Hier. Mit ihren Erinnerungen. In diesem Moment verstand sie tatsächlich Henrys Bedürfnis, die Angestellten wegzuschicken. Sie hatte nicht gelogen, als sie ihm das im Restaurant gesagt hatte. Sie wusste, wie es war, wenn der eigene Kummer offen vor anderen sichtbar wurde. Aber das …

Sie spürte es, als er sich näherte, noch bevor sein Schatten auf sie fiel.

»Keinen Hunger?«

Sie lächelte, ihr Gesicht immer noch der Sonne zugewandt. »Noch nicht«, antwortete sie.

* * *

Henry meinte, noch niemals etwas Schöneres gesehen zu haben als Lilys nach oben gewandtes Gesicht, als sie mit geschlossenen Augen die Sonnenwärme genoss. Das Sonnenlicht glitzerte auf ein paar von der Sonne gebleichten Strähnchen in ihren kastanienbraunen Haaren und zauberte einen rosigen Schimmer auf ihre Wangen. Dieser Anblick traf ihn wie ein Schlag in die Magengrube. Und gleichzeitig sog er ihn in sich auf. Er stellte sich hundert weitere Sommer wie diesen vor, bei der Weinlese, mit Lily, die ihm half. Ihn liebte.

Verdammt!

»Geh nicht«, sagte sie, noch bevor er seinen Verstand dazu bringen konnte, auf seinen eigensinnigen Körper zu hören. Er wollte weglaufen, aber als sie die Augen öffnete, war er von dem hoffnungsvollen Blick darin tief getroffen. Er nickte, unfähig, etwas zu sagen, unfähig, ihr den Wunsch abzuschlagen, obwohl er wusste, dass er ihr so viel mehr verweigern musste.

»Ich liebe es hier draußen.«

»Das sieht man.«

»Verstehst du, warum?« Ihre Augen verdunkelten sich.

»Ich sehe, warum du es tust.«

»Aber du kannst dir nicht vorstellen, es auch zu lieben?«

Ich kann mir vorstellen, dich zu lieben.

»Das hier war seins, Lily. Nicht meins. Es war nie meins«, stieß er hervor und ging weg, bevor er etwas sagte oder tat, was nicht mehr zurückgenommen werden konnte. Etwa, ihr zu versprechen, dass er bleiben würde, oder sie in die Arme zu nehmen und zu küssen.

* * *

In den nächsten Stunden war er vollkommen in die Arbeit vertieft, fuhr mit dem Quad die Rebstöcke ab und lieferte die Trauben zur Kelterei.

Wenigstens John schien seine Konzentration zu schätzen, auch wenn er wusste, dass Lilys Blicke immer wieder lange auf seinem Rücken verweilten.

Warum konnte sie nicht erkennen, dass sie etwas Besseres verdiente – mehr. Mehr, als er ihr jemals würde geben können. Er war nicht dumm, er hatte die Anziehungskraft zwischen ihnen gespürt, die immer stärker wurde, je besser er sie kennenlernte, statt schwächer, wie es in all seinen früheren Beziehungen gewesen war. Einerseits wünschte er sich nichts mehr als das, andererseits verübelte er sich den Gedanken gehörig. Es gab keine Zukunft für sie beide. Keine, die nicht bedeutet hätte, dass er in Hawke's Cove hätte bleiben müssen.

Er schob die Gedanken beiseite, während er sich nach und nach an dem Geplänkel zwischen John und den Jungs, die direkt mit ihm arbeiteten, beteiligte. Witze über frühere Ernten, über Liebschaften und Freunde, Fußballmannschaften und Hackordnungen. Es erinnerte ihn an die Zeit mit Ben, aber … Ihm wurde klar, dass ein Großteil seiner Arbeit sich tatsächlich nur zwischen ihm und Ben abspielte. Ja, sie hatten Mitarbeiter und Teams, die für sie arbeiteten, aber der persönliche Kontakt war immer auf zwei Personen beschränkt. Er konnte sich dem Gemeinschaftsgefühl, das sich um ihn herum entwickelte, nicht länger entziehen.

Auch nicht den Erinnerungen. Bilder von seinem Vater, wie er ihn als kleinen Achtjährigen neben sich aufs Quad gesetzt hatte und er dort wie ein kleiner Prinz auf einer Kutsche saß und sein Reich überblickte. John – damals noch nicht weißhaarig – hatte salutiert, als sie vorbeifuhren, und hingebungsvoll gelächelt. Dann, nur ein paar Jahre später, hatte er vergeblich versucht, die Trauben in den Anhänger zu werfen, da er immer noch nicht groß genug war, um über die Kante zu reichen. Stattdessen holte er die vollen Eimer und brachte sie demjenigen, der sie über die Kante hob und die Trauben in den Anhänger schüttete.

Als sein Vater ihm für seine harte Arbeit fünf Pfund in die Hand drückte, starrte er das Geld an und dachte, er sei der reichste Junge der Stadt. Mindestens drei Tage lang hielt er den Fünfpfundschein fest, bis sie in die Stadt fuhren und er den gesamten Betrag in einem Süßwarenladen ausgab. Seine Mutter beschwerte sich, dass er sich damit die Zähne ruinieren würde, sein Vater schwieg, aber strahlte vor Stolz.

Ein Stolz, der nur durch den Anblick all der Dorfbewohner übertroffen wurde, die zusammenkamen, um bei der Ernte zu helfen. Er erinnerte sich daran, wie sein Vater es geliebt hatte. Wie er durch die Weinberge gegangen war, angehalten hatte, um mit jedem einzelnen Freiwilligen zu sprechen, und wie er sich sowohl an der Ernte als auch am Fahren beteiligt hatte. Henry runzelte die Stirn, als er sich daran erinnerte, wie seine Mutter jede Minute davon gehasst hatte und selten versuchte, ihren Unmut zu verbergen. Und plötzlich fühlte er sich traurig. Traurig darüber, dass sein Vater etwas so sehr geliebt hatte und die beiden Menschen, die ihm am nächsten standen, seine Frau und sein Sohn, ganz offensichtlich nicht. Bis auf Lily. Ihm wurde klar, dass es ihn glücklich machte – und sehr dankbar –, dass sein Vater jemanden gefunden hatte, mit dem er die Liebe und Leidenschaft für die Reben hatte teilen können.

»Denke, das war's, oder?«

John trat neben ihn und zeigte auf die Stelle, an der sich die aufeinander zuarbeitenden Pflücker in der Mitte der Reihen trafen.

»Ehrlich gesagt, John, überlasse ich alles dir, was mit Wein zu tun hat«, sagte er, froh, dass ihm ein fähiger Experte zur Seite stand.

»Würde sagen, Hawkesbury, hast dich nicht schlecht geschlagen.«

»Ein großes Lob!«, rief Henry lachend. »Aber ich nehme es gern an.«

John klopfte ihm auf den Rücken, und es fühlte sich wirklich an wie ein großes Lob. »Gut, wir kümmern uns um die letzten Fuhren, und wenn wir die in der nächsten Stunde in die Kelter bekommen, sollten wir den Most noch vor Mitternacht für die erste Gärung in den Weintanks haben.«

»Gut, ich bringe die letzten Fuhren zur Kelterei«, sagte Henry und ließ die Quad-Schlüssel durch seine Finger gleiten. Er fühlte sich plötzlich etwas ratlos angesichts der mehr als vierzig Freiwilligen, die jetzt zufrieden mit ihrer geleisteten Arbeit in Gruppen miteinander abhingen.

»Lily wird sich um sie kümmern«, sagte John noch, bevor er sich auf den Weg zur Scheune machte.

Als Henry zum Anhänger ging, in den die letzten von Johns Mitarbeitern ihre Eimer leerten, erkannte er Gesichter aus seiner Vergangenheit. PC Ellis salutierte kurz und lächelte wissend, Mrs. Whittaker zog eine Augenbraue hoch und warf gebieterisch die Haare zurück – nicht, dass sich ihre perfekt frisierte Dauerwelle auch nur einen Zentimeter bewegt hätte. Henry war überzeugt, dass beide kleine Weihnachtsmänner vor sich sahen. Der bullige Besitzer des *Hope and Anchor* hatte seinen dicken Arm um seine allzu zierliche Frau gelegt.

Beide hatten rosige Wangen und lächelten. Sogar ein paar der Männer von den Trawlern waren da, und keiner von ihnen hatte seit Beginn des Tages auch nur einen spöttischen Seitenblick in seine Richtung geworfen. Lily hatte recht gehabt, das wurde ihm bewusst. Er hatte ihre Hilfe gebraucht, und sie waren gekommen. Nicht, um das Anwesen zu inspizieren, nicht, um seinen Charakter zu prüfen, nicht, um über ihn zu urteilen oder in der Vergangenheit zu graben. Sie waren mit offenen Armen und Herzen gekommen, und das rührte ihn an und machte ihn demütig. Eine Gruppe Jugendlicher näherte sich johlend und lärmend dem Haus, und er musste lächeln, denn so war er auch einmal gewesen – sorglos und fröhlich.

Der junge Mann, der den Anhänger füllte, nickte ihm zu und lud die leeren Eimer auf die Seite des Quads, um den Weinberg zu räumen.

»Wir sehen uns drüben«, sagte der Mann und machte sich im Laufschritt davon.

Einen Moment lang stand Henry in den nun stillen Reihen von Reben, die den Hügel hinunter verliefen. Gestern, als er bemerkt hatte, dass der Bacchus erntereif war, hatte er sich so hilflos und panisch gefühlt. Aber mehr noch – er hatte sich Sorgen gemacht. Sorgen, dass die Ernte nicht geschafft würde, Sorgen, dass die Reben seines Vaters Schaden nehmen würden. Und jetzt? Während die Sonne sich langsam am Himmel senkte, wobei die Hitze noch blieb, das Land nach der Süße der versehentlich zerquetschten Trauben duftete, er die warme Erde unter seinen Füßen spürte, wuchs in ihm der Wunsch, sie zu sehen, zu schmecken – die Weine der heutigen Lese. Er wollte sehen, wie die Rebstöcke sich bis zur nächsten Saison entwickeln würden. Und kurz fragte er sich, mit welchen anderen Trauben sein Vater wohl hatte experimentieren wollen.

War es das, was Lily gesehen hatte, als er sie vorhin beim Sonnenbaden überraschte? Nicht das, was war, sondern das, was sein könnte? Plötzlich war er sich nicht mehr sicher, ob er das Weingut wirklich verkaufen wollte. Es war, als hätte sie ihn und das Anwesen mit ihrem Zauber belegt, und er begann, weniger von der Vergangenheit und mehr von der Zukunft zu sehen – über Victorias Hochzeit hinaus und auch über die verbleibenden drei Lesen, die vor dem Ende des Herbstes noch anstanden. Er wollte Weihnachten hier erleben, wenn der Boden mit Schnee bedeckt wäre, das Haus mit Ilex, Efeu, roten Bändern und Gold geschmückt. Die Räume voll, nicht nur mit Gästen, sondern auch mit Familie und Freunden. Ein Neujahrsfest und den Frühling.

Das Lachen und die Freudenrufe, die vom Anwesen herübertönten, brachten ihn wieder zurück in die Gegenwart und zur Vernunft. Sein Leben war nicht hier, sondern in New York oder Singapur. Sein Geschäft waren Apps, nicht Reben. Vielleicht war er zu lange in der Sonne gewesen. Er schwang sich aufs Quad und drehte den Zündschlüssel. Insgeheim genoss er die holprige Fahrt durch die Weinberge zur Kelterei, denn jetzt wurde das Tempo nicht mehr durch die volle Last des Anhängers gebremst. Alle Männer waren doch im Grunde ihres Herzens Jungs, und selbst er konnte seinen Spaß am Quadfahren nicht leugnen.

Er setzte den Anhänger zurück durch das weit geöffnete Tor der Kelterei und sprang vom Fahrersitz, angenehm überrascht vom Brummen der Maschinen. Vor zehn Jahren war noch alles von Hand gemacht worden, doch jetzt transportierten Förderbänder die entrappten Trauben zur Sortiermaschine.

»Kann ich irgendwas tun?«, fragte er John, der den Betrieb überwachte.

»Du kannst Mrs. Whittaker von der Kelterei fernhalten. Dieses verdammte Frauenzimmer …«

»Mach ich«, erwiderte Henry und wandte sich zum Gehen.

»Ansonsten brauchst du nur noch die Rede zu halten.«

Henry spürte, wie ihm das Blut aus dem Gesicht wich und sein Magen sich zusammenkrampfte. »Rede?«

* * *

Lily gab gerade dem eingedeckten Tisch den letzten Schliff, auf dem das Essen, das sie, Vihaan und Kate zubereitet hatten, wie ein großes Picknick angerichtet war. Nun, hauptsächlich hatten Vihaan und Kate es gemacht, denn jedes Mal, wenn Lily sich genähert hatte, war sie aus der Küche gescheucht worden.

Geistesabwesend betrachtete sie die Gruppen von Freiwilligen, die sich teils sitzend, teils stehend unter dem weißen Zelt verteilt hatten. Um die Grasfläche herum waren Bänke und Sitzgelegenheiten aufgestellt worden, und am Boden lagen Picknickdecken.

Auf den Tischen verteilt, gab es große Kühlgefäße mit glitzernden Weißwein- und Roséflaschen, die Rotweine standen geöffnet an der Seite. Der Saft in den großen Krügen war schon ordentlich von den durstigen Teenagern dezimiert worden, deren fröhliches Herumalbern und Lachen die Luft erfüllte. Sie sah Kev, der Emma sehnsüchtig anstarrte, die von ihren Freundinnen umgeben war, und dieser Anblick erinnerte sie an Victoria, Malie und Zoe.

Plötzlich wünschte sie sich, dass sie hier wären und das alles sehen könnten. Denn dies hier war der Grund, warum sie Hawke's Cove liebte. Die Gemeinschaft, die sich zusammenfand, die verschiedenen Generationen und Gruppen von Menschen, die alle lachten und eine erfolgreiche Ernte feierten. Sie wusste, dass ihre Freundinnen der Meinung waren, sie hätte mehr von der Welt sehen sollen, etwas von dem tun sollen, was sie selbst getan hatten, um den Grenzen ihrer Kindheit zu entfliehen und das Leben da draußen kennenzulernen. Aber, dachte sie kopfschüttelnd, sie hatte wirklich alles, was sie brauchte, genau hier.

Sie fuhr fort, die Menge nach etwas abzusuchen – nicht ganz sicher, wonach sie sich umsah –, bis sie Henry entdeckte, der auf sie zukam. Der Anblick raubte ihr den Atem und ließ ihr Herz höherschlagen.

Er blickte nach unten, und so war ihm nicht bewusst, wie sie ihn anstarrte. Er sah so umwerfend gut aus, seine Haut war sonnengebräunt, sein Haar zerzaust von der harten Arbeit und dem Wind. Sein kakifarbenes T-Shirt war nicht mehr makellos, sondern etwas lehmig und hatte Flecken vom Saft der Trauben; offensichtlich hatte er sich die Hände an seinen Flanken abgewischt. Die Muskeln seiner kräftigen Arme kamen perfekt zur Geltung, und ihr Blick wurde auf seine schmalen Hüften gelenkt, wo das T-Shirt halb in den Bund seiner Jeans gesteckt war. Ihr lief das Wasser im Mund zusammen.

»Hier, nimm das«, befahl Kate und drückte ihr ein kühles, vom Kondenswasser rutschiges Glas in die Hand.

Lily runzelte die Stirn.

»Du sahst gerade so aus, als ob du eine Abkühlung gebrauchen könntest«, sagte Kate mit einem wissenden Funkeln in den Augen. Bevor Lily widersprechen konnte, fuhr sie fort: »Einfach lächeln und Danke sagen.«

Sie tat, was ihr Kate befahl, und schaute dann rechtzeitig zu Henry zurück, um zu sehen, wie er sie mit seinem Blick musterte. Eine Sekunde lang war es, als wären sie beide allein. Sie sah das Aufblitzen von Erregung, ja, von Glück, als er sie ansah, und spürte ihre eigene Freude wie eine Antwort darauf in sich aufsteigen. Es erweckte Sehnsucht in ihr, den Wunsch nach mehr. Den Wunsch, dass dies etwas war, was sie gemeinsam taten: die Lese, das Feiern danach, das Empfangen und Geben.

Er schien erschrocken, als die gesamte Gruppe von Freiwilligen, die seine Anwesenheit bemerkt hatte, zu klatschen begann. Der Beifall ging in einen lauten Jubel über, und Lily hätte schwören können, dass ihm die Röte in die Wangen stieg. Er winkte den Applaus ab und hielt einen Moment inne, anscheinend, um die richtigen Worte zu finden.

»Bevor wir zu den Getränken und dem fantastischen Essen kommen, das wir Lily zu verdanken haben«, sagte er, woraufhin ein weiterer Applaus ertönte, »möchte ich mich bei ein paar entscheidenden Personen bedanken. Wahrscheinlich sollte ich schnell John danken, so lange er nicht hier ist, denn er würde mich eher vom Hof jagen, als dass er einen Dank für seine unschätzbaren Bemühungen entgegennähme.« Auf seine Worte folgte ein Schwall Gelächter. »Ich möchte mich auch bei Lily Atwell bedanken, denn ohne sie wäre das alles hier wohl kaum möglich gewesen.« Er deutete auf sie, hinter dem Tisch, und sie spürte, wie auch sie errötete, als der Applaus für sie kam. »Ganz zu schweigen von dem köstlichen Essen, mit dem sie und ihr Team uns heute versorgt haben.« Ein paar Beifallsbekundungen mischten sich unter das Klatschen, und sie winkte ein wenig mit zappelnden Fingern. »Ich möchte mich auch bei Mrs. Whittaker bedanken, die es geschafft hat, eine kleine Armee aufzustellen, und natürlich bei den Schülern der Hawke's High.«

Henry hielt inne und wartete darauf, dass der Jubel und der anhaltende Beifall abklangen.

»Ich hatte vergessen«, sagte er und begann noch einmal: »Ich hatte vergessen, wie es ist, wenn alle für eine Lese zusammenkommen. Ich hatte vergessen, dass man so etwas nicht allein macht. Oder Fremde dafür anheuert. Ich weiß, dass ich eine Weile weg war ...« Leise Buhrufe und Aufstöhnen winkte er ab. »... und das tut mir leid. Denn was ihr heute getan habt – wie ihr gekommen seid, um mir zu helfen und dem Gut –, das ist etwas, was mein Vater nie vergessen hat«, sagte er, und als sich eine sanfte Stille über die Gruppe legte, fügte er hinzu, »und er hat es auch niemals als selbstverständlich angesehen.«

Lily spürte, wie sie eine Gänsehaut bekam. Traurigkeit vermischte sich mit einem Gefühl der Nostalgie, durchzogen von einem seltsamen, glücklichen Frieden, weil Henry dies nicht nur sah, sondern auch anerkennen konnte.

»Und ich wollte, dass ihr das wisst. Ich möchte auch, dass ihr wisst, wie dankbar ich bin, dass ihr heute hier seid. Nicht nur, um zu helfen, was ihr natürlich getan habt«, betonte er, als ein leises Lachen erklang, »sondern auch, weil ihr mir für einen Moment etwas von meinem Vater zurückgegeben habt.« Bei diesen Worten richtete er den Blick schließlich auf Lily, einen Blick, der ihr mitten ins Herz fuhr und seinen Worten in nichts nachstand.

Sie konnte die Träne nicht zurückhalten, die ihrem Auge entschlüpfte und ihr über die Wange kullerte, also wischte sie sie hastig weg, bevor jemand sie sehen konnte.

»Ja, das war es! Jetzt ist es an der Zeit, zu trinken – verantwortungsvoll! –, zu essen und Spaß zu haben«, schloss Henry.

Von dem Moment sah Lily Henry eine ganze Weile nur aus der Ferne, wie er mit jedem einzelnen Freiwilligen sprach, mit ihnen lachte und sich persönlich bei allen bedankte. Und es machte ihr nicht im Geringsten etwas aus. Im Gegenteil, es fühlte sich gut an, ihn genau das tun zu sehen, was sein Vater sonst immer getan hatte.

Sie hatte gerade die letzten Freiwilligen verabschiedet, und Kate, die ihr das Fahrrad gebracht hatte, stieg nun wieder in ihren alten Volvo. Sie und Vihaan mit seinem Käfer hatten die nun leeren Essensbehälter und Tabletts eingepackt, und Lily klopfte noch einmal auf die Heckscheibe des kleinen Autos, bevor sie den beiden nachsah, als sie die Auffahrt hinunterfuhren.

»Waren das Kate und Vihaan?«, fragte Henry und stellte sich neben sie.

»Ja, sie meinten, ich soll dir Grüße ausrichten. Sie haben noch Vorbereitungen für das morgige Frühstück zu treffen, bevor sie für heute Feierabend machen.«

»Tut mir leid, dass du das Restaurant für heute schließen musstest.«

»Das ist schon okay. Es ist eine nette Abwechslung, und außerdem machen … haben wir das jedes Jahr so gemacht«, sagte sie und versuchte, den dumpfen Schmerz bei dem Gedanken zu unterdrücken, dass sie nicht noch einmal auf dem Gut ernten würde.

»One for the road?«, fragte er und hielt die Flasche Rosé in seiner Hand hoch.

»Warum nicht?« Sie lächelte, als sie zu den letzten Decken auf der Wiese mit Aussicht über die Weinberge gingen. Es war ein wunderschöner Tag gewesen und … Sie konnte es nicht leugnen, der Wunsch, Henry ganz für sich allein zu haben, war groß.

Er schenkte ein Glas ein und reichte es ihr. Sie setzte sich neben ihn und wartete, denn er schien ihr etwas sagen zu wollen.

»War das in Ordnung? Ich meine, was ich gesagt habe«, fragte er und vermied es, sie anzusehen, nur für den Fall, dass es das nicht war.

»Ja, Henry. Es war mehr als das. Es war wirklich schön.«

Er gab ein kleines Knurren von sich, als käme es ihm unmännlich vor, etwas als schön bestätigt zu bekommen, und sie lachte.

»Ich konnte mich nicht daran erinnern, was mein Vater immer gesagt hat, und ich war mir nicht sicher …«

»Du hast gesagt, was für dich richtig war, und das zählt. *Und* ich glaube, du hast Mrs. Whittaker für dich eingenommen.«

Sie glaubte, ihn etwas murmeln zu hören wie »sie mit Freundlichkeit töten« und widerstand dem unbändigen Drang, ihren Kopf auf seine Schulter zu legen. Sie saßen so nah beieinander, dass nicht viel gefehlt hätte. Sie spürte das Verlangen, die Hand auszustrecken, ihn zu berühren, etwas von seiner Kraft zu nehmen, von deren Existenz er, wie sie vermutete, nicht einmal etwas ahnte. Sie war erschöpft, aber es war eine glückliche Erschöpfung. Eine, die von einem harten Tag mit guter Arbeit herrührte.

»Dad hat immer etwas gesagt, was mich irritiert hat. Aber ich glaube, ich habe es vielleicht falsch verstanden«, sagte er in die untergehende Sonne hinein.

»Was denn?«

»Er hat immer gesagt, dass das Gut mit der Stadt verbunden sei. Und dass es das eine nicht ohne das andere gäbe.«

Lily nickte und lächelte bei der Erinnerung daran, wie sie Blake das hatte sagen hören.

»Ich dachte immer, er meinte, dass es ohne das Gut die Stadt nicht geben würde.« Er zuckte mit den Schultern. »Aber langsam glaube ich, dass er das Gegenteil meinte. Dass es ohne die Stadt das Gut nicht gäbe.«

Lily nippte an ihrem Wein. Sie glaubte nicht, dass Henry eine Antwort oder eine Meinung hören wollte. Er brauchte nur jemanden, der ihm zuhörte. Dann sah sie zu ihm auf. Seine schönen, fast goldenen, haselnussbraunen Augen hatten so eine Tiefe, dass sie sich in ihnen verlieren konnte. Sie sah, wie sich sein Blick auf ihre Lippen richtete, und das Verlangen explodierte in ihr. Das Verlangen, ihn zu küssen – so stark, da seine Lippen nur wenige Zentimeter von ihren entfernt waren. Der Moment dehnte sich zu einer Ewigkeit aus, und gerade als sie dachte, er würde den Abstand zwischen ihnen schließen, wandte er sich ab – und die Einladung zu Victorias Hochzeit, die ihr bereits auf der Zunge gelegen hatte, löste sich in nichts auf. Trotz all der Liebe und des Stolzes, die sie an diesem Tag in seinen Augen gesehen hatte, trotz der Erregung und der Zufriedenheit hatte er kein Wort darüber verloren, dass er sich vorstellen könnte zu bleiben. Dass er den Verkauf des Anwesens absagen würde. Und sie konnte und wollte nicht noch einmal zusehen, wie ein Mann, den sie liebte, sie verließ.

Kapitel 10

Zwei Tage nach der Lese brach wie aus dem Nichts ein Sturm aus. Es war, als könnte der Himmel die Hitze nicht mehr ertragen und würde aufbrechen, mit gezackten Blitzen und so lauten Donnerschlägen, dass die Scheiben im Herrenhaus erzitterten. Henry stand an einem Fenster im Wohnzimmer und sah zu, wie der Regen auf der Auffahrt abprallte. Es erinnerte ihn an einen Sturm, in den er auf einer Reise im Mittelmeerraum einmal geraten war.

Er hatte Lily seit der Ernte nicht gesehen, seit er ihr nachgeschaut hatte, als sie auf ihrem Fahrrad die Auffahrt hinuntergefahren war. Ein weiterer gezackter Blitz spaltete den Himmel und gleichzeitig seine Gedanken. Er hätte sie küssen sollen. Es war richtig gewesen, es nicht zu tun. Immer wieder wechselte er hin und her zwischen diesen beiden Ansichten, versuchte, sich einzureden, dass nichts sich geändert hätte, und wusste dabei doch genau, dass er sich selbst belog.

Die Weinlese hatte alles verändert. Denn diesmal fühlte es sich seltsamerweise so an, als hätte er seine eigenen Erinnerungen gepflanzt, nicht solche, die mit der Last elterlicher Unzufriedenheit oder jugendlicher Ängste belastet waren. Nein, es waren seine eigenen erwachsenen Erinnerungen. Eine Investition in eine Zukunft, die er gerade verkaufen wollte. Diese Samen waren tief in sein Herz eingebettet worden und entfalteten sich bereits, wuchsen in ihm und banden ihn mit grünen efeuartigen Ranken an diesen Ort. Er konnte sich des

Gefühls nicht erwehren, dass diese Samen von Lily stammten, die sie absichtlich ausgesät hatte, ganz so, als wollte sie, dass er ebenso an diesen Ort gebunden würde wie sie und wie sein Vater es gewesen war.

Er wusste, dass es ein irrationaler Gedanke war, genauso hitzig und unbegründet wie seine plötzliche Wut auf sie. Nein, es war keine Wut im eigentlichen Sinne, sondern eher so etwas wie Unmut. Denn trotz allem, was er wollte – weggehen, nie wieder kommen –, begann er zu … Ja, *was*, fragte er sich, während er sich mit der Hand durch die dichten Haare fuhr, die bereits vom wiederholten Haareraufen in alle Richtungen abstanden. Wollte er überhaupt noch immer dasselbe?

Es war einfacher gewesen, als er sich eingeredet hatte, dass die Stadt ihn hasste. Dass sie alle hinter vorgehaltener Hand und hinter seinem Rücken flüsterten und ihn – völlig zu Recht – für den Unfall verantwortlich machten, der so verheerend für die Gemeinde gewesen war und Claudia das Leben gekostet hatte. Aber die Lese hatte ihm gezeigt, dass sie ihn nicht so sahen, oder zumindest nicht nur so. Und allmählich fielen die Gründe für sein Fortgehen weg, und die Impulse, die in ihm den Wunsch weckten zu bleiben, wurden immer zahlreicher.

Und Lily … Sie stand immer ganz oben auf dieser Liste. Lily, die zu viel für andere arbeitete, Lily, die anscheinend von der ganzen Stadt bewundert wurde, Lily, die alles stehen und liegen ließ, um jemandem zu helfen, Lily, die so schön, so freundlich und so unerschütterlich war. Er hatte das Gefühl, dass sie ihn irgendwie verzaubert hatte. Sie brachte ihn dazu, Dinge zu wollen, die er nicht wollen sollte. Weckte in ihm den Wunsch, es besser zu machen. Besser zu *sein*.

Aber er sah einfach keine Lösung. Er konnte nicht beides

haben, seine Pläne verwirklichen und gleichzeitig sie gewinnen. Dabei würde er ihr unweigerlich etwas wegnehmen. Sei es das Anwesen oder ihr Zuhause hier in Hawke's Cove. Beides wäre der Preis dafür, mit ihm zusammen zu sein, und so ein Schuft konnte er nicht sein, das außer Acht zu lassen oder ihr diese Entscheidung zuzumuten.

Ein gewaltiger Donnerschlag lenkte seine Aufmerksamkeit auf die andere Seite des Wohnzimmers. Wenn das so weiterging, musste er die Läden vor die Fenster klappen. Und dann lachte er fast über sich selbst. Vor ein paar Wochen wäre es ihm noch egal gewesen, wenn das Glas zerbrochen und das Haus beschädigt worden wäre. Aber so langsam ging es ihm unter die Haut. Er machte sich plötzlich Sorgen, wie die Reben den Sturm überstehen würden. Er wusste, dass seine Sorge um das Anwesen nichts mit dem Verkaufspreis zu tun hatte, sondern damit, dass ihm das Ganze jetzt viel mehr bedeutete als je zuvor. Er machte sich Gedanken um die Glasscheiben in der Orangerie und darüber, was es für Victorias Hochzeit in ein paar Tagen bedeuten könnte, wenn sie zerbrechen würden. War er wirklich bereit, das alles jemandem zu überlassen, dem die seltsamen und wunderbaren Menschen in Hawke's Cove womöglich egal waren?

Er schaute aus dem Fenster, hinunter zum Wald und zum Strand und …

War da ein Licht? Ein weißer Strahl glitzerte zwischen den dunklen Baumschatten hindurch. Er musste es sich wohl eingebildet haben. Nein, Moment, da war es wieder.

Wer zum Teufel sollte um diese Zeit und bei diesem Wetter da draußen sein? Plötzlich hatte er den schrecklichen Verdacht, dass es nur eine mögliche Antwort darauf gab. Aber das konnte sie doch wohl nicht sein, oder?

Er fluchte laut in die Stille des Zimmers und rannte die geschwungene Treppe hinunter, schnappte sich seinen Mantel und die Schlüssel für den Jeep, während die Angst ihn antrieb. Regen schlug ihm in heftigen Kaskaden entgegen, als er aus der Haustür und zum Auto stürmte.

Als er die Scheinwerfer und dann die Scheibenwischer einschaltete, durchzuckte ihn plötzlich die Erinnerung an den Unfall zehn Jahre zuvor. Mit kalten Händen umklammerte er das Lenkrad, während er den Jeep auf den Waldweg lenkte, der zum Strand hinunterführte.

Blätter und abgebrochene Zweige peitschten gegen die Windschutzscheibe des alten Wagens, und er ließ den Motor aufheulen, als er über den unebenen Waldboden holperte. Wenn sie es war, würde er sie erwürgen. In diesem Moment wurde ihm klar, dass er vielleicht der einzige Mensch auf der Welt war, der hoffte, dass sich Diebe oder Schmuggler am Strand aufhielten und nicht eine völlig verantwortungslose, hochzeitsverrückte, übermäßig weichherzige, unglaublich schöne und ihn absolut in Rage bringende Lily Atwell.

Als der Jeep die Böschung zum Strand erklommen hatte, beleuchtete das Scheinwerferlicht eine völlig verrückte Szene. Ihm war bewusst, dass Lily dort unten in den letzten Tagen Vorbereitungen für den Junggesellinnenabschied getroffen hatte, aber … Es schockierte ihn dennoch.

Er konnte mit Mühe ein Boot am Steg ausmachen, das gefährlich auf den Wellen auf und ab schaukelte, und hörte sich selbst in der Enge des Jeeps knurren. War sie bei diesem Wetter mit dem Boot rausgefahren? Der Gedanke erfüllte ihn mit Grauen. Wie um alles in …

Seine Gedanken wurden unterbrochen, als er Lilys schemenhafte Gestalt im Scheinwerferlicht sah, wie sie versuchte, etwas, das verdächtig nach einer riesigen Stoffbahn aussah, aus den Fängen des orkanartigen Windes zu befreien. Sie stand neben einer Holzkonstruktion, die entgegen aller Vernunft wie ein Gartenpavillon aussah. Wie zum Henker hatte sie das alles an den Strand gebracht?

Als er aus dem Jeep sprang und zu ihr hinunterrannte, drehte sich Lily irgendwann zu ihm um, die Arme voll beladen mit klatschnassem Stoff und umgeben von etwas, was einmal mindestens fünfzehn Kissen gewesen sein mussten.

»Was zum Teufel tust du da?«, fragte er und musste schreien, um sich über den tosenden Wind hinweg Gehör zu verschaffen. »Was ist das alles für Zeug?«

»Es ist für den Junggesellinnenabschied«, schrie sie zurück, während der Wind und die Wellen um die Wette tobten. »Ich hatte es heute erst hergebracht.« Sie schüttelte den Kopf und schob sich dicke Strähnen nasser Haare aus dem Gesicht. »Dieses Unwetter war nicht vorhergesagt! Es sollte keins geben!«

»Bist du damit hier rausgekommen?«, fragte er mit Blick auf das Boot, das am Steg gefährlich auf und ab geworfen wurde.

»Es war noch nicht so heftig, als ich losgefahren bin.«

»Wem gehört es?«, rief er zu ihr hinüber.

»Ist das wichtig? Jetzt im Moment?«, rief sie sichtlich irritiert zurück. »Blake hat es für uns gekauft. Damit wir auch Zoe für den Junggesellinnenabschied hierherholen können«, sagte sie, während der Stoff ihren Händen zu entgleiten drohte. »Kannst du vielleicht einfach …«

Was auch immer sie sagen wollte, ging unter, als ein gewaltiger Windstoß sie und das durchnässte Stoffbündel an ihrer Brust beinahe in den Sand warf.

»Bist du irre?«, rief er, trat zu ihr und nahm ihr das schwere Teil aus den Armen.

»Zielstrebig«, rief sie zurück.

»Das ist ein verdammt schmaler Grat, Lily.«

»Du kannst mich später anschreien, okay? Hilfst du mir jetzt? Bitte?!«

Er blickte sich um. Kissen, Hängelaternen, Teppiche und Decken waren über den halben Strand verstreut, der jetzt aussah, als hätte ein Tsunami ihn heimgesucht. Er drehte sich wieder zu Lily um. Ihre Kleidung war durchnässt und klebte an ihrem Körper. Sie hatte nicht mal einen Mantel an.

»Steig ins Auto«, knurrte er, wütend darüber, dass sie sich für einen verdammten Junggesellinnenabschied in Gefahr gebracht hatte.

»Ich kann …«

»Steig. Ins. Auto.«

Sie starrte ihn an, wobei sich ihre großen dunklen Augen in sein Gewissen bohrten.

»Bitte, Lily«, flehte er regelrecht.

Als sie nickte, folgte er ihr zum Jeep, vergewisserte sich, dass sie auf dem Beifahrersitz saß und war versucht, sie anzuschnallen. Er schlug die Beifahrertür zu und sperrte sie ein, ging dann zu den Hecktüren, zog sie auf und deponierte den klatschnassen Stoffhaufen.

Schnell und effizient schnappte er sich Kissen, Stoffbahnen, Hängelaternen und was er sonst noch finden konnte und packte alles in den Kofferraum. Er warf einen Blick auf den Pavillon und beschloss, ihn da zu lassen. Er rüttelte ein wenig an der Holzkonstruktion, um zu prüfen, wie sicher sie stand. Aufatmend nahm er zur Kenntnis, dass sie stabil genug war, er sich also keine Sorgen machen musste, dass sie umfallen und zu Bruch gehen würde.

Als er einen weiteren Armvoll Dekosachen in den Jeep

packte, sah er, wie Lily einen sehnsüchtigen Blick auf den Pavillon und die Palettenkonstruktion warf.

»Denk nicht mal dran. Das bleibt hier.«

»Aber das ist der Tisch, und …«

»Das kommt mir *nicht* auch noch ins Auto.«

»Bitte!«

»Nein, Lily. Es wäre buchstäblich die Definition von Wahnsinn«, rief er zu ihr nach vorn.

Er schlug die Hintertüren des Jeeps zu, ging zur Fahrerseite und bekam einen Schwall eiskalten, fast waagerecht peitschenden Regen ins Gesicht, warf sich ins Auto und zog die Tür neben sich zu.

Lily starrte wehmütig aus dem Fenster auf die Schemen des Pavillons.

»Wird er das überstehen?«, fragte sie, über den Lärm hinwegrufend, mit dem der Regen auf die Karosserie und die Fenster des Jeeps prasselte.

»Er wird morgen noch stehen«, antwortete er ebenso laut.

Dann sah er sie an, wie sie zitternd neben ihm saß, die langen Haare in nassen Strähnen ums Gesicht und mit hängenden Schultern. Er langte zum Armaturenbrett und drehte die Heizung voll auf in der Hoffnung, dass die Kälte, die in ihre Haut drang, zumindest ein wenig gemindert würde.

Als er den Gang einlegte, drehten die Räder einen quälenden Moment lang durch, bevor sie Halt fanden. Dann fuhren sie los und bogen auf den Waldweg ein. Eine Unterhaltung wurde vom Regen, der weiterhin gegen den verbeulten alten Jeep prallte, unmöglich gemacht. Als Henry das Licht über der Einfahrt zum Anwesen sah, stieß er erleichtert die Luft aus, die er, wie er jetzt erst merkte, die ganze Zeit in seiner Brust zurückgehalten hatte.

Er stieg aus dem Jeep und fluchte innerlich, was das Zeug hielt. Als er Lily am Kofferraum stehen sah, schüttelte er den Kopf. »Ich hol das später, Lily. Geh einfach nur rein«, befahl er, immer noch voller Wut darüber, dass sie sich selbst in Gefahr gebracht hatte. Und wofür? Einen Junggesellinnenabschied? Ein paar Kissen?

Widerwillig folgte sie ihm durch die Haustür, dann schob er sie förmlich die Treppe hinauf ins Wohnzimmer, wo das Feuer, das er am Abend angezündet hatte, munter prasselte. Sie stand in der Mitte des Raumes, als wüsste sie nicht, was sie jetzt tun sollte, und er fluchte. Sie sah so verloren aus wie ein Häufchen Elend. Fassungslos schaute sie zu ihm auf.

»Es kann doch nicht einfach regnen. Wie kann das sein? Der Junggesellinnenabschied …«

»Darüber machst du dir Sorgen? Ernsthaft? Du hättest verletzt werden können, Lily. Oder schlimmer noch. Was zum Teufel hast du dir dabei gedacht?«, fuhr er sie an. Der Schock und die Angst, die ihn überfallen hatten, als ihm klar wurde, dass sie mitten im Gewitter am Strand war, saßen ihm noch tief in den Knochen.

»Ich … ich wollte nur nicht, dass alles zerstört wird. Ich … Es sollte doch perfekt sein. Und jetzt …«

»Wird schon nicht so schlimm sein«, beschwichtigte er sie und wusste, dass er gerade eher bockig klang. »Du kennst doch diese Küstenstürme. Es regnet und stürmt, und am nächsten Morgen ist wieder blauer Himmel und schönste Sonne. Das wird schon, Lily.« In seinen Worten lag eine Zuversicht, die er gerade nicht wirklich verspürte. Aber er wusste, dass sie genau das jetzt hören musste.

Er schlenderte zum Getränkeschrank und schenkte zwei große Gläser Brandy ein, drückte ihr eines davon in die zitternden Hände und betrachtete sie, bis sie einen Mundvoll davon nahm, um dann selbst dankbar einen großen Schluck zu trinken.

Lily verschluckte sich ein wenig, aber ihm glitt der Brandy sanft die Kehle hinunter. Nach einem Moment trank sie einen weiteren Schluck, und Henry entspannte sich endlich langsam, jetzt, wo sie in Sicherheit war, jetzt, wo etwas Farbe in ihre blasse Haut zurückkehrte und das Zittern, das ihren Körper geschüttelt hatte, ein wenig nachließ.

Er schnappte sich eine große Decke vom Sofa und legte sie ihr um die Schultern, ihren Widerspruch ignorierend.

»Ich bin klatschnass«, sagte sie und versuchte, die Decke abzuschütteln.

»Ist mir egal. Du musst dich aufwärmen.« Und bedecken musste sie sich auch, denn die Art und Weise, wie sich ihre Kleidung an ihren Körper schmiegte und ihm jede Kurve, jeden köstlichen Zentimeter von ihr präsentierte, war zu viel für ihn. Er wandte sich ab, presste die Kiefer aufeinander und hasste sich dafür, dass er sie angestarrt hatte, obwohl sie offensichtlich so verzweifelt war. Oder verrückt. Dessen war er sich gerade nicht ganz sicher.

»Pass auf, wie wär's, wenn du in eins der Zimmer gehst und duschst, und ich such dir inzwischen ein paar Klamotten zum Anziehen raus. So kannst du jedenfalls nicht bleiben, sonst holst du dir eine dicke Erkältung. Was würde das wohl für die Hochzeit bedeuten, hm?«

»Ich … ähm, danke, dass du mir geholfen hast, aber ich sollte jetzt wirklich nach Hause gehen«, sagte sie und schaute betrübt aus dem Fenster auf den Sturm, der draußen tobte.

»Nicht heute Abend. Wir haben beide etwas getrunken, also werden wir nicht mehr fahren«, sagte er und sah ihr dabei kaum in die Augen, »und nein, ich lasse dich bei diesem Wetter auch nicht nach Hause laufen, falls du auf diese Idee kommen solltest.«

»Ich muss …«

»Ab in die verdammte Dusche, Lily.«

Sie sah einen Moment lang so aus, als wollte sie widersprechen, dann ließ sie die Schultern sinken, und er seufzte erleichtert auf und war dankbar, dass sie endlich auf ihn hörte. Er folgte dem Deckenbündel, in das sie eingewickelt war, aus dem Zimmer, hinunter in den Flügel, in dem er sein Lager aufgeschlagen hatte. Auf halber Strecke im Flur hielt sie inne, als wüsste sie nicht, wohin sie gehen sollte, und mit einem Mal fühlte er sich schuldig. Schuldig, weil er so hart mit ihr umgegangen war, weil er sie angeschrien hatte, und sogar schuldig, weil sie offensichtlich gemeint hatte, die Sache am Strand allein bewältigen zu müssen. Weil sie es nicht fertiggebracht hatte, ihn um Hilfe zu bitten.

Irrationalerweise verwandelte sich dieses Gefühl dann wiederum in Frustration darüber, dass sie bei dem Unterfangen fast zu Schaden gekommen wäre.

»Ich bin hier drin«, sagte er und wies auf die Tür zur Linken. »Nimm einfach das Zimmer daneben. Ich lege dir etwas zum Umziehen hin für nach dem Duschen.«

Sie nickte, immer noch mit großen Augen und weiterhin zitternd.

»Du wirst dich gleich besser fühlen«, versprach er.

Sie nickte wieder und schlich durch die Tür neben seiner. Mit dem gefühlt hundertsten Seufzer innerhalb der letzten Stunde betrat er sein Zimmer und ging zu der Kommode, wo er seine Kleidung verwahrte.

Während er seine Sachen durchstöberte, versuchte er, einen

klaren Kopf zu behalten und etwas zu finden, worin sie sich wohlfühlen würde, und sich nicht von dem Gedanken an Lily, die seine Sachen anhatte, treiben zu lassen, dem plötzlichen Wunsch, sie in einem seiner Hemden zu sehen. Mit etwas, das er auf der eigenen Haut getragen hatte, auf ihrer … Er hielt einen Fluch zurück und zog eine graue Jogginghose heraus, ein weißes T-Shirt und einen steingrauen Strickpulli. Wahrscheinlich würde sie darin versinken, aber er hatte nichts Kleineres, und wenigstens wären die Sachen trocken und warm.

Er ging zurück in den Flur und lauschte durch ihre Tür auf das Geräusch der Dusche. Das Letzte, was er wollte, war hereinzuplatzen, während sie sich auszog. Nun, vielleicht nicht das Letzte, aber er wusste, wie unpassend es gewesen wäre.

Nachdem er sich vergewissert hatte, dass sie genügend Zeit gehabt hatte, um ins Bad zu gehen, klopfte er an, betrat vorsichtig das Zimmer, legte die Kleidung aufs Bett und zog sich so schnell wie möglich zurück.

Er blieb noch einen Moment im Flur stehen und versuchte, sich darauf zu konzentrieren, wie er Lily den Hals umdrehte – anstatt ihn zu küssen. Als er ins Wohnzimmer zurückkehrte, klatschte der Regen gegen die Fenster, und er konnte nur noch daran denken, wie das Wasser über Lilys Haut rann.

Plötzlich wurde ihm bewusst, dass seine Jeans klatschnass an seinen Beinen klebten und der Geruch von feuchter Wolle von seinem Pullover aufstieg. Dankbar dafür, dass das Unbehagen den verlockenden Nebel der Erregung durchbrach, den die Gedanken an Lily entfacht hatten, beschloss er, die Utensilien des Junggesellinnenabschieds aus dem Jeep zu holen, bevor er selbst duschen ging. Er war sowieso nass, also war das ein Abwasch.

Während er zwischen Auto und Gebäude hin und her lief und all die paillettenbesetzten Kissen und nassen Stoffe, von denen er keinen Schimmer hatte, wozu Lily sie brauchte, hereintrug, gelang es ihm, seine Atmung in den Griff zu bekommen und das Chaos in seinem Kopf zu ordnen. Ja, er hatte Angst gehabt, dass sie durch den Sturm verletzt werden könnte oder Schlimmeres. Aber es ging darüber hinaus. Es war im Grunde eine eher egoistische Angst. Er konnte den Gedanken nicht ertragen, dass ihr etwas zustoßen könnte, weil sie ein Teil seines Lebens geworden war. Er hatte sich an die kleinen Neckereien zwischen ihnen gewöhnt, an die gemeinsame Arbeit. Er hatte sich dabei ertappt, dass er wissen wollte, was sie dachte, ihre Hoffnungen kennen wollte und ihr helfen wollte, sie zu erfüllen.

* * *

Lily stand unter dem heißen Strahl der Dusche und hatte gerade erst aufgehört zu zittern. Sie drückte den Kopf gegen die kühlen Steinfliesen des schönen Badezimmers und lehnte sich an. *Was hatte sie sich nur dabei gedacht?* Henry hatte recht. In diesem Sturm hinauszugehen, *war* Irrsinn gewesen.

Das Gewitter war noch nicht so schlimm gewesen, als sie mit dem Boot hinausgefahren war, sicher, aber von dem Moment an, als sie es am Steg festgemacht hatte, war es immer heftiger geworden. Wenn Henry ihr nicht zu Hilfe gekommen wäre – sie hatte keine Ahnung, was sie hätte machen sollen.

Aber der Gedanke, dass alles schiefgehen könnte, dass der Junggesellinnenabschied nicht genau so stattfinden würde, wie sie es sich für Victoria vorgestellt hatte …

Es wäre so perfekt gewesen. Sie unterdrückte ein Schluchzen und ließ zu, dass die Hitze des sprühenden Duschwassers nach dem eiskalten Regen ihre Haut rosa färbte. Eine Welle der Traurigkeit überkam sie, aber dieses Mal nicht um den Junggesellinnenabschied, sondern um sie selbst.

Vielleicht ist es besser so.

Hast du nie daran gedacht, Hawke's Cove zu verlassen?

Sie ballte eine Faust und drückte sie fest gegen die Fliesen. Ihr wurde bewusst, dass sie sich versteckt hatte. Versteckt, weil sie ohne Blake, ohne den Junggesellinnenabschied, ohne die Hochzeit – abgesehen vom Restaurant – nichts hatte. Was hatte sie aus ihrem Leben gemacht? Malie, Zoe und Victoria waren draußen in der Welt gewesen und hatten Menschen gefunden, die sie liebten und von denen sie ebenfalls geliebt wurden. In wenigen Tagen würde die Hochzeit vorbei sein, Henry wäre nicht mehr hier, und sie …

Sie bemühte sich, die Tränen zurückzuhalten, die in ihr aufstiegen.

Sie wollte. Schlicht und einfach. Mehr. Mehr von ihrem Leben, mehr von Henry … Das Bild von ihm, wie er sie im Auto anstarrte, wie er ihre Gesichtszüge mit seinem Blick abtastete und sich vergewisserte, dass es ihr gut ging. Es hatte sie … geschmerzt. Weil sie das wollte, weil sie *ihn* wollte. Sie wollte, dass er dieser Mensch für sie war. Der Mensch, für den sie an erster Stelle stand. Der erste Mensch, an den sie sich wenden konnte und der sich an sie wandte. Sie gönnte ihren Freundinnen ihr Glück, aber real betrachtet – in der echten, harten Realität – würden sie zwar immer füreinander da sein, doch jede von ihnen hatte jetzt ihren ganz speziellen Menschen an der Seite. Und das war auch richtig so.

Es bewirkte nur, dass sie sich furchtbar einsam fühlte.

Denn sie wollte Henry auf eine Weise, die über bloße Anziehung hinausging. Dass da jemand war, der ihr bei der Hochzeit half, mit dem sie Fragen besprechen konnte, von dem sie Bestätigung bekam … das hatte sie in ihrem Leben vermisst. Und plötzlich konnte sie es benennen. Ihre Einsamkeit benennen. Sie erkannte, dass sie schon sehr lange einsam war und es ihr nur gelungen war, allen, einschließlich sich selbst, vorzumachen, dass es ihr gut ging. In Wirklichkeit war sie nur auf der Stelle getreten und hatte nichts erreicht. Sie stellte die Dusche ab, nahm sich ein Handtuch und wickelte sich fest darin ein, als wollte sie sich selbst zusammenhalten. Und doch hatte sie das Gefühl, sich völlig aufzulösen.

Als sie ins Schlafzimmer der Suite trat, sah sie die Jogginghose, das T-Shirt und den Pullover, die Henry für sie bereitgelegt hatte. Ein Bild von ihm, wie er die Sachen trug, schoss ihr durch den Kopf und, leicht peinlich berührt, griff sie nach dem Pullover. So weiche, feine Wolle. Wahrscheinlich war es Kaschmir oder etwas Ähnliches, dessen Namen Victoria kennen würde. Als würde das Streicheln des Materials Henrys Duft freisetzen, zog sie den Pulli ans Gesicht und rieb die weiche glatte Oberfläche an ihrer Haut, während sie die schwache Spur von Henrys Aftershave genoss, die noch immer in der Wolle hing.

Der Regen, der Sturm – es kam wie eine Flut, ein brechender Damm, und sie fühlte plötzlich alles auf einmal. Sie schlüpfte in die Sachen, zog die Jogginghose mit der Kordel an der Taille fest und musste die Hosenbeine hochkrempeln, damit sie nicht stolperte. Der Halsausschnitt am T-Shirt hing weit herunter, als hätte Henry ihn im Laufe der Jahre lang gezogen. Sie schob die Arme in den Pullover und zog ihn sich über den Kopf.

Als sie in den Spiegel schaute, sahen ihre Augen riesig aus, aber wenigstens waren sie nicht gerötet von den Tränen, die sie unter der Dusche geweint hatte. Lily trocknete ihr Haar grob mit dem Handtuch ab, und obwohl ein Teil von ihr am liebsten auf dem Bett zusammengesunken wäre und sich mit der einladenden dicken Bettdecke zugedeckt hätte, konnte sie die Begegnung mit Henry nicht länger hinauszögern.

Als sie ins Wohnzimmer kam, stellte sie mit Erschrecken fest, dass der Boden mit pastellfarbenen Paillettenkissen und den großen weißen Tüllbahnen bedeckt war, die sie gekauft hatte, um sie über dem Pavillon für den Junggesellinnenabschied zu drapieren. Sie musste beinahe lachen, denn das saubere, in einem beruhigenden Cremeton gehaltene Wohnzimmer hatte sich dadurch in einen Bohème-Harem verwandelt.

Von Henry fehlte jede Spur, bis auf die weiche Decke vor dem Kamin und die zwei Gläser Rotwein – Ruby, wenn sie sich nicht irrte. Eine seltsame Atmosphäre der Erwartung beherrschte den ganzen Raum. Sie ging an den beiden Weingläsern vorbei zum Fenster, gegen das der Regen in wütenden Stößen peitschte. Als ein Blitz über den Himmel zuckte, schrak sie zusammen und zählte. *Eins, zwei, drei.*

Boom.

Nicht ganz nah, aber auch nicht sehr weit weg. Wieder lag eine gewisse Spannung in der Luft. Würde sich der Sturm von der Bucht abwenden und weiterziehen? Vielleicht sogar aufs Meer hinaus? Lily biss sich auf die Lippe und war sich kurzzeitig nicht sicher, ob sie immer noch an den Sturm dachte.

Donner krachte über den Nachthimmel und ließ sie zusammenzucken.

»Ich wusste nicht, dass du Angst vor Gewittern hast.«

Sie war von seiner Stimme nicht überrascht. Sie hatte auf eine gewisse Weise gespürt, dass er den Raum betreten hatte, die selbst das Gewitter nicht hatte überdecken können. »Hab ich nicht«, antwortete sie etwas zu heftig, denn als sie sich umdrehte, hob er eine Braue. »Okay, zugegeben. Wovor hast du Angst?«

»Ich? Vor gar nichts«, antwortete er mit so viel falscher Arroganz, dass sie sich ein Lachen nicht verkneifen konnte. Seine Augen funkelten im Schein des Feuers, und sie fragte sich, ob genau das seine Absicht gewesen war.

»Und du hast gesagt, du würdest mich nicht mehr anlügen.« Ihre Stimme war voll gespielter Enttäuschung und Neckerei.

»Okay«, sagte er, griff nach einem der Weingläser am Feuer und reichte es ihr. »Frag mich.«

»Was?«

»Was immer du willst.«

»Was immer?«

»Ja«, sagte er und bedeutete ihr, sich an den Kamin zu setzen. Er selbst nahm bereits auf der flauschigen Decke Platz, die er davor ausgebreitet hatte. Sein Gesicht drückte nichts als Offenheit und Aufrichtigkeit aus.

Tausend Fragen schossen ihr durch den Kopf, einige tiefgründig und persönlich, andere einfach nur aus Neugier. Über ihn. Aber alle Optionen fühlten sich ein bisschen überzogen an. Er hielt ihr die Hand hin, um ihr zu helfen. Erwartungsvoll.

Mit an den Knöcheln gekreuzten Beinen ließ sie sich langsam neben ihm auf dem Plaid nieder, was ihn zum Lachen brachte.

»Was ist denn?«

»Du sahst gerade aus wie eine Prinzessin, die geruht, sich auf einer Wolke niederzulassen.«

»Wirklich?«

»Absolut«, beharrte er. »So was hab ich noch nie gesehen.«

Sie schlug seine Hand weg. »Yoga.«

»Du hast Zeit für Yoga?«

»Nicht immer.«

Er schnaubte wieder ein halbes Lachen, was sie zum Lächeln brachte.

»Was ist deine Lieblingsfarbe?«, fragte sie.

»Ich gebe dir einen Freibrief, und du fragst mich ausgerechnet das?« Sie betrachtete die Wölbung seiner Stirn im flackernden Licht des Feuers.

»Nur damit du dich im trügerischen Gefühl der Sicherheit wiegst.«

Es schien, als sähe er sie *ganz*, nicht nur ihre Gesichtszüge, und er berührte einen Teil ihres Herzens, von dessen Existenz sie nichts gewusst hatte.

»Kastanienbraun.«

Lily nickte und fühlte sich plötzlich verlegen, aber auch auf lächerliche Weise glücklich. Sie konnte nicht wissen, ob er dabei an ihre Haarfarbe gedacht hatte, aber es reichte ihr schon, dass es möglich war. Für den Moment.

»Was wolltest du werden, als du klein warst?«

»Aus der Bucht rauskommen«, antwortete er innerhalb eines Herzschlags.

»Das ist kein Beruf«, schimpfte sie.

»Okay.« Er schien darüber nachzudenken, als ob er sich anstrengen müsse, um sich zu erinnern. »Ich … Feuerwehrmann.«

Lily hatte plötzlich ein Bild von Henry als Kind vor Augen, wie er mit seinen Spielsachen spielte, voll unschuldiger Konzentration und Zufriedenheit. Einen Moment lang fühlte es sich so real an, dass sie sich völlig darin verlor.

»Und du?«, fragte er.

Sie hielt inne und erinnerte sich für einen Moment an etwas, bevor sie Köchin werden wollte, aber sie verwarf die halb hervorgeholte Erinnerung, bevor sie sich festsetzen konnte.

»Köchin, ganz klar.«

»Hmm, da bin ich mir nicht sicher.«

»Was meinst du?«

»Du hast zuerst an etwas anderes gedacht.«

»Woher weißt du …«

»Lily Atwell, ich sage es dir nur ungern, aber dein Gesicht verrät fast jeden deiner Gedanken.«

»Nein, das stimmt nicht«, sagte sie, errötete heftig und hoffte inständig, dass es nicht stimmte. Sonst wüsste er ja … *alles*.

»Genau das meine ich«, sagte er, und sein Blick war fest auf ihre Wangen gerichtet, die, wie sie wusste, knallrot sein mussten.

Sie blickte auf, sah das Funkeln in seinen Augen, das selbstsichere Lächeln auf seinen Lippen, und nur einen kleinen Moment, sie atmeten beide ein, hielten sie den Augenblick fest, der sich zwischen ihnen ausdehnte, bevor Lily erneut spürte, wie die Mauer einbrach und dann trat auch sie einen Schritt zurück.

»Eine Mum.«

»Was?«, fragte er und runzelte die Stirn.

»Ich wollte Mutter werden. Ich habe mir einen Mann und Kinder gewünscht und einen weißen Lattenzaun um ein schönes Haus mit Blick aufs Meer. Aber es ist nicht *cool*, das zuzugeben, oder?«

»Warum nicht?«, fragte er und schien aufrichtig fasziniert zu sein.

Lily seufzte. »Weil wir eigentlich alles haben sollen. Die steile Karriere, eine Familie, Unabhängigkeit und Abhängigkeit … Alles in einem.«

»Nun ja, meine sehr weise – und sehr wunderbare – Mutter sagt, dass nicht deshalb BHs verbrannt worden sind, um die gläserne Decke zu durchbrechen, sondern um Frauen die Entscheidung zu ermöglichen zu tun, was sie möchten, egal, ob das nun eine steile Karriere ist oder etwas ganz anderes. Ich würde daher denken, dass es mehr als in Ordnung ist, wenn du für dich entscheidest, Mutter zu werden, wenn du das willst.«

Oh Gott! Er liebte seine Mum. Die Gefühle, die sich zwischen ihnen aufbauten, wurden allzu groß. Sie musste sich an die Erinnerung klammern, wie er sie des Hausfriedensbruchs beschuldigt hatte, und daran, dass er sie angelogen hatte.

Frag mich, was immer du willst.

Sie schüttelte den Kopf, um den Gedanken loszuwerden, aber Henry deutete ihre Reaktion offensichtlich falsch.

»Oder auch nicht«, sagte er und hielt die Hände kapitulierend hoch.

»Was willst du jetzt werden?«, fragte sie und versuchte, seinen Blick von ihr abzulenken.

Er runzelte die Stirn, verwirrt von ihrer Frage. »Ich *bin* das, was ich jetzt sein will«, sagte er, aber er sah nicht ganz so sicher aus, wie sie fand, dass er sein sollte.

»App-Entwickler?«

»Ein sehr reicher, sehr erfolgreicher App-Entwickler, danke«, antwortete er mit seiner üblichen vorgetäuschten Arroganz.

»Mehr willst du nicht?« Sie konnte sich die Frage nicht verkneifen.

»Willst du mehr?«

Ja. Ja, das tat sie. Sie wollte ihn. Aber anstatt zu antworten, presste sie ihre Kiefer aufeinander aus Angst, die Worte tatsächlich auszusprechen.

* * *

Henry hatte nicht gelogen, als er ihr gesagt hatte, wie ausdrucksstark ihr Gesicht sei. Plötzlich wünschte er sich, er hätte sich einfach geirrt, denn er konnte das Verlangen in ihren Augen leuchten sehen. Er konnte den Schlag ihres Herzens fast bis an seine Brust spüren, über die weniger als einen halben Meter Entfernung zwischen ihnen hinweg. Er hätte auf die Bibel schwören können, dass er sie auf seiner Zunge schmecken konnte. Süß, zitronig … ein Geschmack nach Zuhause.

Zuhause.

Das Wort hallte in seinem Kopf nach. Vielleicht hatte sie nicht bemerkt, dass er ihre Frage, ob er mehr wolle, nicht beantwortet hatte. Denn bis vor einem Monat hatte er sich nichts gewünscht. Aber in den letzten Wochen war eine Veränderung eingetreten. Es war, als hätte sie ihn mit einem Zauber belegt. Als sie ihm gestanden hatte, dass es ihr Wunsch gewesen war, Mutter zu werden, hatte er es gewusst, gesehen und gefühlt. Genauso, wie er sie sich nur wenige Wochen zuvor schwanger vorgestellt hatte.

Weißer Lattenzaun, Haus mit Blick aufs Meer.

Er besaß diese Dinge. Nun, den Zaun nicht, aber den Rest immerhin. Aber konnte er ihr mehr bieten? Konnte er ihr sich selbst anbieten? Ein Mann, der so sehr von der Vergangenheit verfolgt wurde, dass er entschlossen war, genau das zu verkaufen, was sie sich wünschte? Diesmal war er an der Reihe, den Kopf zu schütteln und die Gedanken zu verdrängen, die seinen Verstand und sein Herz erfüllten, bevor er in Versuchung geriet, zu betteln, zu flehen, zu bitten … zu nehmen.

»Also, was hält dich davon ab?«, fragte er in die Stille hinein, die sich im Raum ausgebreitet hatte.

»Was meinst du?«

»Was hindert dich daran, das zu haben, was du willst – die Familie?«

Sie sah ihn an, als wäre er ein bisschen verrückt. »Ich habe im Moment ein paar Dinge auf dem Tisch, die erledigt werden müssen.«

»Dann räum den Tisch ab.«

»So einfach ist das nicht, Henry.«

Er zuckte mit den Schultern. »Doch, ich bin mir ziemlich sicher, dass es das ist.« Er wusste, dass er gerade dabei war, unausstehlich zu werden, aber irgendetwas an ihrem Gespräch hatte an eine Wunde gerührt, die jetzt brannte und schmerzte. Er nahm den letzten Schluck Wein und griff nach der Flasche, um nachzufüllen, seltsam verärgert über sich selbst. Dabei war er sich sicher, dass dies erst der Anfang war. Es hatte wirklich nicht viel gebraucht, so als hätte er Reisig in die Glut eines Feuers geworfen, das hell aufloderte, als er sie früher am Abend am Strand entdeckt hatte.

»Jetzt ist einfach nicht der richtige Zeitpunkt.«

»Das nehme ich dir nicht ab.«

»Sagt der Mann, der es sich offensichtlich leisten kann, sein Business für Monate zu verlassen.« Diesmal war es Ärger, der ihre Wangen rosig färbte und den er beinahe genoss. Beinahe, denn in Wahrheit verabscheute er sich dafür, wie er mit ihr sprach.

»Sagt die Frau, die sich ganz locker flockig ein paar Wochen von *ihrer* Arbeit freigenommen hat, um die Hochzeit ihrer Freundin zu organisieren. Selbst wenn diese Hochzeit sie in den Ruin treiben wird.«

»In den Ruin treiben? Was redest du da?« In ihren Augen zeichnete sich ein Sturm ab, der mit dem Unwetter draußen mithalten konnte.

»Na, jemand muss es dir ja mal sagen, Lily. Du rennst herum wie ein aufgeschrecktes Huhn und reibst dich auf bis zur Erschöpfung. Du fährst mitten in einem Sturm im Boot raus, ohne an die Gefahr zu denken – und wofür? Für einen Junggesellinnenabschied? Was zum Teufel ist an dieser Hochzeit so wichtig, dass du deine Gesundheit dafür aufs Spiel setzt?«

Kapitel 11

Lily fuhr zusammen, erschrocken von seinem Ausbruch, den er sofort zu bereuen schien. Er schüttelte den Kopf und fuhr sich mit einer Hand übers Gesicht.

»Ich weiß, dass es dumm war …«

»Gefährlich.«

»Ja, okay, gefährlich, aber …« Lily konnte plötzlich keine Worte mehr finden, denn es war wirklich gefährlich gewesen. Regelrecht fahrlässig.

»Aber was, Lily? *Warum?* Sag mir einfach, warum, damit ich es verstehen kann.« Er sah so verletzt aus, dass sie sich wünschte, er könnte es verstehen. Sie brauchte sein Verständnis.

»Victoria hat so viel durchgemacht, Henry. Dass sie keine Kinder bekommen kann, war so schwer für sie, und jetzt hat sie endlich jemanden gefunden, dem sie etwas bedeutet – *sie*, als die erstaunliche, wunderbare Person, die sie ist.«

»Das verstehe ich. Wirklich, das tue ich. Ihre Liebe ist epochal …«

»Mach dich nicht über mich lustig«, fauchte sie.

»Mache ich nicht, ich habe es selbst gesehen. Ich bin davon überzeugt. Glaub mir. Aber dass du es so extrem übertrieben hast … Das machst du nicht für sie.« Und bevor sie widersprechen konnte, stellte er klar: »Nicht *nur* für sie.«

Seine Worte – seine Fragen – kamen dem Kern zu nah, dem zu nah, worüber sie in der Dusche nachgedacht hatte.

Und plötzlich wirbelte alles in ihr auf, und sie konnte es nicht mehr zurückhalten.

»Okay, gut. Du willst es wissen? Wirklich? Es ist, weil ich weiß, wie sehr man von seiner Hochzeit träumen kann. Ich weiß, wie es ist, Tage, Wochen, Monate damit zu verbringen, jedes einzelne Detail zu planen – die Kleider der Brautjungfern, das eigene Brautkleid; wie man darauf brennt, Familie und Freunde einzuladen, weil man der ganzen Welt zeigen will, dass man liebt und geliebt wird. Und ich weiß, Henry«, sagte sie und holte verzweifelt Luft, »ich weiß, wie es ist, wenn einem das genommen wird. Nicht nur, dass es aus deinem Leben gelöscht wird, sondern die Scham und Peinlichkeit zu wissen, dass du an der Nase herumgeführt wurdest. Benutzt wie ein verdammtes Sparschwein. Dass all das nur zum Schein war. Eine Täuschung. Eine Lüge. Es macht einen kaputt«, flüsterte sie, und ihre Stimme brach, als sie sich an die Zeit nach Alistair erinnerte, an die Erkenntnis, dass er sie nicht nur verlassen, sondern auch benutzt hatte. Das dunkle schwarze Loch der Monate, die sie nach ihrer Rückkehr nach Hawke's Cove erlebt hatte. »Es raubt einem das Selbstbewusstsein und den Glauben, nicht nur an andere Menschen, sondern auch an sich selbst. Denn *ich* war es, die ihm geglaubt hat, *ich*, die ihm vertraut hat, *ich*, die sich geweigert hat zu sehen, dass er nicht an mir interessiert war. An meinen Hoffnungen und Träumen. Er war nicht an meinem Leben interessiert und hoffte nicht genauso, eine Zukunft und eine Familie mit mir zu haben. Er hat mich verlassen. Ich musste alle anrufen und ihnen sagen, dass er weg war. Ich musste den Veranstaltungsort canceln und den Lieferanten absagen, ich musste die Gäste anrufen und jedem Einzelnen verkünden, dass ich einer Hochzeit oder der Liebe nicht würdig war. Dass ich nicht gut genug war.

Und ganz egal, was du sagst, Henry, ich werde, verdammt noch mal, dafür sorgen, dass V oder jede andere meiner Freundinnen das niemals durchmachen muss.«

Schließlich schaute sie zu ihm auf und in seine schreckgeweiteten Augen, diese furchtbare Mischung aus Traurigkeit, Mitleid und Hilflosigkeit, mit der ihr in den ersten Monaten fast jeder in der Stadt begegnet war.

»Mein Gott, Lily, Oliver würde doch nie …« Er hielt inne und schüttelte den Kopf. »Aber darum geht es ja nicht.«

Henry war wirklich schockiert. Die ganze Zeit über hatte er sie als treibende Kraft erlebt, als eine Macht, mit der man rechnen musste. Er hatte sie in ihrer ganzen Großartigkeit in der Küche und bei der Weinlese gesehen und sich nicht eine Sekunde lang vorstellen können, wie verletzt sie unter der Oberfläche noch immer war. Und in diesem Moment wurde ihm klar, dass sie es nicht sah.

»Weißt du eigentlich, was für ein unglaublicher Mensch du bist und was für eine Arschmütze Alistair war?«

Lily verschluckte sich an ihrem Brandy. »Arschmütze?« Sie musste lachen, und Henry war erleichtert darüber. Das perlende Geräusch durchbrach die Spannung im Raum, was dringend nötig war. »Ja, ich weiß genau, was für eine Arschmütze Alistair war, aber das ändert nichts an der Tatsache, dass …«

»Dass du von jemandem verraten wurdest, den du geliebt hast. Und das hat dich an dir selbst zweifeln lassen, obwohl du die letzte Person auf der Welt bist, die Anlass dazu hätte. Du hast so Wunderbares geleistet, Lily«, sagte er und konnte immer noch nicht begreifen, dass sie es nicht selbst sah.

»Sagt der Mann, der Wohnungen in Singapur, New York und London hat …«

»Sagt der Mann, der kein Zuhause hat. Der seit über zehn Jahren nicht mehr mit seinem Vater gesprochen hat. Der vielleicht einen Haufen Geld hat …«

»Unfassbar viel«, unterbrach sie.

»Aber es geht nicht um Geld. Ging es nie«, sagte er und seufzte. »Was du hast – Freunde, eine Familie, die dich liebt, eine Gemeinschaft, die ohne dich aufgeschmissen wäre … Das ist unschätzbar viel.«

Er neigte sich ein wenig zu ihr, denn er konnte es nicht ertragen, sie zu überragen, wenn sie so verletzlich schien. So nah bei ihr konnte er die natürlichen, satt kupfergolden glänzenden Strähnen in ihren trocknenden Haaren sehen. Wie ihre Haut im Feuerschein wie Sahne schimmerte. Sie war so schön, so unglaublich, und es tat ihm weh, dass ihr das nicht bewusst war.

»Aber, Lily, es geht nicht darum, was du hast. Es geht darum, wer du bist. Und du bist …«, er schüttelte den Kopf, »… unglaublich.« Fast hätte er gelächelt, als eine feine Röte ihre Wangen überzog. »Du bist ein so freundlicher, großzügiger Mensch. Du wächst immer wieder über dich hinaus. Du setzt dich für deine Freunde und deine Familie ein. Und nicht nur für sie. Du hast sogar Mrs. Whittaker mürbe gemacht, was niemand für möglich gehalten hätte. Aber es ist noch mehr als das, Lily.« Er umfasste ihre Schultern und gab dem Wunsch nach, sie an sich zu ziehen. »Du hast mir gezeigt, dass Blake mich trotz allem, was passiert ist, geliebt hat. Du hast mich an einem Ort Frieden finden lassen, an dem ich nur die Schmerzen und den Kummer meiner Kindheit gesehen hatte. Und vor allem: Du verdienst Liebe. Du verdienst dein Happy End.«

Sie sah zu ihm auf, und er konnte sich beinahe selbst in ihren Augen sehen, das Bedürfnis, das Verlangen in der Luft zwischen ihnen beinahe schmecken. Aber er konnte diesen nächsten Schritt nicht tun. Er konnte ihr das nicht antun, denn sie verdiente ein wirklich glückliches Leben, und er war nicht derjenige, der es ihr hätte geben können. Aber vielleicht konnte er ihr helfen, das zu erkennen.

»Aber ich habe die Befürchtung, dass du es nicht findest, wenn für dich immer jemand anderes an erster Stelle steht.«

»Wie meinst du das?«, fragte sie, als fände sie langsam wieder zurück in das Gespräch.

Er seufzte, weil er wusste, dass ihr das, was er zu sagen hatte, nicht gefallen würde, aber er wusste auch, dass sie es hören musste. »Du bist immer damit beschäftigt, dich für irgendetwas einzusetzen, irgendjemanden zu retten. Neulich hast du mich gerettet, mit der Weinlese. Und du hast versucht, den Junggesellinnenabschied zu retten, mitten in einem Gewitter. Aber warum? Was, glaubst du, würde geschehen, wenn du es nicht tätest?«

Der schmerzvolle Blick, der in ihren Augen aufblitzte, tat ihm weh. Er wollte ihn ihr so gern nehmen.

»Ich weiß nicht.«

»Weil du es noch nie zugelassen hast? Oder weil du wirklich nicht weißt, warum immer du diejenige sein musst, die alles richtet?«, fragte er sanft.

»Das ist nicht fair, Henry.«

»Es geht mir nicht darum, fair zu sein – oder gemein. Ich versuche, dir klarzumachen, dass für dich immer jemand anderes an erster Stelle steht. Du hättest mir sagen können, dass ich John wegen der Lese anrufen soll. V hätte eine Hochzeitsplanerin anheuern können, die all die tausend Dinge erledigt, die du auf dich genommen hast, während dein Koch im Urlaub war und du ein Restaurant zu führen hattest.«

»Aber ich *konnte* helfen«, beharrte sie. »Es war nicht schwer, ein paar Leute anzurufen, und natürlich wollte ich V bei ihrer Hochzeit unterstützen.«

»Das ist doch nicht …« Henry war frustriert, denn sie schien wirklich nicht zu verstehen, worauf er hinauswollte. Er dachte daran zurück, wie er sich in der Zeit nach Claudias Unfall mit ganzem Herzen in jede verrückte Erfahrung gestürzt hatte, weil er nicht innehalten wollte. Er wollte nicht über alles nachdenken müssen, nicht alles fühlen. Er ahnte, dass Lily dasselbe tat, und auch wenn es oberflächlich betrachtet gesünder schien, war es doch genauso selbstzerstörerisch.

»Aber was geschieht nach der Hochzeit?«

»Was meinst du?«

»Was machst du dann?«, erkundigte er sich vorsichtig.

»Was ich mache? Ich führe mein Restaurant weiter und habe meine Freundinnen«, sagte sie verteidigend.

* * *

Sie hasste es, dass er ihre Ängste, die unter der Dusche hochgekommen waren, in Worte fasste. Nicht nur, dass er sie aussprach, sondern auch, dass er sie so weit durchschaut hatte, dass er den Finger genau auf das legte, wovor sie sich zu verstecken versuchte.

»Willst denn nirgendwo hin? Jenseits von Hawke's Cove? Willst du nicht all die Orte, an denen man fantastisch essen kann, kennenlernen? In der Realität? Anstatt online?«

Ein Schmerz durchfuhr sie wie ein Stachel, und plötzlich konnte sie ihren Schmerz nicht mehr zurückhalten.

»Du tust so, als wäre meine Welt klein«, sagte sie, entwand sich seinen Armen und stand auf. »Das ist sie aber nicht. Sie ist voller Freundschaft, Familie und Gemeinschaft. Hawke's Cove ist etwas Besonderes. Es ist ein wunderschöner Ort mit vielen tollen Menschen. Es ist ein Zuhause. *Mein* Zuhause. Und wenn du das nicht sehen kannst, Henry Hawkesbury, tust du mir leid!«

Damit stürmte sie aus dem Zimmer, wischte sich die Tränen ab und schlug die Tür der Suite hinter sich zu. Irgendwie … wurde sie das Gefühl nicht los, dass er recht hatte. Sie hatte nicht gelogen mit dem, was sie über ihre Welt gesagt hatte. Sie liebte sie. Aber das bedeutete trotzdem nicht, dass er unrecht hatte. Es gab eine Welt da draußen, und sie versteckte sich vor ihr. Weil … weil … sie niemanden mehr verlieren wollte. Sie hatte schon genug verloren.

* * *

Lily brauchte eine Ewigkeit, um einzuschlafen. Sie wälzte sich hin und her in dem ungewohnten Bett in dem fremden Zimmer, während der Streit ihr weiter im Kopf herumspukte. Die glühende Wut und die Selbstvorwürfe erhitzten sie so sehr, dass sie die Zudecke abstreifen musste. Sie sah ein, dass Henry ihr nur helfen wollte. Und irgendwo, gemischt mit all dem Schmerz, war da auch die Tatsache, dass er gesagt hatte, sie sei unglaublich. Er hatte ein Bild von ihr gezeichnet, wie sie sich selbst nie gesehen hatte.

Aber wenn er sie so unglaublich fand, warum wollte er sie dann nicht? Warum hatte er sie nicht so geküsst, wie sie es sich wünschte? Und warum wartete sie darauf, dass er sie küsste?

Sie knurrte laut in das dunkle Zimmer hinein. Ihre Gedanken waren ein wildes Durcheinander. Er hatte ihr geholfen, sie sogar gerettet, aber dann hatte er ihr wehgetan. Oder hatte sie sich in Wirklichkeit die ganze Zeit selbst wehgetan?

Reiß dich zusammen, Lily.

Sie hatte zwei Tage bis zur Hochzeit. Der Junggesellinnenabschied …

Oh Gott!

Sie stöhnte auf, schnappte sich ein Kissen und drückte ihr Gesicht hinein. Was sollte sie nur tun?

Als sie sich aus Kissen und Decke befreit hatte, merkte sie, dass nicht mehr sie diejenige war, die ein Geräusch machte, sondern dass es von woanders herrührte. Es fing wie ein Stöhnen an, wie vor Schmerz oder Qual, und wurde dann lauter, schwoll an zu einem Schrei. Erst zu einem, dann folgte noch einer.

Lily sprang aus dem Bett und lief auf den Flur. Das Geräusch kam aus Henrys Zimmer, und Panik überfiel sie. Sie klopfte vorsichtig an die Tür, obwohl sie am liebsten mit der Faust dagegengehämmert hätte, aber sie bekam keine Antwort. Als ein weiterer Schrei die Stille des Hauses durchbrach, drückte sie die Klinke, stieß die Tür auf und betrat den Raum.

Die Vorhänge waren geöffnet, der Mond tauchte den Raum in ein Halbdunkel, und sie konnte sehen, wie Henry sich auf dem Bett hin und her wälzte. Nicht so, wie sie es getan hatte, eher so, als kämpfe er um sein Leben.

Sie wusste, dass es besser wäre, ihn nicht aus dem Traum zu reißen, darum ging sie zum Bett und sprach ihn leise an, um ihn vorsichtig aus dem Albtraum zu holen.

»Henry? Henry, alles ist gut. Es ist nur ein Traum.«

Er schlug wieder um sich, sein Arm schnellte vor, und sie wich ihm aus, fasste ihn und hielt seinen Unterarm mit ihrer Hand.

»Henry?«

Augenblicklich hielt er inne, öffnete die Augen und starrte eine Sekunde lang an die Decke, bevor er sie ansah. Dann setzte er sich ruckartig im Bett auf und nahm ihre Hand.

»Geht es dir gut?«, fragte er.

Sie nickte, kurz verwirrt von der Intensität seiner Frage und der Tatsache, dass seine erste Sorge ihr galt. »Mir geht's gut. Was ist mit dir?«

Er atmete tief ein und sah sich um, als würde er jetzt erst seine Umgebung wahrnehmen und erkennen, wo er war.

Er nickte langsam und fuhr sich mit der Hand über den Unterkiefer, massierte ihn, als hätte er die ganze Zeit über die Zähne zusammengebissen. Sie sah nun, dass er kein T-Shirt trug, und betrachtete die Stelle, an der seine Hand immer noch auf ihrer lag. Dann ließ sie den Blick über die gebräunte Haut seines Unterarms wandern, über die kräftigen Umrisse seiner Bizepsmuskeln, sein Schlüsselbein, bis hin zu den feinen dunklen Haaren, die sich über seine Brust zogen. Das alles ließ ihr das Wasser im Mund zusammenlaufen, und Schuldgefühle stiegen in ihr auf. Sie sollte ihn nicht anstarren. Nicht jetzt, in dieser Situation. Es ging ihm nicht gut, und sie … stand in Flammen. Dann kehrte sein Blick zu ihr zurück, intensiv und elektrisierend.

Plötzlich war sie verlegen. Sie war nur mit dem T-Shirt ins Bett gegangen und hatte nicht daran gedacht, mehr anzuziehen, als sie schnell nach ihm sehen wollte. Jetzt zog sie an dem Shirt, das ihr bis zur Oberschenkelmitte reichte, wobei ihr aber völlig entging, dass der Ausschnitt mit hinuntergezogen wurde und nun das zarte V zwischen ihren Brüsten enthüllte.

* * *

»Ein Albtraum?«, fragte sie.

»Ja. Ich bekomme sie, wenn es so regnet. Das erinnert mich …«

»… an den Unfall? Ich hatte sie danach auch ein paar Jahre lang«, gestand sie.

»Wirklich?«

»Mm hm.« Sie rieb sich die Arme, und zum ersten Mal konnte Henry die schwachen silbrigen Spuren von Narben sehen. Stirnrunzelnd nahm er ihre Arme in seine Hände und fuhr mit den Fingern darüber, wobei er sich erst im Nachhinein fragte, ob seine Berührung willkommen war. Der Anblick der Spuren auf ihren Armen tat ihm weh. Er hatte den Unfall fast unversehrt überstanden. Zumindest körperlich. Er drehte ihre Hände in seinen, entblößte so die weiche Innenseite ihrer Unterarme und bemerkte eine rote Brandwunde direkt über ihrem Handgelenk.

»Das ist aus der Küche.« Sie drehte ihre Hände wieder um. »Und das da auch«, fuhr sie fort und wies mit einem Nicken auf den anderen Arm, »das kommt vom Ofen. Ich kenne keinen Koch, der nicht die gleichen Spuren hat.« Sie lächelte traurig und zuckte mit den Schultern, während ihre Arme noch immer in seinen Händen lagen. »Ich … ich trage normalerweise keine kurzen Ärmel, aber …« Sie neigte den Kopf zu ihren Oberarmen, wo die silbrig schimmernden Linien von einer anderen Verletzung sprachen. »Ich bin noch glimpflich davongekommen«, sagte sie leise, und ihm wurde klar, dass sie sich mit Victoria verglich, die die Möglichkeit verloren hatte, Kinder zu bekommen, und mit Zoe in ihrem Rollstuhl.

Er schüttelte den Kopf. So viele Schäden durch diesen Abend. So viel Zerstörung und Verlust.

»Willst du mir von deinen Albträumen erzählen?«, fragte sie.

Eine so einfache Frage, die doch so schwer zu beantworten war. Er wollte Nein sagen, sich abwenden, aber die Aufrichtigkeit in ihren Augen, das Mitgefühl … Erinnerungen an den Albtraum schossen ihm durch den Kopf. Zerbrochenes Glas, Claudia, die lächelte und dann schrie, seine Hand, die gegen die Konsole des Autos krachte, das Geräusch des hochdrehenden Motors und der quietschenden Reifen. Er schluckte und verdrängte die Bilder aus seinem Kopf.

»Es ist meistens derselbe.« Seine Stimme klang rau, und sein Hals schmerzte, wohl weil er zuvor so laut geschrien hatte, »aber manchmal gibt es kleine Unterschiede. Manchmal sitze ich am Steuer und sie auf dem Beifahrersitz neben mir, in ihrem Ballkleid, glücklich, ein Lächeln im Gesicht …«

»So wie sie war, als du sie kennengelernt hast?«

»Ja. Sie war kühl und schön und warf ab und zu eine ironische Bemerkung ins Gespräch ein, womit sie mich überraschte. Sie schien so viel älter als siebzehn zu sein, so wissend und weltgewandt. Aber jetzt denke ich, sie war einfach nur … traurig.«

Er fuhr immer noch mit dem Daumen über die glatten Narben auf ihren Armen, er konnte sich nicht davon abbringen. Er brauchte ihre Wärme, die Weichheit ihrer Haut unter seiner. Das machte es irgendwie leichter, darüber zu reden.

»Manchmal, so wie heute Nacht, ist Claudia voller Energie und lacht. Nicht so wie am Abend des Unfalls, als sie …« Er zuckte mit den Schultern, als ob er die Erinnerung verdrängen wollte und gleichzeitig nach ihr suchte. »Da war sie fast wütend, entschlossen, auf etwas anderes konzentriert, sobald ich ins Auto gestiegen war. Aber heute Nacht im Traum war sie glücklich und sprach davon, wie sehr sie sich auf den Tanz freute, aber ich wusste, dass etwas Schreckliches passieren würde, nur nicht, was. Ich versuchte, es ihr zu sagen, sie zu warnen, aber sie ignorierte mich, wollte mir nicht glauben. Und die ganze Zeit über dieses wachsende Gefühl, dieses Wissen, dass die Gefahr keinen Fingerbreit entfernt war, die immer stärker wurde, und ich konnte nicht verstehen, warum sie mir nicht glaubte und warum ich nicht aufhören konnte weiterzufahren. Es war, als könnte mein Körper nicht auf meine Befehle reagieren, und …« Er brach ab und fühlte sich jetzt genauso hilflos wie in seinem Traum.

»So war es bei mir auch.«

»Wirklich?«

Lily nickte. »Ich hatte danach etwa drei Jahre lang so drei- bis viermal pro Woche diese Albträume. Sie waren so kräftezehrend und schrecklich und traumatisch«, sagte sie und seufzte. »Nur selbst gefahren bin ich nie. Aber manchmal saß Dad mit mir im Auto. Das waren die schlimmsten Träume, weil ich ihn dann sehen konnte und jedes Mal wusste, dass ich ihn wieder verlieren würde. Obwohl, manchmal war da auch eine Katze.«

»Eine Katze?«, fragte Henry fast belustigt.

»Eine Riesenkatze. Sie griff mich an, und ich versuchte ständig, sie abzuwehren, ohne sie zu verletzen. Aber V kam dadurch ins Schleudern, und das Auto kam von der Straße ab und fiel und fiel und fiel immer weiter.«

Er hätte über die Katze lachen können, aber er wusste, dass es nicht lustig war. Nicht wirklich. Sie hatte dasselbe Grauen gespürt, das sich aufbaute, aber nie seinen Höhepunkt zu erreichen schien. Aber vielleicht lag es auch daran, dass sie es bereits erlebt hatten. Vielleicht war es ihr Verstand, der sie vor den Erinnerungen an das wirkliche Trauma, das sie gemeinsam erlebt hatten, schützte.

»Wann haben sie aufgehört?«, fragte er und hoffte, dass Lily irgendeinen magischen Schlüssel hatte.

»Ich weiß nicht«, sagte sie und schob sich neben ihn auf das Bett, ohne zu bemerken, dass der Saum ihres T-Shirts ein wenig hochrutschte. »Ungefähr nach drei Jahren? Ich glaube, es war, als mir bewusst wurde, dass V und Zo da draußen waren und ihr Leben lebten. Dass Malie in der Surfszene erstaunliche Dinge machte. Sie hatten es geschafft voranzukommen, und das brachte eine Art Frieden mit sich. Nichts hielt sie mehr zurück.«

Henrys Gedanken machten halt.

Er wusste, was ihn all die Jahre zurückgehalten hatte, er hatte es nur nie zugeben wollen, nicht laut aussprechen. Denn das hätte bedeutet, dass alle es sehen, alle es wissen würden. Aber zum ersten Mal seit zehn Jahren dachte er, dass Lily die Person sein könnte, die es verstehen würde. Sie kannte Claudia und war bei dem Unfall dabei gewesen. Vielleicht konnte er ihr vertrauen.

Natürlich konnte er ihr vertrauen. Er hatte es nie jemandem erzählt, und dieses Geheimnis war eine schwere Last. Denn er hatte immer vermutet – nein, geglaubt –, dass der ganze Unfall in Wahrheit seine Schuld gewesen war.

Er zog die Bettdecke zu Lily hinüber, und schaltete das kleine Licht auf dem Nachttisch ein. Wenn er es erzählte, dann nicht im Schatten, sondern so, dass er Lily dabei sehen konnte. Ihre Reaktion sehen. Und sie sollte auch ihn endlich richtig sehen.

»Ich … ich weiß nicht recht, wo ich anfangen soll.«

Lily runzelte die Stirn, offensichtlich war ihr nicht klar, was er zu sagen hatte, aber dann wurde ihr Gesichtsausdruck wieder weicher und so bezaubernd offen, wie er es von ihr gewohnt war. »Am Anfang«, sagte sie mit einem sanften Lächeln. »Damit fangen die meisten Menschen an.«

Trotz ihrer ruhigen Zuversicht musste er im Raum auf und ab gehen. Das hier hatte er noch nie jemandem erzählt, nicht einmal Ben. Und die ganze Zeit über hatte es ihn zermürbt.

»Der Sommer damals war wirklich schwierig für mich. Ich war seit einem Jahr an der Uni, was sich für mich wie ein Hauch von frischer Luft anfühlte. Endlich war ich von meinen Eltern weg – von beiden. Von Blake, der fast völlig abwesend war, und von meiner Mutter, die so verzweifelt bemüht war, die katastrophale Zeit meiner ersten Lebensjahre wiedergutzumachen, dass sie mir fast jeden Wunsch erfüllte; ohne zu merken, wie es mir schadete und mich anwiderte. Aber an der Uni zu sein? Auszuprobieren, wie es ist, sein eigenes Leben zu leben … Das war berauschend. Mit den Kommilitonen abhängen, allen möglichen Blödsinn machen, sich volllaufen lassen … Mädchen kennenlernen.«

Er warf Lily einen Blick zu. »Ich habe Claudia nicht betrogen«, sagte er. Sie sollte das wissen. Er wollte, dass sie es verstand.

»Henry, wir waren jung. Du warst achtzehn. Selbst, wenn du …«

»Habe ich aber nicht«, betonte er.

»Ich glaube dir«, sagte sie einfach, ohne zu wissen, wie viel ihm diese drei kleinen Worte bedeuteten. Verzweifelt hoffte er, dass sie das noch immer tun würde, nachdem er ihr erzählt hatte, was an jenem Abend geschehen war.

»Ich glaube, es wäre einfacher gewesen, wenn ich es getan hätte. Aber ich fürchte, was ich getan habe, war schlimmer. Ich wusste, dass ich nicht mit ihr zusammenbleiben wollte, aber ich hatte einfach nicht den Mut, es ihr zu sagen. Ich habe gehofft, dass es sich von selbst erledigt. Dass es ihr langweilig würde, auf mich zu warten. Aber als sie merkte, dass ich mich zurückzog, wurde sie immer hartnäckiger, immer bedürftiger.«

Er dachte an die SMS und die Anrufe, erinnerte sich daran, wie er in seinem Wohnheimzimmer gesessen, mit seinen Freunden getrunken oder – sehr selten – zu lernen versucht hatte und dann hatte aufstehen müssen, um ans Telefon zu gehen und Claudia mal weinen und mal hysterisch lachen zu hören. »Ich wusste, dass sie es schwer hatte mit ihren Eltern, dass sie einen Hass auf die Schule hatte, auf Hawke's Cove … Ich konnte das alles total nachvollziehen, aber … ich habe es einfach abgetan. Ich sagte ihr immer wieder, dass sie bald da rauskäme, genau wie ich. Sie müsse nur abwarten. Dann hörte ich wieder ein paar Wochen nichts von ihr, und darüber war ich jedes Mal erleichtert. Es war, als hätte sie die Botschaft verstanden, ohne dass ich sie aussprechen musste. Ich war so ein *verdammter Feigling*!«, stieß er laut hervor. »Überall um mich herum sah ich nur Partys und Menschen, und es fühlte sich an wie der Anfang von etwas Neuem. Von meinem Leben. Ich war so egoistisch, dass ich es Claudia übel nahm, dass sie mich an diese Bucht fesselte, an meinen Vater, an alles, wovor ich weglaufen wollte.«

»Als sie mich dann fragte, ob ich mit ihr zum Sommerball komme, dachte ich: Das ist es jetzt. Ich wollte mit ihr zum Ball gehen und dann mit ihr Schluss machen. Als wenn das irgendeinen Sinn ergeben hätte.« Wenn er nur daran dachte, wie er sich damals verhalten hatte. Wie verabscheuungswürdig.

Purer Egoismus hatte ihn angetrieben. Er fuhr sich mit der Hand durch die Haare und drehte sich zu Lily, den Ausdruck von Abscheu oder Enttäuschung in ihrem Gesicht fürchtend. Aber sie hatte noch immer diesen offenen und mitfühlenden Blick.

»Sie bot an, selbst zu fahren, und ich war dankbar. Nicht weil ich vorhatte, etwas zu trinken, sondern eher, weil ich dachte, dass ich sie dann wenigstens nicht noch nach Hause fahren müsste – nach einer womöglich peinlichen Auseinandersetzung.« Er spürte den Drang, sich die Haare zu raufen, daran zu reißen. Wut auf sich selbst und Frustration packten ihn. »Als sie mich abholte, war ich schon so voll darauf konzentriert, was ich ihr sagen wollte, dass ich es einfach nicht gemerkt habe. Mir ist überhaupt nicht aufgefallen, dass sie nicht nüchtern war. Ich dachte, sie wäre aufgeregt wegen der Party. Ich hatte ja keine Ahnung, dass es so schlimm geworden war, dass sie angefangen hatte, Drogen zu nehmen, ganz zu schweigen vom Alkohol. Wenn ich nicht so sehr auf mich selbst fixiert gewesen wäre, hätte ich es früher gemerkt. Dann hätte ich sie nicht fahren lassen.«

Er fuhr sich noch einmal mit der Hand übers Gesicht. »Aber ich habe nichts unternommen. Eine Freundin von der Uni rief mich an, als wir im Auto saßen. Ihr Bild erschien auf dem Display, und als Claudia es sah, wollte sie wissen, ob ich mit ihr zusammen sei. Es … war schrecklich. Sie schrie mich an und weinte, und ich versuchte, ihr klarzumachen, dass da gar nichts war. Ich wollte, dass sie anhielt, aber sie hat nur noch mehr Gas gegeben. Wir sind immer weiter auf euch zugerast – auf Victorias Auto –, und ich schrie sie an, langsamer zu fahren, aber sie hörte nicht auf mich. Dann wart ihr direkt vor uns, und sie wollte euch überholen, und …« Den Rest brauchte er nicht zu erzählen. Lily kannte ihn. Alle wussten, was dann kam. Die Erinnerung umklammerte ihm schmerzhaft die Brust.

Lily stand vom Bett auf, trat vor ihn und nahm seine Hände in ihre. Henry fühlte ihre Wärme, und die Weichheit ihrer Haut löste ihn wieder aus der festen Umklammerung der Vergangenheit.

»Es war nicht deine Schuld, dass Claudia high war und betrunken. Der Regen war sintflutartig, und wahrscheinlich wäre es sowieso passiert, wenn auch mit jemand anderem«, sagte Lily.

»Aber ich hätte es wissen müssen. Ich hätte erkennen müssen, dass sie nicht nüchtern war«, beharrte er, auch sich selbst gegenüber. Schließlich war es genau das, was Claudias Eltern ihm bei der Untersuchung an den Kopf geworfen hatten.

Warum hast du sie nicht aufgehalten?! Warum hast du nichts unternommen?

Ihre Stimmen klangen ihm trotz der vielen Jahre, die vergangen waren, noch immer laut in den Ohren. Er hatte es nie vergessen.

»Weißt du, wie oft ich das auch schon gedacht habe?«, fragte Lily. »Dass ich – dass wir – es hätten sehen müssen, dass mit Claudia etwas nicht stimmte? Sie war doch in unserer Stufe, und wir hatten einige Kurse gemeinsam. Und niemand – weder ihre Freunde, noch die Lehrer, noch die Schule – hat etwas gesagt. Hat irgendwas getan. Sie hat gelitten, seelisch, und niemand wusste es.« Sie zuckte hilflos mit den Schultern. »Claudia war das überall beliebte Mädchen, ein bisschen aufsässig, aber … Im Nachhinein haben wir alle realisiert, dass sie sich in den Monaten vor dem Abschlussball anders verhalten hat. Nur damals haben wir es ignoriert. Wir hätten es den Lehrerinnen und Lehrern sagen können, hätten jemanden darauf ansprechen können … Aber das haben wir nicht. Hätten wir es gemacht, dann hättest du vielleicht gar nicht in dem Auto gesessen. Claudia hätte an diesem Abend vielleicht weder Drogen noch Alkohol nötig gehabt.«

»Du kannst dir doch nicht die Schuld geben«, sagte er bestimmt.

»Aber du darfst *dir* die Schuld geben?«

»Ich hätte etwas tun müssen.«

»Das hast du. Du bist bei ihr geblieben.«

»Was?«

»Ich …« Sie zögerte. »Du bist bei ihr im Auto geblieben. Du hast dich von den Sanitätern nicht anfassen lassen, bis sie Claudia rausgeholt hatten. Ich hab's gesehen.«

Erschrocken suchte er in ihren Augen nach etwas, ohne zu wissen, nach was.

»Es gab mir selbst Kraft«, sagte sie traurig. »Die Kraft, bei V, Zo und Malie zu bleiben. Eine Zeit lang war ich die einzige Person im Auto, die bei Bewusstsein war. Und obwohl ich eigentlich nur rauswollte, nur weglaufen, fliehen – als ich sah, wie sehr du darum gekämpft hast, bei Claudia zu bleiben, hat mir das geholfen, auch durchzuhalten. Ich habe Vs Hand vorne gehalten und Malies neben mir, und über Zos Schulter hinweg konnte ich dich sehen. Du hast Claudia festgehalten und immer weiter mit ihr geredet, bis man dich praktisch aus dem Auto gezerrt hat. Die ganze Zeit über habe ich dich angesehen.«

Ein kalter Schauer durchfuhr ihn, und er bekam eine Gänsehaut. Sie kam näher an ihn heran, bis nur wenige Zentimeter zwischen seiner und ihrer Brust blieben, und umrahmte sein Gesicht mit ihren Händen. So hielt sie seinen Blick fest.

»Es war nicht deine Schuld, Henry. Claudia war ein zutiefst unglücklicher Mensch, und viele Leute haben das nicht gesehen. Denk daran, was du mit deiner ersten App bewirkt hast. Sie hilft Menschen mit solchen Problemen, sich auf dieser Welt sicherer zu fühlen. Das ist dein Verdienst. Du musst dir selbst verzeihen, Henry. Niemand kann das für dich tun.«

Er wusste, dass Lily mit dem, was sie sagte, recht hatte. Dass er sich selbst verzeihen musste. Aber sie lag auch falsch. Zwei Menschen gab es, die ihm immer noch helfen konnten, nach vorn zu blicken und die Sache wirklich hinter sich zu lassen.

Warum hast du sie nicht aufgehalten?! Warum hast du nichts unternommen?

Er zitterte, und Lily wollte ihre Hände wegnehmen, als glaube sie, er wolle sie abstreifen. Schnell legte er seine Hände auf ihre und hielt sie dort, weil er sich nach der Wärme, dem Trost und der Sicherheit sehnte, die sie ihm gaben. Er senkte den Kopf, zu beschämt, um ihr in die Augen zu blicken.

* * *

Lily sah Henrys gesenkten Kopf, und der Anblick tat ihr weh. Es tat ihr weh wegen all der Schuldgefühle, die er seit Jahren mit sich herumtrug. Sie wünschte sich, sie ihm nehmen zu können, aber sie wusste, dass er das nur selbst für sich tun konnte. Und sie wusste, dass der Unfall nicht nur das Leben von Malie, Zoe und Victoria geprägt hatte, sondern auch ihn zu dem Mann gemacht hatte, der heute vor ihr stand. Dem Mann, der aus etwas Zerstörerischem etwas so Großartiges geschaffen hatte. Sie hatte sich die App in der Nacht, in der er ihr davon erzählt hatte, im Internet angeschaut, und sie war sehr beeindruckt davon. Die Rezensionen und Auszeichnungen, die sie erhalten hatte, waren voll des Dankes und Lobes. Sie galt als eine Ressource für Jugendliche, die Probleme hatten, und Eltern bezeichneten sie als lebensrettend für ihre Kinder. Aber was noch mehr war: An Henrys Taten und Worten konnte sie seine tiefen Empfindungen ablesen. Er hatte es verdient weiterzugehen. Sie alle hatten das.

Sie spürte seinen Seufzer auf ihrer Haut, wie er langsam und tief ausatmete, sanft und wärmend. Und plötzlich wurde ihr schmerzlich bewusst, wo sie sich berührten, wie nah sie sich waren, wie sein Duft sie umgab, Sandelholz und Rauch und etwas Frisches und Sauberes vom Duschen zuvor. Es zog sie an, und ihrer beider Atem wurde zu einem Austausch von Geben und Nehmen. Die Spannung in der Luft zwischen ihnen wandelte sich von Trauer und Verlust in Hoffnung und Verlangen.

»Du solltest gehen«, sagte er leise, ohne den Kopf zu heben, die Augen immer noch geschlossen, wahrscheinlich aus gutem Grund.

Sie wusste, sie könnte, sie *sollte* hier weg, weg von ihm. Aber sie wollte nicht. Zum ersten Mal seit so langer Zeit wollte sie bleiben. Wollte egoistisch sein und sich nehmen, wonach sie sich sehnte. Wonach sie sich schon seit Wochen sehnte.

»Ich würde gern bleiben.«

Er schüttelte den Kopf, immer noch in ihren Händen, und sie wollte ihn einfach nur halten, wollte diesen Mann an sich drücken, auch wenn er diesen Ort verlassen würde.

»Du weißt nicht, was du da sagst.«

»Doch, ich weiß es«, beharrte sie sanft. Und das tat sie. Sie spürte, dass es richtig war. Weil es sich auf ihrer Haut ausbreitete, sich in ihrem Herzen festsetzte, und sie wusste, dass sie es mehr wollte als irgendetwas zuvor.

»Du weißt, dass ich hier nicht bleiben kann.«

»Ja. Und ich weiß, was ich will.«

»Ich kann dir nicht geben, was du verdienst.« Er hob endlich den Kopf, sah sie mit einem intensiven Blick aus seinen goldgesprenkelten Augen an, der sie zu durchbohren schien.

»Es geht nicht darum, was wir verdient haben, Henry. Ich verstecke mich nicht mehr.« Sie schaute ihm in die Augen in der Hoffnung, dass er die Wahrheit darin erkennen würde. »Du hattest recht. Ich bin es leid, immer in Sicherheit zu sein – und langweilig.«

»Gott, Lily, du bist doch nicht langweilig, du bist … einfach unglaublich.«

Er hielt inne, ließ seinen Blick zu ihren Lippen wandern, und plötzlich war sein Mund auf ihrem, waren seine Hände an ihrem Rücken, und er zog sie an sich, als wollte er sie nie wieder loslassen. Noch nie hatte sie etwas so Unglaubliches empfunden, so aufregend und lustvoll, dass ihr fast schwindelig wurde. Und es fühlte sich an, wie heimzukommen.

Er strich mit der Hand hoch zu ihrem Nacken, wärmte ihre Haut mit der Hitze seiner Handfläche und bog sie sanft ein wenig zur Seite, um den Kuss zu vertiefen. Sehnsucht und Verlangen überkamen sie. Sie würde hierbei nicht passiv bleiben. Sie begehrte ihn genauso wie er sie. Sie tastete nach seiner Taille, umfasste ihn, um ihn noch näher an sich heranzuziehen, strich mit der anderen Hand seine Flanken hinauf bis zum Bizeps, auf den sie vorhin so versessen gewesen war. Seine Haut, so glatt unter ihrer, so heiß und aufregend.

Das Stöhnen, das sich seiner Kehle entrang, vibrierte über ihren Körper und ließ sie vor Verlangen erzittern. Zu wissen, dass er so fühlte wie sie, dass er dasselbe wollte wie sie, ermutigte sie und beflügelte ihr Verlangen noch mehr.

Der Kuss wurde immer intensiver und drängender, bis seine Lippen von ihren abließen und er mit offenem Mund Küsse auf ihren Hals und ihr Schlüsselbein drückte, sodass sie den Kopf nach hinten kippen ließ und ihn in seiner Art, ihr zu huldigen, einfach gewähren ließ.

Der Seufzer ihres eigenen Vergnügens erfüllte die Luft zwischen ihnen, und sie musste beinahe weinen, als seine Lippen ihre Haut verließen. Er entfernte sich etwas aus der Umarmung, mit der sie sich immer noch hielten, und sah sie mit ernstem Blick an.

»Lily, ich will das hier, ich will dich wirklich so sehr, aber ich kann dir nicht versprechen …«

»Ich will keine Versprechungen«, sagte sie aufrichtig. »Ich will keine schönen Worte, die sich in Lügen verwandeln können. Ich will dich. Hier und jetzt. Bitte weise mich nicht ab.« Es klang fast wie ein Flehen.

»Ich würde dich nie abweisen, Lily. Niemals. Bitte, das sollst du wissen.«

»Dann sollst du auch wissen, dass ich das will. Ich will dich. Und …« Sie lachte leicht, ihrer selbst und seiner sicher, als sie das Verlangen in seinen Augen sah. »Bitte, lass mich nicht noch einmal fragen.«

Seine dunkel goldfarbenen Augen leuchteten, dann beugte er sich vor und drückte seine Lippen auf ihre, in einem Kuss, an den sich Lily für den Rest ihres Lebens erinnern wollte.

Er hob sie auf seine Arme, und ihr kleiner Schrei verwandelte sich in perlendes Gelächter, als er sie sanft aufs Bett legte. Sie musste lächeln, als er zu ihr kam. Dann spürte sie, wie er sie mit seiner ganzen Länge bedeckte und ihr Gesicht mit seinen Händen einrahmte.

»Du bist der schönste Mensch, den ich je getroffen habe, Lily Atwell.«

Und plötzlich spürte sie es. Wunderschön. Bis hinunter in ihre Zehenspitzen.

»Nur eine Sache ist noch im Weg. Mein schreckliches T-Shirt.«

* * *

Gelächter ging über in Küsse, wurde zu Freudenschreien, als sie sich in die Arme fielen. Eine berauschende Mischung aus Gefühlen und Leidenschaft, die bis tief in die Nacht anhielt, die Ketten sprengte, von denen ihre Herzen umgeben waren, und sie über einem Meer aus Freude schweben ließ.

Es war die unglaublichste Nacht, die Henry je erlebt hatte. Niemals hätte er sich etwas Vollkommeneres vorstellen können oder die Gefühle, die es in ihm auslöste. Er wusste sofort, dass eine Nacht niemals reichen würde. Ein Tag, eine Woche oder ein Monat. Er wollte alles. Aber das konnte er ihr nicht sagen. Noch nicht. Nicht, bevor er etwas Bestimmtes hinter sich gebracht hatte.

Kapitel 12

Lily regte sich, als Sonnenstrahlen von den vorhanglosen Fenstern in den Raum fielen. Sie hatten die Laken leicht erwärmt, über die sie nun mit der Hand strich, und sie stutzte. Noch bevor sie die Augen öffnete, wusste sie, dass sie allein war, spürte, dass Henry nicht da war.

Sie ließ sich einen Moment Zeit, um das Gefühl zu genießen, wie nach der gemeinsamen Nacht immer noch ein lustvolles Summen ihren Körper durchströmte. Immer wieder hatten sie sich in Berührungen, Küssen und Liebkosungen verloren, nicht voneinander lassen können. Ohne die Augen zu öffnen, führte sie die Hand zum Mund und strich sich mit den Fingern sanft über die Lippen, wo Henry sie mit seiner Leidenschaft erfüllt hatte. Ihr Herz war gleichzeitig voller Ruhe und maßloser Erregung. Sie wunderte sich über die Höhen der Lust, in die er sie geführt hatte, konnte kaum diese Gefühle begreifen, die sie sich zuvor nie hätte träumen lassen.

Jetzt verstand sie, worüber Malie immer scherzte. Mit Alistair war es nie so gewesen, aber selbst dieser traurige Gedanke konnte die Freude nicht trüben, die unter ihrer Haut vibrierte.

Sie saß aufrecht im Bett und hielt die Laken um sich fest, auch wenn sie nicht befürchten musste, sich vor irgendjemandem ihrer Blöße wegen zu schämen. Dann erinnerte sie sich. Dies war der Tag des Junggesellinnenabschieds und des Probedurchlaufs für das Hochzeitsmenü im Restaurant. Sie warf einen Blick auf die Uhr und erschrak. *Neun Uhr dreißig?!*

Sie sah aus dem Fenster und dankte welchem Gott auch immer, der für den schönen blauen Himmel und den strahlenden Sonnenschein da draußen gesorgt hatte. Dann rannte sie, das Laken um sich schlingend, zur Tür und spähte in den Flur, um sich zu vergewissern, dass die Luft rein war – obwohl es natürlich höchst unwahrscheinlich war, dass irgendjemand im Haus herumlief. Die zwei Meter von Henrys Suite hinüber in das andere Zimmer, in dem ihre hoffentlich inzwischen getrockneten Sachen lagen, tanzte sie mehr, als dass sie ging. Ihre Schritte hatten nichts von einem Walk of Shame, denn was sie in diesem Moment empfand, war alles andere als Scham.

Lily warf das Laken ab und sprang unter die Dusche. Die heißen Wasserstrahlen prasselten auf ihre Haut, und sie konnte nicht glauben, dass sie nur wenige Stunden zuvor ebenfalls hier gestanden hatte und … nun alles verändert war. Oder? Sie biss sich auf die Lippe. Vielleicht auch nicht. Henry hatte gesagt, er könne ihr keine Versprechungen machen, und sie hatte es ehrlich gemeint, als sie sagte, dass sie keine bräuchte. Sie verschloss die Augen vor dem leichten Schmerz in ihrem Innern. Wenn er nichts weiter wollte als das, was sie letzte Nacht miteinander erlebt hatten, dann musste sie damit leben. Sie hatte ihren Frieden damit gemacht, bevor sie ihn bat, sie nicht abzuweisen. Denn tatsächlich war es unglaublich gewesen, selbst wenn es nur diese eine Nacht geben sollte. Noch immer spürte sie die Anbetung in seinen Berührungen, die Rücksichtnahme, die Fürsorge und die … Nein, alles, was darüber hinausging, existierte nur von ihrer Seite her. Sie konnte und wollte nicht noch einmal denselben Fehler machen und die Gefühle eines anderen Menschen falsch interpretieren. Die einzigen Gefühle, für die sie verantwortlich sein konnte, waren ihre eigenen. Letzte Nacht hatte sie sich ihnen hingegeben, und nichts und niemand konnte sie dazu bringen, das zu bereuen.

Aber trotzdem. Eine Frau durfte schließlich hoffen, oder?

Sie stieg aus der Dusche, trocknete sich schnell ab und zog Jeans und T-Shirt an, die über Nacht getrocknet waren. Ihre Schuhe mussten noch beim Kamin stehen, im Wohnzimmer, zusammen mit den restlichen Sachen für den Junggesellinnenabschied.

Doch als sie dorthin kam, blieb sie wie angewurzelt stehen. Ihre Schuhe waren noch da, wo sie sie zurückgelassen hatte, aber die Kissen, die Seidenstoffe … Alles war verschwunden. Stirnrunzelnd schaute sie sich im Wohnzimmer um, wie um zu sehen, ob alles irgendwo versteckt worden war. Als ob man acht große mit petrolfarbenen Pailletten bestickte Sitzkissen und etwa fünf Quadratmeter Tüll und Seide verstecken könnte. Sie stöhnte laut auf, als sie daran dachte, wie die Seide jetzt vermutlich aussah.

Vielleicht hatte Henry sie nach unten gebracht?

Sie verließ den Ostflügel und ging die breite Treppe hinunter in die große Halle. Als sie sich umwandte, stieß sie direkt mit Annabelle, der kleinen, drahtigen Chefköchin des Hotels, zusammen.

»Lily!«, rief Annabelle und zog sie in eine feste, herzliche Umarmung.

Als Annabelle sie losließ, errötete Lily und hoffte, dass sie nicht gesehen worden war, wie sie von den Gästesuiten herunterkam. Keine Scham, keine Scham, sagte sie sich streng. »Annabelle, was machst du denn hier?«

»Ist alles in Ordnung?«, fragte die Köchin und neigte den Kopf ein wenig, als würde das auf magische Weise dabei helfen herauszufinden, was mit Lily los war.

»Ja, natürlich.«

»Dann bist du bereit?«

»Bereit?«

»Lily?«

»Hm?« Lily war völlig verwirrt, hielt immer noch halb nach Henry Ausschau und fragte sich ... Oh!

»Ah, jetzt weißt du es wieder.«

»Natürlich! Tut mir leid, aber ich ... ich hatte heute Morgen noch keinen Kaffee.«

»Konntest es kaum erwarten, hier raufzukommen und mit dem Hochzeitsmenü anzufangen, wie?«

»Und den Torten.«

»Ja! Darüber wollte ich mit dir reden. Bist du dir sicher mit den Plänen für die Hochzeitstorte? Ich meine, es scheint ziemlich ...«

»Erst Kaffee, ja? Bitte!« Lily zog ihre alte Freundin schelmisch am Ellbogen zum Tresen, wo die Maschine zum Glück schon eingeschaltet war. Sie fragte sich, ob Henry das gemacht hatte. »Also, ich gehe mal davon aus ...«, sagte sie dann und hielt inne. »Ich meine ... Hast du eigentlich Henry heute Morgen schon gesehen?«

»Ahh«, sagte Annabelle wissend.

»Komm mir nicht mit ›ahh‹, okay? Kaffee sollte das Erste sein, was mich so früh am Morgen tadelt.« Lily vermied es, ihren Blick zu erwidern, während die ältere Frau kicherte.

»Früh?«, stichelte Annabelle.

»Henry?«, wiederholte sie fast flehentlich.

»War heute Morgen schon auf den Beinen, als ich hier ankam. Mit ganz expliziten Anweisungen für dich.« Das Wort »explizit« explodierte in Lilys Kopf, und sie bemühte sich, den plötzlichen Anstieg ihres Pulses einzudämmen. Völlig ahnungslos über die Wirkung ihrer Worte fuhr Annabelle fort: »Du darfst nicht an den Strand gehen, frühestens heute Abend um sechs Uhr mit den Mädchen.«

»Wie bitte?«

»Du hast bis heute Abend offiziell Strandverbot. Er sagte – und ich zitiere: ›*Es ist alles geregelt*, auch das Boot.‹ Er hat gesagt, dass es wieder im Hafen liegt.«

»Oh«, machte Lily, mehr zu sich selbst, denn der Gedanke, dass sie von den Vorbereitungen für den Junggesellinnenabschied ausgeschlossen wurde, gefiel ihr nicht so recht. Was, wenn er es falsch machte, was, wenn die Dekoration nicht so platziert wurde, wie sie es sich vorgestellt hatte? Was, wenn …

»Jetzt«, sagte Annabelle und drückte ihr eine kleine Espressotasse in die Hand, »müssen wir über dreißig Biskuitböden reden. Dreißig? Im Ernst?«

»Also, technisch gesehen, sind es Schichten, also handelt es sich eigentlich nur um zehn Kuchen …«

* * *

Als Lily zurück in ihre Wohnung über dem Restaurant kam, strahlte sie. Der Probelauf der einzelnen Gerichte für das Hochzeitsmahl war nahezu perfekt gewesen. Es fehlten nur noch ein paar Feinheiten beim Würzen und Anrichten, aber Annabelle und ihr Team hatten ihr Menü mit so viel Sorgfalt und Aufmerksamkeit zubereitet, als hätte sie es selbst gekocht.

Trotz ihrer Nörgelei war Annabelle mit den dreißig Biskuits einverstanden, die alle gleich morgen früh gefüllt und verziert werden sollten. Das war Lilys Lieblingsteil des Menüs. Limetten- und Brombeerbiskuit mit Buttercreme, verziert mit einem Halbmond aus Brombeeren, essbaren Blüten und Minikräutern. Sogar Annabelle war beeindruckt gewesen.

Sie zog sich aus und ging unter die Dusche, um sich die Hitze und die Spuren von der Arbeit in der Küche abzuwaschen. Dann schlüpfte sie in das Kleid, das Victoria ihr vor einigen Jahren genäht hatte – das Kleid, das sie bei der VIP-Führung auf dem Anwesen getragen hatte –, weil sie wusste, wie sehr es ihrer besten Freundin gefallen würde, sie darin zu sehen.

Sie schaute auf die Uhr und jaulte auf. Es war, als würde sie den ganzen Tag über der Zeit nachjagen, und das brachte sie zum Lachen. Normalerweise war sie nie so. Im Gegenteil – immer pünktlich, wenn nicht sogar zu früh. Immer in den Startlöchern und vorbereitet. Aber die letzte Nacht mit Henry hatte eine andere Seite an ihr zum Leben erweckt. Eine, die ein wenig leichtsinnig war, etwas freier, und … das gefiel ihr. Es gefiel ihr tatsächlich.

Ihr wurde bewusst, dass sie im Normalfall Angst davor gehabt hätte, nicht zu wissen, was sie am Strand beim Junggesellinnenabschied erwarten würde – aber auf diese Weise war sie an der Spannung und der Überraschung beteiligt. Sie hatte das Gefühl, dass sie genauso viel Spaß bereitet bekäme wie die Mädels, und das begeisterte sie richtig!

Was sie daran erinnerte …

Sie verließ das Lokal durch die Hintertür und ging herum zur Vorderseite des Restaurants, wo das Schild am Eingang verkündete: Wegen privater Veranstaltung geschlossen. Ihr wurde klar, dass sie schon seit ein paar Tagen nicht mehr in ihrer Küche gewesen war. Und seltsamerweise hatte sie es nicht vermisst. Sie wusste, dass sie Kate und Vihaan ihren Laden anvertrauen konnte, und begann, ihre Freizeit zu genießen. Einen Moment lang stellte sie sich vor, was sie tun könnte, wenn sie mehr Zeit hätte. Vielleicht eine der Reisen unternehmen, die Henry vorgeschlagen hatte. Allerdings hatte das nicht nur Henry getan, sondern auch ihre Mutter und sogar Victoria. Hatten sie alle versucht, ihr das Gleiche zu sagen? Dass sie sich mehr hinausbegeben sollte?

Sie wollte gerade auf die Uhr schauen, als sie einen gewissen schwarzen SUV auf das Restaurant zufahren sah. Durch das Fenster konnte sie gerade noch Zoe ausmachen und zog die Stirn kraus. Konnte es wirklich zwei schwarze SUVs mit Personen auf den Beifahrersitzen geben, die wie sie aussahen?

»Na, das ist ja eine nette Art, mich nach all den Monaten zu begrüßen«, beschwerte sich Zoe, die das Autofenster hinuntergleiten ließ.

»Ach, nein, tut mir leid, es ist nur, weil … Ich hätte schwören können …«

»Vergiss es, V heiratet!«, quietschte Zoe aufgeregt.

»Na, super, und schon geht's wieder los«, brummte Finn Doherty fröhlich vom Fahrersitz aus. Er sprang aus dem Auto, ließ den Motor laufen, die Warnblinkanlage eingeschaltet, um die große Seitentür aufzuschieben und Zoes Rollstuhl herauszuholen. In der Zwischenzeit öffnete Zoe ihre Tür und schwang sich auf dem Sitz herum, um auf Finn mit dem Rollstuhl zu warten. Lily wehrte ihn kurz ab und umarmte ihre Freundin erst mal.

»Es ist so schön, dich zu sehen«, sagte sie.

»Ich habe dich so vermisst«, antwortete Zoe und zog sich ein wenig aus ihren Armen zurück. »Ist alles okay?«

»Warum fragen mich das eigentlich alle?« Lily lachte.

»Weil du – ich weiß nicht – anders aussiehst?«

»Ich weiß nicht, was du meinst«, sagte Lily ausweichend und errötete.

»Doch, das tust du«, sagte Zoe, und ihre grünen Augen funkelten verschmitzt. »Oh mein Gott, hast du etwa …«

»Hi, Finn«, rief Lily übermäßig fröhlich und unterbrach damit Zoes aufschlussreiche Erkenntnis, die sie der Welt mitteilen wollte.

»Hi, Lily«, erwiderte Finn ebenso strahlend, denn er wusste genau, dass etwas nicht stimmte. Er ließ den Blick zwischen Lily und seiner Verlobten hin und her wandern.

»Oh nein, das kannst du nicht. So leicht kommst du mir nicht da…«

»Lils! Zo!«

Malies Schrei war ziemlich laut, und Lily drehte sich gerade noch rechtzeitig zu ihr, um die Umarmung aufzufangen, mit der ihre Freundin sich auf sie warf. Ihre prächtigen Locken überfluteten sie, während sie spürte, wie ihr ganzer Körper von Malies Überschwang auf und ab geschleudert wurde. Lily musste lachen.

»Wo ist Todd?«, fragte Zoe und schaute Malie über die Schulter.

»Oh, er ist auf einer streng geheimen Junggesellen-Mission«, antwortete Malie.

»Stripperin?«, fragte Zoe und grinste.

»Das würde er sich nicht trauen«, antwortete Malie, und ihr Knurren brachte die Mädchen zum Lachen. »Also, wo ist die Braut? Ich würde es V zutrauen, dass sie zu spät zu ihrer eigenen Hochzeit kommt.«

»Hey, ich komme nicht zu spät! Wie kannst du es wagen!«,

rief Victoria von der anderen Seite des SUVs, wo sie sich, vom Hafen kommend, angeschlichen hatte.

Das Gekreische erreichte eine fast ohrenbetäubende Lautstärke, und Finn hielt sich die Ohren zu, als wollte er den Lärm ausblenden. Victoria und Malie hüpften auf und ab, Lily lachte, und Zoe manövrierte sich in ihren Rollstuhl.

»Bist du bereit?«, fragte Finn Zoe, und in seinen Augen lag eine Liebe, die nicht zu übersehen war.

»Sicher«, antwortete Zoe und lächelte, als er sich zu einem Kuss vorbeugte, der Mrs. Whittaker veranlasst hätte, PC Ellis anzurufen, um sie wegen öffentlicher Unsittlichkeit verhaften zu lassen. Lily war jedenfalls ein bisschen eifersüchtig, weil sie Henry an diesem Morgen noch gar nicht gesehen hatte.

»Gut. Viel Spaß, meine Damen!«, rief er, bevor er wieder in den SUV sprang und losfuhr.

»Wir sind alle da!«, rief Lily und machte Fäuste, damit sie nicht in Versuchung kam, alle auf einmal zu umarmen.

»Du trägst es ja!«, rief Victoria erfreut.

»Natürlich tue ich das, es ist ein wunderschönes Kleid von einer sehr talentierten, in Kürze sehr berühmten und völlig ausverkauften Designerin«, antwortete Lily und wirbelte für die Mädchen ein wenig herum, wobei sie es genoss, wie der Stoff ihre Beine umspielte.

»Angeberin«, sagte Zoe mit einem so breiten Lächeln, dass Lilys Herz höherschlug.

»Eifersüchtig?«, scherzte Malie.

»Und wie«, antwortete Zoe ohne Häme und bekam von Malie einen schmatzenden Kuss auf die Wange verpasst.

»Gut. Also, wie lautet der Plan? Du hast uns lange genug im Unklaren gelassen, Lily Atwell«, sagte Victoria.

»Und nicht nur über den Junggesellinnenabschied«, ergänzte Zoe, wobei ihre smaragdgrünen Augen noch immer funkelten.

»Was heißt das?«, fragte Malie.

»Nichts«, antwortete Lily dermaßen fröhlich, dass alle wussten, dass es definitiv etwas hieß.

»Ach, komm schon, Lils, was ist?«

»Ich sage kein Wort, bis ich ein Glas Hawkesbury Reserve in der Hand halte.«

»Oh, du spannst uns auf die Folter.«

»Absolut.« Lily lächelte über die leicht verwirrten Gesichter ihrer Freundinnen. »Das mache ich«, antwortete sie selbstbewusst. »Na, kommt schon.«

»Wohin gehen wir? Findet es nicht im Restaurant statt?«

»Nein.« Lily schüttelte den Kopf und führte sie alle die Straße hinunter in Richtung Hafen.

»Was ist nur in sie gefahren?«, hörte sie Malie fragen.

»Ich tippe auf Henry Hawkesbury«, antwortete Zoe.

Lily verschluckte sich, Malie kreischte, Victoria lachte, und Zoe lächelte.

»Wirklich?«, fragte Malie. »Ernsthaft?!«

»Reserve-Sekt, Malie. Reserve-Sekt«, sagte Lily, lächelte und spürte, wie unbändiges Glück in ihr aufstieg. Ihre Freundinnen waren zu Hause, und Henry war … nun ja, sie wusste eigentlich nicht, was er war – oder sie beide waren, aber in diesem Moment fühlte sie sich, als könne sie die ganze Welt erobern. Und das war ein Gefühl, an das sie sich definitiv gewöhnen konnte.

Als sie den Hafen erreichten, wurde Zoe langsamer. »Lils, hör mal, ich weiß nicht recht, ob …«

»Alles okay, Zo, glaub mir.«

»Tja, vorausgesetzt, dass ihr eine Stelle kennt, wo ich den Rollstuhl anketten kann, und bereit seid, mich den Rest des Abends zu tragen … Denn in das alte Ruderboot von Mr. Michaels passen wir auf keinen Fall alle plus meine Räder.«

Als sie die aufgereihten Boote erreichten, die am Steg vertäut lagen, sah Zoe nicht mehr so recht begeistert aus, und Victoria schaute Lily ein wenig irritiert an.

»Hey, wo ist euer Vertrauen geblieben?«, fragte Lily und trat an das schnittige weiße Boot heran, das Henry wie versprochen zurück in den Hafen gebracht hatte.

Die verwirrten Gesichter ihrer Freundinnen ignorierend, sprang sie ins Boot und öffnete eine kleine Tür an der Seite. Sie holte die Rampe heraus und legte sie zwischen den Steg und das Boot.

»Wow, hat Mr. Michaels aufgerüstet?«, fragte Malie, sichtlich verblüfft. »Nicht Mr. Michaels. Blake«, erwiderte Lily. Sie lächelte. »Das ist … unser Boot. Wir können es benutzen, wann immer wir wollen.«

»Was?!«, rief Victoria und wurde prompt von Zoe aus dem Weg geschoben, die es kaum erwarten konnte, an Bord zu kommen.

»Willst du mich verarschen?«, fragte Malie.

»Ich glaub's nicht!«, quietschte Zoe und rollte über die breite Zugangsrampe auf das hintere Ende des Bootes, das genug Platz für sie alle bot, sogar genug, dass sie sich mit ihrem Rollstuhl im Kreis drehen konnte. »Er hat das getan? Blake? Für uns?«

Lily nickte, und Tränen sammelten sich in ihrem Augenwinkel. Sie hoffte so sehr, entgegen aller Vernunft, dass Blake, wo auch immer er war, dies sehen konnte – die Freude und das Glück, das er ihren Freundinnen bereitete. Und ihr selbst. Zoe presste sich eine Hand auf die Brust, unfähig, mehr zu sagen.

»Und das ist noch nicht alles. Wartet nur, bis wir am Strand sind.«

»Es gibt noch mehr?«

»Es gibt immer noch mehr«, rief Victoria und umarmte Lily kurz, aber heftig.

»Henry-Hawkesbury-mehr oder …«

»La-la-la, la-la«, antwortete Lily mit demonstrativ in die Ohren gesteckten Fingern. Dann wandte sie sich an Malie. »Und, Malie? Willst du uns die Ehre geben?«

»Teufel, ja!«, rief Malie, streichelte liebevoll das Steuerrad und drückte mit einer Ehrfurcht den Knopf, um den Motor zu starten, die der Bedeutung des Moments angemessen war.

»Hört ihr das, Mädels?«, rief sie über den hochdrehenden Motor hinweg. »Mit diesem Geräusch hier erkläre ich unseren Junggesellinnenabschied für eröffnet.«

* * *

Das schicke neue Boot brauchte nicht einmal ein Viertel der Zeit, die das alte Ruderboot für die Fahrt zum Strand benötigt hatte. Lily genoss den Wind in ihren Haaren und den kühlen Sprühnebel aus Salzwasser, während sie über die Wellen glitten. An die freudigen Gesichter ihrer Freundinnen würde sie sich ihr Leben lang erinnern. Sie sprach ein Dankgebet an Blake für all die wunderbaren Dinge, die er für jede von ihnen getan hatte, nicht nur für den Junggesellinnenabschied und die Hochzeit, sondern über all die Jahre. Denn in gewisser Weise hatte er ihnen etwas Wertvolles geschenkt, etwas, von dem sie nie gedacht hätten, dass sie es jemals wieder haben würden.

Malie johlte, als sie den großen Landungssteg sah, der sich vom Strand aus in die Bucht zog. Sie verlangsamte das Tempo und kehrte dann vorsichtig den Schub des Motors um, damit Lily hinausspringen und das Boot vertäuen konnte.

»Ist das …« Zoe brach ab und schaute auf den betonierten Weg, der vom Steg über den Strand zum Pavillon und zum Fuß der Straße führte, zu der Henry am Abend zuvor gefahren war.

»Ja«, antwortete Lily, ohne hinzusehen. Sie wusste, dass ihre Freundin den Weg meinte, der den Strand trotz des weichen Sandes für ihren Rollstuhl zugänglich machte, aber sie sah gerade nur, was Henry für sie getan hatte – und für sie alle.

Der Pavillon war wunderschön mit Seide und Tüll geschmückt, die sich sanft im Wind wiegten. Die Laternen, von denen einige am hölzernen Rahmen des Pavillons hingen und andere in dem Bereich verteilt waren, den er um die Holzpaletten herum angelegt hatte, leuchteten sanft im Licht der untergehenden Sonne: kleine batteriebetriebene Lichterketten, die wie Glühwürmchen schimmerten, gebündelt in Marmeladengläsern, was genau die Dekoration aufgriff, die sie für die Hochzeitsfeier in der Orangerie angebracht hatten.

Die voluminösen Paillettenkissen lagen auf großen Schilfmatten um die Palettentische herum verteilt, damit sie vor dem Sand geschützt waren. Mehrere Eiskübel mit Flaschen des Hawkesbury Reserve waren strategisch so platziert, dass sie, egal, wo man saß, in Reichweite waren.

Es sah magisch aus. Es *war* magisch.

»Oh, du meine …« Victoria brach ab. »Lily, das ist ja wunderschön.«

Henry hatte es geschafft, ihre Vorstellung, alle ihre Freundinnen wieder an dem Strand zusammenzubringen, den sie als Jugendliche so geliebt hatten, nicht nur umzusetzen, sondern auch zu ergänzen. Sie schüttelte die Gänsehaut ab, die sich auf ihrer Haut gebildet hatte, und versuchte, die Freudentränen zu unterdrücken, die ihre Augen zu überschwemmen drohten.

»Ich … ich hab das nicht gemacht«, sagte sie und zuckte mit den Achseln, »also, jedenfalls nicht so ganz … das alles.«

»Sag nicht, das war …«

»Henry Hawkesbury«, riefen alle Frauen wie aus einem Mund.

»Oh mein Gott, was hast du mit dem armen Mann gemacht?«, fragte Zoe, während Malie die Seitentür des Bootes öffnete und die Rampe platzierte.

»Also ich tippe auf Orgasmen, und zwar viele«, scherzte Malie.

Lily lachte und sagte nichts weiter, als sie alle, bepackt mit den Kühlboxen, die Lily zuvor befüllt hatte, mit Freudenschreien den Steg hinunterliefen.

Victoria stieß Lily mit der Schulter an. »Das ist *unglaublich*, Lils, wirklich. Es ist einfach … wunderbar.«

Lily konnte ihr nur zustimmen. Sie war selbst überwältigt von all den Details, die Henry arrangiert hatte. Als sie sich den Holzpaletten näherten, die mit einem dicken, schweren, weißen Tuch bedeckt waren, sah sie Gedecke, die für ein Bankett angemessen gewesen wären. Sie hatte Henry von ihren Plänen für das Essen erzählt und davon, dass sie sich geschworen hatte, nicht die einfachen Teller und das Besteck vom Boden der Picknickkörbe zu verwenden. Er hatte wirklich an alles gedacht.

Dann entdeckte sie kleine weiße Schachteln, je eine mitten auf jedem der vier Teller, mit Bändchen, die sich sanft im Wind kräuselten. Verwundert nahm sie die Schachtel mit dem Schildchen, auf dem ihr Name stand.

»Oh«, machte Zoe enttäuscht.

»Was ist denn?«, fragte Lily und warf einen Blick auf Zoes Gedeck, um sich zu vergewissern, dass auch sie eine Schachtel hatte.

»Es gibt gar keine Penisstrohhalme«, stöhnte Zoe und machte einen Schmollmund.

Lily gab ihr einen Klaps auf den Arm, konnte aber nicht umhin, daran zu denken, wie Henry mit seitlich geneigtem Kopf die anatomische Korrektheit der Strohhalme kommentiert hatte, und sie konnte sich kaum das Lachen verkneifen.

»Was ist denn da drin?«, fragte Malie, die sich anschickte, Zoe vom Weg zu den Kissen hinüberzuhelfen.

»Keine Ahnung«, gestand Lily verwirrt. »Mit Liebe und Dankbarkeit von O. Xx«, las sie laut vor.

Victoria sah lächelnd zu, wie ihre Freundinnen ihre Geschenke auspackten, und bald ertönten weitere Jubelrufe am abgelegenen Strand.

»Das gibt's doch nicht«, stieß Malie aus.

»Ist das ein …«

»Grüner Saphir?«, unterbrach Lily Zoe erschrocken.

Sie betastete sanft die wunderschöne goldene Halskette, an der ein perfekter kleiner grüner Saphir hing, der in der untergehenden Sonne funkelte.

Sie ließ sich auf eines der Kissen fallen und starrte auf die Halskette.

»Hier«, sagte Malie und reichte ihr einen cremefarbenen Umschlag. »Der ist an dich adressiert.«

Sie öffnete den dicken Umschlag und holte ein Blatt Papier heraus. Es gelang ihr gerade eben, ihre Enttäuschung zu verbergen, als sie die Unterschrift am unteren Rand sah. Nicht Henrys, sondern die von Oliver.

»*Liebe Lily*«, las sie den anderen laut vor,
»*wir können dir nicht genug für alles danken, was du für uns und die Hochzeit getan hast, einschließlich dieses tollen Junggesellinnenabschieds. Dass V so großartige Freundinnen wie dich, Malie und Zoe hat, ist schon Segen genug, aber der Zusammenhalt zwischen euch ist etwas, was nicht nur V, sondern auch mich ungemein glücklich macht. Ich möchte, dass ihr alle diese hier bei unserer Hochzeit tragt. Sie werden perfekt zu Vs wunderschönen Brautjungfernkleidern passen, und auch eure Verbindung unterstreichen, die bereits über die Jahre mit Seide und Saphiren untermauert wurde. Und wenn ihr sie in Zukunft tragt, wird euch das hoffentlich an das größte Geschenk erinnern, das ihr uns am Tag unserer Hochzeit gemacht habt: eure Freundschaft, eure Liebe und eure Unterstützung.*«

»Ich heul gleich. Ich heul gleich!« Malie sprang auf und wedelte sich mit den Händen vor den Augen herum, als wollte sie die Tränen trocknen, bevor sie fallen konnten.

Lily hatte genau dasselbe Gefühl und streckte einen Arm aus, um Victorias Hand zu fassen.

»Todd wird ausrasten. Ollie hat gerade einen gewaltigen Präzedenzfall geschaffen«, stöhnte Malie.

»Ich bestehe auf Diamanten, wenn ihr bei mir als Brautjungfern dran seid.« Zoe lachte.

»Ich reserviere mir blaue Saphire!«, rief Malie.

Lily blieb stumm und wahrte das Lächeln auf ihrem Gesicht, um ihre Gedanken nicht zu verraten. Sie wagte nicht einmal zu hoffen, dass es für sie in naher Zukunft eine Hochzeit geben würde, selbst als ihr das Bild von Henry, neben ihr vor dem Hochzeitsbogen stehend, durch den Kopf schoss.

»Okay, her damit«, forderte sie die anderen auf.

»Waaas? Neein!«, rief Malie. »Das gehört mir. Es ist meins!«

»Ich möchte nur nicht, dass ihr sie vor der Hochzeit verliert«, erklärte sie.

»Ich lasse sie nicht aus den Augen«, zischte Zoe.

»Hergeben«, wiederholte sie und langte nach den schönen Geschenken. Widerwillig übergaben die anderen ihr die Halsketten, damit sie sie in Sicherheit verwahren konnte, während Victoria sich die erste Flasche Hawkesbury Reserve schnappte. Der Knall hallte über den Strand, und die Frauen brachen in ein unkontrolliertes Gekicher aus.

»Hättest du dir das je vorstellen können? Damals, als wir hier saßen und Makrelen fingen …«

»Wir essen doch wohl keine Makrele zum Abendessen, oder?«, unterbrach Zoe betont lässig, wodurch sie ihre Panik jedoch nicht ganz tarnen konnte.

»Natürlich tun wir das, Zo. Ehrlich gesagt, basiert das ganze Menü heute auf Makrelen …«

Malies hysterisches Kichern durchbrach die Menübeschreibung, die Lily aus dem Stegreif zusammenzustellen begann, und Zoes Grauen schlug innerhalb eines Sekundenbruchteils in Zorn um.

»Du hast es gewusst?«, fragte sie in einem bedrohlichen Flüsterton. »Die ganze Zeit wusstest du es?«

Lily lachte. Die Stimme ihrer Freundin war eine Oktave höher geworden.

»Ich würde sagen, ich habe es eher geahnt als gewusst«, antwortete Lily lässig. »Keine Makrele«, flüsterte sie Zoe gespielt zu.

»Okay. Ich geb's zu, ich kann die verdammten Fische nicht ausstehen.«

Victoria schenkte jeder von ihnen ein Glas Sekt ein, während Malie in den Kühltaschen kramte.

»Vor zehn Jahren haben wir hier über all die Dinge gesprochen, die wir in unserem Leben tun wollten. Die Menschen, die wir treffen wollten, die Orte, an die wir gehen wollten. Und wir haben es getan! Schaut nur! Wir sind alle hier.«

»Und du wirst heiraten«, riefen Zoe, Malie und Lily gleichzeitig.

»Okay, also, im Ernst, ich weiß, dass ich heiraten werde. Ihr müsst mich nicht *ständig* daran erinnern. Aber, ja …« Sie lachte los. »Oh mein Gott, ich werde heiraten!«

»Weißt du, wenn wir Wodka hätten, könnten wir jedes Mal einen Shot kippen, wenn eine von uns sagt …«

»Auf dich und Ollie«, unterbracht Zoe Malie und hob ihr Glas zu einem Toast.

»Auf V und Ollie!«

Stille senkte sich über die vier, als sie alle einen Schluck Reserve nahmen und sich einfach nur ansahen, das Band der Freundschaft genießend, das sie miteinander verwob.

»Okay, jetzt will ich aber endlich etwas über die Orgasmen hören«, beharrte Malie, und Lily verschluckte sich fast.

»Ich hoffe nur, dass du das nicht gestern Abend gemacht hast«, warf Zoe ein.

»Zo!«, protestierte Lily.

»Ich freue mich einfach so für dich«, sagte Victoria und nahm Lilys Hände. »Du hast es verdient, Lils.«

»Ich … also, ich weiß nicht, was wird. Henry kann das Weingut immer noch verkaufen und zurück nach Singapur oder New York fliegen.«

»Oh mein Gott, du könntest nach New York gehen?!«, rief Malie.

»Nicht so schnell «, sagte Lily und musste selbst ein bisschen lachen, aber dann wurde sie wieder ernst, denn sie wusste wirklich nicht, ob Henry oder sie selbst das wollte. »Hawke's Cove ist mein Zuhause.«

»Und das wird es immer bleiben. Daran ändert sich ja nichts, nur weil du ein bisschen Zeit woanders verbringst, Lils«, erwiderte Zoe und nahm ihre andere Hand, die Victoria nicht hielt.

»Das sagt die Frau, die in Sydney lebt und mal eben um den ganzen Globus fliegt«, sagte Lily sanft.

Malie und Victoria wurden plötzlich still, woraufhin Lily die Gruppe musterte.

»Was?« Zoe machte große Augen und warf Malie einen panischen Blick zu. Die wiederum sah Victoria an. »Ernsthaft, Leute, was ist los?«

»Nichts«, antworteten alle drei auf einmal.

»Kommt mir bloß nicht so«, beharrte sie. »Also?«

Malie gestikulierte zu Zoe und winkte mit der Hand.

»Na gut, es ist so, dass …« Zoe machte eine Pause. »Ich wollte es eigentlich erst nach der Hochzeit erzählen, aber … Ich habe Neuigkeiten.«

»Okay, genug dramatische Pausen jetzt. Komm endlich zur Sache«, drängte Lily ungeduldig.

»Ich bin …« Sie hielt inne, und ein breites Lächeln erhellte ihr schönes Gesicht. »Ich komme nach Hause, oder, eigentlich bin ich schon so gut wie zu Hause.«

»Das warst also *wirklich* du!«, rief Lily, als ihr klar wurde, was ihr Zoe gerade eröffnet hatte. »Oh mein Gott, du bist zu Hause! Und Malie ist auch zu Hause, und V ist auch bloß in London!« Es sprudelte nur so aus ihr heraus, als sie erkannte, dass ihre Freundinnen nach all den Jahren endlich wieder zurück waren. Ihr Herz schlug höher, und sie spürte, wie ihr die Tränen in die Augen stiegen.

»Fang gar nicht erst damit an«, warnte Malie. »Tu's nicht, sonst fang ich auch an und ruiniere meine Wimperntusche.«

»Warum hast du es mir nicht gesagt?«

»Ach, Schätzchen, wir wussten doch, dass du mit dem Restaurant und der Hochzeit schon genug um die Ohren hast, und da wollten wir nicht, dass du auch noch in unser Drama hineingezogen wirst.«

»Drama?«

»Na ja, Finn hat das alte *Merrow's Rest* gekauft, und wir haben es renoviert.«

»Hat meine Mutter euch etwa geholfen? Sie hatte doch Pinsel und Rollen …«

»Sie war ein Geschenk des Himmels.«

»Du hast meine Mutter dazu gebracht, ein Geheimnis vor mir zu haben?!«, fragte Lily, und ihre Stimme erreichte eine so unsäglich hohe Tonlage, dass Victoria zusammenzuckte.

»Sie wollte es so. Und sie meinte auch, dass, wenn du es erfahren würdest …«

»Dass ich mich da auch noch eingebracht hätte?«, warf Lily traurig ein. Zum ersten Mal wurde ihr bewusst, dass ihre Freundinnen sie in den letzten Monaten regelrecht gesteuert hatten. Oder zumindest das Gefühl gehabt hatten, es tun zu müssen. Vielleicht hatten Henry und ihre Mutter recht. Sie nahm sich immer zu viel vor, um ihre Sehnsucht nach etwas anderem zu stillen. In diesem Moment erinnerte sie sich an ihre Gedanken vom Abend zuvor unter der Dusche. Dass sie mehr wollte und es immer schwieriger wurde, das zu ignorieren. Es klang wie ein Kampfschrei in ihrem Kopf und ihrem Herzen.

Zoe nickte. »Aber ich bin so froh, dass du es jetzt weißt. Vor allem, weil ich Finn unbedingt dein Restaurant zeigen will! Im Ernst, V redet seit einer Woche ständig von Mandelcroissants, und jetzt kann ich an nichts anderes mehr denken.«

»Tja, Mandelcroissants hab ich zwar keine, aber dafür etwas anderes.« Lily kramte in den Kühlboxen und holte das Essen heraus, das sie vorbereitet hatte.

Schachteln voller kleiner Häppchen und Räucherlachs, Dips und Chips – denn wer liebt keine Chips! – und Kartoffelsalat, Makrelenpastete um der alten Zeiten willen und immer mehr Dinge, an deren Vorbereitung im Chaos des Nachmittags sie sich kaum noch erinnern konnte. Aber sie gelobte, ihren Gedanken ein bisschen mehr Zeit zu geben. Sie hatte einige Entscheidungen zu treffen, das war ihr klar geworden, aber jetzt war nicht der richtige Zeitpunkt dafür.

Bei jedem neuen Teller mit Essen stöhnten die Mädchen auf.

»Oh Mann, ich kann das Hochzeitsdinner kaum erwarten«, sagte Malie. »Natürlich ist die Zeremonie wichtig, V, aber, Lily, das Menü wird unglaublich. Hast du mal daran gedacht, mehr Catering für Hochzeiten zu machen?«

»Oha, fühlt da etwa gerade jemand vor?«, mischte sich Zoe ein und lächelte verschmitzt.

»Die einzigen Hochzeiten, die ich ausrichte, sind eure«, versicherte Lily und lachte.

»Dann müssen wir uns wohl bei dir revanchieren, wie's scheint«, sagte Malie abwesend und bemerkte den entsetzten Gesichtsausdruck von Lily nicht, bis Victoria zu giggeln anfing.

»Ich. Lasse. Euch. Nicht. In. Die. Nähe. Meines. Hochzeitsmenüs.«

»Oho, also *wird* es eine Hochzeit geben? Dieser Hawkesbury sollte sich besser bereit machen.«

»Lily and Henry, sitting in a tree, K-I-S-S-I-N-«

»Jetzt hör endlich auf«, sagte Lily durch das allgemeine Lachen hindurch. »Seit wann bist du so kindisch?«

»War ich das jemals nicht?!«

* * *

Der Abend verging mit viel Lachen, Freude, Klatsch und Gekicher, und als die Sterne leuchteten und die Flaschen leer waren, schlug die sehr vernünftige, wenn auch leicht angetrunkene Victoria vor, dass sie zurückfahren sollten. Malie hatte sich heldinnenhaft bereit erklärt, nüchtern genug zu bleiben, um sie im Boot zurückzubringen, und half Victoria in ihren Mantel.

Als Lily begann, die Kühlboxen zu packen und zum Boot zu bringen, hielt Zoe sie zurück.

»Hey, wo willst du denn hin?«, fragte sie.

»Wieso? Zum Boot?«, antwortete Lily.

»Von wegen. Stell die Boxen ab. Hey, Malie! Kannst du mir mal helfen?«

»Ja?«

»Sie will mit ins Boot.«

»Oh, nein, so geht das nicht. Anfängerfehler«, antwortete Malie.

»Hallo? Was in aller Welt ist euer Problem?«

»Das Problem ist, dass *das Boot* zwar in dieser Richtung liegt, *aber Henry* in der da.« Victoria deutete auf den Pfad, der durch den Wald zum Anwesen führte.

»Was? Ich kann doch nicht einfach da auftauchen …«

»Natürlich kannst du das. Du kannst tun, was du nur willst, meine Liebe«, sagte Victoria mit Nachdruck. »Und wir fahren derweil *nach Hause.*« Sie betonte die letzten beiden Wörter und grinste, weil sie genau wusste, wie gern Lily das hörte.

Lily zog alle Mädchen in eine große Umarmung. Sie waren einander näher als Schwestern, und sie war so froh, sie zurückzuhaben. Aber in diesem Moment konnte sie nur an Henry denken. Ihn zu sehen. Ihm für all das Wunderbare zu danken, was er für den Junggesellinnenabschied getan hatte … Ihn zu küssen … Sich wieder in seinen Armen zu verlieren. Ein Kribbeln schoss durch ihren Körper, und sie wandte sich zum Gehen.

»Ich liebe euch, Mädels«, rief sie über ihre Schulter. Die Rufe, die daraufhin ertönten – *»Hol dir deinen Mann«* –, und die anzüglichen Sprüche von Malie über Orgasmen folgten ihr, als sie den Weg hinauflief, von aufgeregter Erwartung angetrieben.

Leicht außer Atem erklomm sie den Hügel und joggte die Kiesauffahrt hinauf, dankbar, dass ein paar Lichter brannten. Sie schaute auf ihre Uhr. Nein, es war sicher noch nicht zu spät. Sie klopfte und hatte schon die Worte auf der Zunge liegen, als sie sah, dass Annabelle die Tür öffnete.

»Oh, hi, Annabelle.«

»Lily? Ist alles in Ordnung?«

»Ja, vollkommen«, antwortete sie und versuchte, sich die Überraschung nicht anmerken zu lassen. Sie hatte erwartet, dass Henry ihr aufmachen würde. »Ist Henry da? Ich … wollte mich bei ihm für den Junggesellinnenabschied bedanken.«

»Nein, Herzchen. Leider nicht. Er ist vor ein paar Stunden weg.«

»Weg?« Das Wort versetzte ihr einen Stich ins Herz. »Hat er gesagt, wann er zurückkommt?«

Annabelle schüttelte den Kopf. »Tut mir leid, meine Liebe, er hat eine Reisetasche mitgenommen, und …«

»Oh.« Lily war plötzlich völlig verdattert. Die ganze schwindelerregende Aufregung war verflogen, und stattdessen kam Übelkeit in ihr auf. Sie war wie vor den Kopf geschlagen. Fassungslos.

»Soll John dich in die Stadt zurückfahren?«, fragte Annabelle. »Er hat sicher nichts dagegen.«

»Nein, ist schon gut, ich gehe zu Fuß«, piepste Lily.

»Wirklich? Es sieht aber nach Regen aus.«

»Nein, kein Problem, aber danke, Annabelle.«

Lily sah Annabelles besorgten Blick nicht, als sie sich abwandte. Sie sah kaum die Kiesauffahrt, als sie den Weg in Richtung der Straße einschlug, die sie nach Hause führen würde.

Als sich der Himmel öffnete, der Regen kam und sie in einen leichten, feinen Dunst hüllte, dachte sie weder an die Hochzeit noch an das Wetter und nicht einmal daran, dass ihre Kleidung wieder einmal klatschnass wurde und an ihrem Körper klebte.

Als sie die Weggabelung erreichte, hörte sie nur noch ihren Puls im Ohr pochen, im Takt von *kann dir nicht versprechen, kann dir nicht versprechen, kann dir nicht versprechen*.

Und als sie schließlich den Hügel zu ihrer Wohnung hinauflief, redete sie sich ein, dass ihre Wangen vom Regen und nicht von ihren Tränen nass waren.

Kapitel 13

Als Lily am Morgen der Hochzeit aufwachte, war sie verwirrt. Sie konnte sich den Schmerz nicht erklären, den sie fühlte, und auch nicht die Träne, die ihr in der Nacht über die Wange gelaufen war. Und dann erinnerte sie sich.

Henry.

Er war weg. Sie drehte sich unter der Bettdecke um und drückte ihr Gesicht in ein Kissen, um das leise Stöhnen zu unterdrücken, das in ihrer Brust aufgestiegen war.

Es tat weh – mehr, als sie befürchtet hatte. Sie hatte in der Nacht zuvor versucht, sich darauf gefasst zu machen, aber einen solchen Schmerz hatte sie nicht erwartet. Wie war es nur möglich, dass er ihr nach so kurzer Zeit so viel bedeutete?

So dumm. So dumm. So dumm.

Es ging ihr im Takt mit dem Summen des Weckers durch den Kopf, den sie auf sechs Uhr dreißig gestellt hatte. Doch dann schaltete sie den Gedanken ebenso entschieden ab wie den Wecker.

Nein. Sie war nicht dumm. Sie weigerte sich, ungnädig sich selbst gegenüber zu sein. Sie hatte gewusst, was sie tat, als sie in der Nacht diese unglaubliche Leidenschaft miteinander geteilt hatten. Aufrichtig und aus tiefstem Herzen. Und sie wollte die Nacht um nichts in der Welt missen, auch wenn sie diesen Schmerz noch eine ganze Weile empfinden würde. Henry hatte recht. Zu lange schon hatte sie sich versteckt; nun würde sie das nicht mehr tun. Um der Wertschätzung ihrer eigenen Gefühle willen hatte sie sich Henry hingegeben. Sie war ehrlich zu sich selbst gewesen und er ebenso zu ihr.

Ich kann nicht versprechen …

Sie wusste, wie schwer es für ihn war, wieder in Hawke's Cove zu sein. Sie hatte nicht nur in dieser Nacht, sondern schon zuvor den tiefen Schmerz in seinen Augen gesehen. Wieder auf dem Anwesen zu sein, das für so viel Kummer und Verlust stand. Wie viel Kraft es ihn gekostet hatte, so lange hierzubleiben.

Aber sie konnte ebenso wenig leugnen, dass er, während er ihr vorhielt, dass sie sich versteckte, doch selbst auf der Flucht war. Seit dem Unfall war er auf der Flucht und versuchte, den Dämonen zu entkommen, die ihn heute noch trieben. Sie konnte und wollte nicht von ihm verlangen, sich ihnen zu stellen. Das konnte nur er selbst tun. Ihr blieb nur die Hoffnung, dass sie seinem Schmerz mit Trost und Akzeptanz begegnet war. Sie hoffte, dass sie ihm ein wenig Erleichterung verschafft hatte – auch wenn sie ihren Preis dafür zahlen musste –, denn zumindest das hatte er verdient.

Mit einem Seufzer stieß sie sich vom Bett ab und warf die Decke weg. Egal, was sie fühlte, heute war Victorias Hochzeit. Selbst wenn sie plötzlich nicht mehr so übermächtig schien wie in den letzten Monaten, sollte sie schön und wundervoll werden, und Lily würde niemals zulassen, dass ihre eigenen Gefühle diesen Tag für ihre beste Freundin verdarben. Sie wischte sich noch einmal über die Wange, ging in die Dusche und wusch sich die Traurigkeit ab, um dem Tag frisch und munter entgegenzutreten.

Und sie war nicht allein. Sie hatte die besten Freundinnen um sich, die man sich nur wünschen konnte. Mit diesem Gedanken erblühten Hoffnung und Liebe in ihr.

* * *

Als sie am Hintereingang des Hawkesbury-Anwesens vom Fahrrad stieg, summte es im Haus bereits vor Aktivität. Sie schloss ihr Rad ab und machte sich auf den Weg in die Küche. Sie lächelte, als sie den Duft des Essens roch, das vom geschäftigen Küchenpersonal zubereitet wurde.

»Und was, bitte schön, suchst du hier drin?«, sprach Annabelle sie streng an.

Lily hob die Hände in einer kapitulierenden Geste. »Ich hole nur das Frühstück für die Mädchen.«

»Wir sind wohl fähig, ein Frühstück zuzubereiten, und das Personal ist durchaus in der Lage, es in der Suite zu servieren.«

Lily biss sich auf die Zunge, als die Frage in ihr aufstieg, aber als hätte Annabelle ihre Gedanken gelesen, verstummte sie und schüttelte traurig den Kopf. Henry war nicht zurückgekehrt.

»Ist das …«

»Das wird jetzt hoffentlich keine Frage zum Hochzeitsmenü!«, fiel ihr Annabelle ins Wort.

»Ich wollte nur …«, versuchte Lily es noch einmal und machte fast einen Satz nach hinten, als Annabelle ihre Handfläche mit einem Knall auf die saubere Metallarbeitsplatte donnern ließ.

»Köche und Köchinnen, sind wir für heute gerüstet?«, rief sie der kleinen Armee hinter sich zu.

»Jawohl, Chefin«, riefen alle wie aus der Pistole geschossen.

»Sind alle Kuchen und Torten glasiert und verziert?«

»Jawohl, Chefin.«

»Wird heute an irgendeinem Gericht etwas nicht so sein wie vorgesehen?«

»Nein, Chefin.«

Lily musste grinsen.

»Gut«, sagte Annabelle zufrieden. »Du, Lily, hast jetzt Hausverbot in der Küche.«

»Aber …«

»Hausverbot! Habe ich mich klar ausgedrückt?«

»Jawohl, Chefin«, antwortete Lily pflichtschuldig, wobei ihr das Lächeln in Annabelles Augen nicht entging, das ihren Worten die Schärfe nahm.

Lily ging die Treppe hinauf, die mit Kränzen aus Efeu und Schleierkraut geschmückt war, während sich ein langes, wunderschönes Seidenband um das Geländer wand. Ihre Augen weiteten sich vor Staunen. Livrierte Angestellte schritten zielstrebig durch das Gebäude, und es fühlte sich langsam echt an. Victoria heiratete, und Glück erfüllte Lilys Herz.

Sie klopfte vorsichtig an die Tür zu der Suite, die der Hochzeitsgesellschaft zugewiesen worden war. Oliver und die männlichen Trauzeugen hatten die Nacht in einem anderen Hotel in der Nähe verbracht und würden etwa eine halbe Stunde vor der Zeremonie eintreffen. Victoria hatte bei ihren Eltern geschlafen, Malie ebenfalls, und heute Morgen hatten sie Zoe von *Merrow's Rest* abgeholt und waren hierhergekommen, um sich alle gemeinsam fertig zu machen. Lily schaute auf ihre Uhr. Die Fotografin würde bald eintreffen.

Die Tür ging auf, und im nächsten Moment wurde sie über die Schwelle gerissen, hinein in … ein Chaos.

Malie lag auf dem großen Sofa im Wohnbereich, die Augen weit aufgerissen, anscheinend vor lauter Panik, und Zoes Mund war zu einer bildlichen Darstellung des Wortes »Igitt« verzogen. Klamotten lagen im Zimmer herum, das Bettzeug war zerwühlt, und aus der gerade benutzten Dusche waberte Dampf ins Zimmer. Victoria sah aus, als würde sie sich gleich die Haare ausreißen.

»Was …?«

»Ich bring sie um!«, rief Victoria. »Ich tu's wirklich!«

»Wen?«, fragte Lily und schaute Malie und Zoe an, die sie ihrerseits anschauten, als müsste sie irgendetwas tun, bevor Victoria verhaftet und wegen Mordes abgeführt würde.

»Meine Cousine! Sie hat ihrer Tochter gesagt, sie könne ein Blumenmädchen sein.«

»Was?«

»Es war anscheinend die einzige Möglichkeit, sie ins Auto zu bekommen. Sie ist so ein kleines …«

»Kind«, warf Lily ein, bevor Victoria etwas anderes sagen konnte. »Im Ernst? Das ist alles?«

»*Ob das alles ist?* Es ist ein Albtraum! Jetzt rastet ihr Sohn aus, weil seine Schwester bei der Hochzeit mitmischt, und das wirft die ganze Sitzordnung durcheinander. Meine Eltern müssen woanders sitzen, was wiederum bedeutet, dass Ollies Eltern auch woanders hinmüssen, und Ollies verdammter Trauzeuge will nicht nur seinen Hund mitbringen, sondern auch eine Rede halten, die so langweilig ist wie …«

Lilys Lachen schnitt Victorias Redeschwall ab wie ein Messer. Es war nicht nur ein Kichern, sondern ein Lachen aus vollem Halse, das sie nicht unterdrücken konnte. Sie musste sich hinunterbeugen, um der Spannung in ihrem Bauch entgegenzuwirken, während sie versuchte, die Krämpfe in ihrer

Brust zu kontrollieren. Als sie zwischen ihren Lachern nach Luft rang, fühlte es sich … gut an. Gut, so, als würde sie loslassen. Den Schmerz, die Panik und die Erschöpfung loslassen, die sich bis zum heutigen Tag in ihr aufgestaut hatten.

»Ist alles okay, Lily?«, fragte Victoria, die sich offensichtlich große Sorgen um sie machte.

»Alles gut«, keuchte sie, als das Lachen verebbte. »Mir geht's prima, V, und dir gleich auch, du wirst sehen.«

»Aber …«

»Aber die Tochter deiner Cousine kann deinen Strauß halten. Das sind Blumen, also macht sie das zu einem Blumenmädchen.«

»Aber du solltest doch …«

»Ich halte meinen eigenen Strauß, so wie Malie und Zo. Es gibt also keinen Grund, warum sie nicht für deinen Strauß verantwortlich sein sollte, mit der strikten Anweisung, ihn nicht zu beschädigen. Wir stellen Stühle aus der hinteren Reihe auf beiden Seiten des Gangs nach vorn, sodass deine Cousine und ihre Tochter auf deiner Seite sitzen können und ihr Mann und ihr Sohn auf Ollies Seite. Er kann eine kleine Ansteckblume bekommen, damit er sich auch wie ein Mitglied der Hochzeitsgesellschaft fühlt. Dann sind die Geschwister weit genug voneinander entfernt, damit sie sich nicht streiten können. Und der Hund? Warum denn nicht? Schließlich sind wir sowieso draußen.«

»Ich habe dir doch gesagt, dass sie es richten wird«, sagte Zoe.

Lily wischte sich eine verirrte Freudenträne weg. »V, das ist eine winzige Kleinigkeit, die sich ganz leicht beheben lässt und kein bisschen von dir oder Ollie ablenken wird, und ganz sicher schmälert es nicht euer Gelübde oder die Bekundung eurer Liebe vor all denen, die euch lieben.«

»Ach, Lils«, rief Victoria und fiel ihr um den Hals.

Lily schloss die Augen, als Victorias Arme sie umfassten, und gab sich dem Moment hin. Für Victoria, für sich selbst, für diesen Moment und für zukünftige Momente – dies hier war der Grund, warum sie in der Bucht blieb. Um hier zu sein, mit ihren Freundinnen, um geliebt zu werden und zu lieben.

»Du wirst heiraten«, flüsterte sie Victoria zu.

»Einen Shot!«, rief Malie vom Sofa aus und schaffte es knapp, einem Klaps von Zoe auszuweichen.

»Wir haben keinen Wodka«, erwiderte Victoria, deren Stimme durch die Umarmung leicht gedämpft war.

»Aber Reserve haben wir. Also, Buck's Fizz gefällig?«, fragte Malie und schwenkte die Flasche.

»Ja, bitte!«, antworteten Zoe, Victoria und Lily gleichzeitig, bevor sie loslachten.

Während Malie die Getränke einschenkte, klopfte es an der Tür, und Lily nahm das Tablett entgegen, das Annabelle wie versprochen auf die Suite geschickt hatte.

»Sind das …«

»Oh mein Gott, *endlich*«, rief Victoria und war nahe daran, Lily aus dem Weg zu schubsen, um an die Mandelcroissants auf dem Tablett zu gelangen.

»Lily«, rief Zoe, »wenn du mir nicht eins davon organisierst, bevor V sie alle aufisst, vergesse ich mich. Dann bin ich am Ende diejenige, die wegen Mordes einsitzt.«

Lily hob das Tablett aus der Reichweite von Victorias zugreifenden Händen und stellte es auf einen kleinen Tisch in der Mitte des Raumes. Sie reichte Zoe das größte Croissant, das sie finden konnte, und schlug dabei noch Malies Finger beiseite.

»Nimmst du keins?«, fragte Malie.

»Ich brauche zuerst einen ordentlichen Kaffee.«

Zoe runzelte die Stirn. »Seit wann bist du ein Kaffeefan?«

»Tja, das muss ich mir wohl angewöhnt haben.« Lily versuchte krampfhaft, nicht an Henry zu denken.

»Hey, hast du schon was von ihm gehört?«

Lily schüttelte den Kopf. Die Mädchen wussten, dass er in der Nacht des Junggesellinnenabschieds weggefahren war, und schwankten seitdem zwischen dem Versprechen, ihm etwas anzutun und der Drohung, zu ihr nach Hause zu kommen und sie mit Alkohol, Liebesfilmen oder was auch immer zu überschütten. Aber das Schlimmste waren ihre mitleidigen Blicke. Heute jedoch war kein Tag für so etwas.

»Also, was ist der Plan?«, fragte Lily zwischen zwei Schlucken des köstlichen Kaffees, der sie immer noch an Henry erinnerte, während Victoria sich wieder ins Bad zurückzog.

»Du meinst … du hast keinen?«, fragte Zoe. »Im Ernst, alles okay bei dir?«

Lily lächelte. »Absolut. Ich probiere nur gerade … etwas Neues aus. Ein bisschen unbeschwerter unterwegs zu sein.«

»Solltest du damit nicht bis nach dem heutigen Tag warten? Wir brauchen dich, Lils, dich und deine nicht ganz so geheime Superkraft.«

Lily lachte. »Die da wäre?«

»Ich weiß nicht, du bist so etwas wie eine Problemlöserin, weißt du?«

»Ja, schon klar«, antwortete Lily und versuchte, den Schmerz in ihrem Tonfall zu verbergen.

Problemlöserin.

Sie griff in ihre Tasche und holte die schönen Halsketten heraus, die Ollie ihnen auf dem Junggesellinnenabschied geschenkt hatte. »Vergesst die hier nicht«, sagte sie und hielt den Mädchen die Schachteln hin.

Du weißt wirklich nicht, warum du immer diejenige sein musst, die alles richtet?

Henrys Worte schossen ihr in den Kopf, bevor sie es verhindern konnte.

Wir brauchen dich, Lils.

Hatte sie es deshalb getan? Weil sie sich nur dann gebraucht fühlte? Geliebt?

Und plötzlich wurde ihr klar, dass sie genau das gefühlt hatte. In der Nacht, die sie mit Henry verbracht hatte. Sie hatte sich wertgeschätzt gefühlt, verehrt und … *geliebt*.

»Komm zu Mama«, sagte Malie und langte nach der kleinen Schachtel mit dem Etikett, auf dem ihr Name stand.

Lily riss sich aus ihren Gedanken los und durchquerte den Raum, wo die drei Kleidersäcke mit den Brautjungfernkleidern in der Nähe des Fensters hingen. Durch die weiße Hülle konnte sie einen Blick auf das wunderschöne Kleid werfen, das sie anprobiert hatte … War das erst eine Woche her? Es kam ihr wie eine Ewigkeit vor. Die Ernte, die Sturmnacht. All die Dinge, die sie mit Henry gemeinsam erlebt hatte …

Sie liebte ihn.

Fast keuchte sie bei dieser Erkenntnis auf.

Das konnte doch nicht sein, oder? Sie hatte ihn erst in den letzten Wochen richtig kennengelernt. Sicherlich würde das länger dauern. Aber sie beantwortete sich die Frage selbst. Sie kannte ihn *tatsächlich*. Er war vielleicht nicht hier, direkt bei ihr, in diesem Moment. Aber sie kannte ihn – seine Ängste, seine Geheimnisse, seine Hoffnungen … Und sie akzeptierte sie, denn sie machten ihn zu dem Menschen, der er war. Zu dem Menschen, der aus einer schrecklichen Tragödie heraus etwas Gutes bewirkt hatte. Zu dem Menschen, der – beinahe gegen seinen Willen – die Stadt für eine Ernte zusammengebracht hatte, um die er sich nicht hätte kümmern müssen. Nicht, wenn er wirklich vorhatte, das Anwesen zu verkaufen. Zu dem Menschen, der sie zum Lachen und, ja, auch zum Weinen gebracht hatte. Aber auch zu demjenigen, der ihr die Augen über sich selbst geöffnet hatte. Der sie dazu gebracht hatte, ihre eigene Wahrheit zu erkennen. Ihre Schönheit, ihre Kraft, die er ihr in der gemeinsamen Nacht entlockt hatte, aber auch ihre Verletzungen und ihre Geheimnisse. Geheimnisse, die sie vor sich selbst verborgen hatte. Ohne das, ohne ihn, hätte sie das vielleicht nie gesehen, nie gesehen, dass sie sich versteckt hatte. Er hatte ihr ihre eigene Stärke gezeigt. Und auch wenn er heute nicht hier an ihrer Seite war, bedeutete diese Stärke, dass sie auf ihren eigenen Füßen stehen konnte, sich selbst gefunden hatte und endlich Pläne für ihre Zukunft machen konnte.

Das Kichern von Malie und Zoe lenkte ihre Gedanken zurück in die Gegenwart.

»Also dann. Wer zieht sich zuerst um?«

»Du«, antworteten beide.

* * *

Eine Stunde später kamen Lily, Malie und Zoe in ihren Brautjungfernkleidern vor dem großen Spiegel zusammen, der beim Kamin hing, und betrachteten sich.

Die salbeigrüne Seide stand ihnen allen perfekt, ebenso wie die grünen Saphire, die an ihren Halsketten funkelten.

»Oh«, hörten sie eine Stimme hinter ihnen. »Ihr seht alle so schön aus!«

Sie drehten sich um, und dort stand Victoria in ihrem Hochzeitskleid. Lily keuchte auf, Malie quietschte und Zoe schluchzte regelrecht.

Die elfenbeinfarbene Seide des Kleides leuchtete förmlich. Das trägerlose Bustier war mit Kristallen verziert, die die Strahlen der Sommersonne einfingen, die durch die Fenster hereinfielen. Das Überkleid aus reiner Spitze fiel über die herrliche Kontur von Victorias Taille hinab bis zu einem bodenlangen Rock mit einer Schleppe, die sich wie ein Teich aus Seide hinter ihr ausbreitete. Es sah spektakulär aus, aber dennoch in sich schlicht, raffiniert und atemberaubend. Einfach vollkommen.

»Ich muss weinen«, rief Zoe aus.

»Ich serviere Todd ab und mache dir selbst einen Heiratsantrag«, flüsterte Malie voller Ehrfurcht.

Lily aber war sprachlos. Ihre beste Freundin sah einfach umwerfend aus, und in diesem Moment hätte sie wirklich nicht glücklicher sein können. Als fühlten sie alle exakt das Gleiche, umarmten sie sich und scherten sich dabei keine Sekunde lang darum, ob die schöne Seide ihrer Kleider verknittert wurde oder die Wimperntusche verlief.

Sie versanken so in dem Moment, dass keine von ihnen hörte, wie es klopfte und mit leisem Geräusch die Tür geöffnet wurde, und niemand sah den Ausdruck purer Freude auf dem Gesicht der Fotografin, als sie die Kamera hob und den Moment einfing, in dem die vier Frauen vor dem Kamin der Hochzeitssuite völlig ineinander versunken waren.

Klick.

»Oh«, schrie Malie erschrocken auf.

»Es tut mir leid«, rief die Fotografin, »aber da konnte ich einfach nicht widerstehen. Ihr habt so wunderschön ausgesehen.« Sie blickte auf den Bildschirm auf der Rückseite ihrer Kamera und stieß einen kleinen Freudenschrei aus. »Perfekt«, sagte sie mehr zu sich selbst als zu den Mädels. Dann entschuldigte sie sich und stellte sich vor. Kurz darauf klopfte es erneut an der Tür, und innerhalb von Sekunden herrschte im Raum schon wieder Chaos, als Victorias Mutter Ellen und ihre zukünftige Schwiegermutter Stella eintrafen.

Taschentücher und Reserve wurden ebenso reichlich verteilt wie überschwängliche Komplimente für die Kleider und für die Schönheit der Braut und ihrer Freundinnen. Die Fotografin, die sich nur ein wenig darüber ärgerte, dass sie die »Prep-Shots«, wie sie sie nannte, verpasst hatte – was Zoe mit einer hochgezogenen Augenbraue quittierte –, machte mindestens hundert Bilder von den zwei Generationen von Frauen im Raum, und ehe sie sichs versahen, war es Zeit für die Zeremonie.

David, Victorias Vater, war vor dem Zimmer auf und ab gegangen, und als Victoria herauskam, bekam er rosige Wangen und feuchte Augen.

»Lass es«, befahl Ellen streng. »Ich weiß, wie du wirst.«

»Ich …«, begann er und hob ergeben die Hände, als wäre er unfähig weiterzusprechen.

»Oh, es wird noch grauenvoll, wenn du erst anfängst, die Rede zu halten«, schimpfte sie.

Die Fotografin schlich sich vorbei und trabte die Treppe hinunter, fest entschlossen, das nächste perfekte Bild zu machen.

Victoria hakte sich bei ihrem Vater unter und küsste ihn sanft auf die Wange, sodass er noch tiefer errötete, als selbst Lily es bisher geschafft hatte. Stella war damit beschäftigt, Zoe und Malie zum Aufzug zu führen, der sie ins Erdgeschoss bringen sollte, während Ellen die Schleppe des Brautkleides hinter ihrer Tochter auffächerte.

Lily war auf halbem Weg die Treppe hinunter, als David Victoria etwas zuflüsterte, das sie zum Lachen brachte. Lily drehte sich um und sah, wie die ganze Gruppe sich dem Bilderbuchanblick der Braut zuwandte, die ihren Vater ansah, während in ihren Augen ungeweinte Freudentränen glitzerten.

Als sich alle am Fuß der Treppe wieder versammelten, hatte die Fotografin bereits mindestens fünf neue atemberaubende Aufnahmen für ihre Website, Braut und Bräutigam hatten Bilder, die sie für den Rest ihres Lebens in Ehren halten würden, und die Brautjungfern hatten unvergessliche Erinnerungen.

Abgelenkt durch den perfekten Augenblick, brauchte Lily eine Weile, bis ihr das leicht besorgte Gespräch zwischen Malie und Zoe auffiel, in das bald auch Victoria einbezogen wurde.

»Was ist los?«, fragte sie.

»Nichts«, antwortete Victoria, obwohl es da eindeutig etwas gab.

Zoe runzelte immer noch die Stirn, und Malie sah hin- und hergerissen aus.

»Es ist wirklich nichts, aber V dachte, es wäre schön, wenn Todd und Finn mit uns zum Altar gehen würden, und wir hatten gedacht, dass vielleicht …«

»Dass Henry vielleicht auch hier wäre, um mich zu begleiten?«, schloss Lily ein wenig traurig. »Ist schon gut. Nur weil er nicht hier ist, müsst ihr nicht umdisponieren.«

»Wenn Lils allein Richtung Altar geht, tue ich das auch. Und bevor du etwas sagst«, fuhr Zoe fort, »ich bin durchaus in der Lage, mich selbst zum Altar zu rollen.« Sie war absolut entschlossen.

»Aber das musst du nicht«, sagte Lily.

»Da hast du recht. Ich muss es nicht, aber ich *möchte* es.«

Lily spürte, wie ihr das Herz gegen die Rippen hämmerte und ihr Tränen in die Augen stiegen. Sie streckte eine Hand aus und legte sie auf Zoes Arm. Zoe hatte Malies Hand in ihre genommen, und Malies Arm war um Victorias Schultern gelegt. Victoria verschränkte ihre Finger mit Malies.

Sie blieben einen Moment lang so miteinander verbunden, bis Ellen sich ungeduldig räusperte. Als sie sich umwandten, sahen sie Stellas nachsichtigen Blick und David, wie er sich wiederholt die Augen abtupfte. Zoe und Malie schickten ihren Partnern eine SMS, um sie über den aktuellen Stand der Prozession zu informieren, dann steckten sie ihre Handys zurück in die Taschen, die sie an der Tür zurückließen.

»Meinst du, er hält durch?«, fragte Zoe Victoria mit leiser Stimme, womit sie auf den Brautvater anspielte.

»Ich glaube kaum«, entgegnete Victoria, jedoch eher liebevoll. »Komm schon, Daddy, wir dürfen nicht zu spät kommen.«

Die Fotografin eilte aus dem Flur, um sich in Position zu bringen und das beste Foto von der Ankunft der Braut zu machen.

»Wie sieht es denn da draußen aus?«, flüsterte Malie Lily zu.

»Du hast es noch nicht gesehen?«, fragte Lily verblüfft.

»Wir sind direkt in die Suite gegangen. Wir hatten gar keine Zeit dazu.«

»Oh«, sagte Lily und freute sich insgeheim. »Dann lass dich überraschen.«

Sie führte die Gruppe aus dem rückwärtigen Eingang des Saals hinaus auf die Wiese, von der aus die Weinberge sanft abfielen und die Bucht und das Meer dahinter freigaben.

Zoe schnappte nach Luft, Malie fluchte leise und Victoria blieb auf der Stelle stehen. Sogar Stella stieß einen kleinen Schrei aus bei dem herrlichen Anblick, der sich ihnen bot. Die weißen Stühle, auf denen die Gäste bereits Platz genommen hatten, waren mit weißen Seidenbändern verbunden und mit Schleifen verziert. Sie standen zu beiden Seiten des Läufers aus Weidengeflecht, der den Gang markierte und zu dem beeindruckenden dicken Hochzeitsbogen aus Holz führte. Dieser war umrahmt von Ranken aus sattgrünem Efeu und frischem Schleierkraut, den blütenweißen Kletterrosen, duftenden Lavendelzweigen und blauen Hortensien, und vor dem Bogen wartete die Pastorin. Durch den Bogen hindurch konnte man den fernen Horizont sehen, wo der Himmel und das Meer in einem schier endlosen Panorama aus Blautönen aufeinandertrafen. Links stand Ollie und unterhielt sich mit seinem Trauzeugen, bis er die Hochzeitsgesellschaft am Ende des Mittelganges entdeckte und verharrte. Das Staunen auf seinem Gesicht, als sein Blick auf Victoria fiel, zog die Aufmerksamkeit der Gäste auf sich, die sich allesamt umdrehten und sich gegenseitig ehrfurchtsvolle Blicke zuwarfen.

Als die Freundinnen sich aufstellten – Zoe vorn, Malie direkt dahinter –, wandte sich Lily an Victoria, die nun ein wenig zitterte.

»Warum bin ich bloß so nervös?«, flüsterte sie Lily zu, die den Kopf schüttelte und lächelte.

»Das ist keine Nervosität, V. Das ist Freude, und Liebe«, flüsterte sie, und ihre beste Freundin sah sie erstaunt an, nickte zustimmend und lächelte zurück.

»Hab dich lieb, Lils«, flüsterte Victoria und hielt Lilys Hand fest, bevor sie sich wieder zum Gang drehen konnte.

»Hab dich auch lieb, V. Aber er liebt dich mehr, und das

ist okay, damit kann ich umgehen«, scherzte Lily. Als sie die ersten sanften Klänge der Orchesterversion von »O Mio Babbino Caro« hörte, dem Stück, das Victoria für ihren Gang zum Altar ausgesucht hatte, erfüllte sie das Gefühl, dass alles seine Richtigkeit hatte. Sie atmete einmal tief ein.

Zoe hatte ihr Sträußchen auf dem Schoß liegen, dort, wo sich die traumhaften salbeifarbenen Seidenröcke teilten und den Blick auf den elfenbeinfarbenen Seideneinsatz freigaben. Mit den Händen trieb sie die Räder ihres Rollstuhls an und führte so die langsame Prozession den Gang entlang an, gefolgt von Malie.

Als Lily an der Reihe war, warf sie einen Blick auf Oliver, der vergeblich versuchte, sich unbemerkt eine Träne aus dem Auge zu wischen. Sein Gesichtsausdruck war pures Erstaunen, als er den Blick auf seine Braut direkt hinter Lily richtete, als hätte er nie geglaubt, dass er tatsächlich einmal hier stehen würde, um mit Familie und Freunden seine Liebe zu Victoria zu besiegeln. In der ersten Stuhlreihe auf Ollies Seite konnte sie Stella neben Eric, Ollies Vater, sehen, der gesund und glücklich aussah, und Lily war dankbar für die experimentelle Behandlung, die bei ihm Wunder gewirkt hatte. Neben ihnen sah sie den Ehemann von Victorias Cousine und den kleinen Jungen, der stolz seine Ansteckblume präsentierte. Aber aller Augen waren auf die Braut gerichtet. Hinter ihnen saß Ollies Cousin Andrew, von dem sie in der Weihnachtszeit so viel gehört hatte und der viel weniger ungehalten und gestresst aussah, als sie ihn sich vorgestellt hatte.

Auf der anderen Seite in der ersten Reihe nahm Ellen neben dem Stuhl, der für ihren Mann bestimmt war, Platz, und daneben saßen Victorias Cousine und ihre Tochter, deren Gesicht eine Mischung aus Konzentration und aufgestauter

Energie zeigte, da sie Victorias Blumen noch nicht übernommen hatte. Lily hoffte, dass das ausreichen würde, um das kleine Mädchen glücklich zu machen.

In den Stuhlreihen dahinter entdeckte Lily Victorias Bruder Charles und ihre eigene Mutter, deren Augen vor Liebe und Verständnis leuchteten, wie Lily feststellte, bevor sie den Blick weiter schweifen ließ. Hani und Helena Pukui, Malies Eltern, saßen neben ihr. Hanis große hawaiianische Statur wurde durch die zierliche blonde Gestalt seiner Frau noch mehr hervorgehoben. Selena und Noel Tayler strahlten vor Freude, als sie sahen, wie sich erst Zoe, dann Malie und dann Lily zwischen den Reihen nach vorn bewegten.

Sie kam an Jasmine, Nisha und Taylor vorbei, Victorias Schülerinnen aus der Klasse, die sie unterrichtete. Sie saßen neben Sarah und Paul von ihrer Arbeit im Pub, mit ihren Partnern, die alle strahlten und sich für Victoria und Ollie freuten. Und dann folgten noch ein paar Gesichter aus der Stadt, und sogar Mrs. Whittaker sah vielleicht zum ersten Mal überhaupt glücklich aus. Bei dem Gedanken musste sich Lily ein Lachen verkneifen.

Sie erreichte das Ende des Weges, stellte sich neben Malie und Zoe und sah, als sie sich umdrehte, wie Victoria die letzten Schritte in Richtung des Bogens machte. Ihre Augen leuchteten und ihr Blick war auf Ollie fixiert, selbst als die Fotografin etwa siebzig Bilder von ihnen zusammen am Ende des Ganges schoss und dann außen herum nach hinten lief, um weitere zu machen. Lily fächerte schnell und diskret die Rückseite des Kleides und die Schleppe auf und reihte sich wieder bei den Mädels ein. Malie gab ihr einen sanften Stupser auf die Schulter und Zoe neigte den Kopf leicht zu Malie und flüsterte mit einem zufriedenen Seufzer: »Sie heiraten.«

Darauf antworteten Lily und Malie flüsternd: »Shot«, woraufhin alle drei ihr geheimes Lächeln aufsetzten.

»Wir sind heute hier versammelt …«

Unter den ruhigen Worten der Pastorin versuchte Lily, sich auf das glückliche Paar zu konzentrieren, konnte aber nicht verhindern, dass ihr Blick gelegentlich über die Gäste hinwegschweifte. Zuerst wusste sie nicht, wonach sie eigentlich suchte, doch als sie keinen Erfolg hatte, merkte sie, dass es Henry war, nach dem sie Ausschau hielt.

Das Gefühl in ihrer Brust war kein Schmerz, sondern Sehnsucht. Sie *brauchte* ihn hier nicht, aber sie *wollte* ihn dennoch hier haben. Nicht für Victoria – was entsetzlich egoistisch war –, sondern für sich selbst. Sie wollte diesen Moment der Liebe mit jemandem teilen, der sie genauso liebte. Und so sehr sie auch hoffte, dass er das tat – sie hatte es in der Nacht, die sie miteinander verbrachten, in seinen Berührungen gespürt –, so sehr wusste sie auch, wie viel Schmerz ihn zurückhielt. Und das war etwas, was nur er überwinden konnte.

Sie konzentrierte sich wieder auf die Zeremonie, als die Pastorin gerade fragte: »Unterstützt ihr diese Verbindung und bestätigt, dass diese beiden heute heiraten sollen?«

Ein lautes Bellen kam vom Hund des Trauzeugen, und die Gäste lachten leise auf.

»Na, das klingt doch gut«, sagte Will Carter, Ollies Trauzeuge, und tätschelte seinem Golden Labrador stolz den Kopf.

Victoria warf Lily einen geradezu mörderischen Blick zu, woraufhin Lily sich das Lachen verkneifen musste, Malie sich fast verschluckte und Zoe Malie mit dem Ellbogen anstieß.

Die Pastorin räusperte sich, um die Aufmerksamkeit der Gäste auf sich zu lenken. »Willst du, Oliver Russell, die hier anwesende Victoria Scott …«

Die Worte der Liebe zwischen Braut und Bräutigam berührten alle, und alle waren ergriffen und freuten sich darüber, bei einer so schönen Verbindung dabei zu sein und sie zu bezeugen. Sogar Wills Hund blieb ruhig, bis die Pastorin die beiden zu Mann und Frau erklärte. Daraufhin stimmte er bellend in den glücklichen Jubel von fast achtzig Freunden und Familienmitgliedern ein, und selbst Victoria machte es nichts aus. Fast nichts.

* * *

Kanapees und Gläser mit prickelndem Reserve wurden gereicht, und während sich die Gäste auf der Rasenfläche tummelten, wurden die Tische diskret entfernt, und die Fotografin fing an, alles für ihre Aufnahmen zu arrangieren. Lily beobachtete Malie mit Todd und Zoe mit Finn, während Oliver und Victoria für weitere Küsse und Fotos vor dem wunderschönen Hochzeitsbogen posierten, vor dem sie mit Henry gestanden hatte. Ob sie ihn schon damals geliebt hatte?

Irgendwo inmitten ihrer Streitereien, seiner Hilfe bei der Hochzeit und dem verrückten Versuch, den Junggesellinnenabschied zu retten, war es ihr unter die Haut geschlüpft. Und als sie etwas abseits stand und beobachtete, wie ihre Freundinnen und deren Partner all die glücklichen Momente miteinander teilten, wurde ihr klar, dass das Schlimmste, das Traurigste nicht die Tatsache war, dass sie hier allein stand, sondern eher die Erkenntnis, dass sie es ihm nicht gesagt hatte. Es spielte keine Rolle, ob er ihre Gefühle nicht erwidern wollte oder konnte. Aber er sollte wissen, dass er geliebt wurde. Das war wichtig. Denn das, so wurde ihr klar, war es, was sie und ihre Freundinnen verband, was sie über die Jahre und Kontinente hinweg zusammengehalten hatte. Das Wissen, dass sie geliebt wurden, einander diese Liebe mitzuteilen und sie miteinander zu teilen, sie zu erkennen und zu akzeptieren.

Deshalb stand sie immer noch da, ganz für sich, aber nicht allein. Weil sie von Menschen umgeben war, die in ihren Gefühlen schwelgten und diese Gefühle mit allen teilten. Wenn sie an Alistair zurückdachte ... Ja, er war vielleicht unglaublich egoistisch und ... nun ja, ehrlich gesagt, ein ziemliches Ekelpaket gewesen. Aber wie auch immer – hatte sie ihn womöglich vor den anderen versteckt? Hatte sie ihn von ihrem Leben, ihrer Arbeit und ihren Freundinnen ausgeschlossen? Möglicherweise lag es auch daran, dass sie in Wirklichkeit gewusst hatte, dass er nicht der Richtige für sie war. Sie hatte gewusst, dass sie ihn nicht wirklich an ihrer Seite haben wollte, als Teil von ihr. Aber Malie und Todd, Victoria und Ollie, Zoe und Finn – sie ließen einander jeweils strahlen. Sie waren jeder ein Spiegelbild des anderen, wie eine Glasscherbe, die das Licht ihrer Liebe füreinander brach und für die ganze Welt sichtbar machte.

Und unerklärlicherweise wollte sie, dass sie alle den Henry sehen könnten, den sie sah. Und sie wollte so gesehen werden, wie er sie sah.

Unglaublich.

Das war es, was er über sie gesagt hatte. Und sie wollte das erreichen, das sein.

Nein, sagte sie sich, ich brauche nicht danach zu greifen. Es ist schon da und wartet darauf, dass ich es selbst sehe. Und in diesem Moment sah sie nicht die Rasenfläche, die sich zu den Weinbergen erstreckte, die den Hügel hinunter abfielen. Sie sah die Zeit, die sie mit ihm verbracht hatte. Sah sie lachend beim Kaffee oder den großen Topf mit Nudeln, als er ihr sagte, er wisse, dass sie ihn den ganzen Tag lang halten könne. Wie sie sich leicht an ihn gelehnt hatte, als sie seinen einundzwanzigsten Geburtstag um mehrere Jahre verspätet feierten. Wie er sie während des Sturms am Strand angeraunzt hatte, ins Auto zu steigen. Den Moment, als sie im Jeep gesessen hatten und der Regen gegen die Windschutzscheibe prasselte, und sie einander einfach ansahen, klatschnass und außer Atem. Die Art und Weise, wie er sich abgemüht hatte, ihr zu sagen, dass er sich Sorgen um sie machte, dass er meinte, sie würde sich verstecken. Nicht um ihr wehzutun, sondern um ihr die Augen zu öffnen und ihr den Mut zu geben, besser zu sein, mehr zu erreichen, weiterzukommen … sich *höhere Ziele* zu setzen, so wie sie es ihm einmal gesagt hatte. Und dann die Art, wie er sie geküsst und gehalten hatte, als sie sich in ihrer gemeinsamen Nacht in seinen Armen aufgelöst hatte.

»Lils!« Malies Stimme durchbrach ihre Gedanken, und sie blickte auf und sah ihre besten Freundinnen, die sie lächelnd und mit leuchtenden Augen zu sich winkten.

»Ich komme«, sagte sie, nachdem sie einen letzten Blick auf den Horizont geworfen hatte. Sie hoffte, dass es Henry, wo immer er sein mochte, gut ging und er glücklich war.

* * *

Es war großartig, wie die Gäste staunten und bewundernde Laute von sich gaben, als sie die Orangerie betraten, aber vor allem Victorias Gesichtsausdruck war die ganze Sache wert.

Lily selbst konnte gar nicht aufhören zu strahlen, als sie sah, wie schön alles geworden war.

Die großen Glasscheiben der Seitenwände und des Dachs, die von einem Gerüst aus Bleirahmen eingefasst waren, boten für sich genommen schon einen überaus imposanten Anblick, aber die Dekoration aus Efeu, Schleierkraut und weißen Rosen, die vom Trauungsplatz in die Orangerie gebracht worden waren, vermittelte einem das Gefühl, man befände sich in einem magischen Garten, so üppig und lebendig wirkte alles. Zehn Tische aus upgecycelten Gerüstbrettern verliehen der Szenerie eine rustikale Schönheit. Die Windlichter, die Henry gekauft hatte – prächtige weiße Kerzen, die in Marmeladengläsern mit noch mehr Schleierkraut leuchteten –, zauberten Lily ein verträumtes Lächeln ins Gesicht. Sie würde immer an ihn denken, wenn sie sie sah. Das wusste sie mit Bestimmtheit.

Auf den in Würde gealterten großen Weinfässern war die Sitzordnung ausgelegt, und jeder einzelne Gast wurde mit einem handgemalten Schildchen zum Hochzeitsessen willkommen geheißen.

Die Unterhaltung schwoll an, als die Leute ihre Plätze einnahmen, und die livrierten Kellner schenkten Wein und Reserve ein, sobald alle saßen. Lily folgte Victoria, Ollie und deren Eltern zu dem Tisch, der quer am Kopfende von vier langen Tischen stand. Sie überprüfte schnell die Nummern und schaute nach, wo sie die Hochzeitstorten nach dem Essen hindirigieren konnte.

»Hör auf zu arbeiten«, schimpfte Victoria scherzhaft und fasste Lily am Ellbogen.

Lily lachte auf. »Tut mir leid, ich kann nicht anders.«

»Im Ernst, hast du schon mal daran gedacht, Hochzeiten auszurichten?«

»Was? Meinst du, falls es mit meinem Restaurant nicht klappt?«, fragte Lily entsetzt.

»Quatsch.« Victoria lachte. »Ich meine natürlich beides zusammen.« Sie nickte in Richtung der Gäste. »Kate und Vihaan scheinen es ziemlich gut im Griff zu haben, und du hast wirklich ein Händchen dafür. Schau doch nur, es ist atemberaubend.« Bewunderung schwang in ihrer Stimme mit.

»Das ist es wirklich, Lily«, mischte sich Ollie ein. »Wir können dir nicht genug danken.« Er legte einen Arm um ihre Schulter und zog sie an sich.

Lily strahlte über das Lob und versuchte, ihre übliche Reaktion zu vermeiden und das Kompliment nicht einfach abzutun. Stattdessen ließ sie es einwirken, ließ auch den Vorschlag auf sich wirken. Denn so anstrengend es manchmal auch gewesen war, so sehr hatte sie es wirklich genossen. Es hatte ihr Spaß gemacht, etwas zusammenzustellen, von dem sie sicher war, dass es für Braut und Bräutigam perfekt passte. Ihr fiel auf, wie sehr sie die Freude und das Glück der Gäste befeuerten. Diese waren eifrig dabei, Selfies und Handyfotos von der Tischdeko und der Orangerie zu machen. Es war annähernd das gleiche Gefühl wie damals, als sie zum ersten Mal für ihre Mum gekocht hatte.

Stella und Victorias Mutter unterhielten sich darüber, wie furchtbar sie es fanden, dass die Leute ihren Sekt noch vor den Reden tranken.

»Fang lieber direkt an, Schatz«, sagte Ellen schließlich zu ihrem Mann, der inzwischen sogar noch feuchtere Augen hatte als zuvor, wenn das überhaupt möglich war.

David nickte, klopfte kurz auf einen Zettel in seiner Hemdtasche und holte ihn heraus. Er räusperte sich, aber selbst Lily konnte es kaum hören, obwohl sie direkt gegenüber von

Victoria, Ollie und dessen Eltern saß. Victoria warf ihr einen leicht panischen Blick zu.

Stella nahm die Sache in die Hand und klopfte mit ihrem Messer an ihr Weinglas, aber trotzdem dauerte es eine Weile, bis unter den Gästen Ruhe einkehrte.

Victorias Dad schob seinen Stuhl zurück und schrammte dabei über den Steinboden, sodass seine Frau leicht zusammenzuckte. Lily machte sich langsam ernsthaft Sorgen, weil der alte Herr sich die Augen wischen musste, bevor es ihm überhaupt gelang, das Blatt auseinanderzufalten. Ein paar gutmütige kleine Lacher erklangen in der Gästeschar, da man mit dem Brautvater mitfühlte, der von der Hochzeit seiner einzigen Tochter allzu überwältigt war.

»Ich …«, begann David, räusperte sich erneut, rückte seine Brille zurecht und starrte auf das Stück Papier, das er nun so weit wie möglich von sich weghielt.

»Hast du die falsche Brille auf, Schatz?«, fragte Victorias Mutter, woraufhin ihre Tochter die Augen verdrehte.

»Nein, nein. Alles in Ordnung. Ehm. Ich … Wir haben heute …« Er schniefte.

Lily warf einen Blick auf Malie und Zoe, die sie anstarrten, als wollten sie sagen: »Tu was!«

Da meldete sich Will vom anderen Ende des Tisches. »Ich könnte …«

»Nein!«, riefen Ollie und Victoria gleichzeitig.

»Möchtest du …« Ollie wollte David irgendwie helfen, aber der winkte nur mit dem Blatt und sah dabei überaus unwohl und nahezu gereizt aus. Lily bemerkte, wie sich Victorias Hände ein wenig verkrampften, da erhob sie sich von ihrem Platz und trat leise hinter den Tisch zu David.

»Mr. Scott«, flüsterte sie. »Möchten Sie, dass ich …«

»Ja«, zischte er mit solcher Vehemenz, dass sie fast aufgelacht hätte. »Gott, ja.«

Lächelnd nahm sie das Papier mit der vorbereiteten Rede entgegen, das er ihr förmlich zuwarf, doch als sie zu ihrem Platz am Tisch zurückkehrte, stellte sie fest, dass sie kein Wort von dem schrägen Gekrakel darauf lesen konnte. Sie blickte in die erwartungsvollen Gesichter der etwa achtzig Gäste vor ihr. Victorias Blick war geradezu flehend, Ollies drückte eher einen Appell aus, also versuchte sie, den leicht angesäuerten Ausdruck des Trauzeugen zu ignorieren, auch wenn sie meinte, den Labrador leise knurren zu hören.

Sie blendete alles aus und rief sich stattdessen die tiefe und überwältigende Liebe in Erinnerung, die sie nur wenige Augenblicke zuvor gespürt hatte. Dann holte sie tief Luft …

Kapitel 14

»Wie die meisten – wenn nicht alle – von euch wissen, kenne ich V schon fast mein ganzes Leben lang«, begann Lily. »V, Malie, Zo und ich … Nicht einmal Kontinente konnten uns vier voneinander trennen. Und wie die meisten – wenn nicht alle – von euch wissen, haben wir harte Zeiten hinter uns, Zeiten, die unser Leben auf eine Weise geprägt haben, die unvorstellbar, schwierig und hart war … Aber wir waren immer füreinander da. Über die Jahre, Monate, Stunden – einige davon verlorene«, fügte sie hinzu und hielt inne, als Victoria und die Mädchen ein wenig lachten, »sind wir zusammengeblieben, unerschütterlich in unserer Liebe und Unterstützung füreinander.

Es war also ganz klar, dass Malie, Zo und ich hohe Ansprüche an den Mann stellen würden, der vorhatte, V das Herz zu stehlen.« Die Gäste lachten leise. »Oliver ist ein Mann, der V als die wunderbare, erstaunliche, talentierte und schöne Frau sieht, die sie ist. Er sieht sie so wie wir und liebt sie dafür umso mehr. Also, ja«, sagte sie achselzuckend, »er genügt unseren Ansprüchen.«

Die Gäste lachten wieder, einige riefen »Bravo!«, und ein paar Pfiffe waren zu hören, bevor sie sich wieder beruhigten. Lily entdeckte ihre Mutter, die mit leuchtenden Augen neben Zoe und Malie saß, und spürte die Liebe und den Stolz, die dort für sie ebenso wie für Victoria und Ollie erstrahlten. Sie dachte daran, wie sehr sie sich gewünscht hatte, dass die

Hochzeit ihrer besten Freundin perfekt sein sollte. Aber jetzt wurde ihr klar, dass ihre Mutter recht hatte. Das war nicht das Wichtigste.

»Vor ein paar Wochen hat mir eine sehr kluge Frau gesagt«, erklärte sie und nickte ihrer Mutter zu, »dass eine Hochzeit wunderschön sein kann, sie kann perfekt sein, aber auch katastrophal und lustig und lächerlich. Denn wirklich wichtig sind nicht der Blumenschmuck oder das Hochzeitsmenü – obwohl ...«, sie hielt inne, »... es heute verdammt perfekt sein wird!«, was bei den Gästen für Gelächter und anerkennende Bestätigung sorgte. »Es geht nicht um die Fotos oder die Musik. Was wirklich zählt, sind V und Oliver, zwei Menschen, die etwas ganz Besonderes sind. Nicht nur, weil sie einfach unglaublich sind, sondern weil die Liebe zwischen ihnen ... greifbar ist. Man kann sie spüren, weil sie sich entschieden haben, sie mit jedem und jeder Einzelnen von uns zu teilen.«

Als sie auf die Gäste sah, fiel ihr Blick auf Henry in der Tür zur Orangerie. Er stand da, in dunklem Anzug und Krawatte und so umwerfend gut aussehend, dass ihr das Herz aufging.

Er war zurückgekommen.

Sie unterdrückte den Seufzer in ihrer Brust, nahm sich einen Moment Zeit, um sich zu sammeln und sich auf das zu konzentrieren, was sie sagen wollte.

»Drei kleine Worte«, sagte sie und ließ ihn nicht aus den Augen. Sie wollte und brauchte es, dass er ihre Worte genauso fühlte wie hörte. »Sie werden jeden Tag Tausende Male ausgesprochen, überall auf der Welt, in Hunderten von verschiedenen Sprachen. Ihre Bedeutung zeigt sich auf unzählige verschiedene Arten, durch eine Berührung, eine Umarmung, einen Kuss. Sie werden vertraulich, in Gedanken, im Geheimen gesagt, geflüstert, laut ausgesprochen, von Dächern gerufen und in den Himmel geschrieben. Sie werden jenen gesagt, die es nicht verdienen, und jenen, die es verdienen. Sie werden unter Freundinnen gesagt.« Sie schaute zu Zoe und Malie und dann wieder zu Victoria. »Sie werden in der Familie und unter Liebenden gesagt.« Sie schaute zu Ollie, Todd und Finn, die auch Teil ihrer Familie geworden waren.

»Aber das größte Verbrechen überhaupt wäre es, sie gar nicht zu sagen. Heute haben V und Oliver vor euch ihre Liebe erklärt. Sie haben euch an ihrer Liebe teilhaben lassen. Und wir alle sind dadurch bedeutender geworden. Denn Liebe ist nicht etwas, wovor man sich verstecken muss. Sie ist etwas, das großzügig und bereitwillig geschenkt werden sollte. Sie wird im Vertrauen und mit einem Vertrauensvorschuss geschenkt.«

Sie wandte den Blick wieder zu Henry, sah seine Augen funkeln, spürte die Kraft der Verbindung zwischen ihnen und sah, wie sich sein Brustkorb hob und senkte, als er tief einatmete, als wüsste er, was sie auszudrücken versuchte.

»Das Leben ist kurz, das wissen wir«, sagte sie traurig und dachte an Blake, an ihren Vater und sogar an Claudia, »also, findet euren Menschen, wendet euch ihm zu. Schaut ihn an, damit er weiß, dass ihr ihn seht – und zwar in seiner Gesamtheit –, damit er es voll und ganz verstehen, glauben und akzeptieren kann, wenn ihr sagt: Ich liebe dich.«

Der kleine Schluchzer, der in Lilys Brust aufstieg, wurde von achtzig Stimmen übertönt, die sich sanft überlagerten und die Orangerie mit Worten der Liebe erfüllten. Gänsehaut überzog ihre Haut, als die Menschen lachten und weinten und einander das größte Geschenk machten, das ein Mensch einem anderen machen kann. Dann brach der Raum in tosenden Applaus aus und Victoria zog Ollie an der Krawatte in einen leidenschaftlichen Kuss. Malie wischte sich die Augen, ohne sich um ihre Wimperntusche zu kümmern, legte ihre Hand um Todds Hals und zog ihn zu sich, und Zoe lehnte sich an Finns Armbeuge. Aber Lily hatte für niemand anderen Augen als für Henry. Und anstatt sich zu setzen, bahnte sie sich einen Weg vorbei an den Tischen und Gästen, die bereits ineinander versunken waren, und spürte, wie ihr Herz nur für ihn schlug.

* * *

Bis zu diesem Moment – dem Moment, als er Lily endlich sah – hatte sich Henry völlig erschöpft gefühlt. Körperlich, seelisch und sogar geistig. Aber als er ihre Stimme hörte, mit der sie klar und deutlich die Gäste aufforderte, ihre Liebe zueinander zu erklären, sie einzufordern und in Besitz zu nehmen, durchbrach sie seine Müdigkeit der letzten achtundvierzig Stunden.

Als sie *»Ich liebe dich«* sagte und ihn direkt ansah, tief in seine Augen und sein Herz blickte, wollte er sich an die Brust schlagen und seine Liebe zu ihr, wie sie es gesagt hatte, vom Dach schreien. Sie sollte und musste erfahren, was er empfand, was er schon vor ihrer gemeinsamen Nacht empfunden hatte, aber gewisse Dinge musste er ihr zuvor noch sagen.

Henry konnte seinen Blick nicht von ihr abwenden, als sie sich zwischen den Tischen hindurchschlängelte. Bei jedem Schritt spannte sich ein Blitz aus weißer Seide von ihrem bodenlangen Rock bis zum Oberschenkel, was hinreißend und sinnlich wirkte. Er bedauerte sofort, dass er auch nur für eine Minute nicht bei ihr gewesen war. Er hatte gewollt, dass sie bei der Hochzeit auf keinen Fall allein wäre, und hatte verzweifelt versucht, rechtzeitig zurück zu sein, aber der dichte Verkehr hatte ihm einen Strich durch die Rechnung gemacht. Mit jeder vergehenden Sekunde war das Gefühl in ihm angewachsen, dass er sie verlieren würde. Bis zu diesem Moment.

Sie war einfach das Schönste, was er je gesehen hatte, und er wollte nie wieder ohne sie sein. Es dauerte gleichsam Sekunden wie auch Stunden, bis sie bei ihm in der Tür zur Orangerie ankam, und einen Moment lang standen sie einfach nur da und schauten einander an.

Er war sprachlos. Er hatte so viel zu sagen gehabt. So viel. Aber in diesem Moment konnte er sie nur ansehen, seine Augen und sein Herz mit ihrem Anblick anfüllen. Sie schien genauso überwältigt zu sein wie er, und er suchte in ihrem Blick nach einem Zeichen, dass er nicht alles zerstört hatte, denn er konnte immer noch nicht glauben, dass diese unglaubliche Frau für ihn dasselbe fühlen könnte wie er für sie. Ein erschauernder Seufzer durchfuhr seine Brust, während ein seltsames Gefühl von Frieden und Dringlichkeit zugleich ihn erfüllte. »Ähm … Kann ich … Können wir irgendwo hingehen und reden?«, stammelte er.

Sie nickte, dabei mussten sie den Kellnern aus dem Weg gehen, die den ersten Gang des Hochzeitsmenüs brachten. Sie drehte sich, um an ihm vorbeizugehen, aber in ihm regten sich Schuldgefühle.

»Warte«, rief er ihr zu. »Das Essen, dein Menü …«

»Das ist okay.«

»Aber …«

»Es ist doch jetzt nicht wichtig, Hawkesbury.«

Sie konnte es nicht sehen, aber er musste breit grinsen. Sie hatte ihn Hawkesbury genannt. Das war doch ein gutes Zeichen, oder? Dann aber zog er die Stirn kraus, als ihm klar wurde, dass Lily Atwell gerade zum ersten Mal, seit er nach Hawke's Cove zurückgekehrt war, die Hochzeit egal war. Oh nein! Hatte er sie so sehr verletzt? Womöglich zu sehr?

Er folgte ihr in den Flur, der das Hauptgebäude von der Orangerie trennte, und zurück ins Freie zu den Bänken vor der Kelterei. Dort hatten sie – war es erst Wochen her? – zusammen Wein getrunken und über ihre Geburtstage gesprochen.

Sie stand da und blickte über das Anwesen, die Arme um sich geschlungen. Er musste daran denken, wie diese Arme ihn umschlungen hatten, in ihrer gemeinsamen Nacht. Keine schmutzigen Gedanken, Hawkesbury, befahl er sich. Aber es war nichts Schmutziges daran. Es war eine magische Nacht gewesen, die schönste seines Lebens. Etwas, was er nicht verdient hatte und womöglich immer noch nicht verdiente. Aber er musste es ihr sagen, es ihr erklären.

Er zog seine Anzugjacke aus und legte sie über die alte Holzbank, weil er Angst hatte, dass ihr Kleid Schaden nehmen würde, in dem sie wie eine Waldnymphe aussah. Ihr volles kastanienfarbenes Haar war in einzelne Stränge gedreht und zu etwas hochgesteckt worden, das sicher einen ausgefallenen Namen hatte und raffiniert aussah, aber trotzdem ganz Lily war. In den letzten Wochen hatte er sich daran gewöhnt, ihr Haar offen zu sehen. Genauso wie es in jener Nacht über seine Kissen und Laken geflossen war, während es ihr schönes Gesicht umrahmt hatte. Das salbeigrüne Seidenkleid wurde von der leichten Brise erfasst und deutete erst ihre wunderbare Figur an, um sie dann wieder zu verdecken.

Als sie sich ihm zuwandte, sah er den grünen Saphir, von dem Ollie ihm an dem Tag erzählt hatte, an dem er ihm den Weinberg zeigte.

»Ich bin so froh, dass ihr sie bekommen habt«, sagte er und beobachtete, wie das Schmuckstück in der Sonne funkelte. »Ollie hatte mich gebeten, dafür zu sorgen, dass ihr sie beim Junggesellinnenabschied vorfindet. Als Überraschung.«

Ihr Blick – wachsam und misstrauisch, als sei sie sich plötzlich nicht mehr sicher, was er wollte oder sagen würde – klärte sich für einen Moment.

»Henry, was du für den Junggesellinnenabschied getan hast ... Ich kann dir gar nicht genug dafür danken.«

Guter Gott, er hatte sie am Morgen, nachdem sie eine unglaubliche Nacht miteinander verbracht hatten, ohne ein Wort, ohne eine Erklärung verlassen, und sie dankte ihm?

»Lily ...«

»Nein, warte. Ich will das hier sagen. Egal, was vorher oder nachher passiert ist, das war wirklich eine wunderbare Sache, die du für uns getan hast, und ich ... danke dir.«

»Dich.«

»Was?«

»Ich habe es für *dich* getan.« Er wollte, dass sie das wusste. Es war wichtig für ihn, dass sie es wusste.

Er bedeutete ihr, sich auf seine Jacke zu setzen, die auf der Bank lag. Sie runzelte die Stirn und setzte zum Widerspruch an.

»Lily, setz dich auf die verdammte Bank«, knurrte er. Denn wenn sie einmal saß, könnte sie nicht mehr so leicht weglaufen. Und obwohl er ihr eigentlich genau das angetan hatte, war er auf seine Weise auf sie zugelaufen. Es kam ihm so vor, als hätte er das schon vor seiner Rückkehr nach Hawke's Cove getan.

Sie ließ sich so artig auf der Bank nieder, dass er sich ein Lächeln verkniff. Selbst jetzt, da er dabei war, sich förmlich das Herz rauszureißen, um die richtigen Worte hervorzubringen, konnte sie ihn noch zum Lächeln bringen.

»Ich … nun, zuerst muss ich mich entschuldigen.«

»Du hast kein …«

»Lily Atwell, du warst schon an der Reihe. Jetzt bin ich dran.« Auf seinen schroffen, entschlossenen Ton hin schien sogar noch mehr Waldnymphenhaftes von ihr auszugehen. Er musste den Blick abwenden, sonst hätte er vollends den Faden verloren und sie direkt in die Arme genommen, sie geküsst und niemals damit aufgehört.

»Ich hätte nicht gehen dürfen, ohne dir zu sagen, wohin ich gehe, oder vorher mit dir zu sprechen. Aber ich hatte auch nicht vor, so lange weg zu sein. Es tut mir leid, wenn ich dich auch nur für eine Minute in dem Glauben gelassen habe, ich hätte dich verlassen.« Er drehte sich um, da er erst jetzt merkte, dass er diesen Monolog nicht ihr, sondern dem Meer vorgetragen hatte. Er schaute ihr in die Augen und sagte noch einmal: »Es tut mir leid, wahrhaftig und zutiefst.«

Sie atmete ein und seufzte tief. »Okay.«

Er folgte ihrem Atem, als wäre es sein eigener. Dann fuhr er sich mit der Hand durch die Haare, halb in Versuchung, daran zu ziehen, aber er bemühte sich, nicht die Kontrolle zu verlieren.

»Die Nacht, die wir zusammen verbracht haben … Du sollst wissen … Sie bedeutete mir alles. Es war die unglaublichste Nacht meines Lebens, und ich …« Er brach ab, als ihr Röte in die Wangen stieg und er fast nicht mehr weiterreden konnte. »Aber in dieser Nacht hast du gesagt, dass nur ich selbst mir verzeihen könne. Du hattest nicht unrecht«, sagte er, griff nach ihrer Hand und hoffte, dass sie sie nicht zurückziehen würde, »aber du hattest auch nicht ganz recht.«

Als sie eine Augenbraue hochzog, musste er lächeln, weil ihre Empörung so deutlich zu sehen war. »Das kommt vor, weißt du«, neckte er sie sanft.

»Selten. Sprich weiter«, antwortete sie so majestätisch wie eine Königin, und nur die winzige Andeutung eines Lächelns gab ihm den Mut fortzufahren. »Mir ist klar geworden, dass ich, um die Vergangenheit ruhen lassen zu können, mit Claudias Eltern reden muss.«

Ihre Lippen, die sich zu einem ganz leichten Lächeln verzogen hatten, formten ein O, wobei ein Lufthauch ihren Lungen entwich. Mit großen glitzernden Augen richtete sie den Blick auf ihn, sah ihm in die Augen und musterte dann seinen Körper, als suche sie nach Anzeichen von Verletzungen oder Schmerzen.

»Und es tut mir leid, dass es mir wichtiger wurde, als dich wissen zu lassen, wohin ich gehe. Das war unverzeihlich.«

»Oh, Henry«, sagte sie, und er hob die Hand, um sie zu stoppen. Er musste es loswerden.

»Sie leben jetzt in der Nähe von Northumberland. Wusstest du das?«

Sie schüttelte den Kopf und biss sich auf die Lippe, als wolle sie etwas sagen, ihn aber nicht unterbrechen.

»Es ist eine ganz schöne Strecke, vom Verkehr mal ganz abgesehen, deshalb bin ich an jenem Morgen losgefahren. Ich hatte mir fest vorgenommen, rechtzeitig zur Hochzeit zurück zu sein, aber … aber darum geht es nicht«, fügte er mehr für sich selbst hinzu. »Ich habe die letzten Worte, die sie bei der gerichtlichen Untersuchung zu mir sagten, nie vergessen können. Dass ich in der Lage hätte sein müssen, etwas zu tun, um Claudia aufzuhalten.«

Lilys Augen füllten sich mit Tränen, und er wusste, dass sie ihm galten. Dass diese unfassbare Frau mit ihm fühlte.

»Und … Und ich konnte es nicht ertragen, als mir bewusst wurde, dass ich dich beschuldigt hatte, du würdest dich verstecken, während ich selbst auf der Flucht war. Schon die ganze Zeit über davor geflüchtet bin, und vor ihnen. Also«, sagte er und holte geräuschvoll Luft, »bin ich zu ihnen gefahren.«

In Gedanken sah er, wie Mr. Avery die Tür geöffnet und sich vor seine Frau gestellt hatte, als wollte er sie beschützen. Vor ihm. Der Schmerz und die Angst in seinen Augen hätten ihn fast dazu gebracht, umzukehren. Das hätte er wahrscheinlich auch getan, hätte nicht Mrs. Avery sich an ihrem Mann vorbeigedrängt und unter Tränen, aber auch mit Hoffnung im Blick, die Arme nach ihm ausgestreckt.

In ihrer ungelenken halben Umarmung hatte er sich versteift, aber als Mrs. Averys Tränen sein Hemd benetzten, hatte er sie willkommen geheißen und war dankbar, mit ihr diese für sie alle so unaussprechliche Trauer zu teilen.

»Es war … schwer. Schwierig und … ja, es tat weh. Ich hatte eigentlich nicht vor, so lange zu bleiben, aber Mrs. Avery hat Tee gekocht und …«

»… für Tee nimmt man sich immer Zeit«, schloss Lily.

Henry lächelte. »Das hat sie auch gesagt. Mr. Avery war die meiste Zeit über still. Das war in gewisser Weise auch gut so, weil ich dadurch die Gelegenheit hatte, endlich zu sagen, wie leid es mir tut. Nicht, um die Verantwortung zu übernehmen, aber …«

Die Reaktion von Mrs. Avery, als er es gesagt hatte, war völlig unerwartet gekommen. Sie war in noch mehr Tränen ausgebrochen und hatte ihren Mann angesehen, der auf seine Schuhe blickte.

»Sie wollten es nicht hören. Sie … sie sagten, dass sie diejenigen wären, die sich bei mir hätten entschuldigen müssen.«

Er konnte es immer noch nicht glauben. Er konnte es noch vor sich sehen, wie Mrs. Avery sagte, es täte ihnen so leid, dass sie ihn angeschrien hätten und wie sie ihn nach dem Unfall behandelt hätten. All ihre Trauer und Verzweiflung hätten sie an ihm ausgelassen. Und selbst als er erklärt hatte, dass er das gut verstehen könne, hatten sie daran festgehalten.

»Wie hast du dich dabei gefühlt?«, fragte Lily sanft und holte ihn damit in die Gegenwart zurück.

»Schockiert? Traurig? Ich hatte keine Ahnung, dass sie sich so gefühlt haben, und es erschüttert mich, dass sie es so lange mit sich herumgetragen haben.«

In dem Moment, als die Worte ausgesprochen waren, wurde ihm klar, dass er genauso lange etwas mit sich herumgetragen hatte. Es war so seltsam gewesen, auf dem altrosafarbenen Sofa zu sitzen, eine winzige Porzellantasse mit längst kaltem Tee in der Hand, während Claudias Eltern sich aneinanderklammerten, als bräuchten sie Halt, als sie erzählten, wie schwer es für sie nach Claudias Tod gewesen war. Wie verloren und wie schrecklich sie sich gefühlt hatten und wie leid es ihnen tue, dass sie es an ihm ausgelassen hatten.

»Vorgehabt hatte ich es nicht, aber ich habe ihnen die App gezeigt. Claudias App. Und sie … haben sich so gefreut. Sie waren glücklich, dass aus einer solchen Tragödie etwas entstanden ist, das anderen hilft. Sie haben sich so hilflos gefühlt, weil sie nicht bemerkt hatten, wie … schwer es für Claudia gewesen war. Wie sehr sie in Alkohol und Drogen abgerutscht war. Sie haben sich nach dir und den Mädels erkundigt«, sagte er und schaute in Lilys strahlende braune Augen. »Ich soll euch von ihnen ausrichten, wie froh sie sind, dass es euch allen gut geht. Und dass es ihnen leidtut, dass sie sich nie bei euch gemeldet haben.«

Lily winkte ab, und er wusste, dass sie nicht ein einziges Mal Claudias Eltern die Schuld gegeben hatten. Vielleicht nur sich selbst, so wie er es getan hatte.

»Ich kann mir nicht einmal ansatzweise vorstellen, wie schwer es für sie gewesen sein muss.«

Henry nickte zustimmend.

»Sie haben auch nach mir gefragt, danach, was ich mit meinem Leben angefangen habe. Was ich noch vorhätte ...« Er brach ab und kam endlich auf den eigentlichen Kern dessen, was er ihr sagen wollte, was er mit ihr teilen wollte. Was für eine Zukunft er sich für sie beide erhoffte.

»Ich habe ihnen von dir erzählt.«

»Von mir?« Lily schaute verwirrt auf.

»Ja. Über dein Restaurant, die Veränderungen in Hawke's Cove. Über das, was du zusammen mit meinem Vater geleistet hast, um das Weingut mit aller Kraft ins 21. Jahrhundert zu befördern.«

Sie versuchte, das Kompliment abzutun. »Davon weiß ich nichts.«

»Glaub nicht, dass ich nicht gemerkt hätte, wie viel du auf dem Gut gemacht hast. Und das nicht nur für die Hochzeit oder im Kräutergarten ... oder auch für meinen Vater. Ich habe sie eingeladen, dass sie herkommen und bleiben können, wann immer sie möchten, als meine Gäste.«

Sie hatten unschlüssig gewirkt, aber er hatte sie gebeten, es sich durch den Kopf gehen zu lassen – vielleicht wollten sie ja irgendwann einmal ein paar bekannte Gesichter wiedersehen.

Wieder spiegelten Lilys Augen Verwirrung, und ihm entging auch der Schmerz darin nicht.

»So was kannst du ihnen nicht versprechen, Henry.«

»Doch, das kann ich«, beharrte er. Dann fiel ihm ein, dass er ihr noch nicht alles gesagt hatte.

»Henry …«

»Ich kann es, weil ich mich auch mit dem Makler in Verbindung gesetzt habe.«

Sie saß still da wie eine Statue, im sanften Schein der untergehenden Sonne. Ihre Augen waren groß und strahlend, ihre rosigen Lippen leicht geöffnet in Erwartung, hoffnungsvoll. An dieses Bild von ihr würde er sich für den Rest seines Lebens erinnern. Er kannte es so gut, wie er seinen eigenen Namen kannte.

»Ich habe ihm gesagt, dass er den Verkauf stoppen und sich in meinem Namen bei Mr. Jameson entschuldigen soll. Es täte mir aufrichtig leid, aber ich sei doch nicht in der Lage, das Anwesen zu verkaufen.«

»Henry …«

»Lily«, warnte er, noch nicht im Ansatz fertig mit dem, was er ihr sagen wollte. Sie verzog die Lippen auf die bezauberndste Art und Weise und presste den Handrücken dagegen, als wollte sie die Worte – die Fragen –, die ihr mit Sicherheit durch den Kopf gingen, buchstäblich im Keim ersticken.

Er fuhr sich noch einmal mit der Hand durch die Haare. Ihr Blick folgte seiner Hand und ihre Lippen verzogen sich hinter der Hand leicht nach oben, sodass ihm klar wurde, dass er wahrscheinlich ein komplettes Durcheinander mit seinen widerspenstigen welligen Haaren angerichtet hatte, aber das war ihm völlig egal.

»Ich habe viel zu viele Jahre damit verbracht, vor Hawke's Cove wegzulaufen, und doch war es immer hier«, sagte er, schüttelte den Kopf und rang nach den richtigen Worten.

»Ich will nicht, dass du denkst …« Er presste die Kiefer zusammen, um ein frustriertes Aufstöhnen zu unterdrücken. Was hatte ihm dermaßen die Sprache verschlagen?

Er spürte, wie Lily ihre Hand in seine schob, kurz bevor er sich wieder damit durch die Haare fahren konnte.

»Atme ein. Fang am Anfang an«, sagte sie sanft und mit der Geduld einer Göttin. Er war gerade kurz davor durchzudrehen.

»Ich liebe dich«, sagte er schließlich.

»Das ist der Anfang?«

»*Das* ist deine Reaktion darauf?«, fragte er, obwohl das Lächeln, das ihr Gesicht erhellte, ihm den Atem und den Herzschlag stocken ließ. Diesmal biss er sich auf die Lippe, um sich das Lachen zu verkneifen, bevor er sich selbst zur Raison rief. Das hier war nicht zum Lachen. Es war eine ernste Angelegenheit. Es fühlte sich an – oder hatte sich zumindest so angefühlt, bevor er sie gesehen hatte –, als ginge es um Leben und Tod. Verdammt, wie war er nur in diesen Schlamassel geraten?

»Ich verkaufe das Anwesen nicht, weil ich dich liebe.«

»Ähm, sondern weil …?«

Er stöhnte auf. »Warum nimmst du das nicht ernst, Lily? Ich versuche gerade, dir zu sagen, dass ich den Rest meines Lebens mit dir verbringen möchte, aber ich will dich nicht unter Druck setzen, nicht dass du denkst, du müsstest Ja sagen. Ich weiß ja, wie viel dir das Gut bedeutet. Und ich möchte, dass du weißt, dass ich es auch unabhängig von deiner Antwort auf keinen Fall verkaufe, also auch wenn du nicht Ja sagst, und dass ich, falls du Ja sagen solltest, sicher sein will, dass du es deshalb tust, weil du mich genauso liebst wie ich dich, obwohl das eigentlich gar nicht geht, weil …«

»Ja zu was?«

»Was meinst du mit ›Ja zu was‹?«, fragte er verdattert und am Rand der Verzweiflung.

»Du hast mich noch gar nichts gefragt.«

Wie hatte er sich über Nacht in so ein komplettes Wrack verwandeln können? Wenn Liebe das mit einem machte, war er sich nicht sicher, ob er das alles überhaupt wollte. Wollte er aber, ganz und gar. Vor allem, als er Lilys Blick sah, das Lächeln auf ihrem Mund, die Art, wie sie sich auf die Oberlippe biss, wodurch sie auf komische Weise gleichzeitig glücklich und gespannt wirkte, genau so, wie er sich in diesem Moment fühlte.

Ohne lange zu überlegen, kniete er sich vor ihr nieder. »Lily Atwell, du hast mir so viel gegeben. Als ich glaubte, ich hätte meinen Vater verloren, hast du ihn mir zurückgegeben. Als ich dachte, in meiner Vergangenheit gäbe es nur Schmerz, hast du mir gezeigt, dass es auch Freude, Lachen und sogar Liebe gab. Als ich dachte, es gäbe hier keinen Platz für mich«, sagte er und holte scharf Luft, »hast du mir gezeigt, dass ich ein Zuhause habe. Eine Gemeinschaft. Du hast mich daran erinnert, wer ich bin, du hast mir meine größte Angst genommen und mir gezeigt, wie ich sie überwinden kann. Das, was du erreicht hast, erweckt in mir den Wunsch, mir *›höhere Ziele zu setzen‹*«, sagte er in Erinnerung an ihr erstes gemeinsames Abendessen.

»Du hast mir gezeigt, was wahre Freundschaft ist, was Liebe und Akzeptanz ist. Ich liebe dich. Ich habe es gefühlt, bevor ich es wusste, brauchte es, bevor ich es wollte. Ich hielt dich für meine Vergangenheit, bis ich erkannte, dass du meine Zukunft bist. Ich bitte dich darum noch um eine Sache, die du mir geben kannst. Würdest du mir die größte Ehre erweisen und mich heiraten – meine Frau, meine Liebe und mein Zuhause sein?«

»Ja! Oh ja!«, rief Lily und streckte die Arme nach ihm aus, aber dann hielt sie inne und runzelte die Stirn. »Aber …« Henry spürte, wie sein Herz einen Ruck machte.

* * *

»Aber …«, sagte Lily wieder und rang nach den richtigen Worten, um sich zu erklären. »Bist du denn sicher, dass du das Anwesen nicht verkaufen willst? Es ist nur so, dass … Ich hatte gedacht, dass ich selbst ein wenig reisen könnte …« Sie sah, wie Henry auf ihre Worte hin erstarrte, aber sie fuhr fort. Sie musste es sagen, denn die Sehnsucht – das Bedürfnis in ihr, die Welt zu sehen, so wie die Mädels, so wie er es getan hatte – war fast überwältigend. »Ich glaube, du hattest recht. Ich bereue nicht eine meiner Entscheidungen, auch nichts von dem, was ich erreicht habe, aber ich habe erkannt, dass ich hinauswill und mehr von der Welt entdecken möchte. Den Sonnenaufgang über Kairo und den Sonnenuntergang in Papua-Neuguinea sehen. Ich möchte Positano besuchen und lernen, wie man Sfogliatelle macht, und nach Ghana wegen des Huhn-Erdnuss-Eintopfs, nach Indonesien wegen Nasigoreng und auf die Philippinen wegen Beef Pares.« Es sprudelte nur so aus ihr heraus, aber alles kam direkt aus ihrem Herzen, und sie konnte es nicht zurückhalten.

»Ich möchte an jeden einzelnen Ort reisen, über den Zo jemals geschrieben hat, und ihn selbst sehen. Ich will surfen lernen, wo Malie auf Hawaii unterrichtet hat, und ich will jeden Laden besuchen, der Vs Kleidung verkauft. Und das alles will ich«, sagte sie atemlos, da ihr langsam die Puste ausging, »weil du mir gezeigt hast, dass ich es kann. Du hast mir gezeigt, dass ich mein Zuhause verlassen kann, weil meine Familie, meine Freunde und meine Gemeinde immer auf mich warten werden, wenn ich zurückkomme. Aber auch, weil …« Sie verschränkte die Finger vor sich. »… weil ich hoffe, dass du mit mir zusammen überall dort sein wirst. Das möchte ich wirklich, und es wäre furchtbar, wenn du dann entschieden hättest, das Gut nicht zu verkaufen, und dabei …«

Henry unterbrach ihren Satz mit einem Kuss, der sie fast wütend machte, aber was er dann sagte, beschwichtigte sie.

»Wie wäre es, wenn wir beides haben könnten?«, fragte er. »Was, wenn wir das Gut behalten, während wir die Welt bereisen?«

»Meinst du, wir könnten das?«, fragte sie, halb erschrocken darüber, dass dieser Mann ihr gerade angeboten hatte, ihr ihren Herzenswunsch zu erfüllen.

»Ich würde alles für dich tun, Lily«, sagte er, und die Liebe in seinen Augen erfüllte ihr Herz so sehr, dass sie es kaum aushalten konnte. Die Wogen der Liebe drohten ihre Grundfesten zu erschüttern, aber wie die Flut schwollen sie auf und ab und umhüllten sie mit dem Gefühl, dass alles seine Richtigkeit hatte. Sie zog ihn an sich. Diesen Kuss würde sie ihr Leben lang in Ehren halten. Sie nahm sein schönes Gesicht zwischen ihre Hände, ihre Finger fuhren durch sein sowieso schon zerzaustes Haar, und sie drückte sich an ihn, weil sie keine Barriere mehr zwischen sich und ihm haben wollte, nicht einmal Luft.

Jeder weitere Gedanke wurde von einem Chor wilder Schreie, Jubelrufe und von Kreischen unterbrochen, und Lily schloss die Augen, während sich ihre Lippen auf Henrys zu einem Lächeln formten, denn sie kannte diese Stimmen so gut wie ihren eigenen Herzschlag.

Sie drehte sich in seinen Armen um, während er sie festhielt, als wollte er sie nie wieder loslassen, und sah Zoe, Malie und Victoria, die mit umeinander geschlungenen Armen immer noch schrien und weinten und sie feierten. Dann kamen sie auf die Bank zugestürmt und umringten sie und Henry, umarmten und küssten sie und lachten.

»Entschuldige, Victoria, ich hatte wirklich nicht vor, ausgerechnet heute meinen Antrag zu machen. Deine Hochzeit sollte doch perfekt sein, und ich wollte dir nicht …«

»Schscht, Henry Hawkesbury«, unterbrach ihn Victoria. »Sie ist perfekt. *Das hier* macht sie perfekt.«

Über Zoes Schulter konnte Lily sehen, wie Ollie, Todd und Finn ans Haus gelehnt standen und Henry mitleidige Blicke zuwarfen, während dieser mitten in der fröhlichsten Hochzeitsgesellschaft aller Zeiten stand.

»Oh mein Gott, dein Kleid«, rief Lily, die befürchtete, dass nicht viel fehlte, dass das Kleid im Gras und Schlamm zertrampelt würde.

»Vergiss das Kleid, aber was ist mit meiner …«

»Mascara«, riefen Lily, Zoe und Victoria unisono.

»Ach was, Mascara. Aber die Hochzeitstorte!«, rief Victoria. »Die Krönung dürft ihr doch nicht verpassen! Kommt schon.« Sie packte Lily mit der einen und Henry mit der anderen Hand und zog sie aus dem Getümmel zurück in Richtung Haus.

»Moment, wir kommen sofort«, sagte Henry, umfasste Lily an der Taille und zog sie fest an sich, als hätte er Angst, Victoria würde sie ihm entreißen.

»Geh ruhig«, bekräftigte Lily und genoss das Gefühl von

Henrys Armen um ihren Körper. Sie lehnte sich an ihn und glaubte endlich daran, dass er immer für sie da sein, für sie einstehen und sie lieben würde.

»Okay, aber ich schwöre bei Gott, wenn dieser Hund auch nur in die Nähe des …«

»Komm schon«, sagte Malie und zog Victoria weg, reichte sie an Ollie weiter und hielt Todd ihre Hand hin, während Finn Zo für einen Kuss an sich zog. Innerhalb weniger Augenblicke waren sie wieder in der Orangerie verschwunden. Lily atmete tief durch und wandte sich wieder zu Henry, der sie anschaute, als wäre sie das Unglaublichste auf der Welt, das er nicht einmal ansatzweise ergründen konnte.

»Was ist los?«, fragte sie.

»Na ja, ich hatte gehofft, von dir zu hören, dass du mich liebst, aber wenn das zu viel ist …«

Sie beendete seine Neckereien mit einem Kuss, und ohne ihre Lippen von seinen zu lösen, sagte sie: »Ich liebe dich. Ich liebe dich. Ich liebe dich.« Denn sie wusste, dass sie das für den Rest ihres Lebens jeden Tag aufs Neue sagen würde.

»Das ist auch gut so, denn ich wollte dir das hier geben.«

Henry griff in seine Tasche und holte eine kleine rote Lederschachtel heraus.

»Für einen echten Antrag braucht man einen Ring«, sagte er und hielt ihr die Schachtel zum Öffnen hin.

Lilys Hände zitterten, als sie den winzigen Verschluss anhob und den Deckel öffnete, um den schönsten Ring zu enthüllen, den sie je gesehen hatte. Sie blickte zwischen dem Ring und Henry hin und her und fragte sich, ob das alles sich vielleicht in Luft auflösen würde.

»Ist das wirklich echt?«, fragte sie staunend.

»Also, es ist kein Zirkonia, wenn du das meinst.«

»Nein, du Dummkopf, ich meine diesen Moment«, sagte sie und schlug ihm spielerisch auf den Arm.

Der Ring war vollkommen. Drei Perlen schmiegten sich an einen goldenen Ring, von denen die mittlere und größte von Diamanten umrahmt wurde.

»Er gehörte meiner Großmutter. Blakes Mutter«, erklärte Henry. »Auf dem Rückweg von den Averys habe ich meine Mutter besucht und ihr von dir erzählt. Nur so konnte ich sie davon abhalten, ins Auto zu steigen und mit mir hierherzufahren«, sagte er und lächelte bei der Erinnerung daran. »Mein Vater hatte sich geweigert, den Ring zurückzunehmen, und darauf bestanden, dass sie ihn für seine zukünftige Schwiegertochter aufhebt.«

Lily bekam eine leichte Gänsehaut, als sie den Ring sanft mit dem Finger berührte.

»Ich bin mir ziemlich sicher, dass er überglücklich wäre, diesen Ring an dir zu sehen.«

Lily spürte, wie ihr Tränen in die Augen stiegen, und sie blinzelte hastig, um sie zurückzuhalten. »Meinst du, er kann uns sehen?«, flüsterte sie hoffnungsvoll.

Henry seufzte. »Ich habe keine Ahnung, aber ich würde es gerne glauben«, sagte er und drückte ihr einen Kuss auf den Kopf. So verharrten sie, bis der Wunsch, den Ring anzuprobieren, übermächtig wurde.

Lily löste sich aus seiner Umarmung und reichte ihm lächelnd die Schachtel. Behutsam nahm Henry den Ring aus dem Etui, und es machte Lily gar nichts aus, dass seine Hände ein wenig zitterten, als er ihren Finger nahm.

»Ich verspreche, dich nie wieder zu verlassen«, sagte er und sah ihr direkt in die Augen, »dich mit jedem einzelnen Schlag meines Herzens zu lieben. Von nun an werde ich dich jeden

Tag daran erinnern, wie wundervoll und erstaunlich du bist, und meinen Glückssternen danken, dass du Ja gesagt hast. Hawke's Cove ist der Ort, an dem wir leben werden, aber du, Lily, bist mein Zuhause, mein Zufluchtsort, mein sicherer Hafen.«

Er wollte ihr gerade den Ring auf den Finger stecken, als sie ihn aufhielt. Für einen Moment sah sie Besorgnis, fast schon Angst, in seinen Augen aufblitzen. Sie glaubte zu wissen, warum, und genau deshalb hatte sie ihm Einhalt geboten.

»Henry – Blake und Hawke's Cove, V, Malie und Zo gaben mir einen sicheren Ort, an dem ich gut aufgehoben war, als ich verletzt war. Es war mehr, als ich mir hätte wünschen können, und ich dachte, es sei alles, was ich will. Aber von dem Moment an, als ich dich traf, hast du mich herausgefordert. Manchmal hast du mich in den Wahnsinn getrieben«, sagte sie und lächelte, als sie sich an ein halbes Dutzend Male erinnerte, als sie ihn am liebsten umgebracht hätte. »Aber du hast mir etwas klargemacht, was ich von den anderen nicht kannte. Dass ich mich versteckt hatte. Vor der Welt, sogar vor mir selbst. Aber du hast mir auch klargemacht, wie stark ich bin und wie sehr ich es verdient habe, und aus irgendeinem Grund war das schwer für mich. Du hast Mauern in mir eingerissen, von deren Existenz ich nicht einmal gewusst hatte, und mich aus Löchern gezogen, ohne dass mir klar gewesen wäre, dass ich mich darin vergraben hatte. Und dafür liebe ich dich. Ich liebe dich dafür, dass du mir jene Frau gezeigt hast, als die du mich siehst, obwohl ich es selbst nicht sehen konnte. Jeden Tag meines Lebens werde dich lieben – diesen unglaublichen Mann, den ich in dir sehe. Du hast mir gezeigt, dass ich nicht alles allein machen muss. Dass es besser, einfacher und unendlich viel schöner ist, es mit … nicht nur jemandem, sondern mit *dir* zu tun. Hawke's Cove ist der Ort, an dem meine Familie und meine Freundinnen sind – zumindest jetzt –, aber du bist mein wahres Zuhause.«

Die Liebe, die in seinen Augen leuchtete, war ein Wunder. Kein Zweifel mehr, keine Angst, kein Bangen. Der reine Glaube an die Liebe des anderen – das war eine Kraft, von deren Existenz sie beide nichts gewusst hatten.

»So, also, willst du den jetzt einfach so an meiner Fingerspitze lassen?«, fragte sie und nickte in Richtung auf den Ring.

Als er den goldenen Ring auf ihren Finger schob, waren seine Lippen wieder auf ihren, und sie hatte sich nie zuvor so vollständig gefühlt, so aufgeregt und so voller Hoffnung auf eine Zukunft, die sie jetzt zusammen mit Henry vor sich sah.

Als sie sich voneinander lösten, starrte sie auf den Ring, der perfekt auf ihren Finger passte, als hätte er schon immer dort sein sollen.

»Wir sollten wohl zur Hochzeit zurückgehen. Sonst reißt Victoria mir den Kopf ab«, murmelte Henry.

»Die Hochzeit kann warten«, stöhnte Lily und zog ihn in einen weiteren herrlichen Kuss.

»Lily Atwell, ich glaube, ich habe dich verdorben«, sagte er, als sie das Lächeln seiner Lippen auf ihren spürte.

Er legte den Arm um sie und führte sie ein wenig widerwillig zurück in die Orangerie, gerade rechtzeitig, um Victoria und Ollie beim Anschneiden der Torte zuzuschauen. Victoria sah Lily voller Glück in die Augen. Der ganze Saal erhob sich in einem Jubelruf, als Ollie und Victoria, jeder eine Hand um denselben Messergriff, gemeinsam die Torte anschnitten.

Henry zog Lily an seine Seite, während sie in der Tür standen, und Lily genoss den schönen Anblick. Alle Menschen lächelten oder lachten, unterhielten sich und ließen sich genussvoll den Kuchen schmecken. Dann fiel ihr Blick auf ihre Mutter, die sie erwartungsvoll ansah. Lily hob die Hand und ließ ihre Finger tanzen, damit ihre Mum den schönen Ring sehen konnte. Als diese mit feuchten Augen die Hände an die Brust drückte, lachte Lily.

Lieb dich, formte ihre Mutter mit den Lippen und nickte dann Henry zu, der den Austausch mitbekommen hatte.

»Lieb dich auch«, flüsterte Lily zu ihr hinüber und wusste, dass nur Henry die Worte hörte.

Sie seufzte und lehnte den Kopf an Henrys Schulter. »Ich glaube, das könnte der Beginn eines wunderschönen Happy Ends sein.«

»Vieler schöner Happy Ends«, antwortete Henry und drückte seiner zukünftigen Frau einen Kuss auf die Stirn. »Vieler.«

An diesem Abend aßen, tranken, tanzten, lachten und liebten sie bis tief in die Nacht, und alle vier Frauen waren sich einig, dass es der perfekteste, schönste und wunderbarste Abend ihres Lebens war.

»Bis zu *meiner* Hochzeit«, betonte Malie.

»Bis zu *meiner* Hochzeit«, rief Zoe.

»Bis zu *meiner* Hochzeit«, flüsterte Lily und hatte nur Augen für Henry Hawkesbury, die Liebe ihres Lebens.

Epilog

Zehn Jahre später …

Kinderlachen hallte über den gesamten Privatstrand des Hawkesbury-Anwesens und brachte Lily zum Lächeln. Es erinnerte sie an all die Sommer, nicht nur die, die seit Henrys Rückkehr vergangen waren, sondern auch die davor, als sie, Victoria, Malie und Zoe – die heute alle mit ihren Familien hier waren – nur ein wenig älter gewesen waren als ihre eigenen Kinder jetzt. Es machte sie glücklich und erfüllte sie mit Hoffnung auf all die Sommer, die noch kommen sollten. Sie verschränkte ihre Finger mit denen von Henry, der nie sehr weit von ihr weg war, genau wie er es vor Jahren versprochen hatte.

»Danke, dass du das tust«, sagte er und blickte ihr in die Augen.

»Danke, dass du daran gedacht hast. Es ist eine schöne Sache und eine wunderbare Art, ihr Andenken zu ehren. Wir werden viele Fotos für Claudias Familie machen. Es ist schade, dass sie nicht hier sein können«, sagte sie und legte ihren Kopf auf den Arm ihres Mannes.

»Sie sind bei Caroline, Claudias Schwester, also genau da, wo sie sein sollten. So wie wir.« Er blickte auf die vier am Strand versammelten Familien.

Die anderen waren vorausgegangen, um Lily und Henry etwas Raum zu geben an diesem Tag, der für sie alle schwierig war, der aber zu etwas Schönem wurde, indem sie zusammenkamen, um jenes Abends vor zwanzig Jahren zu gedenken. Als sie vom Waldrand auf den Strand hinaustrat, folgte Lily dem Blick ihres Mannes und sah Todd und Ollie mit Koa und Kalani, Malies unbändigen Jungs, Fußball spielen, und natürlich mit Victorias Adoptivtochter Isobel, die sich zu einem noch größeren Wildfang entwickelte, als es selbst Malie je gewesen war.

Instinktiv suchte Lily den Strand ab und entdeckte ihren Sohn Jamie und ihre Tochter Rose, die mit Louis spielten, dem hübschen kleinen Jungen, den Victoria und Ollie ein paar Jahre nach Isobel adoptiert hatten. Sie entspannte sich unbewusst bei ihrem Anblick und fühlte sich auf eine Art und Weise vollständig, wie sie es sich nie hätte erträumen können.

»Ich finde ja, du solltest beim Wellenreiten bleiben!«, rief Malie ihrem Mann von der Picknickdecke aus zu, die unter dem Pavillon ausgebreitet war. Henry hatte den Pavillon im Jahr nach Victorias und Olivers Hochzeit dauerhaft dort aufgebaut.

Todd hielt kurz inne und unterbrach das Spiel mit einem so entrüsteten Gesichtsausdruck, dass alle, sogar die Kinder, lachen mussten. »Waschen Sie sich auf der Stelle den Mund aus, Mrs. Masters!«, rief er und dribbelte den Ball zwischen seinen Söhnen hindurch, woraufhin Isobel von links hinzukam und direkt in ihn hineinlief. Er fing sie mit den Armen auf und ließ sich dramatisch zu Boden fallen. Sogleich türmten sich alle Kinder auf ihm auf, und Ollie krümmte sich vor Lachen fast bis zum Boden. Es wärmte Lily das Herz, als sie sah, dass Victoria das ganze Ereignis mit der Kamera festhielt.

Sie ging mit Henry zu dem überdachten Pavillon, in dem Zoe mit Malie saß, die ihr wunderschönes acht Monate altes Mädchen stillte.

»Wer hätte gedacht, dass Todd sich so bereitwillig aus dem Geschäft zurückziehen würde«, sagte Malie zu Zoe, als Lily sich sanft im Schneidersitz auf die Decke sinken ließ.

»Ich liebe es, wie du das machst«, sagte Zoe und schaute sie mit einem seligen Lächeln an.

»Yoga«, antwortete Henry mit einem nur für Lily erkennbaren leicht unartigen Unterton.

Lily lächelte verschwörerisch und wandte sich wieder Malie zu. »Aber Todd ist doch glücklich bei ›Fun for All‹, oder? Ich meine, dass jetzt, wo das Unternehmen international tätig ist, so vielen Menschen diese Hilfe zuteilwerden kann, ist einfach unglaublich.«

»Ja, und das konnte er nur dank der Unterstützung von Henry, Ollie und Finn.«

»Er hätte es auf jeden Fall geschafft, daran habe ich keinen Zweifel«, sagte Henry aufrichtig. »Aber für die Avery-App war es ein Selbstläufer. Gemeinsam können wir so viel tun, um einen sicheren Raum zu schaffen und Unterstützung zu geben, wo sie am meisten gebraucht wird.«

Lily wusste, dass Malie verstand, wie wichtig das für Henry war.

»Gib, gib, gib.« Zoe streckte die Hände aus und ließ ihre Finger in Richtung von Malies kleinem Mädchen zappeln, um es an sich zu kuscheln, kaum dass sie das kostbare Bündel in ihren Armen hatte. Zoe und Finn hatten für sich entschieden, keine Kinder zu bekommen, weil sie wussten, dass ihr Leben perfekt war, so wie es war, und sie überschütteten jedes einzelne Kind in der Gruppe mit ihrer Liebe.

»Was ich dich fragen wollte«, sagte Lily an Malie gerichtet, »wie macht sich eigentlich dein neuer Ausbilder?«

»Richtig gut. Wir wurden gerade für eine ›Centre of Excellence‹-Auszeichnung nominiert.«

»Malie! Das ist ja fantastisch«, rief Lily, und Zoe gab nur einen ganz sanften Jauchzer von sich, aus Rücksicht auf das kleine Mädchen in ihren Armen.

»Danke. Wir haben so lange darauf gewartet, aber Mum und Dad sind überglücklich. Ich glaube, sie freuen sich sogar noch mehr über den Preis als ich.«

»Ganz sicher. Du weißt schließlich, dass die Bewertung und der Preis schon vor zwei Jahren fällig gewesen wären«, stichelte Victoria, die gerade vom Fotografieren des Fußballspiels zurückkam. Lily und Zoe lächelten. Sie wussten nur zu gut, dass sie recht hatte. Das Surfgeschäft von Malies Familie hatte sich in den letzten Jahren sehr gut entwickelt, nicht nur dank der Hilfe ihrer Eltern, sondern auch durch die Lehrerinnen und Lehrer, die für Schulungen im Umgang mit ihrer Spezialausrüstung aus der ganzen Welt anreisten.

»Wie wahr, wie wahr«, räumte Malie ein.

»Darauf sollten wir anstoßen«, sagte Victoria und reichte die Gläser herum, die sie aus dem Haus mitgebracht hatte.

»Wann erfährst du es?«, fragte Zoe.

Malie nahm ihren alkoholfreien Punsch mit gespielter Leidensmiene entgegen, dabei war allen klar, dass er ihr schmeckte. »In einem Monat oder so?«

»Ausgezeichnet. Die Überarbeitung meines neuesten Buches sollte bis dahin abgeschlossen sein, also können wir ein Festessen in *Merrow's Rest* veranstalten.«

Zoe und Finn hatten *Merrow's Rest* nach und nach wieder aufgebaut, und sie hatten schon viele schöne Abende mit der ganzen Bande dort verbracht. Wenn Zoe nicht gerade eine fabelhafte Gastgeberin war oder mit Finn um die Welt reiste, um sein Portfolio an Luxusimmobilien zu erweitern, schrieb sie wie wild an ihren herzzerreißenden Liebesromanen, mit denen sie äußerst erfolgreich war.

»Ja! Bitte!«, rief Victoria, die furchtbar gern mit Oliver, Isobel und Louis aus London herkam. Sie hatten zwar ein wunderschönes Ferienhaus in Hawke's Cove, waren aber regelmäßige Gäste in *Merrow's Rest* und auf dem Hawkesbury-Anwesen. Nach dem durchschlagenden Erfolg des Londoner Geschäfts von *Russell & Co.* hatte Oliver sich endlich aus dem Familienunternehmen zurückziehen können, was er schon immer vorgehabt hatte, und konzentrierte sich nun stattdessen auf seine Wohltätigkeitsorganisation für benachteiligte Kinder, den »Russell Trust«.

Lily lachte über Victorias Antwort. »Wird Nisha dich lange genug von VSD weglassen?«

»Bestimmt gibt sie mir frei«, antwortete Victoria schmunzelnd. »Tatsächlich arbeiten sie und Jasmine gerade an einem Pay-it-forward-Programm, das sie total begeistert.«

»Pay-it-forward?«, fragte Zoe.

»Für die Stipendien?«, fragte Lily, und Victoria nickte mit so viel Stolz in den Augen, dass klar war, wie sehr es ihr am Herzen lag. Es war keine Überraschung gewesen, dass »Victoria Scott Designs« ein voller Erfolg geworden war und ihre Arbeiten nicht nur sehr gefragt waren, sondern es ihr auch ermöglicht hatten, Nisha und Jasmine einzustellen, nachdem sie ihnen Stipendien für den Besuch der Universität gegeben hatte.

»Diese Idee ist so toll«, sagte Malie und wurde vor Sentimentalität sogar ein wenig rührselig.

»Malie?«, fragte Zoe, sichtlich überrascht über die emotionale Reaktion.

»Hach, kümmert euch nicht um mich«, sagte sie und schniefte ein wenig.

»Hormone«, riefen alle Frauen gleichzeitig und brachen in ein liebevolles Gelächter aus.

»Mummy, Mummy, Mummy.« Lilys Herz weitete sich bei dem Ruf, und sie drehte sich gerade noch rechtzeitig um, um Jamie aufzufangen, der ihr in die Arme lief.

»Hey, Schätzchen. Alles in Ordnung?«, fragte sie und fuhr ihm liebevoll mit den Fingern durch die dicken, dunklen Locken, während er versuchte, sich der mütterlichen Hingabe zu entziehen.

»Muuuuum«, jammerte er und warf einen Blick zu den älteren Kindern hinüber, um sich zu vergewissern, dass niemand zusah, bevor er sich wieder an sie lehnte. »Können wir die Laternen schon anzünden? Dürfen wir? Bitteeeeee.«

»Noch nicht, mein Schatz. In einer halben Stunde, wenn die Sonne untergeht, dann sehen sie viel besser aus, versprochen.«

Jamie schmollte, aber schließlich zuckte er mit den Schultern und war damit einverstanden zu warten.

»Wo ist deine Schwester?«, fragte Henry, der am Rand des Pavillons mit Finn gesprochen hatte.

»Rose ist bei Louis und sucht nach Krabbenschalen«, rief er über die Schulter, während er zu den anderen zum Fußballspielen rannte.

»Ich denke, ich geh mal …«

»… nach ihnen schauen?«, stichelte Lily. Ihr Mann war schon in ihre beiden Kinder vernarrt gewesen, bevor er sie überhaupt gesehen hatte, und so eine Glucke wie ihn hatte sie überhaupt noch nie erlebt. »Denen geht's gut. Sie sind sicher, glücklich und frei. Lass sie in Ruhe«, sagte sie und zog ihn zu einem Kuss heran.

Er schenkte ihr ein Lächeln, das ihr Herz zum Schmelzen brachte – und dann ging er los, um seine Tochter zu suchen. Lily verdrehte die Augen in liebevoller Verzweiflung.

»Bitte sagt mir, dass ihr gefüllte Weinblätter mitgebracht habt«, bettelte Zoe mit leicht gedämpfter Stimme, um Malies Tochter, die in ihren Armen fest schlief, nicht zu wecken.

»Ohhh, die sind soooo guuut«, stöhnte Malie orgasmisch.

»Etwa besser als die Mandelcroissants?«, fragte Victoria, als wäre so etwas unmöglich.

»Beinahe. Wir haben doch diesen phänomenalen Laden gefunden, in Piräus, südlich von Athen. Der Koch hat mir gezeigt, wie man sie macht«, antwortete Lily in sehnsuchtsvoller Erinnerung an ihren letzten Urlaub.

»Und der Tintenfisch ...«, fiel jetzt Zoe ein, in demselben Essenstraum verloren.

Im Laufe der Jahre hatte Henry sein Versprechen an Lily eingelöst, dass sie so viel reisen würden, wie ihr Herz begehrte. Irgendwie hatte ihr Mann die unglaublichsten Orte entdeckt, die immer mit einem Gericht oder einer Küche zu tun hatten, von der er wusste, dass Lily sie entweder mögen oder neugierig darauf sein würde. Sie waren – wie die Verrückten – die Amalfiküste entlanggefahren und über die Pyrenäen geflogen. Sie hatte in Hongkong, Schweden und Neuseeland gekocht und jede einzelne Minute davon genossen. Aber sie waren immer wieder nach Hawke's Cove zurückgekehrt.

»Ja, ja, ja«, unterbrach Malie. »Weißt du, für jemanden, der uns fast zehn Jahre lang zurück nach Hawke's Cove holen wollte, kommst du ganz schön viel herum.«

»Wohin wollt ihr als Nächstes?«, fragte Zoe.

Lily schaute Henry nach. »Hm, ich glaube, wir fahren nach Tahiti.«

»Da hätte ich ein paar tolle Orte für dich in petto.«

»Sehr gut! Ich will sie alle sehen«, rief Lily lachend.

Auch Henry hatte sich ein wenig aus der gemeinsam mit Ben gegründeten Firma zurückgezogen. Lily und Mina hatten sich auf Anhieb gut verstanden, und sie würden hoffentlich Ben, Mina und deren drei Kinder auf Tahiti treffen. Ben hatte nichts dagegen gehabt, dass Henry seine Zeit zwischen der App, dem Weingut und ihren Reisen aufteilen wollte.

Einen Monat nach Victorias Hochzeit war das Gut wieder für Gäste geöffnet worden, und nun gab es ein begehrtes Hochzeitspaket unter Lilys Leitung im Angebot, und zudem unter Henrys und Johns Regie zwei weitere Rebsorten.

Es hatte drei Jahre gedauert, bis Henry Lily zum Traualtar führen durfte, natürlich unter demselben Hochzeitsbogen, unter dem sie einst Seite an Seite im Laden gestanden hatten. Und obwohl er gemurrt hatte, sah Henry ein, dass Lily nicht den Hochzeiten von Malie und Zoe zuvorkommen wollte. Als Kompromiss hätte er eine Dreifachhochzeit akzeptieren müssen, was er jedoch nicht wollte. Und insgeheim war Lily froh darüber gewesen.

Als das Essen hergerichtet war, zog es alle auf die großen Decken, die um mehrere Holzpaletten herum ausgelegt waren, wobei das Essen der Kinder die Aufmerksamkeit der Erwachsenen ebenso sehr in Anspruch nahm wie ihr eigenes. Als Jamie nach einer Stunde mit Lachen, gelegentlichem Kindergeschrei und einem Windelwechsel zum zigsten Mal fragte, ob sie die Laternen anzünden könnten, schaute Henry prüfend zum Himmel und stimmte schließlich zu.

Lily hatte vierzehn Laternen auf dem Sand bereitgestellt, die nun unter der Aufsicht der Erwachsenen angezündet werden durften.

»Ich wette, dass du umweltfreundliche, biologisch abbaubare Papierlaternen gefunden hast«, neckte Malie mit sanftem Spott und bekam von ihr einen ebenso sanften Schulterstupser.

»Warum ist da noch eine?«, fragte Rose.

»Die ist für Claudia, der wir heute gedenken wollen.«

»Ist sie das Mädchen, das gestorben ist?«, fragte Jamie so unverblümt, wie es nur ein Kind konnte, das noch nicht von Trauer gezeichnet war.

»Ja, genau«, antwortete Henry. »Deshalb zünden wir heute eine Laterne für sie an, damit sie weiß, dass in Hawke's Cove immer ein Licht für sie leuchtet, egal wo sie ist.«

»Gibt es auch eine für Opa?«, fragte Rose.

Henry zögerte, aber Lily antwortete lächelnd: »Natürlich, mein Schatz. Willst du sie holen? Sie ist in meiner Tasche auf der Decke.«

Ihre Tochter lief los, um die Laterne zu holen, die sie zur Seite gelegt hatte für den Fall, dass Henry eine für seinen Vater anzünden wollte. Er brauchte es nicht zu sagen. Sie konnte die Dankbarkeit in den Augen ihres Mannes sehen, wusste, dass es richtig war, als seine Lippen ihre berührten und Liebe ihr Herz umfing.

Paarweise zündeten sie jede Laterne an, sodass sich bald eine lange leuchtende Reihe über den Sand erstreckte, bevor sie sie zum Himmel aufsteigen ließen. Fünfzehn Augenpaare beobachteten, wie die Lichter höher und höher in den Nachthimmel hinauf und davonschwebten, von der Hoffnung und der Liebe in fünfzehn Herzen getragen. Sie schauten ihnen nach mit Gebeten des Dankes und der Liebe auf den Lippen, während sich die Wellen am Ufer brachen.

Wenig später verfrachteten die Ehemänner die unwilligen, aber schläfrigen und zufriedenen Kinder zurück zum Haus, wo sie die Nacht verbringen würden, und ließen Lily, Victoria, Zoe und Malie am Strand zurück.

»Ich bin froh, dass wir das gemacht haben«, sagte Victoria und blickte nach oben, wo die Laternen mit den Sternen verschmolzen und über Hawke's Cove und darüber hinaus schwebten.

»Ich auch«, sagten Zoe, Malie und Lily wie aus einem Munde.

Victoria schüttelte den Kopf.

»Was denn?«, fragte Lily und neigte den Kopf zur Seite.

»Es ist nur so, dass ... Nun ja, schaut uns an. Zehn Jahre später, und wir leben unser bestes Leben.«

»Möge es lange so weitergehen«, sagte Zoe und hob ihr Glas, während Malie den Kopf an Zoes Schulter lehnte und zustimmend summte. Victoria und Lily stießen ihre Gläser an Zoes an und tranken beide einen Schluck.

Einen Moment lang waren sie alle in ihren eigenen Gedanken versunken, die, ohne dass sie es wussten, fast identisch waren. Sie dachten darüber nach, wie viel das Leben ihnen zugemutet hatte, wie sie es überlebt hatten und wie viel stärker ihre Freundschaft war als je zuvor. Wie sich die Bande der Liebe auf Freundinnen, den geliebten Mann und Kinder ausgeweitet hatten. Die Freude, die sie teilten, wenn ihre Kinder spielten und träumten – so wie sie es vor all den Jahren an diesem Strand getan hatten –, brachte ihre Augen genauso zum Leuchten wie ihre Herzen.

»Wann fliegst du denn nach Tahiti?«, fragte Zoe Lily.

»In etwa drei Wochen. Wir müssen den Zeitunterschied für einen ›Verlorene Stunden‹-Anruf herausfinden.«

Malie schnaubte. »Ich kann immer noch nicht glauben, dass du dich an drei ganze Stunden nicht erinnern kannst, Zoe.«

Zoe verzog das Gesicht und zuckte mit den Schultern.

»Warte ... Was soll dieser Blick bedeuten?«, fragte Malie.

»Keine Ahnung, wovon du sprichst«, erwiderte Zoe, ohne einer von ihnen in die Augen zu sehen.

»Zoe!«, rief Victoria. »Das glaub ich jetzt nicht.«

»Was?«, fragte sie unschuldig.

»Das gibt's doch nicht«, sagte Lily. »Nein, nein, nein.«

»Im Ernst jetzt!«, rief Malie. »Nach all der Zeit erinnerst du dich wirklich wieder daran, was auf Ibiza passiert ist?«

»Du hast also *nur so getan*, als wüsstest du nicht, was geschehen ist, als du auf der Schaumparty plötzlich weg warst? *Genau* bei dem Ereignis, das die verlorenen Stunden hervorgebracht hat! Und du hast es gewusst? Die ganze Zeit?« Lily konnte es nicht fassen.

»Ach.« Zoe winkte ab, und alle anderen fingen an zu kichern, ganz so wie in ihrer besten Teenagerzeit.

»Du kannst uns nicht einfach so in der Luft hängen lassen«, rief Victoria. »Spuck es aus. Sofort!«

»Okay, okay«, sagte Zoe, hob ergeben die Hände und stöhnte laut auf. »Ich bin mir aber nicht sicher, ob ihr schon bereit dafür seid.«

»Was? Natürlich sind wir das«, antwortete Malie entrüstet.

»Raus damit«, befahl Lily, die das Lächeln gar nicht mehr aus dem Gesicht bekam.

Zoe schaute sie eine nach der anderen an. »Also gut, es war so ...«

Danksagung

Alle Danksagungen sind besonders und wichtig, aber keine ist so bedeutend wie die, die ich jetzt schreibe. Ich hätte nie gedacht, dass ich einen Roman veröffentlichen würde, geschweige denn vier mit so einem erstaunlichen, unerwarteten Erfolg. Die Geschichten meiner vier Mädchen haben so viele Menschen berührt und auch mein Leben entscheidend verändert. Ich habe eine Leidenschaft gefunden, die mich hoffentlich für immer begleiten wird. Auch wenn »Sommersonnenfunkeln« der letzte Band dieser Reihe ist, bedeutet das noch lange nicht das Ende meiner Liebesaffäre mit »Mills & Boon romantic Fiction«.

Meinen Leserinnen und Lesern, meiner Lektorin Becky Slorach, Lisa Milton und allen bei »Mills & Boon«, einschließlich Kirsty Capes, Tom Keane, Stephanie Heathcote und Sian Baldwin, möchte ich auf diese kleine Weise danken und hoffe, dass dieses Buch all unseren Bemühungen gerecht wird. Ihr habt an mich und meine Vision geglaubt, und ich bin so stolz auf unsere ständig wachsende und leidenschaftliche Literaturfamilie! Möge es lange so weitergehen.

Für die unglaublich talentierte Pippa Roscoe, auch bekannt als meine Schreibkomplizin, fehlen mir die Worte! Ich werde dir und deiner Genialität für immer zu Dank verpflichtet sein. Der außergewöhnlichen Illustratorin Lucy Truman danke ich für die wundervollen Illustrationen. Was für ein toller Abschluss der Reihe.

Ich möchte mich auch bei Andrea Villanueva de Milne bedanken. Es ist eine Freude, mit dir an meiner Seite durch Arbeit und Leben zu steuern. Danke, dass du so fleißig bist und der netteste Mensch, den ich kenne. Ein kleines Lob an meinen Hund Monty, der leider immer noch nicht lesen kann, aber es wäre ein Versäumnis, wenn ich ihm nicht für seine ständige Kuschelbereitschaft beim Schreiben danken würde.

Abschließend möchte ich euch allen, die ihr an die Liebe glaubt, sagen: Hört niemals auf, denn sie ist das größte Geschenk des Lebens.

Toff x